U0688103

PHILOSOPHY

人民日报学术文库

文学与地域文化变迁

于 蕾｜著

人民日报出版社

北 京

图书在版编目（CIP）数据

文学与地域文化变迁／于蕾著．—北京：人民日报
出版社，2022.6
ISBN 978－7－5115－7380－3

Ⅰ.①文… Ⅱ.①于… Ⅲ.①地方文化—关系—古典
文学研究—中国 Ⅳ.①I206.2

中国版本图书馆 CIP 数据核字（2022）第 093970 号

书　　名：文学与地域文化变迁
　　　　　WENXUE YU DIYU WENHUA BIANQIAN
作　　者：于　蕾

出 版 人：刘华新
责任编辑：吴婷婷
封面设计：中联华文

出版发行：人民日报出版社
社　　址：北京金台西路 2 号
邮政编码：100733
发行热线：(010) 65369509　65369846　65363528　65369512
邮购热线：(010) 65369530　65363527
编辑热线：(010) 65369844
网　　址：www.peopledailypress.com
经　　销：新华书店
印　　刷：三河市华东印刷有限公司
法律顾问：北京科宇律师事务所　　(010) 83622312

开　　本：710mm×1000mm　1/16
字　　数：285 千字
印　　张：18
版次印次：2022 年 6 月第 1 版　　2022 年 6 月第 1 次印刷

书　　号：ISBN 978－7－5115－7380－3
定　　价：95.00 元

序

毛佩琦

　　中华文明是以农耕文明为主体的文明，人民安土重迁。在中华文化共同体之下，不同地域形成了具有地方特色的文化。河洛文化、齐鲁文化、关中文化、吴越文化、闽越文化等，都是以地域区分的各具特色的文化圈。所谓"一方水土养一方人"，所谓"地灵人杰"，都强调了地域与人文的关系。《晏子春秋》有云，"橘生淮南则为橘，生于淮北则为枳"，所以然者何？"水土异也"。晏子以物喻人，说"水土"对人文的影响。晏子在出使中受到诘难时，以此机敏应对，虽有其具体场景，但它说明先民们当时已经具有了一个广泛共识，即不同地域环境造就了不同的社会人文。水土之异，不仅指山水地理的不同，而且包括不同的历史文化、民风民俗，以及经济形态、政治制度等。《中庸》"子路问强"，孔夫子反问："南方之强与，北方之强与？"夫子自答："宽柔以教，不报无道，南方之强也。""衽金革，死而不厌，北方之强也。"孔夫子用几句话生动地描述了南北方之强的不同，描述了南北方人民的不同禀赋：南方人温柔多礼，北方人勇猛强悍。即使在两千多年后的今天，我们仍然可以看到南北方人群的这种一以贯之的秉性差异。小桥流水的温柔之乡、铁马雄关的苦寒之地，所孕育的必然一方是吴侬软语的浅斟低唱、一方是弹铗击节的慷慨悲歌。及于文学，各地方的差异和特点自然是显而易见的。《诗经》与《楚辞》在形式和内容上的区别是如此鲜明！《文心雕龙》论《诗经》为"辞约而旨丰""事信而不诞"，评《楚辞》则是"瑰诡而惠巧""耀艳而深华"。现代文学艺术中的山药蛋派、荷花淀派等无不带有地域特征，至于京派海派的分别更是尽人皆知的。

在中国古代文学研究领域，因地域而区别的作家、作品、文学流派和文学现象等，是受到普遍关注的课题。然而，作为历史的文学，其不断变化的发展路径不仅有地理空间的区隔，有不同地域之间的辐射、扩散与交融，更有因时间、时代演进而导致的衍化和流变。历史上曾经多次发生大规模的人口流动，无论是战乱、政治、经济的原因，都在文学上留下了它们的痕迹。文化、文学，随人口的迁徙而迁移，同时，其文化、文学也在迁入地遭遇到抵触、接纳和改造，也因而得到新的生长机会，形成了既与故乡文化脐带相联系，又具有受迁入地环境影响而发生的新的文化、文学。而迁入地本身的环境，包括政治的、经济的、人文的环境，也是变动不居的，它受到外来植入文化的冲击，也为外来文化提供了落地滋生繁衍的土壤。一如我们常常看到的，历史上许多大规模南迁的家族，尽管已经过去了几百年、上千年，尽管在异地已经繁衍了十几代乃至几十代，但在他们的家谱、族谱上，在居室的门额、堂号乃至墓碑上，仍然铭刻着故乡的郡望，而实际上他们已成为新的南方人，郡望只是表明他们的祖先在北方而已。很难说他们身上没有北方人的痕迹，但大体上已经与当地人没有什么区别了。当然，外来移民的到来，也为迁入地带来了不同元素，使当地的社会有所变化。文化、文学，亦复如是。

本书以人口迁移流动与地域文化变迁为主题，论述了文学与地域之间的关系。作者选取了文化史上三个具有典型意义的事件作为例证，进行了深入研究。第一是会稽地区自西汉到西晋末年的虞、贺、孔、王、谢等北方大家族的大量南迁，研究他们南迁后的文学创作特征及其对会稽的文化贡献，是地域文化变迁的研究；第二是唐、宋时代，古文作家身份和地域的转化，是以唐、宋两场古文运动为线索，探究中古"士族"转型和三大文化地域转变的深层背景，并以此追寻推动北宋古文运动取得成功的地域文化因素；第三是明代中晚期，江南地区城市人口集聚、商品经济发展和文学商品化现象的关联，着重研究泰州学派与徽商的地域互动，研究南京的戏曲活动、南北曲的角逐，及江南书坊的举业书籍出版策略，揭示江南文学在商品经济下发生发展的新风貌。本书的研究内容丰富广博，在时间上从西汉跨越至晚明，在地域上从中原跨越到江南，是一个具有庞大时空纵深态势的俯瞰，作者研究视野之广阔、用功着力之深远，于此可见。

本书规模庞大的宏观叙述，又是以实实在在的历史事实和丰富的文献史料为支撑的。全书旁征博引，不仅有习见的典籍，还发掘出一些冷僻少见的史料，传记、文集、笔记、方志、碑铭。重要的是，作者对这些史料进行了重构和解读。在宏大的建构下，对各个细部的雕琢却是精到的。不仅可以仰望高堂广厦之壮美，而且可以欣赏到各个部分的佳构细作，其中有的是作者新的发现，有的是为大家习知而常常被忽略的。这些细节放到宏观叙事中，如同一颗颗明珠，被作者用悉心的观察和思考串联起来，成为揭示历史奥秘的解索。无论是讲述东晋南迁会稽的中原士族，还是讲述唐代会稽士族的兴衰，抑或述说明代江南商业化的举业出版业，我们都会从中看到一幅幅具体生动的历史画面，王氏的兰亭雅集、谢氏的诗歌灵性山水、陆氏的家国情怀、陪都南京的戏曲传奇、苏州虎丘的复社文会，让读者在感受历史场景中得到思想的启迪。语云，细节决定成败，于此我们可以说，细节方显真实和深刻。所以，在阅读这部严肃的学术著作时，全无晦涩枯燥的感觉，读者在汲取思想营养的同时，也将享受到阅读的愉快。当前，弘扬中华优秀传统文化的事业方兴未艾，各地文化建设蓬勃发展，此书的出版和推广，将会为之有所助力。我愿意推荐这部书，让它在现实生活中发挥作用。

作者于蕾生于山东平度，负笈求学，远赴上海，以聪敏和勤奋取得了可观的成绩，如今青春正盛，正当奋发有为之年，假以时日，必将更有大制作推出！吾辈有期待焉。

是为序。

2022 年 3 月 16 日于北京昌平之垄上

目 录
CONTENTS

绪　论

从上古时代开始，国人就已意识到不同地域之间存在自然地理和社会人文的差异，因此才产生《诗经》中按地域划分的"十五国风"、反映楚地文化特征的《离骚》等作品。后来，中国历朝历代均有关于文学和文化地域性的相关论述。20世纪80年代以来，学界更将地域文化和文学作为热点问题进行研究，积累了丰富成果。在梳理和总结相关研究的基础上，关于历史上因人口迁移流动而引起的地域文化变迁，从而引发新兴文学现象或影响文学活动进程等问题还存在进一步挖掘的空间。

第一节　选题价值和研究路径、方法

一、"地域性"概念辨析及其在文学研究中的尺度

将中国古代文学纳入地域文化的视域，是研究特定区域文学现象、作家创作、文学流派等文学问题较为常见的路径。就某种程度而言，任何文学都是属于地域的，都在一定程度上带有地域的烙印。由于自然地理因素的差异，我国形成了大大小小多个不同的地理区域，在此基础上各地又产生了语言、习俗等社会文化差异。20世纪80年代以来，在全球化语境下，从地域文化的角度诠释文学，为文学赋予独特的地域色彩，成为一种值得肯定的价值理念。如何确定"地域"的含义成为研究地域文化与文学面临的问题之一。王祥从

四个方面界定"地域"。首先,"地域是一个空间的、文化的概念",因此必须具备相对明确而稳定的空间形态、文化形态;其次,地域要具备稳定的文化形态,因此地域又是一个历史的概念,"涉及地域文化的时间和传统";再次,"地域应是一个立体的而非平面的概念,自然地理或自然经济地理之类可能是其最外在最表层的东西,再深一层如风俗习惯、礼仪制度等,而处于核心的、深层(内在)的则是心理、价值观念等";最后,"'地域'是一个比较性、对照性的概念",因此需要"某种可资比较的参照物",用以彰显该地域的文化特点。① 尽管难以给出明确的界定,但是从以上四个方面可以得知,在文学研究视野中,"地域"的内涵较为复杂,与行政区划和自然地理意义上的"地域"概念并不完全一致,但是二者又存在密切的关联。

在某种意义上,"地域"概念的明确与否,关系着地域与文学研究的范围、视角和价值等问题。王祥教授对于"地域"的界定周密、严谨,但事实上,如果四个标准全部满足,在实际操作中符合条件的"地域"可能较难寻找,而目前文学研究实践中所选取的"地域"大多符合一部分条件。在文学研究实践层面,"地域"的划分方式主要以行政划分和文化划分为主,这两种方式都在一定程度上反映出"地域"的复杂性、多重性,既包含自然地理因素,又兼顾社会人文因素。但是,并非所有行政区域都能保持稳定的文化形态,也并非所有文化区域都能保持稳定的空间形态。历代行政区域曾发生多次调整,受经济、政治、军事等多种因素的影响,各级行政单位或废或置,难以保持长时期的稳定。文化区的情况与行政区域有区别,文化区域可能由行政区域转化而来,譬如,齐鲁文化、燕赵文化、巴蜀文化等名称最初皆来自行政区域的命名。但是与行政区域具备明确的边界相比,文化区域在地理范围、边界等问题上则较为模糊。由此可见,在以上四条标准中,"具备稳定的空间形态和文化形态"这一条件较难保持,无论是自然、经济、行政、文化等各类地域,都难以保持稳定不变的空间形态和文化形态。但是,在实际操作层面,以上问题并不会成为开展研究的阻碍。

张明在《地域文学发展的后现代状况考察》一文中,探讨"地域性"这一概念的逻辑起点:"关于地域性这一概念,倡导者往往将其与历史地理学意

---

① 王祥:《试论地域、地域文化与文学》,《社会科学辑刊》,2004 年第 4 期,第 123—124 页。

义上的区域概念相等同,并以此关注该地域在历史沿革中所承继下来的文化传统,继而寻求地域文化的原始意义,通过这一番历史性的追溯构造起一脉相承的地域文化的历史结构,从而奠定作为现代意义上的地域性概念的逻辑起点。"① 研究者在实际操作中,将"地域"等同为"区域",这本是一种"删繁就简"、为使研究对象更加清晰明确的操作方法。一旦锁定具体的区域,那么在此基础上进行本区域内历史文化的梳理和建构,从而确立区域内的历史文化传统,在此基础上进行本区域内文学问题的研究,这就成为"当下地域文化与文学研究的主要范式。依据这种对历史相关资料的整理和重新阐释,就建立起了关于地域文化与文学在学理上所具有的基本规范"。② 这种研究范式的前提就是将含义复杂的"地域"转化为行政区划意义上的"区域"。因此,"地域"是否能完全等同于"区域",或者在何种程度上二者可以相互转化,成为此种范式需要做出回应的问题。此逻辑背后尚隐藏着另一层判断,即如果能将"地域"和"区域"画等号,那么"区域"也具有稳定的文化形态,而造成这种现象的原因就是默认中国古代交通、传媒等技术并不发达,使得各区域之间交流不畅,因此区域内部较为封闭、隔绝,能长久保持本地域的文化传统。

王祥也在分析行政区域和文化区域关系时有所提及,中国早期地域划分主要是产生于先秦时期的"九州"说,出自《尚书·禹贡》,九州中各州之间划分的界线就是自然中的山川河流。自此,历代行政区域和文化区域划分仍然要借助山、水等自然事物,例如,在唐宋时期的各道(路)中,河南、河东、河北、淮南、江南东、江南西、两浙等道(路)就是以水为界。③ 行政区域从大至小,均存在大量以山、河、湖泊等自然山水作为界线的情形,一方面是因为山、水通常稳定存在,是天然的分界线,而另一方面其为交通和科学技术欠发达的古代各区域之间制造了天然屏障,故而李白产生"蜀道之难,难于上青天"的感叹。基于此种历史现实,将"地域"与"区域"进行转化时,二者之间的差异性被认定为可忽略不计,或者即使存在差异也不影响实际操作的结果。将地域转化为区域,进而对区域进行历史文化传统的

---

① 张明:《地域文学发展的后现代状况考察》,见李少群主编《地域文化与文学研究论集》,山东教育出版社,2010年版,第22—23页。

② 同上书,第23页。

③ 王祥:《试论地域、地域文化与文学》,《社会科学辑刊》,2004年第4期,第125页。

建构，从而开展地域与文学的研究。在这一基本范式下，研究文学问题往往会面临这样一个问题，即各区域之间确实因长时间的地理差异产生方言、风俗等地方性文化差异，但是对主流高雅文学而言，全国各地似乎又存在一致性。程千帆在总结刘师培的《南北文学差异论》时，也就此现象提出见解，其言：

> 抑犹有进者，吾国学术文艺，虽以山川形势、民情风俗，自古有南北之分，然文明日启，交通日繁，则其区别亦渐泯。东晋以来，南服已非荒徼；五代以后，中华更无割据。故学术文艺虽或有南北之分，然其细已甚，与先唐大殊。刘君此论，重在阐明南北之始即有异，而未暇陈说其终则渐同，古则异多同少，异中见同；今则同多异少，同中见异。此其今古之殊，亦论吾华文学发展之地理因素所不可忽者也。且地理区分，于文学之发展，固不失为重要之因素，然实非决定性之条件。刘君此论，于我国文学南北之殊，强调过甚，遂若舍此一端，即无以解释周、秦以次文运之变迁，此亦一往之见。今诵此篇。于斯种种，固不可不分别观之也。①

中国最大的地域之别即南、北之分，以此来作为地域差异化的代表应无异议。中国幅员辽阔，境内地形地势、气候水文等自然地理风貌差异巨大，各地域之间从古至今皆存在自然和社会人文之别。但是在看到各地域之间差异性的同时，也不可忽视各地域之间因交流和沟通而导致同一性逐渐提升的过程。程千帆提到了中国历史中南北文化融合、交流的两个重要节点，即东晋以来和五代以后，这两个时间点正处于中国历史上两次人口迁移的重要时期。伴随着时间的推移，中国各地域之间的同一性逐渐提升，差异性逐渐降低，二者之间的关系从"异中见同"转化为"同中见异"。但不可忽视的是，中国地域的差异性和独特性始终存在，并不因政治统一和文化交融而彻底消失，因此"地域性"可称为文学研究的重要因素，却非决定性的条件。尽管从地域文化的角度考察文学，是回应某些文学现象和文学问题的有效方法，但是仍不可过于强调地域性的决定作用。因此，在地域文化和文学的研究中，

---

① 程千帆：《文论十笺》，黑龙江人民出版社，1983 年版，第 125 页。

应把握好尺度。

二、人口迁移流动与地域文化变迁

对理想中"地域"的研究，面临着现实操作层面难以跨越的障碍。因此，在文学研究实践中，"区域"成为可操作性较强的研究对象。在充分了解"地域性"的复杂内涵、厘清"地域"与"区域"关系等问题之后，如何在地域文化与文学研究中找到切入点，是下一亟待解决的问题。理想状态的"地域"之所以难以寻找，重要原因之一是"地域"要求稳定的空间形态和文化形态。换言之，现实中的地域难以长久维持稳定的空间形态和文化形态。尽管各地域之间存在着天然屏障，又兼之交通、通信等技术欠发达，古代各地域已经在较大限度上保持文化独特性，但是，地域依旧处在不停的变动之中。地域之内的山川、气候、水文、植被、土壤能够在较长时期保持稳定的状态，而随着时间的推移，自然因素对于人文因素的制约性逐渐降低，即程千帆所言"同多异少""同中见异"的情形。因此，维持"地域性"的长久稳定较为困难，而"地域"的持久性变动才是常态，各地域变化的速度和程度不一致，同一地域内不同时期也不同。因此，从变动的角度考察地域和地域文化是一种把握"地域"特质的有效方法。某一地域的文化并非恒久不变，也并非匀速变化，而是持续维持一种时快时慢、时而相对稳定、时而迅速变动的运动状态。

李少群在将"地域"与"区域"通用的前提下，把目前地域文化与文学的研究分为"分布研究""轨迹研究""定点研究""文学地理学研究""从文化人类学的反思性、批判性视角进行研究""从文化的广阔视角进行研究"等六个类别。其中，"分布研究"关注到地域文化的变动以及不同地域之间的互动，"以文学和艺术的地域分布为基础提出问题以此去考察地域文化、文学的迁衍变化，考察地域之间不同文化、文艺的前锋接触"。① 从变化中考察地域与文学的关系，可以动态地把握地域文化变动对文学创作、生产产生的影响，也能进一步反过来考察作家文学、文化活动对于某一地域文化发展的作用。这种考察并不是特定地域的文学史研究。地域文学史属于以上六种研究中的"轨迹研究"类别，即"考察文学家、艺术家和作品、文体及风格、流

---

① 李少群：《地域文化和文学研究的价值内涵与发展走向》，《地域文化与文学研究论集》，山东教育出版社，2010年版，第18页。

派的流传演变道路，在时空结合的背景上，考察人的行为和文学艺术动态。这些一般是地方文学史、文体史和地方文学流派的形成、发展变化历程等"。① 地方文学史的建构，同样涉及该地域在不同时期的文化样态，并且能够体现出地域文化发展的不平衡性："地域文学史显著不同于全局性的大文学史的一点是，它在发展演进历程中间所凸显出来的强烈的不平衡性。从普遍情形看来，地域文学只不过是于某些阶段性、间断式的特定历史时期内产生出程度不等的繁盛景象，不规则跳跃式地出现个别或一些优秀文学家，而一般不能或无法保持连续持久性的、超越漫长历史分期的整体辉煌绚丽的局势。"② 但是地方文学史的建构并不一直以地域文化变动为研究重点，例如，山东齐鲁文学，先秦时期文、史、哲融于一体，山东地区作为黄河下游文化地带，诞生了一大批文化伟人和经典著作。随后而来的两汉魏晋南北朝时期，齐鲁地区则在很长一段时期进入蛰伏期。与北方地区齐鲁文化相反，江南地区第一个文学发展高峰期恰恰处于齐鲁文化蛰伏期。而在先秦齐鲁地区文学发展的繁荣期，江南地区并未得到充分开发，文化发展较为落后。

如果着眼于某一特定区域文学史的建构，则难以观照到不同地区发展此消彼长的密切联系，而许多文学现象正是受到不同地域之间文化变动的直接影响。这种关系到横跨两个乃至多个区域的文学现象，如果靠单纯某一区域内的文学史研究，恐怕难以窥其全貌。而如果以构建断代区域文学史的方式，则又难以把握不同时期地域文化的变动。除此之外，涉及因文学交流而产生的地域文化变迁，不仅对于接受文化影响的地域研究至关重要，传播途径和媒介研究同样值得重视。因此，如果将考察地域文化与文学研究中的重点放置于因地域文化变动，而对文学生产、作家创作等一系列文学产生影响方面，单纯以地方文学史和断代文学史的方式并不能有效回应。但这并不意味着地域文化变迁下的文学研究与文学史建构没有重合之处，如果从某个地方文学史中挑出本地域文化产生重要变动的某一段时期，与其他同时段地域相对比，在此基础上考察文化变动对文学的影响，则可能有效解决预设的研究目标。

在确定研究目的之后，下一步要进行的工作是在具体操作中寻找到较为

---

① 李少群:《地域文化和文学研究的价值内涵与发展走向》,《地域文化与文学研究论集》,山东教育出版社,2010年版,第18页。

② 乔力、武卫华:《论地域文学史学的研究方法》,见李少群主编《地域文化与文学研究论集》,山东教育出版社,2010年版,第5页。

合适的"抓手"。各地域之间的文化交流无时无刻不在进行，并且原因多种多样，如果全部纳入考量，则会使得研究陷入千头万绪、重点不清的陷阱之中。而在中国古代文化传播的多个媒介中，人本身始终是最稳定、最基本的方式之一。"人口在空间上的迁移流动，实质上也是人们所负载的文化在空间上的流动。所以说，人口的迁移流动实质上也是文化的迁移流动。"[1] 人口的迁移和流动是打破地域壁垒、推动地域文化交流的有效方式。葛剑雄在考察秦汉人口迁移对文化传播的意义时，认为："在生产力不发达的古代，由于传播手段和媒介相当有限，文化的传播离不开人口的流动和迁移。"[2] 其总结各地域文化的共性和差异性为："今天在中国的汉族聚居区内，文字、语言、观念、礼仪、文学、历史、哲学、艺术等主流文化没有太大的区别，地方特色主要反映一些风俗习惯、民间文化、俗文化，原因就在于不断地有移民把中原文化传播到各地。"[3] 不仅秦汉时期如此，后代亦如此。尽管随着造纸和印刷术等相关技术的革新，书籍、文字作为文化传播媒介的地位逐渐抬升，但是人口迁移与流动依旧稳定、持续地发挥关键作用。"书本和其他形式的文字记载也是传播文化的重要手段，但与人相比，书本的传播能力就相形见绌。文字记录的内容未必能百分之百地反映作者的想法，读者的理解更难以完全符合作者的希望。在造纸和印刷术未普及时，古人往往会将重要的文字铸在青铜器上，刻在石上，文字尽可能简约，更增加了理解的困难。但如果是作者自己直接传播，就不存在这样的问题。"[4]

地域之间大规模的文化交流，肯定不是某个人或者少量人迁移流动的结果，因此以人口迁移和流动作为媒介，考察地域文化交融，其应指向历史中规模较大的人口迁移流动现象。除规模之外，迁移流动人口的文化素质也是重要因素。在中国古代很长一段时期，文学的创作和生产，大都为精英群体所掌握，因此考察特定时段中文学精英阶层的迁移和流动，对于考察文学现

---

① 肖子华主编，国家人口计生委人事司组织编写：《人口文化学》，中央广播电视大学出版社，2012 年版，第 137 页。
② 葛剑雄：《秦汉时期的人口迁移与文化传播》，《葛剑雄文集 5：追寻时空》，广东人民出版社，2014 年版，第 387 页。
③ 葛剑雄：《移民与文化传播——以绍兴为例》，《葛剑雄文集 5：追寻时空》，广东人民出版社，2014 年版，第 583 页。
④ 同上书，第 576 页。

象与地域文化变动具有更为重要的意义。随之而来需要被纳入考量的，就是文学精英群体在中国历史发展中的变迁。这一群体的身份并不是固定不变，而是先后经历几次重要转变，从由出身血统决定精英身份，到经由科举晋升官员。明代中晚期，在商品经济影响下，文学创作和生产又逐渐出现由精英走向大众的趋势。因此，在考察精英人口迁移流动的时候，对于精英群体身份的变迁，也应予以关注。

三、研究路径、方法

前文提及，在地域文化变迁中考察文学问题时，既不能着眼于建构地方文学史和断代地域史，也不能脱离文学史的研究。因此，本文选取中国古代三个时期人口的迁移和流动现象，按时间顺序组成地域文化变迁之下文学研究个案。三段时期分别是西晋"衣冠南渡"，唐代士族因科举仕宦迁移和中晚明士、工、商聚集南京等江南大都会。三次人口迁移流动规模不同、原因迥异，或由于战乱和政权更迭，或因为科举和宦海沉浮，或因为在经济、文化发达城市出现的人口集聚效应。这种地域文化交融，不仅对人口流入地域的文学发展意义非凡，也对诸多跨地域的文学活动结果走向影响深远。在这三次人口迁移流动引起的地域文化变迁中，汉魏六朝时期，地域文化与士族紧密结合，世家大族成员几乎垄断文艺创作，因此此时期的研究可聚焦于特定地域中迁入的文学士族，例如，会稽地区迁入的王、谢等北方门阀。历史上，辉煌灿烂的会稽文化就是北方士族承载的中原文化南迁后传播发展的重要成果之一。从两汉之际到永嘉之乱后衣冠南渡，北方士族先后数次、分批迁入吴越会稽地区，其中以永嘉之乱后士族迁移规模最大，王、谢大族众多子弟在会稽营建园林庄园，进行文学艺术创作，再加上此前迁入会稽的贺氏、孔氏等北方家族，均在文学、律法、经学等领域成就斐然。

唐、宋以来，传统士族消亡，依托科举考试脱颖而出的新型文士逐渐占据主流。伴随科举取士成为主要的选官制度，传统士族在向新型士族转型的过程中，自发从地方迁移至长安、洛阳两京附近。科举、仕宦迁移，再叠加安史之乱以后的人口第二次大规模南迁，三大文化地域的变迁也随之发生。而从唐到宋一直持续进行的古文运动，则是文化地域变迁对文学产生重要影响的代表性文学活动。

明代文学的一个显著特征是从精英走向大众，文化进一步下移。江南是商品经济最发达的地区，因此吸引了大量外地士人、商人和手工业者。大量人口涌入江南各地市镇，进一步形成了南京、杭州、苏州等人口超过两百万的特大型城市。在江南各大城市中，从文学家谋生到文学作品的商业生产均展现出鲜明的时代特征与地域特征。在各案例的具体研究中，包括经济学、历史学、统计学、文献学、语言学等多种跨学科的研究方法将被采用。

第二节　学术史回顾

一、地域文化与文学的相关研究

对中国各地之间文化和文学的差异性描述，可追溯至先秦时期。《诗经》中便有十五《国风》之分，说明当时人们采编诗歌时，已经注意到各地域之间风土人情和文学的差异性。屈原的《楚辞》更是具有鲜明的荆楚文化地域色彩。而《诗经》和《楚辞》又有南、北地域之别，前者被普遍认为是上古时北方诗歌代表，后者则被视为南方诗歌最高成就。西汉时期，司马迁在《史记·货殖列传》中系统总结了各地域之间社会风尚、人群特征以及自然地理环境对人文的影响。司马迁论述之时，先分南、北。北方又分为关中，三河（河东、河内、河南），种、代地区，郑卫，梁鲁等地；南方又分为东、西、南楚等地。以关中和种、代地区为例：

> 关中自汧、雍以东至河、华，膏壤沃野千里，自虞夏之贡以为上田，而公刘适邠，大王、王季在岐，文王作丰，武王治镐，故其民犹有先王之遗风，好稼穑，殖五谷，地重，重为邪。及秦文、德、缪居雍，隙陇蜀之货物而多贾。献公徙栎邑，栎邑北却戎翟，东通三晋，亦多大贾。孝、昭治咸阳，因以汉都，长安诸陵，四方辐凑并至而会，地小人众，故其民益玩巧而事末也。①

---

① ［汉］司马迁：《史记》卷一百二十九《货殖列传》，中华书局，1982年版，第3261页。

种、代，石北也，地边胡，数被寇，人民矜懻忮，好气，任侠为奸，
不事农商。其民羯羠不均，自全晋之时固已患其僄悍，而赵武灵王益厉
之，其谣俗犹有赵之风也。中山地薄人众，犹有沙丘纣淫地馀民，民俗
慓急，仰机利而食。丈夫相聚游戏，悲歌慷慨，起则相随椎剽，休则掘
冢作巧奸冶，多美物，为倡优。女子则鼓鸣瑟，跕屣，游媚贵富，入后
宫，遍诸侯。①

关中地区，素有"八百里秦川"之称，黄河穿流而过，土地平坦，土壤
肥沃。关中凭借得天独厚的自然环境，长期为各国国都所在之地。秦汉以前，
关中人民多继承先王遗风，以从事农业为主，因此民风淳厚，少奸邪；秦汉
以来，咸阳和长安作为国都，四方人口迁移而来，地少人多，民风变迁。与
关中沃野千里的平原地形相反，种、代地区地处边境，"地薄人众"，丈夫多
"相聚游戏，悲歌慷慨"，类赵风。

班固的《汉书·地理志》在《史记》基础之上，对全国地域的自然地理
和人文特征讨论更加详细，并且从地域的角度分析文学内容、风格等诸多问
题。其云：

> 凡民函五常之性，而其刚柔缓急，音声不同，系水土之风气，故谓
> 之风。好恶取舍，动静无常，随君上之情欲，故谓之俗。②

地域环境是影响人的性格与语言、习俗的重要因素。民众性格的刚柔缓
急和方言的差别，称为"风"，而民众习俗的好坏，则随着君主的欲望而有所
不同，称为"俗"。班固在解释各地民风民俗与地理环境的关系时，对于文学
与地理的关系也十分重视。以秦地和天水、陇西一带为例，其言：

> 故秦地于《禹贡》时跨雍、梁二州，《诗·风》兼秦、豳两国，昔
> 后稷封斄，公刘处豳。大王徙岐，文王作酆，武王治镐，其民有先王遗
> 风，好稼穑，务本业，故《豳》诗言农桑衣食之本甚备。有鄠、杜竹林，
> 南山檀柘，号称陆海，为九州膏腴。③

---

① ［汉］司马迁：《史记》卷一百二十九《货殖列传》，中华书局，1982 年版，第 3263 页。
② ［汉］班固：《汉书》卷二十八《地理志》，中华书局，1962 年版，第 1640 页。
③ 同上书，第 1642 页。

天水、陇西，山多林木，民以板为室屋。及安定、北地、上郡、西河，皆迫近戎狄，修习战备，高上气力，以射猎为先。故《秦诗》曰："在其板屋"；又曰："王于兴师，修我甲兵，与子偕行"。及《车辚》《驷驖》《小戎》之篇，皆言车马田狩之事。①

司马迁将秦地风俗概括为，重视农业，民风淳厚。班固在讨论秦地风俗时，将其以农业为本的特征与《诗经·豳风》中的诗歌相联系。《豳风·七月》一诗"言农桑衣食之本甚备"，这是反映秦地"好稼穑"的民间诗歌。同属于秦地的天水、陇西一带，地理环境与关中截然不同，该地区地处偏僻，多山林，因此居民住板屋。《秦风》中《小戎》篇描写："言念君子，温其如玉。在其板屋，乱我心曲。"其中"在其板屋"正是对天水、陇西一带民风的反映。该地区中的安定、北地、上郡、西河等地地处边境，临近戎狄，要修习战备。因此《秦风》中《无衣》篇言军事。该地多山林，少平原，民众多狩猎，《车辚》《驷驖》《小戎》篇，均涉及"车马田狩之事"。

班固对地域与文学的讨论，不止于诗歌反映民风民俗的层面，更进一步论述民风民俗和地域文学的改变及原因：

巴、蜀、广汉本南夷，秦并以为郡。土地肥美，有江水沃野，山林竹木疏食果实之饶。南贾滇、僰僮，西近邛、莋马旄牛。民食稻鱼，亡凶年忧，俗不愁苦，而轻易淫泆，柔弱褊阨。景、武间，文翁为蜀守，教民读书法令，未能笃信道德，反以好文刺讥，贵慕权势。及司马相如游宦京师诸侯，以文辞显于世，乡党慕循其迹。后有王褒、严遵、扬雄之徒，文章冠天下。由文翁倡其教，相如为之师，故孔子曰："有教亡类。"②

巴蜀地区，地理环境得天独厚，土壤肥沃，物产丰盈。民众生活在安逸环境中，"亡凶年忧，俗不愁苦"，因此养成"易淫泆，柔弱褊阨"的性格。西汉文、景年间，文翁广施教化，积极在当地开展教育事业。加之有本地文人司马相如因文学才能获得赏识的范例，群众得到激励，学风大振，巴蜀地

① [汉] 班固：《汉书》卷二十八《地理志》，中华书局，1962 年版，第 1644 页。
② 同上书，第 1645 页。

区先后培养出王褒、严遵、扬雄等名家。班固认识到地理环境对于民众性格的塑造作用，其观点较为辩证，地理环境能够影响民风民俗，但是不能夸大其作用，文化教育能够矫正受地理环境影响而形成的恶风恶习。班固在《地理志》中对全国各地域逐一分析，更是首开从地域文化角度研究文学的先河，对后世影响深刻，因此可做"一篇上古中国的各地域文学概说来看待了"。①

三国时期，曹丕就曾论徐幹"时有齐气"，李善注曰："言齐俗文体舒缓，而徐幹亦有斯累。"② 曹丕已将作家个人的风格与其出身地域的文化风貌相联系。六朝时期是中国文学走向自觉的时代，此时期在论述文学的著作中，批评家已经注意到地域文化对文学风格的重要影响。《文心雕龙·物色》篇云："及《离骚》代兴，触类而长，物貌难尽，故重沓舒状。于是嵯峨之类聚，葳蕤之群积矣。及长卿之徒，诡势瑰声，模山范水，字必鱼贯，所谓诗人丽则而约言，辞人丽淫而繁句也。"③《离骚》中之所以多"嵯峨""葳蕤"之类的叠字，是因为楚地特殊的自然地理风貌，屈原无法摹写物貌，故而用繁复的重章叠句反复吟咏。刘勰讨论的是山水诗歌的形成与特质，从诗经到楚辞到汉大赋，再到南朝的山水诗歌。自然风景成为诗歌描写的对象，甚至逐步发展为一种专门的诗歌类型。屈原、司马相如和南朝山水诗人，其笔下对自然山水的描绘，均带有浓厚的地域性色彩。

隋唐时期，《隋书·文学传》从地域角度解释南北文学，对后世产生了重大影响："江左宫商发越，贵于清绮；河朔词义贞刚，重乎气质。气质则理胜其词，清绮则文过其意。理深者便于时用，文华者宜于咏歌。此其南北词人得失之大较也。"④ 在唐初，以魏徵为代表的学者认为江左（江南）文学，语言清新绮丽，文过于质，在诗歌等韵文文体上极为擅长；而河（北方）文学更重气质，理胜于辞，因此更擅长实用类的文章。魏徵将南北作家气质、文学语言风格、南北文学中文、质关系以及落实到具体文体的选择等文学各层面，从南、北地域差异的角度进行逐一比对。因出身地域而产生的特质，往往会长久地影响作家及其文学创作。对此，朱彝尊曾在文章《丁武选诗集序》

---

① 乔力、武卫华：《论地域文学史学的学术源流与学理观念》，《清华大学学报》（哲学社会科学版），2006 年第 6 期。
② ［梁］萧统编：《文选》，上海古籍出版社，1986 年版，第 2270 页。
③ ［梁］刘勰撰，范文澜注：《文心雕龙注》，人民文学出版社，1958 年版，第 694 页。
④ ［唐］魏徵等：《隋书》卷七十六《文学传》，中华书局，1978 年版，第 1730 页。

中有深刻见解：

> 闽自十才子以诗名，而高庭礼集唐人之作，别其源流，严其声格，若圭景、龠黍之无爽。当是时，吴中有北郭十子，粤有南园五先生，名誉实相颉颃。其后吴中之诗屡变，而闽、粤独未之改。梁公实名列七子，诗犹循南园遗调。郑继之规法李献吉，曹能始与竟陵二子游，唱和甚密。今读其诗，所操盖依然土风也。……君之于诗，既自得之，假有操宋人之流派，欲君尽变其土风，吾知君有所不屑已。①

作家在实际创作过程中，无论如何模仿某宗、某派，都无法摆脱出身地域环境的影子。地域环境对作家的影响根深蒂固，始终对其文学创作发挥作用。

宋人表现出文学地域意识的自觉，文集中出现大量以地域命名的情况。明清以来，文人的地域意识更加强化，以地域命名的文学流派层出不穷。文集的发展也从宋代单人以地域命名的文集，到开始有意识地编纂地域性的文学总集。近代以来，学者对于文学与地域关系的探讨更加深入，不停留于描述现象，而试图总结规律。具有代表性的文章有刘师培的《南北文学不同论》、汪辟疆的《近代诗派与地域》和梁启超的相关文章等。其中，刘师培的《南北文学不同论》主要从声音和水土两个角度总结南、北文学的差异。其言："音分南北，此为明征。声音既殊，故南方之文亦与北方迥别。大抵北方之地，土厚水深，民生其间，多尚实际。南方之地，水势浩洋，民生其际，多尚虚无。民崇实际，故所著之文，不外记事、析理二端。民尚虚无，故所作之文，或为言志、抒情之体。"② 刘师培的文章从南北大地域着眼，汪辟疆的《近代诗派与地域》则将诗歌流派与地域划分得更为细致：

> 夫民禀五常之性，秉水土之情，风俗因是而成，声音本之而异，则随地以系人，因人而成派。溯渊源于既往，昭轨辙于方来，庶无尤焉。况正变十五，已肇《国风》，分野十二，备存班《志》。观俗审化，斯析

---

① ［清］朱彝尊：《丁武选诗集序》，见朱彝尊撰，杜泽逊、崔晓新整理《曝书亭序跋》，上海古籍出版社，2010年版，第78—79页。

② 刘师培：《南北文学不同论》，见程千帆《文论十笺》，黑龙江人民出版社，1983年版，第83—84页。

类之尤雅者乎。①

其将近代诗派划分为六个派别，分别是：湖湘派，以王闿运为领袖；闽赣派，以陈宝琛、郑孝胥、陈衍、陈三立为领袖；河北派，以张之洞、张佩纶、柯劭忞为领袖；江左派，以俞樾、金和、李慈铭、冯煦为领袖；岭南派，以朱次琦、康有为、黄遵宪、丘逢甲为领袖；西蜀派，以刘光第、顾印愚、赵熙、王乃征为领袖。在讨论每一诗派风格、成就时，汪辟疆先论述所属地域的自然地理环境和社会人文风尚，该文是首次较为系统地建构近代地域诗歌史的文章。梁启超的《近代学风之地理分布》《中国地理大势论》《地理与文名之关系》等文章，从大处着手，论述地理环境与民族精神、宗教信仰、学术思想、文学艺术等关系，将现代西方理论用于分析中国古代地理环境和地域文化。

新中国成立以后，地域文化与文学研究的第一个热潮出现在 20 世纪 80 年代。陈正祥的《中国文化地理》（香港三联书店，1981）和《诗的地理》（香港商务印书馆，1978）等著作，将地理学科的研究方法引用至文学研究，运用定性分析和定量分析相结合的方法，对唐代诗人、宋代诗人和词人进行地域研究，为地域文学发展注入活力。金克木在《文艺的地域学设想》一文中表示："我觉得我们的文艺研究习惯于历史的线性探索，作家作品的点的研究；讲背景也是着重点和线的衬托面；长于编年表而不重视画地图，排等高线、标走向、流向等交互关系。是不是可以扩展一下，做以面为主的研究，立体研究，以至时空合一、内外兼顾的多'维'研究呢？假如可以，不妨首先扩大到地域方面，姑且说是地域学研究吧。"② 显然，金克木所倡导的"画地图，排等高线，标走向、流向"研究方法，正是地理学的研究方法，而其时空结合的研究设想，也正是地域文学史基本的研究理路，加之金克木主张地域学进行分布、轨迹、定点、播散四种研究，为地域学提供了基本的研究模式和走向。袁行霈在《中国文学概论》中，单列"中国文学的地域性和文学家的地理分布"一章，先梳理从先秦到明清时期，中国各地域文学的特征

① 汪辟疆：《近代诗派与地域》，《汪辟疆文集》，上海古籍出版社，1988 年版，第 292—293 页。
② 金克木：《文艺的地域学设想》，《读书》，1985 年第 4 期。

与差异，再按时间顺序考察各地域的文学家分布情况。主张将文学的地域性问题纳入学术研究范围，以唤起学界重视，正如其所言"中国文学的研究，除了史的叙述、作家作品的考证评论，以及文体的描述外，还有一个被忽视了的重要方面，就是地域研究"。①

从 20 世纪 90 年代开始，学界出现了地方文学史编写的热潮，涵盖全国各个地域，出现了百花齐放的繁荣局面。代表性著作有专注岭南地域文学史研究的学者陈庆元的《福建文学发展史》（福建教育出版社，1996）和陈永正的《岭南文学史》（广东高等教育出版社，1993）；以东北地域文学史为主的马清福的《东北文学史》（春风文艺出版社，1992）和毕宝魁的《东北古代文学概览》（春风文艺出版社，1993）；梳理上海地区文学发展史的陈伯海的《上海近代文学史》（上海人民出版社，1993）及王文英的《上海现代文学史》（上海人民出版社，1999）等。这些地域文学史的编写，是国内地域文化与文学研究领域拓展、研究不断深化的体现。以上为地域通史，地域文学断代史的研究成果也层出不穷，在此不一一列举。除了专门的地域文学史著作外，学界还兴起了断代地域文学和分体地域文学史的热潮，例如，程民生的《宋代地域文化》（河南大学出版社，1997）、《宋代地域文化史》（安徽文艺出版社，2017），以及戴伟华的《地域文化与唐代诗歌》（中华书局，2005）和李浩的《唐代三大地域文学士族研究》（中华书局，2008）等著作。这些著作以考察某一时期，通常是某个朝代的地域文学为主。

在地域文学通史和断代史研究发展至高潮时，一些针对研究中出现问题的反思和理论建设的成果也相继问世。陈庆元的《地域文学与区域文学史建构问题》和《地域区域文学研究掘谈》等文章，就地域文学史建构时的理论问题进行讨论，包括地域文学史与中国文学发展史的关系、地域文学史的意义等议题。② 此外，张明的《地域文学发展的后现代状况考察》、李少群的《地域文化和文学研究的价值内涵与发展走向》、乔力和武卫华合著的《论地域文学史学的研究方法》（《理论学刊》，2006 年第 12 期）、《论地域文学史学的学术源流与学理观念》[《清华大学学报》（哲学社会科学版），2006 年第 6

---

① 袁行霈：《中国文学概论》，高等教育出版社，1990 年版，第 46 页。
② 陈庆元：《地域文学与区域文学史建构问题》《地域区域文学研究掘谈》，见《文学：地域的观照》，上海远东出版社、上海三联书店，2003 年版。

期]、周晓琳的《古代文学地域性研究的回顾与前瞻》(《文学遗产》,2006 年第 1 期)、李敬敏的《地域自然环境与地域文化和文学》(《文学评论》,2002年第 4 期)等文章均是对现有的回顾、反思以及有关学科发展的理论建设的成果。①

二、人口迁移流动与地域文化相关研究

葛剑雄先生对于中国古代人口研究成果卓著,由其主编并参与撰写的六卷本《中国移民史》(福建人民出版社,1997)和先行出版的《简明中国移民史》(福建人民出版社,1993),均是研究中国历代人口迁移的专门史。其中《中国移民史》是目前国内最系统、最完善的移民史著作。论述时间上起先秦时期,下至 20 世纪中叶,在共计两千多年的历史时段内,阐述各时期发生的中国人口迁移流动过程、移民类型、迁移原因、迁移路线和方向以及对迁出地域和迁入地域产生的经济、社会、文化等影响。除移民专门史外,葛剑雄的《我们的国家:疆域与人口》(复旦大学出版社,2010)与《人口与中国的现代化:1850 年以来》(学林出版社,1999)两部著作,也以人口问题为研究对象。其中《我们的国家:疆域与人口》一书中"中国历史上的移民类型"一章,将中国古代移民分为"生存型移民""强制型移民""开发型移民""北方牧业或非华夏族的内徙与西迁""东南沿海地区对海外的移民"等五大类别。

在专著之外,葛剑雄尚有多篇论述人口迁移流动与文化传播的文章,被集中收录至《葛剑雄文集》(广东人民出版社,2014)第五册中。其中《永嘉之乱后的人口南迁》和《永嘉乱后汉人对河西的迁移及其文化意义》二文分别论述永嘉之乱以后,北方士族为躲避战乱向外迁移的两条路径。前文详细论述了永嘉乱后,北方汉人在长达百余年的时间内数次艰难向南迁移的情况,其中对此时期移民过程中,以家族为单位移民的发现尤其值得注意。"难民在迁移过程中大多以原籍或宗族为单位,或依附于原籍的强宗大族、地方官员,集体行动。这既是在迁出地长期形成的乡土情谊和宗族观念的必然延

---

① 张明《地域文学发展的后现代状况考察》和李少群《地域文化和文学研究的价值内涵与发展走向》二文见李少群主编《地域文化与文学研究论集》,山东教育出版社,2010年版,第 22—30、10—21 页。

续，也是在战乱环境中长途迁移的需要。"① 后文则着重考察永嘉乱后，北方西迁河西走廊汉人的文化建设。这部分移民无论在数量和文化地位上，都无法与南迁的士族相比，但是将中原儒学、文字学、音乐等文化艺术传播至河西走廊一带，并与当地文化融合、发展，北朝时期又重新传入洛阳。《秦汉时期的人口迁移与文化传播》一文论述秦汉时期，由于生产力和文化欠发达，人口迁移流动对于文化传播的重要意义，这个结论印证了从人口迁移流动考察地域文化变迁的有效性。《移民与秦文化》一文，则考察以"秦"为核心的"秦人文化""秦国文化""秦朝文化""秦地文化"四种文化区域的概念，并将文化区域内的移民分为"上层移民""下层移民""强制迁入的移民"三类。其中"上层移民"观点颇值得重视，"上层移民，是指在迁入时已具有较高文化素质、经济或政治实力，并在秦国获得了较高的政治地位、行政权力或学术声望的人物，也包括这些人的后裔"。② 由此可见，对地域的文化建设而言，上层移民即政治文化精英发挥着独特作用。因此，在考察地域文化变动时，文化精英群体动态是研究的重点关注目标。《人口与中国疆域的变迁——兼论中国人口对外部世界的影响》一文，将中国视为一个特殊的"地域"，从历代疆域扩张和人口增长状况，考察中国对外部世界的影响，发现19世纪以前，中国人口数量未曾对外部世界构成威胁。

《古都与移民》和《宋以前的洛阳与移民》两篇文章中对古都文化和移民的研究，对于考察中晚明南京各类文学生产、商业出版与城市移民之间的关系具有重要的借鉴意义。前文考察了中国以及周边民族古都移民的类型、目的和影响等问题，无论是全国性的都城还是区域性的都城，都需要大量高素质的移民，这些移民人口有助于推动都城成为全国的政治、经济和文化中心。后文则对宋以前的古都洛阳进行专门研究，从西周开始到五代，洛阳城市的兴衰与移民息息相关，再次印证移民对都城文化发展的重要意义。以上文章，在人口迁移对文化传播的意义，移民的类型、层次，都城（城市）文化兴衰与移民关系等问题，对开展研究皆具有重要的启发意义。

---

① 葛剑雄：《永嘉之乱后的人口南迁》，《葛剑雄文集 5：追寻时空》，广东人民出版社，2014 年版，第 416 页。
② 葛剑雄：《移民与秦文化》，《葛剑雄文集 5：追寻时空》，广东人民出版社，2014 年版，第 114 页。

在葛氏众篇围绕人口迁移流动与文化地域传播的文中,《移民与文化传播——以绍兴为例》一文对于探究西晋"衣冠南渡"后,北方南迁家族与绍兴地区的文化传播具有直接相关性。南迁的北方大族中,王、谢等高门中有多位成员或广建别墅居住于绍兴,或在绍兴为官,这些士族作为当时的文化精英,将北方中原文学、书法、音乐、典籍等文化形式传播到当地,促使绍兴地区文化迎来前所未有的发展高峰。

在传播学、人口学、文化地理学等学科的相关研究部分中,也多有论述人口迁移流动与地域文化传播、文化建设关系的著作。赵建国的《人的迁移与传播》,是一本系统论述"现代人类迁移与信息、文化流动"的著作。尽管该书针对现代人口迁移,但是书中的某些结论和观点对古代人口迁移的研究仍具有一定意义,例如,"迁移是人类最深入的文化交流方式","异质文化的融入是重大文化创新的重要条件和途径"等。① 司徒尚纪的《广东文化地理》一书,将广东文化形成的因素归类为八种,"民族和人口迁移"是其中一种。其言:"移民一则造成文化传播,二则使不同地域文化发生交流和整合,形成新文化,推动文化向前发展,故移民在文化形成上占有很重要地位。而移民素质、源地、迁移时间、路线和分布,又影响到一个区域的文化特色。岭南文化是由生活在岭南地区各个民族共同创造的,但汉族的到来,无疑在其中起了决定性的作用。"② 由肖子华主编、国家人口计生委人事司组织编写的《人口文化学》一书中,单列一章"迁移流动人口文化",主要论述迁移流动人口的概念和对文化的影响。该书认为,人口的迁移流动"对迁出地和流入地的人口数量产生影响,同时,也会对迁出地和流入地的生产生活产生影响,进而影响和改变迁出地和流入地的人们的思想观念、风俗习惯等,最终引起两地文化的变化"。③

对于人口迁移与地域文化个案的研究,近年来也呈上升趋势。刘晓丹、徐兴蒙的《人口迁移对区域文化发展的影响——以江西省为例》一文,梳理江西历史上四次较大规模的人口迁移,包括两次人口迁入、两次人口迁出。伴随着每一次的人口迁移,江西境内都产生了文化新变,或是儒释道文化、

---

① 赵建国:《人的迁移与传播》,中国社会科学出版社,2012年版,导言。
② 司徒尚纪:《广东文化地理》,广东人民出版社,2013年版,第11页。
③ 肖子华主编,国家人口计生委人事司组织编写:《人口文化学》,中央广播电视大学出版社,2012年版,第137页。

书院文化的传入，或是客家文化、商帮文化的传出。① 孙语圣的《徽州、淮北的人口流动与文化传播》一文，主要探讨历史上古徽州三次重大的人口迁移对于徽州文化建设的重要意义。大量中土移民的迁入，将中原的先进文化带入徽州，儒学之风改善了古徽州好武尚勇的民风。②

　　以上著作和文章均是针对人口迁移流动与文化传播、人口迁移与地域文化方向的研究。对于文化中的文学部分，则并无专门的探讨，或一笔带过或与艺术等其他文化形式不做区分。对地域文化和人口迁移流动的研究，最终的落脚点仍是文学。因此，梳理关于人口迁移流动对文学影响的研究，在研究对象、方法和路径等问题上更具参考意义。李浩的《论唐代文学士族的迁徙流动》一文，将目标人群聚焦于唐代文学士族，通过考察地方士族迁移流动的原因与路径，得出地方士族的迁移流动使得士族的地方性不断丧失、文学的地域风格不断弱化，但有利于迁入地区文化发展的重要结论。③ 该文对于考察唐代士族移民与文学地域变迁具有重要的指导意义。张利亚的《唐代河西地区人口迁移对诗歌西传的影响——以敦煌诗歌写本为例》一文，以敦煌诗歌写本为研究对象，考察唐代中原地区移民对西部的文化影响力问题。文学作品成为唐代移民带动中原文化向西传播的关键证据。④ 吕蔚在博士论文《走出盛唐——安史之乱与盛唐诗人研究》第四章"安史之乱中人口迁移及盛唐诗人群体"中，直接以中国历史上第二次大规模人口迁移"安史之乱"为时间节点，论述在战乱时期大移民的大背景下，盛唐诗人群体的去向问题。经检索史料和数据统计发现，盛唐诗人群体流入最多的地区是江南地区，其中江淮地区是诗人群体主要流入区域。除江南之外，蜀中亦是重要的流入地区，也有部分诗人因为入幕流入西域一带。诗人流入江南、蜀中和西域地区的主要原因为避难、从军、遭受贬谪、接受伪职等，在诗人群体迁移流动的过程中，逐渐形成了若干个新兴的文学区域。江南、蜀中、西域等地都是在

---

① 刘晓丹、徐兴蒙：《人口迁移对区域文化发展的影响——以江西省为例》，《老区建设》，2021 年第 6 期。

② 孙语圣：《徽州、淮北的人口流动与文化传播》，《东方论坛》，2021 年第 2 期。

③ 李浩：《论唐代文学士族的迁徙流动》，《文学评论》，2005 年第 2 期。

④ 张利亚：《唐代河西地区人口迁移对诗歌西传的影响——以敦煌诗歌写本为例》，《内蒙古社会科学》（汉文版），2015 年第 6 期。

诗人群体流入后，进入文学的繁荣期。① 在众多文体中，戏曲是深受地域文化影响的一种文学体式。罗金满在博士论文《文化地理学视野下的大腔戏发展研究》第一章"大腔戏流行区的地理背景"中，将大腔戏流行地域认定为今日"福建省中北部的永安、大田、尤溪、沙县、三明（三元区、梅列区）和南平等县市的部分乡村"。② 在其梳理该地区地理背景时，"人口迁移"是重要一项，因为在汉晋以前，此地处于汉、越杂居区，早期土著居民为闽越人。汉晋以来，由于持续进行的北方汉人南下此地的人口迁移，汉族人口逐渐成为当地数量最多的常住居民，并成为福建五大民系之一的闽北人，而大腔戏流行区的主要人口特征正是"以闽北人为主的多元民系杂居之地"。③ 人口迁移成为一种地方戏曲形成的重要背景。

---

① 吕蔚：《走出盛唐——安史之乱与盛唐诗人研究》，陕西师范大学博士论文，2005 年，第 111—140 页。

② 罗金满：《文化地理学视野下的大腔戏发展研究》，福建师范大学博士论文，2016 年，第 21 页。

③ 同上，第 49 页。

第一章　地域与士族南迁：六朝高门与会稽山水

中国历史上第一次人口大规模迁移发生在西晋末年，晋元帝司马睿渡江，建立东晋，刘知几称"衣冠南渡"。东晋定都建康，江南多个地区也成为北方人口迁移的落脚点，其中会稽绍兴一带更因为开发早、地理位置优越、风景秀美等原因成为北方士族理想的迁居之地，王、谢等大族的诸多子弟定居于此，"绍兴"因此得名。绍兴作为东南沿海地区最为重要的中心城市，历史上商贸繁荣。东汉时期，绍兴成为中国青瓷的发源地、手工业中心；魏晋时期，作为繁华的商业城市，一度改郡为国，晋元帝赞誉绍兴有"关河之重"，是东晋王朝所依赖的"泱泱大邦"。此际绍兴，贵族庄园星罗棋布，"王公妃主，邸舍相望"。天下名士在会稽竞逐风流，会稽成为全国第一大郡。作为南方商贸中心，绍兴以越窑瓷器扬名天下。同时绍兴造纸业、制盐业、造船业也兴盛一时，许多地方形成了自由集市，城中商旅往来，络绎不绝，富商大贾云集。会稽世家大族的豪奢和富有盛况空前，出则千骑簇拥，入则列鼎玉食。同时由于会稽的军事政治地位，"王与马共天下"的时代，栖居会稽的贵族士人在政治上极具影响，极大地推动了绍兴城娱乐文化的发展。东晋咸和四年（329），首都建康在经历苏峻之乱后逐渐凋零。当时即有官员主张迁都会稽，虽最终未能成行，却证明了会稽举足轻重的地位。南朝刘宋年间，朝廷设置"扬州"，治在山阴。晋迁江左，中原衣冠之盛，咸萃于越。会稽郡成为世家大族的移民聚居地，王、谢家族纷纷定居会稽，极大地推动了绍兴地区经济文化的发展。《世说新语》中记载了如东床快婿、曲水流觞、东山再起、乘兴而来等许多与会稽相关的典故，成为后世耳熟能详的文人雅事。作为六朝文化中心，会稽玄学、佛经翻译、山水文化等领域的成就主导了数百年间人们的思维方式和审美旨趣，文学、艺术、宗教的繁荣旷古未有，并延续到唐宋时期，推动了中国古典美学的发展。

吴越文化作为相对独立的地域文化，肇始于春秋战国，形成于秦汉时期。这一漫长动荡的历史时期，吴越地区的越人大量入海南奔，中原人南下进入吴越。早期的吴越权势之家不复存在，如富春孙氏，本是齐国孙武之后。中原孙氏是春秋时期陈国公子完的后裔，公元前672年，陈完因内乱逃奔齐国，改称田完。孙武的祖父田书，因伐莒有功，齐景公赐姓孙氏。齐国内乱，孙武携带《兵书》13篇来到江南，受吴王阖闾的重用，帮助吴军破楚入郢，孙武的后辈子孙遂定居江南。孙武之孙孙膑在"田氏代齐"后返回齐国，而孙武之子孙明仍居于富春江一带，遂为富春孙氏，后此地遂发展成孙姓的主要郡望。文化从来就不是封闭的，绍兴地域文化特色的形成过程也是南北文化相互碰撞、相互交融的过程。两汉以来，迁徙至江南的北方士族日益增多，江南得到开发。三国鼎立时，一批新的士族因而诞生。陈寅恪将东晋初的孙吴旧族分为两类：一类是文化士族，如吴郡的朱、张、顾、陆，会稽郡的孔、贺等；一类是武力豪族。由于会稽孔氏、贺氏的强大地位，陈寅恪将二姓作为一个独立的士族集团进行专门研究。伴随着生活的稳定，南下的武力豪族在江南富足的环境中也逐渐由武转文，发展为文化家族。沈约《宋书·自纪篇》载，沈氏先祖靖，西汉末为济阴太守，避新莽之祸隐居桐柏山，其子戎徙居会稽郡乌程。移居江南的沈氏传承家族文化，崇尚武力。直到南朝沈约，研讨诗律，成为南朝文坛领袖，沈氏家族才逐渐转化为文化家族。由此，学界认为，直到永嘉之乱，北方士人大量南渡，改变了吴越文化的尚武特点。这些中原士族南迁之后，为稳固在江南的地位，他们首先致力于在经济方面打下丰厚的基础，但恢复其往日的家族声望则需要教育。因此，南迁的中原世家都极为重视对子孙后辈的培养，使他们能够顺利步入仕途，以提升家族地位。

据葛剑雄先生研究发现，绍兴所拥有的丰厚文化底蕴，并非直接继承古代的越人文化或附近的河姆渡文化、良渚文化，而是来自黄河流域形成又传播过来的华夏文化。葛剑雄先生将汉魏六朝时期的北方移民视为传播先进文化的重要媒介，而南方地区作为北方移民的迁入地，其发展的黄金时期就是北方移民大规模迁入的时期，因此西晋末年的人口大迁移成为南方文化发展由落后转为先进的关键时期。而当时绍兴一带，由于移民中不乏顶级士族，文化实现了跨越式的发展。"所以如果要了解历史时期的绍兴文化，了解它的发展演变过程，就必须了解绍兴历来的移民。"①

第一节 土著与移民：东晋以前南迁士族的地域适应

汉魏六朝时期，西晋末年"衣冠南渡"并不是北方士族首次南迁，在此之前两汉时期，也有部分士族为躲避战乱迁到吴地，成为移民。秦统一中国，分全国为三十六郡。吴越地区设会稽与鄣二郡。会稽郡治所在吴县（今苏州），西汉时辖境扩大到福建全省。各郡县官员基本上都由中原人担任。西汉末年，中原大乱。江南地区尚是平静的乐土，大批北方中原士族避难江南，遂成为江南富室，如东汉时山阴郑弘，官至大司农，但郑弘的祖籍并非会稽，其曾祖本齐国临淄人，汉武帝强徙中原豪族时由齐国临淄迁到会稽山阴。汉武帝时期，为了防止大户积聚力量，谋反抗上，强徙中原大姓到异地。在这次遣散中，郑弘的曾祖父带着三个儿子迁到山阴，并在此安家立业。长子郑吉，即郑弘的从祖，汉宣帝时首任西域都护；次子任兖州刺史。迁徙山阴的郑氏，不久发展成为会稽大姓。至郑弘则官至蜀郡属国都尉。东汉王充，祖籍魏郡元城（今河北大名），远祖从军有功，西汉时封于山阴，后世子孙兴旺。王充家族也是北方南迁的豪门。后起的东吴四大姓之一吴县陆氏家族，也是中原士族，西汉时陆烈任吴县令，遂定居，后辈子孙发展为"江东大族"。西汉更始元年（23），任延为会稽都尉。落籍江南的中原名士拥有北方先进的文化资本，很快在江南地区繁衍发展。江南人口迅速增长，荒地得到开垦。到汉顺帝永建四年（129），分会稽郡为吴郡与会稽郡。吴郡治所在吴县（今苏州），会稽郡治所在山阴（今绍兴）。司马迁《史记·货殖列传》记载了汉代以前江南"无积聚而多贫"，但到东汉时期，"江淮以南，无冻饿之人，亦无千金之家"的状况已不复现，江南逐渐发展为天下粮仓。

---

① 葛剑雄：《移民与文化传播——以绍兴为例》，《葛剑雄文集5：追寻时空》，广东人民出版社，2014年版，第583页。

作为早于晋室南迁的这些士族，由于在南方地区扎根更早，与跟随司马睿同时南迁的士族相比，这部分士族早已在南方繁衍数代。因此，尽管同为北方移民，这部分士族又成为后期南移的北方侨姓士族眼中的南方土著。外地人口迁入时，在融入迁入地的过程中可能会先面临一定的阻碍，或者和当地居民存在文化、政治、经济和思想观念、生活习惯等方面的冲突。这一点在精英群体即士族阶层体现得更为明显，六朝时期南、北方士族的地域冲突学界也多有关注。西晋时期，关于北方士族歧视、嘲讽南方士族的事例在《世说新语》中并不鲜见，因为西晋的建立，是基于北方政权战胜南方的方式，因此中原士族认为吴地士族为战败方，态度轻慢。① 而"衣冠南渡"之后的东晋初期，是南、北方士族减少对抗，走向合作的关键节点，自此早期迁移到南方的这部分北方士族，纷纷迎来发展的契机。

这些早在两汉时期迁往南方的士族，在家族发展过程中首先面临融入异地文化的困难，历经周折变为江南土著后，又面临以北方人士南迁为主的新兴王朝。在重重困难下，发展良好的家族，无不采用灵活的应对之策，让家族与时俱进。贺氏家族由经学传家，却因武功起家，后又由武转文，修习礼学，始终能跟随时代潮流，保持家族的先进性。孔氏一族为儒学南传至会稽地区贡献了重要力量，但是在魏晋玄学盛行的大背景下，家族子弟援玄入儒，儒、玄兼修。

一、由武转文：山阴贺氏与会稽礼学发展

左思《吴都赋》云：

> 其居则高门鼎贵，魁岸豪杰。虞魏之昆，顾陆之裔。歧嶷继体，老成弈世。跃马叠迹，朱轮累辙。陈兵而归，兰锜内设。冠盖云荫，闾阎闻喧。其邻则有任侠之靡，轻訬之客。缔交翩翩，傧从弈弈。出蹑珠履，动以千百。里宴巷饮，飞觞举白。翘关扛鼎，拚射壶博。鄱阳暴谑，中酒而作。②

---

① 例如《世说新语·言语》中"蔡洪赴洛"条，北方人认为南方士人为"吴楚之士，亡国之余"。

② ［梁］萧统编，胡克家校刻：《文选》，中华书局，1977年版，第88页。

文中将三国时期东吴的大家族概括为"虞魏之昆，顾陆之裔"，其中"虞魏之昆"是指会稽士族中的虞氏和魏氏，"顾陆之裔"是指吴郡士族中的顾氏和陆氏，这些家族皆是吴国当时首屈一指的名门望族。魏晋时期，江南世家豪门已成为一种难以撼动的社会力量。两汉时期，江南本土大族最为显耀的是顾氏，顾氏是由越族后裔发展起来的江东土著。

会稽本地的豪门望族在东汉就已经形成，在东吴时期就已经获得长足发展，永嘉之乱后，晋室南渡，东晋建立，会稽本地的世家望族依旧发展良好，南朝时期发展有所回落。除了虞、魏两族之外，会稽当地的望族尚有孔氏和谢氏，以上四族被称为"会稽四姓"。会稽本土的四个大家族在不同时期发展并不同步，发展轨迹各不相同。如魏氏和谢氏，在孙吴时期有所建树，但两晋之后即逐渐销声匿迹。而虞氏和孔氏在发展过程中虽然经历了数次跌宕起伏，但由于家族成员的持续努力，始终在政治舞台上，历六朝而不衰。除以上四个家族外，会稽尚有多个家族发展到一定规模，在当地产生深远的影响。据《绍兴通史》载："（东晋时期）土著豪门士族的势力虽然强大，而其地域分布是很不平衡的，主要集中于聚居平原地区的山阴和余姚两县。"[1] 上文提及，之所以称这些家族为会稽本土家族，是与跟随晋室南渡的北方南下家族形成对比，与王、谢等家族相比，这些家族在会稽当地已经繁衍良久。如果继续向魏晋之前推移，会稽本土世家望族也大多是从北方迁移而来。因为南方的开发晚于北方，汉末一些北方家族迁移到南方。而到魏晋时期，这些较早迁移到南方的家族已经能够适应南方的水土，因此称其为本土家族。魏晋时期，山阴贺氏亦是颇具影响力的本土士族。

山阴贺氏家族原本也是北方豪族，《晋书·贺循传》："贺循，字彦先，会稽山阴人也。族高祖纯，博学有重名，汉安帝时为侍中，避安帝父讳，改为贺氏。"[2] 贺氏原姓为庆氏，因为避讳改姓为贺。关于贺氏家族南迁的时代，《元和姓纂》也有类似记载。会稽贺氏南迁的时代为西汉末，从贺纯开始改姓为贺，可见会稽贺氏南迁的时代在会稽本土士族中明显较早。贺氏在汉代作为北方士族，家族按照当时的社会风尚修习儒学，南迁后继续保持家族学风，是当时著名的礼学家族。贺纯就以儒学为业，品行突出，得到李固欣赏，"纯

---

① 李永鑫主编：《绍兴通史》，浙江人民出版社，2012年版，第509页。
② ［唐］房玄龄等：《晋书》卷六十八《贺循传》，中华书局，1974年版，第1824页。

字仲真，会稽山阴人。少为诸生，博极群艺。十辟公府，三举贤良方正，五征博士，四公车征，皆不就。后征拜议郎，数陈灾异，上便宜数百事，多见省纳"。① 贺纯不仅"博极群艺"，并且"三举贤良"，可见其品行之突出。

东吴时期，贺氏子弟贺齐为武将，历任威武中郎将、偏将军、后将军等军职，立有军功。贺纯曾孙贺循是贺氏家族在东晋的核心人物，是当时江南本土支持司马睿的士族领袖之一。《晋书·贺循传》曰："循少玩篇籍，善属文，博览众书，尤精礼传。"② 贺循精通礼制，在东晋建立之初，朝廷议论礼制时，贺循曾多次提出见解。当时，司马睿渡江，江南本土士族对于司马氏怀有警惕之心，贺循是本土士族中率先支持司马氏的领袖之一，对东晋在江南政权的稳固做出了重要贡献。东晋建立初期，贺循参与制定礼仪。当时新朝建立，百废待兴，《晋书·贺循传》载："时宗庙始见，旧仪多阙，或以惠、怀二帝应各为世，则颍川世数过七，宜在迭毁，事下太常。"③ 贺循凭借渊博的礼学知识帮助司马氏制定礼仪，获得朝野称赞，"时尚书仆射刁协与循异议，循答义深备，辞多不载，竟从循议焉。朝廷疑滞皆谘之于循，循辄依经礼而对，为当世儒宗"。④ 贺循著述颇丰，《隋志》记载其作品有《丧服要记》《丧服谱》《会稽记》《晋司空贺循集》等。

贺循之后，贺氏家族礼学世代相传。魏晋时期，玄学盛行，儒学并不是显学，南朝梁武帝推崇儒学，贺氏子弟又得以发挥家学。此时贺氏礼学代表人物是贺循玄孙贺玚，《南史·贺玚传》载：

> 贺玚，字德琏，会稽山阴人，晋司空循之玄孙也。世以儒术显。……玚少聪敏，齐时沛国刘瓛为会稽府丞，见玚深器异之。尝与俱造吴郡张融，指玚谓曰："此生将来为儒者宗矣。"荐之为国子生，举明经。后为太学博士。……武帝异之，诏朝朔望，预华林讲。四年，初开五馆，以玚兼《五经》博士。别诏为皇太子定礼，撰《五经义》。时武帝方创定礼乐，玚所建议多见施行。⑤

---

① [宋] 范晔著，[唐] 李贤注：《后汉书》卷六三《李固传》，中华书局，1973 年版，第 2082 页。
② [唐] 房玄龄等：《晋书》卷六十八《贺循传》，中华书局，1974 年版，第 1830 页。
③ 同上书，第 1828 页。
④ 同上书，第 1830 页。
⑤ [唐] 李延寿：《南史》卷六二《贺玚传》，中华书局，1975 年版，第 1507—1508 页。

　　此段完整地记载了贺循之后，贺氏家族礼学继承的情况。贺玚父亲继承家学，并将其传至贺玚，贺玚作为家族的优秀子弟，年轻时便展现了非凡的才华，被认定为未来的"儒宗"。果然，贺玚不负众望，得到梁武帝重用，先后任太学博士、五经博士等职，撰写礼学著作。贺玚还培养了家学接班人，两个儿子贺革、贺季，以及侄子贺琛。其中贺琛成就最高，成为贺氏礼学的又一代表人物，《南史·贺玚传》附《贺琛传》曰：

> 　　初，玚于乡里聚徒教授，四方受业者三千余人。玚天监中亡，至是复集，琛乃筑室郊郭之际，茅茨数间，年将三十，使事讲授。既世习《礼》学，究其精微，占述先儒，吐言辩絜，坐之听授，终日不疲。……普通中，太尉临川王宏临州，召补祭酒从事，琛年已四十余，始应辟命。武帝闻其有学术，召见文德殿，与语悦之，谓仆射徐勉曰："琛殊有门业。"①

　　贺琛得到伯父贺玚传授家学，贺玚去世后，贺琛继承伯父事业，深得武帝信任，庭庙祭祀等礼仪全部由其负责。贺琛著《三礼讲疏》《五经滞义》等礼学著作及诸仪注100余篇。

二、学术南传：虞氏家学与余姚学术建设

　　东晋时，除山阴县之外，余姚县是会稽本土士族聚居的另一个地区，主要有虞氏、严氏、董氏、陈氏、茅氏、黄氏、邵氏等家族，其中虞氏一族最为鼎盛。唐长孺《东汉末期的大姓名士》云："东汉二百年来培养了具有高度文化修养的名士，这些名士多半是由社会经济发达地区的大姓中产生的。会稽虞氏自零陵太守光至玄孙翻五世传《易》，会稽贺氏世传礼学，有名的党人名士，被列为八俊之一的魏朗是会稽人。"② 余姚虞氏也非会稽原住民，两汉之际从北方迁入会稽。虞氏家族从虞意开始就从东郡迁移到余姚，到虞翻已在会稽经营六代，成为东吴时期江东有名望的大家族，此后魏晋六朝虞氏继续保持良好的家族地位。究其原因，"在家风上，虞氏允文允武，凭藉道德、事功、学术以及强大的宗族和经济力量，巧妙处理与各种势力的关系，从而

---

① ［唐］李延寿：《南史》卷六二《贺玚传》，中华书局，1975年版，第1509页。
② 唐长孺：《魏晋南北朝史论拾遗》，中华书局，1983年版，第49—50页。

维持家族势力长期不坠"。① 虞氏南迁后，家族首位在文化领域产生重要影响力的人物是虞翻，其为东吴易学大家，《三国志·虞翻传》曰：

> 翻性疏直，数有酒失。权与张昭论及神仙，翻指昭曰："皆死人而语
> 神仙，世岂有仙人邪？"权积怒非一，遂徙翻交州。虽处罪放，而讲学不
> 倦，门徒常数百人。又为《老子》《论语》《国语》训注，皆传于世。②

虞翻因性情疏直，多次触怒孙权，孙权将虞翻流放到岭南交州。虞翻在交州持续讲学，孜孜不倦，门徒众多。虞翻学识广博，著述颇丰，并为《老子》《论语》《国语》等经典作注，广开岭南学风。虞翻最为重要的学术成就是对易学研究的推动，"作为东汉三国时期的易学大家，虞翻承于荀爽的传统，以卦变说解《易》，其中蕴含着阴阳变易的辩证思想，而且取代了《易纬》的阴阳灾异之说。除卦变说外，之正说、旁通说、互体说、半象说、卦气说、纳甲说、反对说、成既济定说等共同构成了虞翻易学的象数易学体系。这个体系是在吸收以往成果基础上的集大成总结和发展，对后世易学产生了很大的影响。虞翻易学在一定程度上使得象数形式与义理内容的矛盾更加激化，将象数易学引向了极其复杂的道路，但在其体系中又可见以道家思想解《易》的基本走势，并在客观上启发了王弼易学"。③

虞翻的族曾孙虞喜、虞预兄弟是虞氏家族在两晋时期的代表人物。虞喜，字仲宁，博学好古，继承家学，是当时著名的经学家。《晋书·虞喜传》曰："喜在会稽，朝廷遣就喜谘访焉。其见重如此。……释《毛诗略》，注《孝经》，为《志林》三十篇。凡所注述数十万言，行于世。"④ 虞喜出身于仕宦家庭，父亲虞察是东吴的征虏将军。虞喜与贺循是同辈人，同出身于会稽，因此二人有往来。贺循入仕，官途显达，虞喜无入仕做官的想法，一直从事学术研究。由于将毕生精力放在学问上，虞喜取得了多方面的成就。首先，"专心经传"，虞喜对于儒家经典有深入的研究，释《毛诗略》，注《孝经》。

---

① 张宏璞：《两晋至隋唐时期的会稽余姚虞氏家族》，《鲁东大学学报》，2011 年第 1 期，第 20 页。

② ［晋］陈寿撰，［宋］裴松之注：《三国志》，中华书局，1959 年版，第 1321 页。

③ 张涛：《略论虞翻易学》，《山东师范大学学报》，2016 年第 4 期，第 100 页。

④ ［唐］房玄龄等：《晋书》卷九一《虞喜传》，中华书局，1974 年版，第 2348—2349 页。

虞喜对典制礼仪也多有研究，曾解答过"吴刚二嫡妻议""答访四府君迁主""答或问旧君服""答孔瑚问庶子为人后其妻为本舅姑服""又答瑚进问玄孙之妇传重"① 等礼制问题。贺循是礼学名家，虞喜也曾与其辩论礼制问题，促进了东晋礼制的完善。其次，虞喜"兼览谶纬"，即从事天文研究。虞喜的天文研究取得了重要突破，著《天安论》，讨论了宇宙的运行并否定了"天圆地方说"等论述。他将回归年与恒星年两种结果进行对比，结果发现"岁差"。虞喜认为，"古历将节气与星度相等同是不正确的，寒暑变化一周不等于太阳在恒星间运行一周。这就分清了周天与周岁的不同概念，并求出了二者具体的差数约五十年退一度。这个差数便称为'岁差'。含义是太阳在黄道上运动，经过岁之后并未回到原处，尚差 1/50 度（赤经差）"。② "岁差"是重大的天文发现，"祖冲之、刘焯将'岁差'应用于历法，制《大明历》《皇极历》，开创了中国天文学的新纪元"。③

虞预，字叔宁，虞喜弟。本名茂，犯明穆皇后母讳，故改名。虞预是著名的历史学家，《晋书·虞预传》曰：

> 预雅好经史，憎疾玄虚，其论阮籍裸袒，比之伊川被发，所以胡虏遍于中国，以为过衰周之时。著《晋书》四十余卷、《会稽典录》二十篇、《诸虞传》十二篇，皆行于世。所著诗赋碑诔论难数十篇。④

虞预对于传承和弘扬会稽文化，做出了重要贡献，其《会稽典录》，是浙江最早的人物志。虞喜撰《晋书》40 卷，《诸虞传》12 篇，皆在当世广为流传。此外，虞预文章才能出众，于诗赋和各类应用文均有涉猎。

虞喜兄弟皆活动于两晋，以学问称名于世。当时虞氏一族政治显达的乃是虞潭一支，虞潭乃虞忠之子，虞翻之孙。虞潭历任屯骑校尉、右卫将军、吴兴太守、国内史和会稽内史等职，立有军功，被封武昌县侯。虞潭"子仡嗣，官至右将军司马。仡卒，子啸父嗣。啸父少历显位，后至侍中，为孝武

---

① ［清］严可均辑：《全晋文》，商务印书馆，1999 年版，第 869—871 页。
② 徐锡祺主编：《科学家小词典》，人民教育出版社，2000 年版，第 56 页。
③ 张宏璞：《两晋至隋唐时期的会稽余姚虞氏家族》，《鲁东大学学报》，2011 年第 1 期，第 20 页。
④ ［唐］房玄龄等：《晋书》卷八十二《虞预传》，中华书局，1974 年版，第 2147 页。

帝所亲爱"。① 东晋时期，虞氏家族代表人物是虞球、虞存和虞謇，可惜晋书无传。南朝齐，虞氏家族以虞玩之声名最显，《南史》《南齐书》皆有传。虞玩之曾位居九卿，上书推动解决南齐的户籍问题。虞氏家族在会稽本土士族中发展较好，直到隋唐还有虞世基、虞世南兄弟继承族业。

会稽的本土士族在汉魏六朝先后迎来了家族的兴旺。随着时代的发展，一些家族归于沉寂，一些家族抓住时机崛起，但是整个汉魏六朝，是会稽本土士族发展的重要时期。大部分家族在此时期开始崭露头角，登上政治舞台。会稽本土士族的发展，是中国南方社会发展的一个缩影。自东汉开始，江南地区迎来了发展的第一个重要阶段。大量北方家族的迁入，使南方迅速得到开发。永嘉之乱后，晋室南渡，整个国家的政治文化中心转移到江南。除了王、谢等侨姓士族外，也给江南当地的士族带来了发展的机遇。

三、教化与刑律：孔氏家族文章写作与政治表现

山阴是会稽本土豪门大族的聚居地之一，主要分布有孔氏、贺氏、魏氏、谢氏、虞氏、张氏、丁氏等家族，其中孔氏家族最为强盛。会稽四姓中，山阴占孔、谢、魏三姓。

会稽孔氏亦是后汉末由北方迁入南方的家族。《晋书·孔愉传》载："孔愉，字敬康，会稽山阴人也。其先世居梁国。曾祖潜，太子少傅，汉末避地会稽，因家焉。祖竺，吴豫章太守。父恬，湘东太守。从兄侃，大司农。俱有名江左。"② 孔愉曾祖孔潜在后汉末举家南迁会稽，此后祖父孔竺到父亲孔恬历代为官，在会稽扎根。孔氏南下的时间在会稽本土士族中并不算早，东汉中期以后，会稽当地已有发展良好、在政治和文化上崭露头角的家族，比如，以礼学称名的贺氏和以易学名闻南北的虞氏。孔氏家族后汉末年举家南迁，由于起步时间稍晚，在东吴时期并未产生较大的影响力，因此在《三国志》中不见记载。事实上，在东吴时期，会稽家族几乎都未进入政权核心，其政治参与度远不如吴郡家族子弟。但是，100 多年间，孔氏历经三代虽然默默无闻，但并非停滞不前。该家族在这段时期内，适应南迁环境，休养生息，培育子弟，在会稽这片土地上默默耕耘，为后来的崛起做了较为充足的准备。

---

① ［唐］房玄龄等：《晋书》卷七十六《虞潭传》，中华书局，1974 年版，第 2014 页。
② ［唐］房玄龄等：《晋书》卷七十八《孔愉传》，中华书局，1974 年版，第 2051 页。

两晋之际，孔氏家族发展的时机到来。孔氏第一位重要人物是活动于东晋初年的孔愉，此时距离孔潜南下已历经四代。从孔氏南迁的第四代子弟孔愉开始，山阴孔氏的发展迎来辉煌。一个家族的发展，在重要的历史节点，都离不开领袖人物的引领。对孔氏家族而言，孔愉就是引领家族从平凡走向繁荣的第一位关键人物。《晋书·孔愉传》曰：

> 愉年十三而孤，养祖母以孝闻，与同郡张茂字伟康、丁潭字世康齐名，时人号曰"会稽三康"。吴平，愉迁于洛。……建兴初，始出应召。……后省左右仆射，以愉为尚书仆射。愉年在悬车，累乞骸骨，不许，转护军将军，加散骑常侍。复徙领军将军，加金紫光禄大夫，领国子祭酒。顷之，出为镇军将军、会稽内史，加散骑常侍。①

孔愉少年以孝成名，与同郡张茂（字伟康）、丁潭（字世康）齐名，并称"会稽三康"。东晋选人实行九品中正制，孔愉孝名远播，这为其入仕积攒了良好的声望。入仕后，孔愉在永嘉之乱后迎来了发展机遇，先是进入元帝安东将军幕府，担任参军。建兴初年，孔愉又先后担任丞相掾、驸马都尉、参丞相军事等职。后来讨伐华轶建立军功，获封余不亭侯。此后孔愉一路官运亨通，任尚书仆射，又迁领军将军、镇军将军、会稽内史等职，加散骑常侍、金紫光禄大夫。去世后，赠车骑将军、开府仪同三司，谥号贞，孔愉是南朝时期会稽孔氏政治地位最为显赫的人。

孔愉不仅以其政治影响力引领着孔氏家族的发展，其个人品节亦称于当时。孔愉政治生涯绵长，先后仕东晋三朝，亲眼见证了王敦之乱、苏峻之乱。在两次事件中，孔愉始终保持正直的操守，不依附权贵。因此，温峤给予其极高的评价，认为孔愉能遵守古人之节，像松柏一样品节高洁。东晋时期，士族与司马氏共治天下，士族名门往往更以家族利益为先。因此，士族与皇室争权的事件时有发生。当时，玄学思潮盛行，经学并非主流。孔愉能坚持守古人之节，难能可贵。这与孔氏家族儒学素养深厚具有密切的关系。

从孔愉开始，会稽孔氏开始在政坛崭露头角，迎来家族发展的第一个黄金时期。孔愉之后，其子孙辈皆出仕任官，孔愉长子孔訚，世袭其父余不亭

---

① ［唐］房玄龄等：《晋书》卷七十八《孔愉传》，中华书局，1974年版，第2051页。

侯爵位，官至建安太守。孔愉孙、孔闾子孔静，亦官居要职，官至会稽内史、尚书仆射。孔愉二子孔汪，先后任征虏将军、平越中郎将、广州刺史等职，政绩斐然。孔愉三子孔安国，以儒素显，官至尚书左、右仆射，加赠左光禄大夫。此外，孔愉从子孔坦是家族中继孔愉之后第二位地位显赫的子弟。《晋书·孔愉传》附《孔坦传》载：

> 坦，字君平。祖冲，丹阳太守，父侃，大司农。坦少方直，有雅望，通《左氏传》，解属文。元帝为晋王，以坦为世子文学。①

孔坦擅长儒家经典，少有雅望。与孔愉不同，孔坦并未以军功获封，但是孔坦亦亲历了王敦之乱、苏峻之乱，并且在事件中表现出杰出的军事才能。首先，王敦之乱时，琅琊王氏乃士族之首，高门大族多持观望态度，孔坦却旗帜鲜明地反对王敦，主动去讨伐依附王敦的沈充。叛乱平息后，孔坦升迁。后又参与平息苏峻之乱，《晋书·孔坦传》记载了在平息苏峻的叛乱中，孔坦表现出了惊人的谋略。② 他率先察觉到苏峻用兵的计划，庾亮没有听从，结果真如孔坦所言。孔坦投奔陶侃后，为其出谋划策，充当军师。孔坦多次预估苏峻的行动，为平息苏峻叛乱做出重大贡献。而孔愉在此次叛乱中也展示出极高的风范，苏峻起兵直逼建康，众人纷纷逃离，只有孔愉不畏苏峻，坚守职位。孔坦和孔愉在王敦和苏峻两次叛乱中，表现出色，纷纷加官晋爵，揭开了家族兴旺发展的帷幕。孔氏家族行事风格谨慎，并不冒进，也不过分亲近一方势力，使他们在复杂的政治斗争中得以保全。孔坦先担任王导的别驾、司马等职，但是其劝说晋帝不能过分倚仗王导，而要"博纳朝臣，咨取善道"。孔坦虽然曾在王导手下任职，但是他不满王氏操控权柄，与王导矛盾颇深。但是经过王敦和苏峻之乱后，会稽孔氏已经在东晋政坛上占有重要的地位。王氏与庾氏争权时，皆要考虑孔氏的影响力。庾氏对孔坦颇为亲近，尤其庾冰与孔坦关系密切，孔坦临去世前，庾冰还前去探望。相对于矛盾颇深的王氏一族，孔坦对于庾氏更充满期待，临去世前还给庾亮写信，希望庾氏能够重新统一南北。

事实上，孔氏一族在东晋政坛的影响力，相关数据能较清晰地显示。从

---

① ［唐］房玄龄等：《晋书》卷七十八《孔坦传》，中华书局，1974年版，第2054页。
② 同上书，第2056页。

孔愉开始，孔氏家族在整个东晋时期都颇为显赫，据统计，在东晋时，南人任侍中者 17 人，可确定的就有孔氏 6 人；南人任尚书仆射者 10 人，有孔氏 3 人。而担任颇有实权的领护之职的 10 名南人中，也有孔氏 3 人。同时，孔氏还有 5 人任吴兴太守、3 人任会稽内史。① 由此可知，在东晋南朝时期，会稽孔氏子弟长期处于高位，就政治影响力而言，孔氏在会稽士族中后来者居上，超越了汉晋以来会稽郡虞、贺、魏、谢等家族。

孔氏不仅政治地位显赫，其家族更以儒学称名当世。王永平认为，"孔氏之所以能长期保持较为兴旺的发展势头，成为会稽地区的显赫门第，有着多方面的社会因素，其中文化因素尤为重要"。② 孔氏出身于中原，汉时，家族在南迁之前就世代修习经学；南迁后，孔氏继续传承家学，重视儒学。经学是汉代主流思潮，世家大族无不修习经学。汉代政治、经济、文化和学术中心皆在北方，江南地区有待开发。东汉时期，私学发展兴盛。《后汉书·儒林列传论》："自光武中年以后，干戈稍戢，专事经学，自是其风世笃焉。其服儒衣，称先王，游庠序，聚横塾者，盖布之于邦域矣。若乃经生所处，不远万里之路，精庐暂建，赢粮动有千百，其著名高义开门受徒者，编牒不下万人，皆专相传祖，莫或讹杂。至有分争王庭，树朋私里，繁其章条，穿求崖穴，以合一家之说。"③ 私学的发展带动了儒学南传，会稽地区也出现了一批儒学名士。东汉时期，儒学的南传对吴越地区的经学发展和学术思潮都起到推动作用。这是此地区经学飞速发展的开端，此后该地经学一直以良好的态势发展，并且开始对北方主流学术文化产生影响。东汉是南方地区开发的一个重要阶段，许多北方家族迁入江南地区，为该区域注入了新的发展活力。由于北方经学之士的带动，会稽本土的家族也开始重视学习经学。作为当时的主流思想，经学在会稽迅速传播开来。后汉时期，孔氏家族南迁，此时江南的经学已经发展起来。

孔氏一门以经学见长，这一家族的南迁促进了会稽儒学的发展。孔冲是其中的杰出代表，孔冲是孔潜二子，孔氏迁入会稽的第二代子弟。《晋书·许

① 张承宗、孙中旺：《会稽孔氏与晋宋政治》，《浙江学刊》，2005 年第 5 期，第 131 页。
② 王永平：《东晋南朝时期会稽孔氏家族文化探论》，《社会科学辑刊》，2003 年第 2 期，第 126 页。
③ ［宋］范晔著，［唐］李贤注：《后汉书》，《儒林列传》下，中华书局，1973 年版，第 2588—2589 页。

孜传》曰："许孜，字季义，东阳吴宁人也。孝友恭让，敏而好学。年二十，师事豫章太守会稽孔冲，受《诗》《书》《礼》《易》及《孝经》《论语》。学竟，还乡里。冲在郡丧亡，孜闻问尽哀，负担奔赴，送丧还会稽，蔬食执役，制服三年。"① 许孜以孝义闻名，其与孔冲师生情谊名垂青史，许孜也开尊师好学的先例。许孜是孔冲的学生，受其影响深远。能教养出许孜这样的学生，并且受到学生如此的崇敬，可见孔冲之品行和才学。孔冲教许孜受《诗》《书》《礼》《易》《孝经》《论语》，皆是儒家经典，可见孔冲授学以经学为主，学识广泛，继承并发扬了孔氏家学。

孔冲之后，其一支后辈子弟世代以儒学为业，多以儒学扬名。《晋书·孔坦传》"坦少方直，有雅量，通《左氏传》，解属文"。还有孔冲八世孙孔休源《梁书·孔休源传》曰：

> 休源年十一而孤，居丧尽礼，每见父手所写书，必哀恸流涕，不能自胜，见者莫不为之垂泣。后就吴兴沈驎士受经，略通大义。建武四年，州举秀才，太尉徐孝嗣省其策，深善之，谓同坐曰："董仲舒、华令思何以尚此，可谓后生之准也。观其此对，足称王佐之才。"②

孔休源年少而孤，后来举秀才，太尉徐孝嗣认为孔休源可以与董仲舒、华令思比肩，高度肯定了孔休源的儒学素养。梁代孔氏子弟中孔金及其侄儿孔素亦以善经学扬名，孔金通晓五经，尤其精通《三礼》《孝经》《论语》，学生数百人，多次担任国子监五经博士。侄儿孔素擅长三礼，声名远扬。此外，梁代孔子祛善经学，且著述颇丰。《梁书·孔子祛传》曰：

> 孔子祛，会稽山阴人。少孤贫好学，耕耘樵采，常怀书自随，投闲则诵读。勤苦自励，遂通经术，尤明《古文尚书》。初为长沙嗣王侍郎，兼国子助教，讲《尚书》四十遍，听者常数百人。……子祛凡著有《尚书义》二十卷，《集注尚书》三十卷，续朱异《集注周易》一百卷，续何承天《集礼论》一百五十卷。③

---

① ［唐］房玄龄等：《晋书》卷八十八《许孜传》，中华书局，1974 年版，第 2279 页。
② ［唐］姚思廉：《梁书》卷三十六《孔休源传》，中华书局，1973 年版，第 519 页。
③ ［唐］姚思廉：《梁书》卷四十八《孔子祛传》，中华书局，1973 年版，第 680 页。

孔子祛年少而孤，但是勤于向学，擅长《古文尚书》，担任国子监助教期间，多次讲《尚书》，生徒众多。此外，针对《尚书》，孔子祛作《尚书义》《集注尚书》《集注周易》《集礼论》等多部著作，可见其对《尚书》的精通。陈代，孔氏家族经学依旧，《陈书·孔奂传》曰：

> 好学，善属文，经史百家，莫不通涉。沛国刘显时称学府，每共奂讨论，深相叹服，乃执手曰："昔伯喈坟素悉与仲宣，吾当希彼蔡君，足下无愧王氏。"所保书籍，寻以相付。①

孔奂颇为博学，精通经史百家。刘显对其学识深深叹服，并且将自己搜寻的书籍托付给他。从孔氏家族南迁后第二代孔冲开始，整个魏晋南朝孔氏家族子弟皆善经学，人才辈出，除了以上列举数位子弟的才学之外，孔氏家族经学的影响力还体现在世代担任特定的官职，"作为传统的儒学世家，孔氏保持着汉儒经、律并重的学风。从东晋南朝时期孔氏人物任职情况看，不少人出任御史中丞、廷尉，如宋有孔琳之、齐有孔稚珪、梁有孔休源、陈有孔奂等，又有多人秉法施政"。② 孔氏一族作为在东晋南朝具有影响力的世家大族，其家族必须要与当时的主流思潮相适应。尽管家族经学历史久远，但是东晋以来经学并不是主流思想。孔氏家族也受到玄学思潮的影响，援玄入儒。

孔氏一族对于玄学的接受，首先体现在其家族信仰方面。天师道为当时最为流行的宗教，世家大族无不信仰天师道。孔氏一族也世代信奉天师道，包括家族影响力最大的人物孔愉。《晋书·孔愉传》载："东还会稽，入新安山中，改姓孙氏，以稼穑读书为务，信著乡里。后忽舍去，皆谓为神人，而为之立祠。"③ 显然，孔愉信奉天师道，并且在民间极有影响力。孔愉去世后，百姓为其立祠堂，显然是将孔愉当成修炼得道的神人信奉。此后，孔氏一直是会稽地区信奉天师道的核心家族。孔觊与其弟孔道存因为天师道信仰卷入反对宋明帝的"义嘉之乱"。天师道信仰对于孔氏一族影响巨大，孔觊兄弟起义失败后，为家族招致灭顶之灾。参与此次事件的孔氏族人全部被杀，

---

① ［唐］姚思廉：《陈书》卷二十一《孔奂传》，中华书局，1972 年版，第 283 页。
② 王永平：《东晋南朝时期会稽孔氏家族文化探论》，《社会科学辑刊》，2003 年第 2 期，第 127 页。
③ ［唐］房玄龄等：《晋书》卷七十八《孔愉传》，中华书局，1974 年版，第 2051 页。

包括孔灵符父子，孔觊兄弟子侄，以及族人孔景宣、孔睿、孔奴、孔豫及孔
琛父子。后来，南朝时期由于君王信奉佛教，士族亦争相仿效。孔稚珪和父
亲孔灵产依旧信奉天师道。竟陵王萧子良劝孔稚珪信奉佛教，遭到了孔稚珪
的反对。可见孔氏家族对于天师道信仰的虔诚。孔氏一族的文化心态相对保
守，这个家族一直保持着自汉代以来的经学传统，信奉天师道之后，也虔诚
坚守。这使孔氏家学传统得以延续，没有因为流行思潮发生变化就随意中断。

　　儒学之外，孔氏家族虽然不像王、谢家族如此以文学扬名，但是族内子
弟擅长文学者也不在少数。据《隋志》《梁书》《陈书》等史书统计，孔氏家
族中多位子弟存有文集。《隋志》记载，孔坦著《孔坦集》十七卷，孔严著
《孔严集》十一卷，孔汪著《孔汪集》十卷，孔欣著《孔欣集》十卷，孔琳
之著《孔琳之集》九卷，孔宁子著《孔宁子集》八卷，孔稚珪著《孔稚珪
集》十卷。此外孔逭宋著《东都赋》一卷和《文苑》一百卷。《梁书》记载，
孔休源著《奏议》和《弹文》十五卷，孔翁归亦有文集。《陈书》记载，孔
奂著《弹文》四卷，《文集》十五卷。孔氏家族文学作品严重散佚，目前尚
存有作品者共计17人，存有诗歌16首，文42篇。①

　　孔氏家族的文学创作带有明显的儒学特征，保存至今的40余篇文中，有
一部分是专门讨论各种礼仪的，包括祭祀、婚嫁、丧葬等。孔愉《为旧君服
议》是有关服议的文章：

　　　　应从弟子服师之制。昔夫子既丧，门人若丧父而无服，吊服加麻。
　　今纵不能尔，自宜三月，加以缌经，未闻深衣之制。百袷布衣，是今之
　　吉服，君吊其臣犹锡缞，况临故君，而可夺庆服乎？②

　　孔愉此篇文章主要针对服议，即服丧的礼仪，主要是指丧服问题。这门
礼仪历史传承性和社会实践性极其重要。"换言之，大多数人对于有关丧服的
知识系统或者学术体系，只能执行，只能实践，至于相关的教育、传播工作
和直接服务于社会的解释工作则是专门学者的事。"③ 显然，孔愉就是专门指

----

① 谢模楷：《东晋南朝会稽孔氏家族的文学创作》，《海南师范大学学报》（哲学社会科学
　版），2014年第5期，第64页。
② ［清］严可均辑：《全晋文》卷一百二十六，商务印书馆，1999年版，第1353页。
③ 范子烨编：《竹林轩学术随笔》，北方文艺出版社，1997年版，第173页。

导服礼的学者，他掌握这门历史悠久的礼仪，并且从文章口吻来看，他的话语具有权威性。文章主要讨论弟子应对老师服礼问题，他不同意弟子只穿深衣，而不穿缥绖的做法。显然，孔愉不仅精通服礼，并且严格执行。

孔愉子孔汪亦精通礼制，撰《四府君郊配仪》一文，专门讨论祭祀礼仪，另有《答范宁问》讨论继子为继母的服礼问题。此外，尚有孔琳之《答魏放之问大功嫁女》，讨论服丧期间是否能嫁女的问题。由此可见，孔氏一族世代掌握并精通礼仪，并且在当时人眼中是礼仪权威，很多人专门找他们询问各种礼仪问题。这些礼仪问题大多比较琐碎，针对具体的问题，例如，服丧期间能否嫁女，继子如何为继母服礼等。这些问题是每一个家族都无法回避的，孔氏族人回应所作的文章往往比较简洁，实用性更强。由此可见，孔氏族人对于晋代、南朝礼仪的贡献重大，这些遗留的文章对于研究当时的礼仪问题也具有非常重要的参考价值。

除礼制方面的文章外，孔氏子弟中孔休源著《弹文》十五卷，孔奂著《弹文》四卷。弹文，又称"奏弹""弹事"等，是专门用于弹劾官吏的文章，《文选》单列"弹文"名目，并收录3篇。弹劾官吏的责任一般由御史中丞担任，孔氏一族孔愉、孔群、孔琳之、孔觊、孔稚珪、孔奂等人皆担任过御史中丞。御史中丞负责监察官吏，向皇帝检举官员罪行。这个职位要求熟悉典制、法律，因为不能含糊其词，必须依据制度法律，言之有据，报以实情。孔氏一族多人出任御史中丞，再一次印证这个家族成员不仅儒学传统深远，亦具有深厚的法学造诣。要之，孔氏家族以儒学扬名，子弟皆擅长儒学、礼学或者法律之学，其文章多探讨实际问题，故而实用性较强。

就诗歌而言，孔氏家族仅遗存 16 首诗，其中孔欣乐府诗创作较有特点。如其《置酒高堂上》铺叙了宴饮之乐的场景。主人置办酒席招待朋友，大家临窗而坐。宴会主人邀请邯郸名伶演奏新写就的乐曲。伴着优美的音乐声，在座的客人欢声笑语。大家推杯换盏之间，吟咏《湛露》和《鹿鸣》等祝酒诗，畅所欲言，通宵欢聚，将快乐的气氛推向了顶点。就在高兴之际，作者突然产生了一股悲伤的念头，感叹生命短暂，朝盛夕衰。但是作者最终克服了这种悲伤的情绪，正因为生命短暂，才应当及时行乐，快意人生，不为虚名所累，体现了强烈的生命意识。孔氏一族文学人才辈出，可惜文学作品散佚，不能窥其全貌。但是从遗留的数篇作品中，仍能看出其家族较为典型的创作特征，尤其是儒学的渗透。

第二节 门风孝友：琅琊王氏家风与绍兴文化烙印

从两汉时期北方家族迁往江南地区的现象逐渐增多，江南开始得以开发，三国时期吴地新兴士族中，武力豪族占据重要地位，吴越文化体现出鲜明的尚武之风。直至，西晋末年，永嘉之乱，北方士族大规模南迁之后，改变了吴越文化尚武的风气。江南当地士族纷纷开始由武转文，重视家族子弟文化教育，最终推动吴越文化的转型。这是人口迁移推动地域文化交流，并促使地域文化变迁的典型体现。

其中，在南方引领社会文化风尚的众多北方大族中，琅琊王氏和陈郡谢氏家族居于顶层，具有其他家族无法比拟的巨大影响力。社会文化风尚的变迁需要领袖人物的引领，在东晋以来，王、谢两家接连出现王导、王羲之、谢安、谢灵运等引领文化风潮的代表人物，在礼仪、文章、书法、文学等领域成就卓著，为推动吴越文化的转变产生重要影响。其中，琅琊王氏被公认为第一士族。琅琊王氏从西汉崛起，历经魏晋南北朝绵延 300 余年，皆为历代士族之首。隋唐以降，琅琊王氏顺势而上，冠冕不绝、门风不坠，依旧保持着崇高的社会地位。家族绵延之久远、家族名人之数量在中国古代家族中均居于前列。琅琊王氏家族在两汉就是高门大族，南渡后，琅琊王氏仍高居士族之冠，并且与会稽产生了密切的关联，参与创造了灿烂的会稽文化。

一、以孝为先：王氏家风传承与南渡后的地域影响

任何取得巨大文化成就的家族基本都能产生独树一帜的家族文化，或称为家风、家学。钱穆曾言："一个大门第，绝非全赖于外在权势与财力，而能保泰持盈达于数百年之久，更非清虚与奢汰。所能使阃门雍睦，子弟循谨，维护此门户于不衰。当时极重家教门风，孝悌妇德，皆从两汉传来。"① 家风是保持家族繁荣的重要文化资本，更是家族教育的重要内容。与此同时，一

---

① 钱穆：《国史大纲》，商务印书馆，1994 年版，第 272 页。

个家族门风的形成绝非朝夕之间，而是需要代代传承，并努力维系。《南史》曰：

> 晋自中原沸腾，介居江左，以一隅之地，抗衡上国，年移三百，盖有凭焉。其初谚云："王与马，共天下。"盖王氏人伦之盛，实始是矣。及夫休元弟兄，并举栋梁之任，下逮世嗣，无亏文雅之风。其所以簪缨不替，岂徒然也？①

东晋占据一隅之地，却能维持国祚 300 年，离不开人才的支持。王氏一族"人伦之盛"，能够达到"王与马，共天下"，可见其家族势力之雄厚。像琅琊王氏这种屹立 300 年不倒的传奇士族，除了家族子弟平均素质高以外，还必须要保持不断出现引领家风的领袖人物，这些人物不仅具有崇高的社会和政治地位，更是家族的精神领袖。王氏门风就体现在这些领袖人物的事迹中。早在南渡之前王氏家风已经开始代代传递。从王氏祖先王吉，到魏晋之际的王祥、王览，再到两晋之际的王戎、王衍，皆是王氏家族在各个时期的核心人物。南渡之后，琅琊王氏的杰出人物更多。王氏一族成员众多，优秀子弟不胜枚举，这些人物身上既体现了当时顶层士族家风的共性，又体现出王氏家族特有的门风。王氏门风经常以家训的形式从上一代传到下一代，有迹可循。比如，王祥临终前留下《训子孙遗令》，要求族中子弟以信、德、孝、悌、让五者为立身之本，这是王氏家族所传一以贯之的准则。再如刘宋王僧虔有《诫子书》，梁陈之际王褒著《幼训》等皆是告诫子弟后辈的家训。王氏一族从西汉到南北朝，其门风中"忠、孝、信、德、让"等价值观念一直延续。李慈铭《越缦堂读书记》云："王谢子弟，浮华矜躁，服用奢淫，而能仍世贵显者，盖其门风孝友，有过他氏，马粪乌衣，自相师友，家庭之际，雍睦可亲。"② 李氏提出了王氏门风中很重要的一条，即"孝友"。

王祥临终之前，让子孙后代做到"信、德、孝、悌、让"，这成为王氏家风中重要的内容。这些标准都是儒家要求的道德准则，王祥用以树立家族门风，可见儒家思想在王氏家风中的重要作用。"遗训的核心是孝悌，而他对孝的最高要求是'扬名显亲'，对悌的最高要求是'宗族欣欣'，也就是要获取

---

① ［唐］李延寿：《南史》，《王弘传》，中华书局，1975 年版，第 583 页。
② ［清］李慈铭：《越缦堂读书记》，中华书局，1963 年版，第 262 页。

权位声名，保持家族兴旺。王祥的这种'期待视野'，犹如遗传基因通过一代代言传身教，在后世王氏子弟中形成一个悠久的传统。"① 王祥给家族制定了明确的"孝悌"标准，并不是浅层次的孝顺父母、兄友弟恭，而是更高层次的建功立业、保持家族兴旺。这就将个人的道德同外在的功业相联系，而王氏对于"孝"的道德要求始终保持不变，但是要实现孝的至高标准，则必须与世推移，积极用世。这是王氏家风中"不变"与"变"关系的体现。很显然，在王祥看来，维持家族繁荣是第一位的。

从汉末到两晋，王氏子弟"孝"的门风一直传承，但是表现的形式随着时代风潮而改变。王祥在魏晋易代之际登上权力高峰，成为王氏的领袖。在入仕前，王祥隐居乡里，生母早逝，父亲迎娶继母朱氏。朱氏狠毒，王祥却对其至孝，并且衍生出"破冰求鲤""感应黄雀""风雨守树"等故事。汉末乱世，王祥因为孝行被举荐做官，仕途顺畅，一路走向巅峰。即使在魏晋易代之际，王祥的地位也没有动摇。司马炎在登上帝位之前颁布了一条律令，要求以六条标准选拔人才，即"忠恪匡恭""孝敬尽礼""友于兄弟""洁身劳谦""信义可覆""学以为己"。这六条标准与王祥的遗训非常相似，说明当时的时代风气正是标榜儒学。那么，王祥带有神话色彩的孝行正是儒家孝悌思想的最佳代表。而两晋时，玄学盛行，崇尚率性自然，因此士族子弟行为放荡，但谨守孝道的行为从未更改。如果再结合王祥的遗训，那么琅琊王氏对于事件"孝悌"的最高准则也没有改变。王祥通过"孝"而做官，并且平步青云，最终实现将个体的道德价值转化为政治资本和社会资本。王祥在遗训中所说的"孝悌"的至高准则，正是将"孝悌"等道德观念作为政治资本和社会资本，进而建功立业，实现人外在的社会价值。

迨至两晋，玄学盛行，但王氏家风中最为核心的价值观念依旧没有改变，即积极用世，建功立业，进而振兴家族。士族风气奉行玄谈、行为放纵，那么表现越是符合名士标准，越容易赢得社会名望，进而转化为政治资本，王氏子弟在此时期的表现正符合时代潮流，更涌现出像王祥一样能够引领时代风潮的人物，比如，王衍，渡江之后的王导、王羲之等。由此可见，琅琊王氏从王祥开始制定的家风，像基因一样流淌进后世子孙的血液中。由"孝悌"

---

① 萧华荣：《簪缨世家：两晋南朝琅琊王氏传奇》，生活·读书·新知三联书店，1994年版，第13页。

等道德标准引申而来的建功立业、兴旺家族的儒家思想就是王氏门风的基因，无论时代风气和文化地域如何转变，王氏一族的门风"基因"始终稳定而又持续地代代相传。

既然"孝悌"的实现标准是建功立业、兴旺家族，那么如何做到这一点就成为王氏门风中不断变化的那一方面，即与时推移。审时度势，不断吸收社会的新思潮、新文化，并且从中寻找机会脱颖而出，从而保全家族的声望，成为王氏门风中又一重要内涵。王氏最为兴旺的时期是魏晋南北朝，此时恰处于中国历史上改朝更代最为频繁的时期，同时也经历了从北方向南方的地域迁移。在漫长的300年中，王氏大多数的时间是第一大族，保持着超然的家族地位和声望，很好地执行了王祥的遗愿。为保持住家族地位，琅琊王氏一门中的领袖人物总能在朝代更迭和地域转换之时不受影响，甚至抓住机会再进一步。王祥是王氏家族中极具重要意义的人物，他的言传身教对王氏子弟产生了深远影响。曹魏易代之际，王祥作为曹魏旧臣，表现出了极高的政治智慧。他审时度势，知道司马氏篡魏已经无力改变，因此没有螳臂当车，阻挡司马炎即位；与此同时，他亦没有趋炎附势、溜须拍马。司马炎即位后，对王祥礼遇有加，王祥的地位不降反升。在王祥的带领下，琅琊王氏顺利度过改朝换代的危机；王祥之后，王氏子孙多能识时务，顺应朝代更替。

王夫之曾严厉批评王祥为了保全地位和家族向司马氏投降的行为。① 他批评王祥面对国家灭亡、国君身死而无动于衷，只想做孔子所说的"乡愿"，即老好人。同时，王夫之批评当时的社会风气，王祥正是当时时代风潮的引领者，士族多向王祥看齐，以保全家族利益为重，而不忠君爱国。如果忽略王夫之本人的价值观念，那么他所指出的王祥在魏晋易代之际的做法，正是王氏门风的典型体现。王祥遗训和司马炎政令唯一的不同之处就是，王祥遗训中并无"忠"的概念。结合王祥的时代，曹魏乃是篡夺了东汉的政权，司马氏又篡夺了曹魏的政权，两个朝代的皇位皆不是名正言顺。国君频繁更迭，其路径更是不符合礼法。王祥经历乱世，首要考虑的是保全自己和家族，这无可厚非，王夫之也表示理解：

> 昶与祥皆垂裔百年而享其名位，就就门内之行，自求无过，不求有

---

① ［清］王夫之：《读通鉴论》卷十，中华书局，1975年版，第763页。

益于当时。士之不幸，天所弗求全也。①

王夫之认为曹魏是以非法的手段取得天下，篡夺皇位。登上帝位之后，又为君不仁，不能礼待天下之士。士人生存环境艰难，保全自己和家族尚不容易，何谈改变世道。琅琊王氏作为中古士族顶层，其家风首要的标准是保族而不是忠君。王祥作为当时王氏家族的领袖，兢兢业业地维持着家族地位，本无可厚非。此后，晋室东渡，南迁的琅琊王氏子弟继续遵守王祥的遗训，保族为先。例如，东晋时期，王羲之加入武昌幕府，幕府主人正是王导的政敌庾亮，王导时常嘱托王羲之让其以家族利益为重。王羲之担任危险性极高的江州刺史，亦是履行家族责任。王氏历代子弟尽管才能有高下，性情有差异，但是家风的教育确实极为成功。

琅琊王氏的门风除了世代相传的道德准则和建功立业的家族观念之外，还有与之对应的崇尚礼法和对典礼制度的掌握。晋室南渡之后，王氏利用其掌握的礼法制度，迅速帮助司马炎稳定南方，确保其帝位的合法性。渡江之初，江东本土士族对来自北方的皇族司马炎和其他士族怀有抵触和警惕之心。帮助司马炎获得江东士族的承认与拥戴，是新王朝站住脚跟的重要前提。王导为帮助司马炎树立威严，便从典礼制度入手。次年上巳日，王导又策划了司马炎出行的礼制，"司马睿乘着平肩舆出城观禊，神态庄重自信，王导、王敦以及其他南渡名流骑马谦恭地跟在后面……所到之处，观者如堵"，② 江南世家争相礼拜。自此，司马炎成为名副其实的江南国君，王氏对于典制的熟悉功不可没。王导并未将北方的典礼制度照搬到南方，而是灵活地加以修改，因地制宜。王导曾经大量撰写《又与贺循书问即位告庙》《议追赠周札》《与相关文章贺循书论虞庙》《重议周札谥》等讨论朝礼，包括谥号、虞庙、即位告庙方方面面。王导的文章并非空口谈论，而是配合着司马炎所进行的礼制操作实施展开，理论结合实际，确保礼法之用落到实处。王导之后，琅琊王氏熟悉典制的还有王彪之，《晋书·王彪之传》曾记载王彪之熟悉典制，为阻止桓温篡位，利用礼仪制度加以推延的事迹。③ 此时，琅琊王氏正历经由盛转

①　[清] 王夫之:《读通鉴论》卷十，中华书局，1975 年版，第 764 页。

②　萧华荣:《簪缨世家:两晋南朝琅琊王氏传奇》，生活·读书·新知三联书店，1994 年版，第 62—63 页。

③　[唐] 房玄龄等:《晋书》卷七十六《王彪之传》，中华书局，1974 年版，第 2010 页。

衰的时期。王彪之凭借对于典制的掌握，立足于朝廷，支撑王氏一族。在琅琊王氏中，王彪之和王昙首两支皆熟悉典章礼法，这两支子弟以此为家业。王氏对于典制礼仪的掌握贯穿南朝，并且对北朝也产生了深远影响。"练悉朝仪"是王氏一族的重要家传，东晋中期以后，王氏转衰，正是凭着对礼仪的掌握使得王氏保持着在朝堂的位置。作为东晋典礼制度的掌握者，朝廷内外凡是与此相关的事情皆问询王氏，这也帮助王氏保持社会地位。

王氏家族跟随司马睿南渡，成为新兴王室的重要拥护者，王导作为家族领袖，也是王氏家风的继承者，不仅能够迅速融入异地文化，还能利用家学礼法进行文化调整，为当时南、北方地域文化的融合做出贡献。而南朝时期，琅琊王氏作为南迁的北方移民，其家族文化又反过来辐射北朝，足以说明当时文化权力掌握在少数精英家族手中。精英群体的迁移，意味着其负载的文化也跟随迁移，对迁入地区而言，当地文化会受到强势文化的短暂冲击和长期潜移默化的影响。而移民的迁出区也受到巨大影响，大量士族的南移，也带走了当时中原先进文化及其物质载体。琅琊王氏在魏晋南北朝时期保持着第一大族的地位，除了政治上源源不断产生人才，即承继建功立业、家族为上的家风外，在文化方面的建树，即王氏家学亦起到重要作用。琅琊王氏家族在文学、书法、绘画、音乐领域皆取得了重要成就，家族出现了包括王羲之、王献之父子，文学家王融、王褒在内的一大批名家。钱穆言："其一门累世风流文采，最为当时之冠冕。"[1]

琅琊王氏的书法成就在魏晋南北朝当数第一，家族以书法为业，涌现了包括"二王"在内的多位书法家。由于后面将单独讨论王羲之的书法，遂将王氏书法放在王羲之章节，在此不展开论述。除书法外，王氏一族文学成就亦非常高，尽管王氏的文名不如书名显著。当时士族文名首屈一指的是谢氏家族，但是王氏也擅长文学，并且出了王融、王褒等著名的文学家。魏晋南北朝时期，世家大族政治和社会地位超然，生活优越，有充足的条件追求人生享受。琅琊王氏作为士族顶层亦不例外，但是王氏有其独特家风，即追求积极用世、建功立业，所以王氏一族在艺术领域取得至高成就的同时，亦没有放弃对政治的兴趣，并且家族频出能够左右朝政的高官。

---

[1]　钱穆：《略论魏晋南北朝学术文化与当时门第之关系》，《中国学术思想史论丛》卷三，东大图书公司，1976 年版，第 176—177 页。

王导就是王氏一族政治和文化成就皆突出的代表，"王导以其雄才大略不仅使晋祚延续，而且在其有生之年使得琅琊王氏达到了政治的巅峰。王导一代不仅确立了琅琊王氏一流的高华门第，而且在文学上有所建树"。① 王导由于政治地位高，所以传世作品多为书、启、教、表、疏等实用性文章，《隋书·经籍志》记录《晋丞相王导集》十一卷。王导代表作《上疏请修学校》一文，逻辑严谨，论证缜密，刘师培评"择言雅畅"。王导一辈中，王敦和王廙也有文学作品传世。王敦虽为武将，但是"善属文"，今存作品 10 余篇，皆为表、奏、书等实用性文章。司马睿信任倚重刘隗而猜忌疏远王氏，王敦深感政治危机，由此，为司马睿上疏，表达其"非敢苟私亲亲，唯欲忠于社稷"② 的立场。王导、王敦共同帮助司马氏稳定了南方局面，功勋卓著，形成了"王与马，共天下"的局面。但是随着王氏权力的炙手可热，司马氏对其由亲密信任转向猜忌忌惮，王导在朝廷的局势中变得被动。王敦作为军队将领，对此十分不满，连上两封奏疏表达自己的愤懑。王敦语气激荡，满腔不满一泄而出，言论颇为大胆。在后一篇文章中，更是一一列出刘隗的罪状，直言司马睿任用奸邪之辈，毫不避讳。王敦文章风格与其人物风格是一致的，极具气势，肆意无畏。王廙亦有文名，但是其更以书画见长，被誉为过江后晋代"书画第一"。

王导一辈之后，继之而起的王羲之一代，亦有许多擅长文学的子弟。王羲之《兰亭集序》为千古名篇，将在其专节论述。此外，王胡之、王彪之和王洽也皆有作品传世。王胡之喜好山水，"好谈谐，善属文辞，为当时所重"，今存诗 2 首、文 4 篇。王彪之今存诗 4 首、文近 40 篇。由于王彪之熟悉典礼制度，因此文章大多涉及礼制，包括婚礼、丧礼、朝会礼、纳后礼等。王洽今存文 7 篇，主要是表和书信。东晋后期，王羲之七子皆有文采：长子、三子、四子、六子皆有不少作品存世，五子王徽之和七子王献之最为著名，兼善文学与书法，有乃父之风。永和九年（353），王羲之组织兰亭集会，次子王凝之、三子王涣之、四子王肃之和五子王徽之皆作《兰亭诗》，他们的诗歌也因为《兰亭集》而得以保存。王献之在王羲之七子中最为出名，除了书法与父亲并称"二王"之外，文学才能亦颇为出众，今存诗 4 首，文数篇，其

① 渠晓云：《六朝文学与越地文化》，人民出版社，2010 年版，第 222 页。
② ［唐］房玄龄等：《晋书》卷九十八《王敦传》，中华书局，1974 年版，第 2556—2557 页。

中《桃叶歌》三首广为流传：

> 桃叶映红花，无风自婀娜。春花映何限，感郎独采我。
>
> 桃叶复桃叶，桃树连桃根。相怜两乐事，独使我殷勤。
>
> 桃叶复桃叶，渡江不用楫。但渡无所苦，我自迎接汝。

　　《桃叶歌》曲调就是由王献之所创，语调清新明朗，在南朝颇为流行。宋张敦颐《六朝事迹类编》"桃叶渡"条言："桃叶渡在县南一里秦淮口，桃叶者，晋王献之爱妾名也。"① 除王羲之一支外，王导的后代亦擅长文学，其孙王珣、王珉皆有文名。王珣"文高当世"，今存文 9 篇，多是书信、序、赞等实用性文章。刘宋之际，琅琊王氏子弟中善文学的有王弘、王韶之、王敬弘、王僧达、王微。王弘乃是王导曾孙，官至宰相，亦是王氏一族在此时期的领袖。王僧达是王弘之子，擅长诗歌，钟嵘《诗品》评其为中品，与谢氏一族的谢瞻、谢混以及王微等人同属一品，钟嵘认为他们的诗歌风格继承了张华，"才力苦弱，故务其清浅，殊得风流媚趣"。② 钟嵘认为其诗歌风格清浅，风流媚趣。王微为王弘侄儿，文学才能突出，但是 29 岁即卒，英年早逝。王微作《杂诗》二首，分别被《文选》和《玉台新咏》收入，可见其在当时之闻名。

　　南齐时期，王氏家族文名更盛，出现了王融这位永明新诗体的代表诗人。王融为王僧达孙、王弘曾孙，可见其文学乃出自家学。钟嵘《诗品》评曰："齐有王元长者，尝谓余云：'宫商与二仪俱生，自古词人不知之，唯颜宪子，乃云"律吕音调"，而其实大谬；唯见范晔谢庄、颇识之耳。'尝欲进《知音论》，未就而卒。王元长创其首，谢朓、沈约扬其波。三贤或贵公子，幼有文辨。于是士流景慕，务为精密，襞绩细微，专相凌架。故使文多拘忌，伤其真美。"③ 钟嵘肯定王融在诗歌韵律方面取得的成就。王融与谢朓、沈约齐名，并称"三贤"。王融曾与钟嵘谈论诗歌的韵律与对偶，并尝试写作《知音论》，可以称之为永明新诗体的首位探索者，对近体诗的产生做出了重大贡献。王融作品数量颇大，《隋书·经籍志》记载《王融集》十卷，今存诗、

---

① ［宋］张敦颐著，［宋］李焘著：《六朝事迹编类》，南京出版社，2007 年版，第 73 页。
② ［梁］钟嵘著，曹旭集注：《诗品集注》，上海古籍出版社，2011 年版，第 160 页。
③ 同上书，第 337 页。

文各 50 余篇。王融在诗歌创作中积极进行格律和对偶的探索，其中如《临高台》诗：

> 游人欲骋望，积步上高台。井莲当夏吐，窗桂逐秋开。
> 花飞低不入，鸟散远时来。还看云栋影，含月共徘徊。

诗歌五言八句，韵律和谐，对仗工整，写景细腻生动，风格清新自然、含蓄蕴藉。

入梁、陈后，王氏一族中擅长文学的主要有王筠、王籍和王褒。王筠，父王揖，祖父王僧虔，而王僧虔一支素有文名，名下五子皆擅长文学。王筠诗今存 50 余首，大多为宫体诗：

> 昭明太子爱文学士，常与筠及刘孝绰、陆倕、到洽、殷芸等游宴玄圃，太子独执筠袖抚孝绰肩而言曰："所谓左把浮丘袖，右拍洪崖肩。"其见重如此。①

王筠诗歌善押强韵，辞藻华美，才华过人。齐梁正是宫体诗盛行的时代，王筠因文才之名被昭明太子看中。其诗歌中，咏物、闺情诗居多，咏物则"指物造型"，闺情则风格细腻，情韵绵长。王籍为王僧右之子，7 岁能属文，被当代人视为谢灵运的接班人。今存诗歌 2 首，其中《入若耶溪》是写景名作：

> 艅艎何泛泛，空水共悠悠。阴霞生远岫，阳景逐回流。
> 蝉噪林逾静，鸟鸣山更幽。此地动归念，长年悲倦游。

《梁书·文学传》载："（籍）除轻车湘东王咨议参军，随府会稽。郡境有云门、天柱山，籍尝游之，或累月不反。至若耶溪赋诗，其略云：'蝉噪林逾静，鸟鸣山更幽。'当时以为文外独绝。"② 此诗在当时就被称为"独绝"，获得了极高的评价，"蝉噪林逾静，鸟鸣山更幽"两句更是成为写景名句，其中包含王籍独创的以静写动手法，对后世的诗歌创作产生了重大影响。

---

① ［唐］姚思廉：《梁书》卷三十三《王筠传》，中华书局，1973 年版，第 485 页。
② ［唐］姚思廉：《梁书》卷五十《王籍传》，中华书局，1973 年版，第 713 页。

琅琊王氏在南朝最后一位以文学扬名的是王褒，在当时与庾信齐名。王褒的生活轨迹横跨南北，前半生在梁度过，侯景之乱后，被虏至西魏。王褒的诗歌风格也因此发生前后的改变，前半期在梁时，王褒深谙用韵、对仗和用典等诗歌形式技巧，诗风清丽自然。进入北方后，王褒诗歌在保持形式特点的基础上，又受到了北方质朴风格的影响。王褒的经历颇具代表性，其为北方移民士族的后代。王氏家族自王导一代迁入南方后，尽管在地域之间文化影响的方向上，是作为北方士族所携带的中原文化影响吴越文化，但是历经数代的发展，士族所传承的文化早已与吴越地区产生密不可分的关系。在思想观念上，当时南迁士族一直对于北方出身十分坚持，也满怀希望可以回迁中原，因此自晋室南渡以来，北伐统一南北的呼声从未消退。但是，在文学创作方面，吴越地区的自然地理和社会人文因素对南迁士族文人产生了巨大影响。王褒的文学风格已经和北朝地区天差地别，以至于其进入西魏后，诗歌风格前后发生的改变之大，令人惊异，并成为各种文学史书写中重要一节。葛剑雄认为为绍兴（吴越）带来丰厚文化底蕴的是来自黄河流域形成又传播过来的华夏文化。从文学的南北转变可以看出，历经数代以后，当时北方移民所携带至吴越地区的中原文化已经与未经过迁移的北方文化，在很多方面发生改变，而纯粹的吴越文化经过北方文化的影响后，也已然完成了从尚武到习文的重要变迁。

二、兰亭雅集：王羲之对会稽的政治文化贡献

王羲之，字逸少，父王旷，祖父王正，曾祖王览。作为家族南渡后成长起来的江东一代的代表，王羲之以其独特的方式继承并延续了王氏顶层士族的兴盛。永和九年（353），王羲之时任右军将军、会稽内史，召集当时名士于兰亭集会。这场集会给中国文化史、艺术史留下浓墨重彩的一笔，也成为会稽（绍兴）文化史上的不朽盛事。参与这场盛会的皆是当时名流，王称"少长贤集，群贤毕至"。除了王羲之及其儿子凝之、肃之、徽之、涣之，还有谢氏兄弟谢安、谢万，以及郗昙、庾韵、袁峤之、孙统等人。这是一场集中展示王羲之以及东晋士族面貌的集会。王羲之的家庭、交游以及书法、文学和思想，他所处的政治局势和他的军事见解都有所展示。更重要的是，这场集会的地点是会稽，这令王羲之和会稽永远联结在一起，传扬至今。

兰亭游会的参与者共计 42 人。宋人施宿《嘉泰会稽志》（卷九）对这场集会产生的诗文作品做了统计：王羲之 3 篇（包括序）、孙绰、徐丰之、孙统、谢安、谢万、王彬之、王凝之、王肃之、王徽之、袁峤之等人各 1 篇五言诗和 1 篇四言诗，庾友等人各 1 篇五言诗，华茂、王丰之每人 1 篇四言诗，并附有孙绰 1 篇后序，总计 39 篇。"东晋文学建立在追求玄谈风神的审美情趣中，所以表现出与西晋缛丽完全不同的清淡风格。不管是玄理的表达，还是山水的描绘，都体现了这一特征。"① 这 39 篇诗文是东晋文风的一次集中展示，同时也是会稽书写的高峰。王氏家族虽然文名逊于谢氏家族，但是仍以文学擅长。王羲之在此次游会写就的《兰亭集序》不仅是书法史上的名篇，亦具有重要的文学价值。《隋书·经籍志》载王羲之文集九卷，名为《晋紫金光禄大夫王羲之集》。王羲之是王氏家族文学的重要代表，其散文成就突出。

集中展示王羲之文学成就的就是《兰亭集序》，徜徉在会稽的山水之中，亲朋好友会聚一堂，王羲之详细地记录了这场盛会：

> 永和九年，岁在癸丑，暮春之初，会于会稽山阴之兰亭，修禊事也。群贤毕至，少长咸集。此地有崇山峻岭，茂林修竹，又有清流激湍，映带左右，引以为流觞曲水，列坐其次。虽无丝竹管弦之盛，一觞一咏，亦足以畅叙幽情。是日也，天朗气清，惠风和畅。仰观宇宙之大，俯察品类之盛，所以游目骋怀，足以极视听之娱，信可乐也。

开篇点明时间、地点、人物与事件之后，王羲之着重描绘了山阴兰亭的自然环境。"会稽、永嘉——也就是今天浙江的绍兴、温州一带，汇聚着中国最为秀丽的山川，著名的天柱山、秦望山等逶迤相接，浙水、剡溪蜿蜒流淌，两岸层峦叠翠，烟岚缭绕，碧水清潭，草长莺飞，孕育着无穷的灵气，引发人无穷的遐想。"② 会稽的山水秀美，环境清幽，是东晋名士钟爱的胜地。王羲之对会稽山水格外喜爱，在他担任会稽内史期间，三月三上巳日，他将集会的地点定在兰亭。兰亭处于崇山峻岭之间，王羲之目之所及之处皆是茂林修竹、清流急湍，心情舒畅，"乐"是文章上半部分的中心。先是节日集会，亲朋环绕，名士济济一堂。作为会稽长官，王羲之感到了饱览人才之乐。其

---

① 渠晓云：《六朝文学与越地文化》，人民出版社，2010 年版，第 234 页。
② 刘占召：《王羲之与魏晋琅琊王氏》，凤凰出版社，2013 年版，第 235 页。

次，美景环绕，环境清幽，王羲之感到了山水之乐。再次，虽无管弦之乐，但是与会众人饮酒赋诗，畅叙幽情，使其快乐。复次，天朗气清，惠风和畅，大好的天气亦令其开怀。最后，仰观宇宙之大，俯察品类之盛，王羲之感到了游目骋怀之乐。在百余字中，王羲之从不同的方面描述了这场集会以及作为集会发起者、参与者的惬意。因为这场集会与王羲之本人的喜好相符，没有纸醉金迷、丝竹管弦的奢华，只有曲水流觞、纵情山水的雅致。会稽的山水激发了王羲之的情致和玄思，卸任之后，王羲之携家眷定居会稽山阴，此处山水怡人是重要原因。

会稽的山水不仅激发了王羲之对生命的思考，而且他与会稽文人的交流中共计产生了 39 篇诗文，皆是有感于此片风景：

> 松竹挺岩崖，幽涧激清流。萧散肆情志，酣畅豁滞忧。（王玄之）
> 清响拟丝竹，班荆对绮疏。零赫飞曲津，欢然朱颜舒。（徐丰之）

江南多竹，"竹子"在他们的诗歌中多次出现，可见会稽的竹林不仅是当时名士集会的重要场所，竹林本身亦是士人的象征。与此类似的是"兰花"，兰花与竹子皆是高洁的象征，会稽兰花"千载抱遗芳"具有悠久的历史。这些成熟的山水诗歌集中展现了兰亭集会的风貌与兰亭周围的山水。东晋中期会稽的风貌在这些诗歌中得以保存，让今人通过阅读这些作品，体会当时名士畅游的盛景，以及会稽的山林之美。会稽在东晋刚刚得到开发，因此保存有大量原始的山水竹林，这使得名士流连忘返，纷纷驻足，同时又吸引各地的士人前来。王羲之坐镇会稽，与之来往的皆是当代名流，他们畅游美景，或吟咏称颂，或讨论玄学、佛学、儒学。会稽独特的山林之美聚集并激发了众多文化人士的诗思、玄思、佛思，客观上促进了东晋文化的发展。

《兰亭集序》被称为"天下第一行书"，王羲之的书法在这篇作品中发挥到极致，而《序》本身也成为后世无法超越的书法精品。兰亭集会也被永远地载入文学史和艺术史之中，成为千百年来人们争相传颂的文化盛事。但是，兰亭集会的意义不止于士族文人之间的文学聚会，王羲之时为会稽内史，掌管会稽军政大权，其举行集会的目的更多在于政治和军事上的考量。而身为会稽的最高长官，王羲之对于会稽的贡献更不止于文化方面。永和四年（348），得殷浩提拔，时年 46 岁的王羲之重新迈入仕途。殷浩的目的是拉拢王羲之，对抗桓温集团。殷浩是王羲之昔日的同僚和好友，他对王羲之评价极高，称其"清鉴贵要""清贵人"。王羲之出身于高贵的琅琊王氏，其本人又有名望，所以成为各方势力争取的对象。但是琅琊王氏此时正处于由盛转衰的时期，王氏尽管仍是第一士族，但是实际权力大为缩减。王羲之对于此次出仕的态度仍然比较犹豫，《王羲之传》曰：

> 羲之遂报书曰："吾素自无廊庙志，直王丞相时果欲内吾，誓不许之，手迹犹存，由来尚矣，不于足下参政而方进退。自儿娶女嫁，便怀尚子平之志，数与亲知言之，非一日也。"①

作为王氏家族的重要人物，王羲之的态度在很大程度上能够影响当时其他士族的选择。殷浩出身寒微，他争取王羲之的支持，进而希望通过王羲之影响其他士族的态度。而王羲之对此也有清晰的认知，他的背后是整个琅琊王氏，他的选择将影响家族的命运，所以他非常谨慎，没有马上答应殷浩。其在给殷浩信中表示自己性格淡泊，崇尚隐逸，不想踏入官场，并以当年王导任命他做官，他没有答应作为证明。

永和七年（351），王羲之被任命为会稽内史。他与会稽本就有很深的缘分，此时担任会稽内史，王羲之与会稽的牵绊又进一步加深。会稽的山水给予王羲之诗意的生活和美好的精神享受，王羲之对这片山水充满热爱，并且尽自己所能，予以回馈。王羲之担任会稽内史期间，正逢殷浩计划北伐，包括会稽在内的三吴地区都要提供军备物资。战争劳民伤财，将加重会稽百姓的负担。王羲之明确反对殷浩北伐，一个重要原因就是为会稽百姓考虑。会稽时天灾，王羲之担心繁重的赋税徭役令会稽雪上加霜。于是他上书建议减免徭役赋税、禁酒节粮，同时复开漕运、整顿吏治等，为会稽百姓做了很多实事，受到百姓的拥戴。洪迈感叹王羲之为书名所累，很重要的原因之一是王羲之提出了很多有前瞻性的计策，可惜当时殷浩一心北伐，他并不受朝廷重用，所提出的政策也不被采纳。王羲之劝谏无用，未遇到合适的时机，最终没有实现政治理想。

永和九年（353）上巳日，王羲之召集兰亭集会，时间正是殷浩北伐前

---

① ［唐］房玄龄等：《晋书》卷八十《王羲之传》，中华书局，1974 年版，第 2094—2095 页。

夕。因此，这场集会本来就是出于多种目的召集而成，并非单纯的文学聚会。参与兰亭雅集的 40 多人中有相当一部分是军政官员，在北伐前夕，这一批士族聚集在一起，就是为了商讨北伐之事。"到场人员中，约为三派：一是桓温派，二是殷浩派，三是调停派，都分别有代表人物，王羲之本人则属于第三派。东晋政治的格局，是朝廷影响力不强之时，就由世家大族参与其间。考虑到王姓的影响力与王羲之本人在军政界的地位，他出面约各派调停共谋国家大事是绝有可能的。"① 显然，最终的结果并没有如王羲之所愿，殷浩很快进行了第二次北伐。王羲之并未放弃，他多次给殷浩写信规劝，并提出政见：

> 今宜修德补阙，广延群贤，与之分任，尚未知获济所期。若犹以前事为未工，故复求之于分外，宇宙虽广，自容何所！知言不必用，或取怨执政，然当情慨所在，正自不能不尽怀极言。(《与殷浩书》)

> 今军破于外，资竭于内，保淮之志非复所及，莫过还保长江，都督将各复旧镇，自长江以外，羁縻而已。(《遗殷浩书》)

王羲之直言殷浩出身寒门，尽管身居高位，但是没有庞大的家族背景，人脉关系淡薄，一旦北伐失败，殷浩将独自承担责任，无人帮扶。所以当下并不应该北伐，而是积极建立人脉，拓展势力，否则殷浩将面临窘境。殷浩北伐，王羲之担任会稽内史，就要负责在后方督办军粮。正是在各处奔波征粮的过程中，王羲之发现战争造成了严重的内政问题。所到之处，一片荒芜，江东地区已经陷入疲惫不堪的境地，实在没有力量再支撑战争。王羲之清楚地认识到，东晋国力微薄，北伐难以胜利，反而会进一步拖垮国力。他力求先保住长江以南，当务之急是修理内政，轻徭薄赋，休养生息。如果仅止于此，那么王羲之的见识将与其他反战派和中立派并无不同。洪迈对于王羲之的感慨说明王羲之的政治智慧远不止于此，王羲之更进一步，结合国情提出了许多切实可行的实用性主张。这说明王羲之不是纸上谈兵的理论派，而是具有能力的实干派。

战争不停，军队就需粮草，王羲之感慨自己无能为力，人微言轻。屡次给殷浩和司马昱写信规劝都不被采纳，但是王羲之并未知难而退，他将继续

---

① 叶岗：《永和兰亭之会对江南文化发展的历史作用》，《社会科学战线》，2011 年第 6 期，第 97 页。

进言。王羲之作为琅琊王氏的佳子弟，王氏优良家风在他身上得到了充分的体现。王导曾经是和天子分庭抗礼的政治家，但是王导本人生活清贫，并不好富贵。王氏家风中的积极用世、建功立业远不止于让家族永葆富贵和地位这样浅显。士族子弟从小接受严格的教育，王羲之更是其中的佼佼者。他渴望建立一番功业，也并非只是出于个人对于权势的渴望，而是政治理想的实现。殷浩评价他"清贵"并非恭维之词，而是王羲之为人处世的真实写照。他冒着得罪司马昱和殷浩的风险，屡次直言劝谏。同时，王羲之还想出切实的方法节约粮食，帮助朝廷和百姓渡过难关：

> 断酒事终不见许，然守尚坚，弟亦当思同此怀。此郡断酒一年，所省百余万斛米，乃过于租。此救民命，当可胜言！近复重论，相赏有理，卿可复论。①

王羲之请求朝廷颁布戒酒的命令遭到驳回，但是他在给亲友的信件中表示一起违抗朝廷的命令。因为酿酒要消耗大量的粮食，而酒的消费主要是士族。百姓已经民不聊生，士族还在大肆饮酒作乐，王羲之下令在其辖区内禁酒。王羲之目睹会稽百姓生活困苦，于是发出感慨：

> 百姓之命（阙）倒悬，吾夙夜忧此。时既不能开仓庾赈之，因断酒以救民命，有何不可？而刑犹至此，使人叹息。吾复何在，便可放之。其罚谪之制宜严重，可如治，日每知卿同在民之主。②

王羲之不忍黎民饥寒交迫，曾经申请开仓放粮，但是被朝廷拒绝。他连声追问，既然不能开仓放粮，那么戒酒节流有什么错？他不解，为何朝廷对于黎民受苦无动于衷。王羲之出身于贵族子弟的最顶层琅琊王氏，是天生的特权阶级。而朝廷之所以不下令禁酒就是要保障士族的利益，王羲之实是制度的获利者。但是，其能跳出自己所处的阶层，放弃既得的利益去为普通平民发声、争取权益，这是王羲之的伟大之处。而伟大的思想和灵魂造就了伟大的书法。赵孟頫《识王羲之七月帖》言："右将军王羲之，在晋以骨鲠称，

---

① ［唐］张彦远撰，刘石校点：《法书要录》，辽宁教育出版社，1998年版，第177页。
② ［晋］王羲之：《百姓帖》，［清］严可均辑：《全晋文》，商务印书馆，1999年版，第253页。

激切恺直，不屑屑细行。议论人物，中其病常十之八九，与当道讽谏无所畏避，发粟赈饥，上疏争议，悉不阿党。凡所处分，轻重时宜，当为晋室第一流人品，奈何其名为能书所掩耶！书，心画也，万世之下，观其笔法正锋，腕力道劲，即同其人品。"① 赵孟頫观点是典型的书品与文品相统一，并且他对于王羲之的看法与后世的洪迈是一致的，即王羲之的书法掩盖了其更大的光芒。王羲之为人正直，不屑小人行为。为官清正，不畏惧权贵，能够为百姓请命，是当时的第一流人品。赵孟頫本身是著名的书法家，当他研究同为书法家王羲之的《七月帖》时，他能以书法家特有的敏锐和专业看出王羲之字间锋芒所隐藏的品性。像王羲之和赵孟頫这样名垂千古的书法大家，他们可能有着不同的人生经历，但是心路历程必然都经过磨炼，必须有厚重的人生阅历才有内涵丰富的书法艺术。赵孟頫身为书法家，本来最有可能认可王羲之的书法成就，但是他仍然称王羲之的书法掩盖了他的光芒，可见王羲之军政才能的突出。

永和九年（353）的兰亭集会，正是殷浩北伐前夕，王羲之努力调停，但是结果不如他所愿。他应该已经预感到战争必然爆发的结果，所以在如此欢乐的唱和中会有生死无常的悲戚感慨。这不仅是有感于个体内部对于生命的体验，还有外部因素的触动，进而从个体上升到对全人类的生命关怀的高度，最终他跟自己和解。因为，个体生命在天地之间都是短暂的，担忧恐惧也无法改变。但是在现实中，王羲之仍然会选择尽力做实事，保全会稽百姓。

北伐的结果正如王羲之所预料，毫无进展。王羲之给司马昱写信劝其放弃北伐：

> 往者不可谏，来者犹可追，愿殿下更垂三思，解而更张，令殷浩、荀羡还据合肥、广陵，许昌、谯郡、梁、彭城诸军皆还保淮，为不可胜之基，须根立势举，谋之未晚，此实当今策之上者。②

王羲之表示，北伐的功绩到目前也没有看到，但是这场战争带来的严重后果已经显现出来。百姓百不余一，千里断粮。为了给前线运送粮草，跨山越河，劳民伤财。繁重的徭役比秦有过之而无不及，如果继续下去，那么秦

---

① 陈涵之主编：《中国历代书论类编》，河北美术出版社，2016 年版，第 399 页。
② ［唐］房玄龄等：《晋书》卷八十《王羲之传》，中华书局，1974 年版，第 2096 页。

朝的命运就是本朝的命运。王羲之已经预感到东晋即将面临的危机，所以苦苦规劝司马昱暂停北伐把重心转移到抚恤百姓，解决民生上来，并且认为现在补救尚且为时未晚，一旦再延误，将无力回天。王羲之并不是在危言耸听，东晋经过王敦叛乱、党派争权和北伐战争内耗严重，国力已经大不如前。而此时北方兵强马壮，贸然北伐根本无法取得胜利，只是劳民伤财，空耗国力。眼下，应该及时止损，停止北伐，令殷浩等将领牢牢保持住淮河一线，确保后赵不会反过来威胁到东晋的国防安全。在此基础上伺机而动，等待机会谋取北方。此时，殷浩北伐还处于并不顺利但并未战败的阶段。王羲之并没有完全否定北伐的决议，只是认为北伐并不是朝廷重心，改善民生解决社会危机远比北伐更加紧要。后来殷浩失利，北伐失败，王羲之又提出了相应的对策，即"保江"，对江淮以北的地区不要徒劳留恋。"他根据敌我实力和东晋社会的现状，深刻分析战争所引发的种种社会危机，他为民众不堪重负的困苦生活而日夜忧虑，并想方设法解决民生疾苦。王羲之的这些观点深中时弊，体现了王羲之卓越的政治见解和博大深广的胸怀。"①

作为南渡后成长起来的第一代子弟，王羲之对于会稽的情感与上一代南迁士族不同。王羲之未亲身经历永嘉之乱，其生长于和平安稳、物资丰饶的江南地区，性格和审美均深受该地域影响。振兴家族的责任和王氏以事功为"孝"的家风敦促王羲之数次出仕做官，参与政治，最后一次任职即为会稽内史，领会稽军政。在会稽任职期间，王羲之勤于理政，为会稽百姓免于饥饿而四处奔走，数次上疏。当时北方士族刚南渡不久，皆心念北方，主张北伐统一全国。此时南迁的北方士族，对于江南地区均无来自文化层面的认同感和精神层面的归属感。所以在北伐期间，王羲之数次请求停战却遭拒绝。士族之间的派系复杂，政治斗争极为激烈，会稽百姓的利益不在其顾虑之列。王羲之身为士族顶层的一员，其对于会稽地区却怀有深厚的个人情感和强烈的文化认同感。南、北地域文化的交流与融合在第二代移民王羲之身上得到了深刻展现。

三、归隐会稽：南、北地域文化对王羲之书法的塑造

王羲之是琅琊王氏家族中，对中国文化产生影响力最大的人物之一，其

---

① 刘占召：《王羲之与魏晋琅琊王氏》，凤凰出版社，2013 年版，第 229 页。

在书法领域被确立为典范，有"书圣"之称，影响力无人可及。王氏书法传家，是当时最为顶级的书法世家。在整个两晋南北朝数百年间，王氏的书法家远远多于其他家族。可以说，书法与王氏家族的兴衰沉浮相始终。王氏的书法传统最早可以追溯到西晋王戎、王衍兄弟。王祥、王览兄弟的后代中，擅长书法的子弟更多。王导、王敦兄弟，以及王羲之的父亲、叔父都以书法著名。因此，书法是王氏的家学，王羲之从小耳濡目染，热爱书法水到渠成。换言之，琅琊王氏家族作为最顶尖的书法世家，王羲之成为"书圣"是王氏数代积淀的一次爆发。出身于书法世家的王羲之，从少年起就接受父亲、叔父、堂叔父的教导，还有卫夫人做其家庭教师。因此，王羲之不仅接受的是一流的书法教育，更生活于浓厚的家族氛围之中。

家学深厚和一直以来接受的书法教育，使得王羲之从幼年起就打下了坚实的书法基础，并成为其日后书法数次改进的起点。王氏家族的书法家，代表当时中原地区的书法水准。作为文化载体的人，在南渡之后，自然将当时的书法文化一同传入吴越地区。王羲之练习书法一方面是家学传承，另一方面则是王氏家风对于子弟一贯的影响。

咸和九年（334），王羲之加入庾亮幕府。此时，东晋的政治局势大致是王导联合王羲之岳父郗鉴与庾亮对峙。王敦叛乱之后，王氏失去了对于朝政绝对的把持地位。王羲之的婚姻促成了王导与郗鉴一文一武的结盟，二者共同抵抗庾亮。王羲之此时作为年轻的王氏子弟，加入庾亮的幕府，实在使人不解。不仅是王羲之，其本家兄弟王从之、王胡之亦在其中。同时加入的还有孙绰和殷浩。同年，庾亮拜征西将军，坐镇武昌，幕府一时"俊才如林"。王羲之因为出身王氏，在政治立场上天然亲近王导，为何他不去投奔王导，而是选择入庾亮幕府。"庾亮的幕府此时人才济济，名流如云，这就像高手过招的擂台，谁在这个舞台上脱颖而出才是关键。"[1] 王羲之此时 34 岁，正是大展拳脚之际，作为王氏子弟，积极进取、建功立业的家风深埋在心中。入庾亮幕府，能够让他迅速扬名，获得更高的政治资本。他的从弟王从之、王胡之亦出于相同的考量。因此可以推测，当时武昌幕府是能够迅速让士族年轻子弟脱颖而出的优良选择。王羲之的书法在此时期发展迅速，并且经历了风格的转变。庾亮幕府顿时名士云集，王羲之等人经常来往切磋，相互交流，

---

① 刘占召：《王羲之与魏晋琅琊王氏》，凤凰出版社，2013 年版，第 174 页。

书法是其中重要的一项。人才众多的武昌幕府中，士族子弟必须有突出的才能，方能脱颖而出。王羲之苦练书法，除了个人喜好和家学渊源，与其想要在政治上有一番作为不无关系。因为庾亮、庾翼兄弟二人亦喜好书法，羊欣在《采古来能书人名》中评价庾亮兄弟言："颖川庾亮，晋太尉，善草、行。庾翼，晋荆州刺史。善隶、行，时与羲之齐名，亮弟也。"① 庾翼与王羲之齐名；但是在入武昌幕府之前，王羲之书名并不如庾翼出名，在幕府期间，王羲之苦练书法，书名大盛。《晋书·王羲之传》记载：

> 羲之书初不胜庾翼、郗愔，及其暮年方妙。尝以章草答庾亮，而翼深叹伏，因与羲之书云："吾昔有伯英章草十纸，过江颠狈，遂乃亡失，常叹妙迹永绝。忽见足下答家兄书，焕若神明，顿还旧观。"②

在此之前，庾亮向王羲之求书，王羲之还言"翼在彼，岂复假此"，认为自己书法不如庾翼。此时，王羲之书法大进，庾翼看到之后心悦诚服，称赞王羲之是张芝再生。王羲之此时书法精进，首先得益于武昌人才济济，他博采兼取，集众家之长。沈尹默表示："羲之从卫夫人学习，自然受到她的熏染，后来博览秦汉以来篆隶淳古之迹，与卫夫人所传钟新法有异，因而对师传有所不满，这和后代人从帖学入手的，一旦看见碑版，发生了兴趣，便欲改学，是同样可以理解的事。可以体会到羲之的姿媚风格和亘古不尽的地方，是有深厚根源的。"③ 王羲之摆脱卫夫人的书法风格就是在武昌幕府，这是王羲之书法转变的第一个契机。此时的王羲之集中学习张芝的书法，此前他跟随卫夫人练习钟繇书法，张、钟二人的书法是王羲之书法的基础。庾亮兄弟对于王羲之书法评价颇高，庾翼认为王羲之的书法已经达到前朝大师的水准。在武昌幕府，王羲之书名大盛。

王羲之早年在司马昱属地会稽担任王友，东晋士族崇尚玄谈。王导和殷浩都是清谈名家。司马昱亦喜好清谈，作为司马昱的王友，职责就是陪同司马昱游宴和会客。司马昱喜好玄谈，本家堂叔王导又是名家，王羲之自然受

---

① 华东师范大学古籍整理研究室编：《历代书法论文选》，上海书画出版社，2010 年版，第 48 页。

② ［唐］房玄龄等：《晋书》卷八十《王羲之传》，中华书局，1974 年版，第 2100 页。

③ 沈尹默：《二王法书管窥》，《20 世纪书法研究丛书》，上海书画出版社编，2008 年版，第 73 页。

到影响。在王氏一门中，王导一支政治进取心更强，其他几支则没有那么强的权势欲望。"关于琅琊王氏之崇奉天师道，有一个明显的标识，即其家族成员名字中有一个'之'字。这一秘密也是首先由陈寅恪先生揭示出来的。人们阅读六朝时期文献，可以看到很多人名中有一个'之'字，以琅琊王氏而言，从东晋中期王羲之一辈开始突出起来，他们都是同族兄弟。人们多以为这是其家族的排行，然而，王羲之子王献之一辈依然如此命名。"① "之"字就是琅琊王氏家族笃信天师道的标识。

天师道是王羲之一支的家族传统，而崇尚玄谈则与苦练书法类似，是积累政治声望的重要手段。王羲之笃信天师道，陈寅恪认为，"治吾国佛教美术史者类能言佛陀之宗教与建筑雕塑绘画等艺术之关系，独于天师道与书法二者相互利用之史实，似尚未有注意及之者"。② 天师道为何与王氏书法具有深厚的联系？王氏子弟尤其是王羲之这一支名字中有"之"字，带有明显的天师道信仰标识。而道教信仰的一个必备技能就是书法，这里的书法并不是用于审美欣赏，而是为宗教服务的实用性技能。道家修行中，抄经和画符是基本的技能，往往擅长书法的人更加得心应手。寻找背帖再临摹下来，是书法用于道教实践的典型体现。"写经又为一种功德"，③ 天师道的信仰者通常通过写经来建立功德。能让如此重视名讳的王氏大族把代表天师道信仰标识的"之"加入子弟的名字中，可见对天师道信仰的虔诚。奉教越是虔诚，越重视立功德，而写经可以立功德，那么必然重视练习书法，这在客观上促进了书法的发展。

王羲之书法的发展与其实用性需求具有重要联系。王羲之晚年隐居山阴，与教士来往密切，写经是日常的事务。王羲之书法发展的第一个重要时期是其在武昌幕府时，他摆脱钟书改练张草，此时他的书法基础中钟、张兼备，已经成为大家。但是他的水平还停留在追平前辈的阶段，尚未推陈出新，创建自己的风格。促使王羲之书法再进一步，从继承到创新的重要契机就是实用性需求。文字的实用性功能促使文字书写的不断简化，这是文字发展的一

---

① 王永平、姚晓菲：《中古时代琅琊王工之天师道信仰及其影响》，《河南科技大学学报》（社会科学版），2007 年第 4 期，第 11 页。

② 陈寅恪：《天师道与滨海地域之关系》，《金明馆丛稿初编》，生活·读书·新知三联书店，2015 年版，第 39 页。

③ 同上书，第 42 页。

个必要过程。汉字亦不例外，秦统一天下之后推行小篆，汉又推行隶书。隶书相对于小篆已经大大简化，"但字形呆板，波磔捺笔太多，影响了书写的速度和运笔的一致性"。① 王羲之多年练习钟繇的书法，深有体会，"他一改钟繇楷书'存隶外放'的特点，变为'敛锋不发'，使楷书变得轻盈灵动，体式爽俏。后人为区别这两种楷书，将王羲之创出的楷书称之为'今楷'"。② 王羲之改良钟繇书法，乃是出于提高书写效率的需求，他重视行书的练习亦是相同的原因。他改良钟繇的行书，自创"今行"。不满于此，王羲之更进一步改良书写效率比行书更高的草书。他以张芝的草书为基础，"首先将章草的波磔省去，凡过去章草用波磔的地方，他都用圆转的笔画替代。同时他一改章草各字独立，多不相连的体势，使多字相连且一行之内上下呼应，成一气呵成之势。在他的手里完成了章草的蜕变，不仅使草书显得龙飞凤舞，宛转流畅，充满活力，大大提高了草书的观赏性；更重要的是书写更加快捷，极大地提高了书写速度，成为民间交流最常用的书体。人们将其称为'今草'"。③

王羲之对前辈的书法做了大量改良工作，一个重要的原因是出于实用性需求。那么，信仰天师道，写经帖立功德就是王羲之书法实用的一大来源。从继承到创新，王羲之书法又迈出了关键一步，这也为他在永和九年（353）一挥而就的"第一行书"《兰亭集序》做了充分的技术性准备。技术改进是王羲之书法发展的客观条件，而独特的书法艺术还需要书法家独特的人生经历和性情，这是王羲之书法成因的主观条件。两者相辅相成，缺一不可。

永和十一年（355），王羲之上书辞官，选择隐居会稽，自此再未出仕：

> 羲之既去官，与东土人士尽山水之游，弋钓为娱。又与道士许迈共修服食，采药石不远千里，遍游东中诸郡，穷诸名山，泛沧海，叹曰："我卒当以乐死。"谢安尝谓羲之曰："中年以来，伤于哀乐，与亲友别，辄作数日恶。"羲之曰："年在桑榆，自然至此。顷正赖丝竹陶写，恒恐

---

① 姜开民：《王羲之书法艺术性成因的再认识》，王汝涛主编《王羲之书法与琅琊王氏研究》，红旗出版社，2004年版，第101页。

② 同上书，第102页。

③ 同上书，第105页。

儿辈觉，损其欢乐之趣。"朝廷以其誓苦，亦不复征之。①

　　会稽秀美的山水让王羲之晚年的生活充满诗意，也渐渐抚平了王羲之辞官的愤懑与悲伤。在会稽畅游山水，问仙求道，美好的生活使王羲之发出了"卒当以乐死"的感慨。王羲之洒脱的胸怀再次得以体现，一旦放下追求功业，便彻底寄情山水，不饰虚伪。此生再无可能实现政治抱负，那么朝廷无论再怎么征用，他都不会再次出仕。在会稽，王羲之既纵情山水，也求田问舍，他早已在当地置办田产。王羲之晚年举家迁往会稽山阴定居，这个举动别有深意。会稽当时作为东晋士族玄谈隐居的地方，本身并不处于政治中心，世家大族多在会稽修建别墅，不会长期居住。王羲之举家迁移，意味着他主动远离政治中心，实现了从身体到心灵的归隐。除了著名的《兰亭集序》外，王羲之留存至今的散文作品尚有部分发帖被收录在《法书要录》之中。朱熹评价《十七帖》云："玩其笔意，从容衍裕，而气象超然，不与法缚，不求法脱，真所谓——从自己胸襟流出者。窃意书家者流，虽知其美，而未必知其所以美也。"②《十七帖》的内容是王羲之晚年写给亲朋好友的书札，内容多为来往问候、日常琐事。如果《兰亭集序》是王羲之行书巅峰，那么《十七帖》则是王羲之的草书杰作。随着官场生活的彻底谢幕，王羲之的生命进入了最后一段时期。他的书法也历经几次转变，进入最后的成熟期。朱熹从王羲之的字间读出了"从容"和"不与法缚"。王羲之此时的书法达到了"书心统一"，不被法术束缚的自由境界。这意味着王羲之其人的心灵实现了自由，其书摆脱了技法的限制，二者合一，成为朱熹眼中的"知其所以美"。

　　兰亭地处会稽山阴，这是王羲之人生最后的归宿之地。王羲之深爱这片山水，并且竭力造福回馈这片山水。会稽和王羲之是相互成就、相互给予的关系。王羲之所有的传记和故事都脱离不开会稽山水，而会稽的地方志也为王羲之留下重要的位置。王羲之的书法成就得益于多方面的原因，更是南、北方地域文化共同滋养的结果。王氏家学为王羲之步入书法之门提供了便利，而王氏积极进取、建功立业的家风则间接促使王羲之在幕府生涯和天师道信

---

① ［唐］房玄龄等：《晋书》卷八十《王羲之传》，中华书局，1974 年版，第 2101 页。
② ［南宋］朱熹：《晦庵先生朱文公集》卷八十四，《朱子全书》第二十四册，上海古籍出版社、安徽出版社，2002 年版，第 144 页。

仰中不断精研书法。而王羲之书法的成熟，则在其归隐会稽之后，王羲之晚年书法达到"书心合一"的至高境界，有赖于其徜徉在会稽灵秀的山水之中，为心灵寻找到栖息之地。

第三节　雅道相传：谢氏家族文学与会稽庄园经营

"旧时王谢堂前燕，飞入寻常百姓家。"（刘禹锡《乌衣巷》）在魏晋南朝，有一个家族始终与琅琊王氏相提并论，这就是陈郡谢氏家族。两族同为豪门，但在家族门风和家学方面体现出不同的特点，琅琊王氏书法为当代第一，而陈郡谢氏则以文学夺魁。在谢氏家族中，以文学称名并有作品传世的成员多达十几位，其中谢氏家族诗人对东晋南朝山水诗的产生和发展贡献重大，最为知名的当数第六代子弟谢灵运。因此，谢氏家族门风又被称为"雅道相传"，而谢氏家族中隐逸之风盛行，这与其家风具有密切联系。谢安、谢万和谢灵运等人均有隐居经历，或直言向往隐居生活。无论是谢氏家族中山水诗歌写作以及隐居传统，均与谢氏家族在会稽地区的庄园经营密不可分。

一、一门四公：谢氏南迁与家族振兴

谢氏家族尽管与王氏家族并驾齐驱，但是两家并非同时兴起，谢氏要晚于琅琊王氏。相对于王氏这种从西汉崛起的士族，陈郡谢氏应称为"新出门户"。《世说新语·方正》记载："诸葛恢大女适太尉庾亮儿，次女适徐州刺史羊忱儿。亮子被苏峻害，改适江彪。恢儿娶邓攸女。于时谢尚书（裒）求其小女婚。恢乃云：'羊、邓是世婚，江家我顾伊，庾家伊顾我，不能复与谢裒儿婚。'及恢亡，遂婚。于是王右军往谢家看新妇，犹有恢之遗法，威仪端详，容服光整。王叹曰：'我在遣女裁得尔耳。'"① 此时为东晋中期，谢尚向诸葛恢求婚，但是遭到拒绝。士族社会推崇门第重要的表现之一，就在于重视婚姻的门当户对。琅琊诸葛恢拒绝谢氏求婚，说明直到东晋中期陈郡谢氏仍然被旧士族轻视。余嘉锡《世说新语笺疏》按语云："诸葛三君，功名鼎

---

① 余嘉锡：《世说新语笺疏》，中华书局，1983年版，第306—307页。

盛、彪炳人寰，继以瞻、恪、靓，皆有重名。故渡江之初，尤以王、葛并称。……可见一姓家门之盛，亦非一朝一夕之故也。"① 对此田庆余亦解释：琅琊"诸葛氏为汉魏旧姓，鼎立时诸葛氏兄弟分仕三国为将相，家族至晋不衰。晋元帝以琅琊王入承大统，诸葛恢为琅琊国人，随晋元帝过江，地位亲显，所以拒绝与尚无名望的陈郡谢氏为婚"。②

除了诸葛氏之外，琅琊王氏亦不例外。余嘉锡《世说新语笺疏》云："江左王、谢齐名，实在安立功名以后。此时谢氏兄弟甫有盛名，而其先本非士族，故阮裕讥为新兴门户。王恬贵游子弟，宜其不礼谢万也。"③ 王恬是王导的儿子，作为琅琊王氏子弟，其以寒门之礼对待谢万，是传统门阀轻视新出门户的典型心理。但是，如果考虑谢氏发展的实际情形，此种情况可从另一角度解释。琅琊王氏在经历王敦叛乱、王导去世之后，其在东晋的政治地位整体处于下降趋势；而谢氏则恰恰相反，随着族内数代经营，此时正冉冉向上。但是，旧出门户仍旧轻视新出门户，直到晋宋时期，谢氏被旧族轻视亦时有发生。并非旧族察觉不到谢氏崛起，而是旧出门户"极为珍视、竭力护持家族的势力，因为这是他们的升官图与护官符，也是高贵血统的象征与标记。他们不仅可以以此傲视寒人庶族，也可以以此傲视那些依靠汗马军功暴发的新贵，甚至可以以此傲视皇权。皇帝有权把一位寒人封为达官，封为公侯，却无力把他们封为士族，因为士族是世世代代形成的，不是一道圣旨可以加封的"。④ 士族最为看重门第，这是其保持社会和政治地位的根本，尽管旧族衰微，新族崛起已经是不争的事实，但是为了维持家族地位，旧出门户对待新兴士族的态度仍旧轻视。如果琅琊王氏是旧出门户的典型代表，那么陈郡谢氏则是真正在晋室南渡之后发展壮大的新兴士族典范。因此，谢氏一族的发迹与兴旺，是从北方迁移到南方以后。

之所以称谢氏为新出门户，是因为族内有传记可考的第一人谢鲲乃是两晋之际的人物。从谢鲲往上追溯也只有两代，谢鲲祖父谢缵，在曹魏时曾担任典农中郎将，史传不见任何记载，可见声明不显。谢鲲父谢衡在西晋则是

---

① 余嘉锡：《世说新语笺疏》，中华书局，1983 年版，第 307 页。
② 田庆余：《东晋门阀政治》，北京大学出版社，1996 年版，第 199 页。
③ 余嘉锡：《世说新语笺疏》，中华书局，1983 年版，第 774—775 页。
④ 萧华荣：《华丽家族：两晋南朝陈郡谢氏传奇》，生活·读书·新知三联书店，1994 年版，第 5 页。

一位"以儒素显""博物多闻"的"硕儒",并担任"守博士""国子博士""太子少傅""散骑常侍"等职。与其父相比,谢衡声名要显达一些,亦有文字传世,但是谢衡以儒学著称,与西晋崇尚玄学风气并不相融,所以不为世人所推重。可见,谢氏与琅琊王氏等传统士族相比,家族根基确实过于浅薄。那么,谢氏是如何从一个小门户发展至能和琅琊王氏比肩的豪门大族?田庆余曾总结谢氏在东晋发展的三大契机及关键人物:"一、两晋之际,谢鲲由儒入玄,取得了进入名士行列的必要条件。……二、穆帝永和以后,谢尚兄弟久在豫州,在桓温与朝廷抗争的过程中培植了自己的力量,取得举足轻重之势,使谢氏成为其时几个最有实力的家族之一。三、谢安凭借家族势力和拒抗桓温的机缘,得以任综将相;又以淝水之战的卓越功勋,使谢氏家族地位于孝武帝太元间进入士族的最高层。"① 谢氏从谢鲲开始,历经改儒入玄、经营方镇和淝水之战三个过程,一步步走上士族顶峰。

谢鲲是谢氏一门崛起的第一位关键人物,其第一个重要贡献是改换谢氏门风,由儒入玄。《晋书·谢鲲传》:

> 永兴中,长沙王乂入辅政,时有疾鲲者,言其将出奔。乂欲鞭之,鲲解衣就罚,曾无忤容。既舍之,又无喜色。②

谢鲲用放浪的言行,凸显魏名士风尚,同时又掌握分寸,不放弃现实功业。谢鲲出仕的时机正逢"八王之乱",他曾于长沙王幕府任职,但是其间各王混战,你方唱罢我方登场。长沙王惨死,谢鲲放弃接近王室以提高家族地位的方法,转而投向王衍门下。王衍正是依靠玄谈成为士族领袖,谢鲲在其门下,称"四友"之一。萧华荣表示:"把两晋南朝300多年间看作一个历史单元,是因为有三条线索贯穿始终:一是社会组织上的门阀等第制度,二是保障这些门阀延续的九品中正选官用人制度,三是标志着门阀清雅的清谈玄学风气。这三条线索虽日趋衰减,却不绝如缕,有异于其他历史单元。这便形成了一个个源远流长的豪贵家族,其子弟凭借世资,依靠地势,麈尾风流,

---

① 田庆余:《东晋门阀政治》,北京大学出版社,1996年版,第202页。
② [唐]房玄龄等:《晋书》卷四十九《谢鲲传》,中华书局,1974年版,第1377—1378页。

坐取公卿。"① 显然，谢鲲所做的正是以上第三点，通过玄学提升自身社会声望以及家族地位。

谢鲲为谢氏一族崛起做的第二个重要贡献是决定南迁。谢鲲在王衍门下，与王玄、阮修等人鸣琴鼓瑟，引吭高歌。此时司马越闻其声名，再次征召谢鲲入幕，谢鲲对于八王争斗的混乱局面有清醒的认识。"越寻更辟之，转参军事。鲲以时方多故，乃谢病去职，避地于豫章。"② 谢鲲以病推托，随后南渡，进入王敦幕府，因平杜弢之乱有功而被封为咸亭侯。后发生王敦之乱，起兵前，王敦曾征询谢鲲，谢鲲虽然平时行为放浪，但是在政治上保持清醒和谨慎。他委婉劝谏王敦，王敦没有听从，但碍于谢鲲声名，并未迫害，只是贬官。谢鲲因不参与王敦之乱，并且积极救助朝廷名士，从而保存自身性命并且提升了地位。谢鲲在文化上由儒入玄，为家族提升地位提供契机；在政治上作风稳健，在王导之乱中脱身而出，保全了家族，并为谢氏一族进一步发展奠定了基础。《世说新语·品藻》言："谢鲲随王敦入朝，明帝问谢鲲：'君自谓何如庾亮？'答曰：'端委庙堂，使百僚准则，臣不如亮；一丘一壑，自谓过之。'"③ 谢鲲以转换门风为己任，因此其在实际功业的建立上并不能兼顾，从谢鲲与晋明帝的问答中可以看出其本人更加偏爱丘壑而非庙堂，但是谢鲲的累积和经营，为其后的谢氏子弟进一步发展奠定了基础。

完成由儒转玄之后，谢氏崛起的第二步是经营方镇，这一步由谢鲲子侄辈谢尚兄弟完成。谢尚的崛起时机乃是在王、庾争权之后，王导、庾亮相继去世，此时王、庾两族相继衰落，东晋的中枢权力机构和方镇力量均面临调整，谢尚找准时机，不断发展壮大。作为替谢安掌政奠定基础的谢尚一代，其对谢氏的贡献十分重要。从谢尚的履历可以清晰地看出其在家族中承上启下的作用，谢尚多才多艺，擅长清谈，曾为王导僚属，是当时著名的风雅名士。这是其对父辈事业的继承，后谢尚在 33 岁时转文从武，建立事功，先担任建武将军、历阳太守，后转督江夏、义阳、随三郡军事，军旅生涯丰富。永和四年（348）谢尚晋安西将军，自此开始掌握兵权，直至去世，这开辟了

---

① 萧华荣：《华丽家族：两晋南朝陈郡谢氏传奇》，生活·读书·新知三联书店，1994 年版，第 5 页。

② ［唐］房玄龄等：《晋书》卷四十九《谢鲲传》，中华书局，1974 年版，第 1377 页。

③ 余嘉锡：《世说新语笺疏》，中华书局，1983 年版，第 513 页。

后来谢氏以功业登顶的先河。建元元年（479），庾冰、庾翼把持荆、江两州，权势滔天。朝廷颇为忌惮，建元二年（480），趁庾冰去世，派谢尚担任江州刺史，以此来抑制庾氏一族的权势。但是，这个举动并未成功，"庾翼针锋相对，抢先下手。其'还镇夏口，悉取冰所领兵自配，以兄子统为寻阳太守'，事见《晋书》卷七三《庾翼传》。这是庾氏对谢尚的强力抵制。谢尚在江州无立足之地，只好后退一步，还镇历阳为豫州刺史"。① 谢尚的突出贡献是在殷浩北伐失败后，寻回国玺。八王之乱后，国玺流入胡人之手，谢尚配合殷浩北伐，进兵中原时，在邺城得到国玺，后谢尚驻守寿阳时，又着手修复雅乐。进献国玺和修复雅乐在当时皆为大事。国玺和礼乐均是正统地位的象征，自此东晋可以正统自居，聚揽民心。由此，谢氏一族地位进一步提升。

谢尚去世后，接替豫州刺史职位的乃其堂弟谢奕，谢奕仅任职一年便病故，接替其职位的是其弟谢万。谢万以放达著称，《王羲之传》记载王羲之给谢万的书信，曰："以君迈往不屑之韵，而俯同群辟，诚难为意也。然所谓通识，正自当随事行藏，乃为远耳。愿君每与士之下者同，则尽善矣。"② 谢万之所以如此，与其志愿未遂有关。谢万曾作《八贤论》，评论渔父、屈原、季庄、贾谊、楚老、龚胜、孙登、嵇康八位古人。谢万将此八人两两对照，最后得出结论入世者不得善终、隐逸者却得天年。由此可见，谢万并无出仕之心，但是碍于家族责任，必须出仕做官。在豫州任上，谢万因其疏狂的性格，用兵不当，导致兵败，被贬为庶人。但是从谢尚开始，谢氏此时已经在豫州经营了十数年，根基深厚，大为发展了家族势力，也为谢安出仕掌政提供了坚实的基础。王氏、庾氏争权之后，桓温坐大，威胁朝局。谢氏一族在豫州的经营和发展对于平衡东晋各士族间的权力，以及遏制桓氏霸权起到了重要的作用，这使东晋政局得以继续维持平稳。

在谢安出仕之前，谢鲲的子侄辈大多都已出仕，除了谢尚、谢奕和谢万，还有谢石、谢铁等人，谢氏一族地位较西晋大为提升，但是还没有到达顶点。直到谢安出仕掌政，指挥淝水之战，谢氏发展到顶峰，达到了"谢与马，共天下"的程度。谢安是谢鲲侄儿，在 40 岁之前隐居会稽东山：

---

① 田庆余：《东晋门阀政治》，北京大学出版社，1996 年版，第 205 页。
② ［唐］房玄龄等：《晋书》卷八十《王羲之传》，中华书局，1974 年版，第 2100 页。

初辟司徒府，除佐著作郎，并以疾辞。寓居会稽，与王羲之及高阳许询、桑门支遁游处，出则渔弋山水，入则言咏属文，无处世意。扬州刺史庾冰以安有重名，必欲致之，累下郡县敦逼，不得已赴召，月余告归。复除尚书郎、琅琊王友，并不起。吏部尚书范汪举安为吏部郎，安以书拒绝之。①

谢安曾多次推辞不出仕，隐居东山，纵情山水。谢安之所以如此选择，原因有以下几点。第一，上文已提及，到谢安这一辈，谢氏子弟大多出仕为官，更在豫州经营多年，家族蒸蒸日上。谢安即使不做官亦不会影响家族兴旺。第二，谢安性格放达，喜好山水，时称"江左风流宰相"。第三，谢安在东山隐居，并非不过问家族事业，他担负起教育培养家族年轻子弟的重任，为谢氏一族培养了许多优秀接班人。第四，谢安少年成名，曾获王导等人夸赞，在士林素有名望，隐居东山亦有"养望"的目的。庾冰、范汪等人邀请谢安做官，谢安越是拒绝，声名越是显达，这为谢安后来出仕，在政坛快速登上高位奠定了基础。第五，谢安并非决意归隐终身，而是一直等待时机，一旦家族需要，则时刻准备出仕。

谢安在隐居时就与家族为官的子弟联系密切，对政局亦十分关心。谢万接替谢奕担任豫州刺史时，谢安跟随谢万赴任。《世说新语·简傲》载："谢万北征，尝以啸咏自高，未尝抚慰众士。谢公甚器爱万，而审其必败。乃俱行，从容谓万曰：'汝为元帅，宜数唤诸将宴会，以说众心。'万从之。因召集诸将，都无所说，直以如意指四坐云：'诸君皆是劲卒。'诸将甚忿恨之。谢公欲深著恩信，自队主将帅以下，无不身造，厚相逊谢。及万事败，军中因欲除之。复云：'当为隐士。'故幸而得免。"② 谢安深知谢万疏狂简傲，于是亲自慰问军中将士。这说明谢安一直关心家族事业，否则单纯不问俗事隐居多年，即使出山，一时也无法胜任。谢万兵败，被贬为庶人，谢尚、谢奕已去世，谢铁、谢石权位尚低，难以扛起家族重任。谢氏在豫州的经营陷入危机，谢安势必出仕。此时，王氏、桓氏争权已经发展至后期，桓氏一族权力鼎盛。谢安出仕的契机来自桓温，升平四年（360），桓温邀请谢安担任军

---

① ［唐］房玄龄等：《晋书》卷七十九《谢安传》，中华书局，1974年版，第2072—2073页。
② 余嘉锡：《世说新语笺疏》，中华书局，1983年版，第775页。

中司马，谢安顺势答应。谢安出仕的时机正逢谢氏陷入危机，谢安面临着挽救谢氏的巨大挑战。谢安素有雅望，但是出仕之初仍不免遭受责难，谢安的行事作风则是以隐忍、克制见长。

桓温乃是桓氏一族首领，权倾朝野，作为其幕僚，谢安巧妙地与之周旋。3年后，谢万病逝，谢安借奔丧的时机，摆脱桓温。本来桓温与谢氏各自占据方镇，二者关系既紧密又微妙。首先，两家始终保持亲密的联系，谢奕、谢玄和谢安都曾担任桓温司马，谢奕更是桓温密友。但是，两家因政治利益又相互抵制，谢万兵败逃归，正是被桓氏抓住把柄，进而贬为庶人，这对谢氏来说是巨大的打击。方镇力量是谢氏赖以发展的基石，桓温借机废除谢万对豫州的掌控权，实际上就是想要捣毁谢氏基石。谢安深知桓、谢两家此时紧张的关系，但是谢氏正逢危难之际，实在不宜明面上得罪桓氏，因此他选择担任桓温司马出仕，实则是传达友好信号。田庆余总结桓、谢关系："桓、谢关系，可注意的事情还有很多，情况也很复杂。如果考虑到简文帝死后谢安在阻止桓温篡晋过程中所起的作用，考虑到淝水之战前后谢安与桓冲的既有冲突又有妥协的关系，考虑到压平桓玄的北府兵创始于谢玄这样一些事实，我们说桓、谢二族关系直接或间接影响东晋政局长达半世纪之久，是不算夸张的。"[1] 谢氏在方镇多年的经营，使其成为牵制桓氏的一大力量。桓温借谢万之错，打击谢氏，这给谢氏一族的发展带来了巨大危机。谢氏此时不能与桓氏分庭抗礼，只能避其锋芒。

由此可知，谢安出仕面临的最大挑战就是来自桓氏。《晋书》载：

> 及帝崩，温入赴山陵，止新亭，大陈兵卫，将移晋室，呼安及王坦之，欲于坐害之。坦之甚惧，问计于安。安神色不变，曰："晋祚存亡，在此一行。"既见温，坦之流汗沾衣，倒执手版。安从容就席，坐定，谓温曰："安闻诸侯有道，守在四邻，明公何须壁后置人邪？"温笑曰："正自不能不尔耳。"遂笑语移日。坦之与安初齐名，至是方知坦之之劣。温尝以安所作《简文帝谥议》以示坐宾，曰："此谢安石碎金也。"[2]

---

① 田庆余：《东晋门阀政治》，北京大学出版社，1996年版，第208页。
② ［唐］房玄龄等：《晋书》卷七十九《谢安传附谢玄传》，中华书局，1974年版，第2073页。

　　当时，桓温的权势已经发展至能够废立皇帝的地步，太和四年（369），桓温北伐失利，朝野威望降低，为了挽回局面，桓温废除了皇帝司马奕，重新立丞相司马昱为帝。谢安此时正在朝廷任侍中，为天子司马奕近臣，结果司马奕被废，谢安等朝臣自然心生不满。桓温总揽朝政，第二年司马昱病危，桓温又如法炮制，请司马昱在临终之前行摄政事。谢安和王坦之坚决反对，桓温没有达到篡晋的目的，谢、桓关系更加紧张。桓温趁司马昱病逝之际，欲杀谢安和王坦之，谢安从容应对，丝毫不露恐惧之心，桓温只能放弃。第二年，桓温病逝，谢安面临的危机暂时得以缓解。

　　从谢安出仕到桓温去世，谢安以超常的忍耐力和适当的举措与桓温周旋，既要保全自己和家族，又要阻止桓温篡权，保护司马氏的江山。"当然，谢安之隐忍并不是一味示弱，更不是放弃原则，相反，是他的一个策略和手段，在温和的外表下，他有坚定的意志得体地应对，越是关键时刻谢安越发显现出镇定自若的力量，是当时士族社会一致推崇的'雅量'。"① 正是谢安的"雅量"使其没有正面应对桓温的"锋芒"，谢氏一族得以在桓温权力膨胀时保存实力，韬光养晦。谢安不与桓氏争锋，则变相放弃了谢氏的政治地位，力求保全社会和经济地位，等待时机，再做图谋。谢氏一族登上士族顶峰的契机乃是东晋危难之际。

　　桓温篡位被谢安阻挠之后，其去世后，桓氏实力暂时得到遏制。此时，东晋的主要危机来自北方的前秦。前秦集结兵力，南下进攻。国家危亡之际，谢安处于权力决策中心，其第一要务就是要缓和统治集团内部矛盾，团结一切力量，抵御虎视眈眈的前秦。因此，谢安面对士族内部矛盾，并不过分追究。谢安并不追究豪族土地兼并，只是不想引起内部矛盾。时人包括王羲之在内都认为谢安"文雅过之"，"恐非当今所宜"。王羲之乃是谢安好友，以耿介著称，他对谢安直言其不当之处，但是谢安有其考量，他要尽量争取士族和社会力量，对抗外部势力，保住东晋江山。

　　太元元年（376），谢安总揽朝政。太元二年（377），谢安推荐侄子谢玄任兖州刺史，镇守广陵，负责江北军事，谢氏一族进一步掌握实权。谢玄在广陵的主要任务是招募军队。尽管谢氏一族在豫州经营多年，但是并没有建立专属的部队。谢玄在广陵召集了由豫州旧部刘牢之带领的"北府兵"，这支

---

① 王永平：《六朝家族》，南京出版社，2008年版，第131页。

军队成为淝水之战的主力。太元四年（379），前秦大举南侵，占领襄阳并围攻彭城。谢玄率军解围，取得胜利，获封"冠军将军"，兼任徐州刺史，大权在握。太元八年（383），前秦王苻坚挥军南下，号称百万，想要一举灭掉东晋，《晋书》：

> 时苻坚强盛，疆场多虞，诸将败退相继。安遣弟石及兄子玄等应机征讨，所在克捷。拜卫将军、开府仪同三司，封建昌县公。坚后率众，号百万，次于淮肥，京师震恐。加安征讨大都督。玄入问计，安夷然无惧色，答曰："已别有旨。"既而寂然。①

谢安是这场战役的总指挥，其余指挥还有谢氏子弟谢琰、谢石、谢玄，可见晋室存亡系于谢氏。在这场关系到东晋生死存亡的战役中，谢安坐镇建康，表现出了超常的镇定。谢玄等人带领 8 万北府兵，对抗号称百万的前秦部队，最后以少胜多，前秦伤亡惨重。淝水之战延续东晋国祚，维持了江南安宁，成功保存了汉族争权承载的华夏文明，谢安以及谢氏一族功不可没。战争过后，谢氏获封"一门四公"，谢氏一族发展达到顶峰。然而，当外部矛盾缓解之后，统治集团内部的问题将会重新暴露出来：

> 时会稽王道子专权，而奸谄颇相扇构，安出镇广陵之步丘，筑垒曰新城以避之。帝出祖于西池，献觞赋诗焉。安虽受朝寄，然东山之志始末不渝，每形于言色。及镇新城，尽室而行，造泛海之装，欲须经略粗定，自江道还东。雅志未就，遂遇疾笃。②

谢氏一门功高震主，为皇室忌惮，谢安深知"鸟尽弓藏"的道理，所以急流勇退，放弃权力中枢的地位，出镇广陵。到任不久，谢安生病，上书请求回京养病，同年 8 月，谢安病逝。谢玄在谢安病逝之后，亦上书请求解除军职，改任会稽内史。一年后，谢玄病逝。谢安与谢玄的相继病逝，标志着谢氏一族发展到巅峰。此后谢氏再未达到此高度，但谢氏依旧是南朝重要的高门大族。

---

① ［唐］房玄龄等：《晋书》卷七十九《谢安传附谢玄传》，中华书局，1974 年版，第 2074—2075 页。
② 同上书，第 2076 页。

陈郡谢氏一族是伴随着晋室南渡而崛起的新兴士族，其崛起得益于家族成员能够抓住时机、眼光精准以及历经数代的苦心经营。谢鲲果断改换家族文化，由儒入玄，为谢氏一族获得社会和文化声望奠定了基础；而社会和文化地位的提高，又带来了政治地位的抬升。空有文化和社会、政治地位，家族始终缺乏强有力的根基，谢尚兄弟从戎转向经营地方，将豫州掌握在家族手中，成为与桓氏抗衡的重要保障，又为后来的淝水之战准备了条件。谢安作为第三代成员，在前两代子弟奠定的基础上将家族发展推向高峰。同时，谢氏的崛起与其家族对子弟教育的重视密不可分，子弟多富有文化，能独当一面。人才的培养是家族发展的重要动力，谢氏一族在淝水之战中投入了大量的家族成员，为确保战争的胜利做出了重要贡献，一门封四公亦证明了这一点。

二、东山隐居：谢氏庄园营建与家族诗歌中的绍兴山水

《南史·谢晦传》中评价谢氏一族云："然谢氏自晋以降，雅道相传，景恒、景仁以德素传美，景懋、景先以节义流誉。……可谓德门者矣。"[1] 谢氏可称得上是德门，这在当时是非常高的评价。谢氏家风与谢氏一族的发展密不可分，是指导家族成员的精神纲领。谢氏能够在南渡之后，作为新出门户后来者居上，超过众多老牌家族，一跃成为士族顶层，独特的家风起到了巨大的作用。而谢氏的家风乃是"雅道相传"。

"在魏晋六朝，雅是名士风流的同义语，'雅道相传'的谢氏家族便得此种精神风貌。"[2] 由此可见，谢氏一族门风独特，在魏晋南朝时期，名士辈出。这一点与琅琊王氏不同，王氏一族最重要的家风乃是"与世推迁"，积极入世，家族以建立功业为第一要务。例如，宋齐之后，王、谢两族均已度过其家族最为鼎盛的时期，但社会地位仍然高贵。此时期，朝代更迭频繁，多是武将执政，每到新朝建立，仍需要士族子弟负责礼乐事务。琅琊王氏仍然热衷于政治事务，积极为新王朝出力，在新旧王朝交迭之际扮演传递国玺的象征性角色。但是，此时谢氏家族则表现出了超脱的气质，"不预人事""善

---

① ［唐］李延寿：《南史》卷十九《谢晦传》，中华书局，1975 年版，第 546 页。

② 萧华荣：《华丽家族：两晋南朝陈郡谢氏传奇》，生活·读书·新知三联书店，1995 年版，第 7 页。

于退避"。

而"善于退避"这一点是谢氏风雅门风之下的又一代代相传的家风。如果说"雅道相传"整体指谢氏一族的精神气质和文化特征，那么"善于退避"则是家族子弟在实际处理政治事务时表现出的家族风气。上文已提及，谢鲲以及其子侄辈谢尚、谢安等人皆善隐忍、克制，尤其是谢安在入仕与出仕之间游刃有余。谢安不仅是谢氏第二代实际的领袖，其影响力更是贯彻谢氏始终，称得上是谢氏的精神领袖。谢安隐居会稽时，主要任务是培养谢氏子弟。"善于退避"这一点也被谢氏第三代子弟继承下来：

> 玄字幼度。少颖悟，与从兄朗俱为叔父安所器重。安尝戒约子侄，因曰："子弟亦何豫人事，而正欲使其佳？"诸人莫有言者。玄答曰："譬如芝兰玉树，欲使其生于庭阶耳。"安悦。①

田余庆认为叔侄对话"自有深意而难得确解"，"欲使生于深林幽谷的芝兰得隐于谢氏庭阶之内而芬芳依旧。如果这种解释无误，那么谢玄答语暗谓谢氏子孙当隐忍而不外露，不竞权势，不求非分。所以谢安悦其得己之心"②。淝水之战后，谢玄带领军队又解救彭城，战功彪炳，但是当其得知叔父谢安去世后，毅然上书请辞将军，回归会稽，深谙退避之道。谢氏第四代代表谢混乃谢安孙，谢混亦继承了家族风尚，《宋书》：

> 瞻等才辞辩富，弘微每以约言服之，混特所敬贵，号约微子。谓瞻等曰："汝诸人虽才义丰辩，未必皆惬众心，至于领会机赏，言约理要，故当与我共推微子。"……灵运等并有戒厉之言，唯弘微独尽褒美。曜，弘微兄，多，其小字也。远即瞻字。灵运小名客儿。③

谢混作为家族领袖，在教育谢氏第五代子侄辈时，告诫他们要谨慎谦和，善于退让，并且树立了谢弘微作为子侄的榜样，对于谢灵运则反复训诫，让其注意言行。谢混后，谢瞻作为谢氏的领袖亦同样训诫谢氏子弟，贯彻家族

① [唐] 房玄龄等：《晋书》卷七十九《谢安传附谢玄传》，中华书局，1974 年版，第 2080 页。
② 田庆余：《东晋门阀政治》，北京大学出版社，1996 年版，第 212 页。
③ [梁] 沈约：《宋书》卷五十七《谢弘微传》，中华书局，1979 年版，第 1590—1591 页。

"善于退避"的作风，临终时不忘教育其弟谢晦"明哲保身"。由此，"善于退避"作为谢氏一门的处世之道被一代代继承保留下来，每一代家族领袖都将其作为处世准则用以约束、教育下一代精英，这是谢氏在魏晋南朝始终保持发展的重要原因之一。

谢氏一族外在的处世风格乃是"善于退避"，深层原因是家族内在的文化精神"雅道相传"。谢氏在处理"雅"与"俗"的关系时，更偏向于"雅"，因此在外在事务上能做到"退避"，谢安明明有济世之才，却能隐居东山40年不出。被称为"风流宰相"的谢万，即使在豫州刺史任上亦向往隐居，可见谢氏一族子弟对于建功立业的态度较为洒脱。与琅琊王氏"外玄内儒"的家族精神内核不同，陈郡谢氏在由先祖谢鲲转儒入玄之后，家族一直潜心玄学和佛学。谢安在世时则直接被誉为士林风尚的引领者，士族争相学习模仿谢安的言行，甚至连其河南口音都效仿。谢安注重培养家族子弟，有意让他们从小就参与高层次的玄谈并培养子弟的文学爱好，开阔眼界，提升见识。对于家族的女孩也能悉心培养，谢安侄女谢道韫是东晋著名才女，不仅以文学见长，亦是玄谈高手。程章灿认为谢安的培养，有利于谢氏形成优良的文学传统："其后，优游山水、讲论文义成为谢氏家族情有独钟的生活内容，成为谢氏门风与家学的重要组成部分。"①

如同琅琊王氏一门书法冠绝当世，谢氏一族文学成就在魏晋六朝亦当数第一。程章灿云："按谢安兄弟六人，除谢石一支人丁不旺后嗣先绝外，其余各支皆有文才挺出于世。谢灵运出自谢奕一支，谢朓产自谢据一房，谢安后嗣中有谢混，谢万之后出现了谢庄，谢铁一支出了谢惠连，这些在当时文坛上都是出类拔萃的人物。谢万一门尤其突出，谢万、谢韶、谢弘微、谢庄、谢沦、谢举、谢嘏，八世之中，七世皆有文集，文学传统延续200余年。谢沦兄弟5人，3人有集，也堪称一时之盛事。此外，祖孙三代皆有集的还有谢朗、谢重、谢瞻，父子皆有集的如谢鲲与谢尚，谢蔺与谢贞等。这些都证明谢氏一门文人之盛，已经构成一个士族文学创作群体。"②

谢氏擅长文学者众多，前后几代子弟皆有文才突出者，其中最为著名的是谢氏第五代谢灵运。除此之外，《隋志》记载，谢氏有别集的就有23人，

---

① 程章灿：《士族与六朝文学》，黑龙江教育出版社，1998年版，第65页。
② 同上书。

分别是谢衡、谢鲲、谢尚、谢万、谢安、谢韶、谢朗、谢玄、谢景重、谢混、谢道韫、谢瞻、谢惠连、谢弘微、谢灵运、谢元、谢庄、谢朓、谢胐、谢颢、谢沦、谢纂、谢绰。除此之外，其他史籍记载还有 7 人有别集，分别是谢举、谢蔺、谢微、谢几卿、谢侨、谢豰、谢贞。谢晦《悲人道诗》言："懿华宗之冠胄，固清流而远源。树文德于庭户，立操学于衡门。"显然，其将文学视为家族文化的一个重要部分。谢鲲文学今存残篇，不能窥其全貌。谢氏一族文学发展的第一个重要阶段是谢安辈及其子侄。谢安在隐居期间与王羲之等人"出则渔弋山水，入则言咏属文"，本文在王羲之专节已经有所涉及，在此稍做补充。

会稽风景灵秀，山水美不胜收，不仅王羲之纵情此处，谢氏一族亦在此建筑别墅，时常居住。同王氏家族一样，谢氏家族子弟众多，求田问舍、占山固泽，加之朝廷封赏，在会稽拥有大、中、小型庄园不计其数。当时士族享有经济、政治、社会特权，有官职的士族，朝廷规定可以按照职位的高低占有相应数量的土地。永嘉之乱以来，北方人口大量南迁，士族修建庄园、开垦荒地吸纳大量的北方移民，充当劳力。谢万生性疏狂，无心出仕做官，一心归隐，王羲之曾写《诫谢万书》，但也写《与谢万书》，描绘隐居生活：

> 古之辞世者或被发佯狂，或污身秽迹，可谓艰矣。今仆坐而获逸，遂其宿心，其为庆幸，岂非天赐！违天不祥。
>
> 顷东游还，修植桑果，今盛敷荣，率诸子，抱弱孙，游观其间，有一味之甘，割而分之，以娱目前。虽植德无殊邈，犹欲教养子孙以敦厚退让。戒以轻薄，庶令举策数马，仿佛"万石"之风。君谓此如何？
>
> 比当与安石东游山海，并行田视地利，颐养闲暇。衣食之余，欲与亲知时共欢宴，虽不能兴言高咏，衔杯引满，语田里所行，故以为抚掌之资，其为得意，可胜言耶！常依陆贾、班嗣、杨王孙之处世，甚欲希风数子，老夫志愿尽于此也。[①]

王羲之先叙述古人隐逸的艰难困苦，再感念当下隐逸生活的安稳平和。同时向谢万描述自己的隐居生活，冬游归来后，或修剪果树，或含饴弄孙，

---

① [唐] 房玄龄等：《晋书》卷八十《王羲之传》，中华书局，1974 年版，第 2102 页。

在林间玩耍。信末，王羲之打算与同在会稽隐居的谢安同游东海，巡视田产，察看收成。此信为王羲之在会稽田园的生活日常，围绕庄园和田产，或畅游山林或巡视产业。这表明，王羲之和谢安在会稽均有庄园和田产，二人虽然隐居，却能凭借田产生活无忧。王羲之所言的亲手修剪果树枝叶也只是生活情趣，并非亲自参与庄园、土地的开垦和经营管理。

谢安在会稽隐居时，也营造了相当规模的庄园。"谢安好游宴又于土山营墅，楼管竹林甚盛，每携中外子侄往来游集。"① 显然，谢安在会稽营建的庄园中，定期举行家族聚会，子侄从小领略会稽美景，培养了高雅的山水审美能力。谢氏一族擅长山水诗，为魏晋南朝山水诗的发展做出了重要贡献，而激发并培育谢氏子弟山水诗歌审美意识形态的正是以庄园为主的会稽山水。《世说新语·言语篇》曰："谢太傅寒雪日内集，与儿女讲论文义。俄而雪骤，公欣然曰：'白雪纷纷何所似？'兄子胡儿曰：'撒盐空中差可拟。'兄女曰：'未若柳絮因风起。'公大笑乐。即公大兄无奕女，左将军王凝之妻也。"② 这一条记载说明，谢安召集家族后辈聚会时，通常先讲论文义，然后让后辈观察自然景色，考察他们文学创作才能，着意培养其文学能力。张可礼认为："谢安与其子侄吟诗、论诗反映了他对文艺的重视和爱好，同时也制造了一种文艺氛围使他和他的子弟能够经常沐浴艺术的融融春风，经常受到艺术的陶冶，使文艺成为谢氏家族重要的精神生活和家学内容。"③ 在优良的家学传统下，谢氏子弟的文学素养在当时豪门望族中最高。

谢安隐居会稽就有山水诗歌创作，除了其在永和九年（353）兰亭集会创作的兰亭诗之外，较有代表性的还有四言《与王胡之诗》六章，其一：

> 鲜冰玉凝，遇阳则消。素雪珠丽，洁不崇朝。
>
> 膏以朗煎，兰由芳凋。哲人悟之，和任不摽。
>
> 外不寄傲，内润琼瑶。如彼潜鸿，拂羽雪霄。

谢安作此诗时还未出仕，年龄大约30岁，这六章诗歌皆是借描写自然景色来体悟、阐发玄理，是较为典型的玄言诗。谢安本人擅长玄谈，更是士林

---

① ［唐］房玄龄等：《晋书》卷七十九《谢安传》，中华书局，1974年版，第2075页。

② 余嘉锡：《世说新语笺疏》，中华书局，1983年版，第131页。

③ 张可礼：《东晋文艺综合研究》，山东大学出版社，2001年版，第217页。

领袖，文学创作亦是其表达玄理的一部分。第一章表达了谢安当时隐居东山的原因，即庄子所说人因有才而被残害，只有隐居才能躲避杀害。紧接着第二、三两章表达了追求"高栖梧桐""迈俗凤飞"的愿望。第四章写与王胡之的友情，第五章描写山水美景，并表达了徜徉其中的舒适与惬意。在第六章，谢安回答退避到何处去的问题。即纵情山水，在山林中放歌、弹琴，并且与酒相伴，把忧愁浇灭。

谢尚在担任将军之前，是东晋玄谈名士，王导十分器重，称谢尚为"小安丰"，将其与王戎相对举。《隋志》记载《卫将军谢尚集》十卷，今存诗文各 1 篇。以疏狂著称的谢万，亦擅长文学。兰亭集会上，谢万作 2 首《兰亭诗》，此外尚存文《春游赋》《与子朗等疏》《贤嵇中散赞》3 篇。自从谢鲲转儒入玄，谢氏改换门风，到第二代谢安、谢尚和谢万等人已经成功，兄弟 3 人皆擅长玄谈，在士林素有雅望。谢氏一族作为东晋门阀的代表，其家族子弟的风貌亦是东晋士风的体现者和引领者。谢氏作为新出门户，根基浅薄此时成为改换家族门风的有利之处。因为没有经历两汉经学文化的影响，家族转换文化风气反而更加容易和迅速，更能快速地跟上时代发展的节奏。与此相对，旧出门户由于家族文化历史悠久，其中两汉儒学的影响已经深深地根植在子弟的血液之中，难以在短时间内改儒入玄。

经过谢安的培养，谢氏第三代中擅长文学的子弟更多，谢玄和谢道韫是杰出代表。谢玄与谢安配合，在淝水之战和解救彭城中立下军功，但是身为谢氏子弟，亦具有深厚的文艺修养。[①] 谢玄"能清言，善名理"，谢安在家族聚会时曾考校子弟，问《毛诗》中哪一句最佳。谢玄的回答是："昔我往矣，杨柳依依。今我来思，雨雪霏霏。"《世说新语》引宋祁语云："诗云'萧萧马鸣，悠悠旆旌'，见整而静也，颜之推爱之。'杨柳依依，雨雪霏霏'写物态，慰人情也，谢玄爱之。'远犹辰告'，谢安以为最佳。"[②] 今存谢玄文 10篇，皆是疏、信类应用文。谢玄姐谢道韫是魏晋著名的女文学家，从小就展露才华，深得谢安欣赏。谢道韫后来嫁王羲之儿子王凝之为妻，二人婚姻并不美满，缘于王、谢两家家风气质的不同，谢道韫从小接受风雅文艺培养，王凝之则喜好书法与天师道，二人爱好并不投契。谢道韫今存诗 2 首，其一

---

① 谢玄为谢灵运祖父，关于谢玄庄园的营建将在下节详述。
② 余嘉锡：《世说新语笺疏》，中华书局，1983 年版，第 235 页。

《泰山吟》：

> 峨峨东岳高，秀极冲青天。
>
> 岩中间虚宇，寂寞幽以玄。
>
> 非工复非匠，云构发自然。
>
> 器象尔何物？遂令我屡迁。
>
> 逝将宅斯宇，可以尽天年。

此诗气势豪迈，开头就写出了泰山高耸冲天的巍峨景象。诗人感叹造化神奇，竟能产生泰山这种绝妙景色，突然语气一转，开始感叹自身命运。既然造化这样神奇，为何加之在我身上时就使我颠沛流离。最后诗人有感于泰山的气势，心情转好，表达了想要融入这伟大宇宙的愿望。整首诗歌笔触豪迈，在女诗人中亦罕见。

以谢安、谢道韫为代表的第二代、第三代谢氏子弟文学创作是谢氏文学发展的第一个重要阶段，此时东晋正盛行玄言诗，谢氏亦以玄言诗创作为主。真正扭转东晋、南朝玄言诗风的是以谢混、谢灵运为代表的谢氏第四代、第五代族人。首先向改换诗风做出尝试的是谢混，谢混是谢安孙，谢氏第四代家族领袖。谢弘微《世说新语·文学篇》引檀道鸾《续晋阳秋》云："正始中，王弼、何晏好庄、老玄胜之谈，而世遂贵焉。至江左李充尤盛，故郭璞五言姑会合道家之言而韵之。（许）询及太原孙绰转相祖尚，又加以三世之辞，而《诗》《骚》之体尽矣。询、焯并为一时文宗，自此作者悉体之。至义熙中，谢混始改。"[①] 谢混被认为是推动玄言诗风向山水诗风转变的关键诗人。谢混诗歌今存4首，山水诗歌仅有《游西池》1首：

> 悟彼蟋蟀唱，信此劳者歌。有来岂不疾，良游常蹉跎。
>
> 逍遥越城肆，愿言屡经过。回阡被陵阙，高台眺飞霞。
>
> 惠风荡繁囿，白云屯曾阿。景昃鸣禽集，水木湛清华。
>
> 褰裳顺兰沚，徙倚引芳柯。美人愆岁月，迟暮独如何？
>
> 无为牵所思，南荣诚其多。

---

① 余嘉锡：《世说新语笺疏》，中华书局，1983年版，第262页。

　　谢混此诗描写畅游会稽南池的场景，虽然诗歌并没有舍弃玄言的风格，但是中间四句描写西池美景的诗句让人耳目一新。王夫之云："'景昃鸣禽集，水木湛清华'，率然故自灵警，诸谢于此有别风裁。"① 谢混才华江左第一，以其诗歌创作冲击了东晋玄言诗风，给当时诗坛吹入清新气息，尽管没有确立山水诗的地位，但为后来山水诗歌发展开启了新的篇章。

　　谢混作为谢安孙，在其担任家族领袖时，亦重视后辈子弟的教育，时常举行家族聚会，培养子弟的文艺才能。谢混承接祖父庄园，又加以发展。"混仍世宰辅，一门两封，田业十余处，僮仆千人。"谢晦、谢灵运、谢曜、谢瞻、谢弘微皆扬名文坛。谢晦因卷入皇帝废立，年仅37岁就被杀，在被押送的途中作《悲人道》。该诗为谢晦生前悲歌，不仅抒发了人道艰险的感慨，亦因给家族蒙羞而感到悔恨，基调凄凉感人。谢弘微是谢混最为器重的谢氏子弟，颇善文学，可惜未有作品存世。② 谢混去世后，其妻将家业委托给谢弘微管理，"室宇修整，仓廪充盈，门徒业使，不异平日，田畴垦辟，有加于旧。……东乡君薨，资财钜万，园宅十余所，又会稽、吴兴、琅琊诸处，太傅、司空琰时事业，奴僮犹有数百人"。③ 谢混的产业包括其祖孙三代，家资丰饶，庄园10余处。

　　谢混的山水诗创作直接影响了后辈谢瞻，谢瞻为谢朗孙、谢晦兄。谢瞻早慧，年仅6岁就能作《紫石英赞》《果然诗》等诗歌，"当时才士，莫不叹异"。④ 谢瞻文才与谢混、谢灵运对举，词采华美。今存谢瞻诗歌5首，尽收录于《文选》。谢瞻山水诗代表作是《九日从宋公戏马台集送孔令诗》，其中首尾分别是"风至授寒服，霜降休百工""临流怨莫从，欢心叹飞蓬"。写深秋时节寒风霜降，秋日景物肃杀，抒发了离别愁绪。孔令即孔靖，晋宋初，高祖为其钱行，百官赋诗相送。王夫之高度评价这首诗："常谈耳，自然名胜！尾句如乘风收帆，欻然而止。"⑤

　　谢氏第五代子弟善诗歌的还有谢惠连，钟嵘《诗品》评谢惠连诗歌为中品："小谢才思富捷，恨其兰玉凤凋，故长善未骋。《秋怀》《捣衣》之作，

---

① ［明］王夫之：《古诗评选》卷四，上海古籍出版社，2011年版，第714页。
② ［梁］沈约：《宋书》卷五十八《谢弘微传》，中华书局，1974年版，第1591页。
③ 同上书，第1592—1593页。
④ ［梁］沈约：《宋书》卷五十六《谢瞻传》，中华书局，1979年版，第1557页。
⑤ ［明］王夫之：《古诗评选》卷五，上海古籍出版社，2011年版，第729页。

虽复灵运锐思，亦何以加焉。又工为绮丽歌谣，风人第一。"① 《宋书》载："惠连，幼而聪敏，年十岁，能属文，族兄灵运深相知赏。"② 《谢灵运传》载："灵运尝自始宁至会稽造方明，过视惠连，大相知赏。时长瑜教惠连读书，亦在郡内，灵运又以为绝伦谓方明曰：'阿连才悟如此，而尊作常儿遇之。何长瑜当今仲宣，而饴以下客之食。尊既不能礼贤，宜以长瑜还灵运。'灵运载之而去。"③ 显然，谢惠连受到谢灵运器重，谢灵运欣赏谢惠连的才气。而谢惠连的诗歌风格亦受谢灵运影响，多山水写景。

谢惠连今存诗 30 余首，收入《文选》5 首。钟嵘将《秋怀》《捣衣》2 首视为谢惠连的代表作。《秋怀》：

> 平生无志意，少小婴忧患。如何乘苦心，矧复值秋晏。

诗歌写明月、秋风、寒蝉，基调悲凉，抒发自己对建功立业的渴望以及无法实现的无奈。细腻的笔触传达出内心微妙的生命体验。《捣衣》描写妇女捣衣的生活场景，诗人借女子对远行丈夫的思念，抒发自己对亲人的思念。钟嵘称此诗为"五言之警策"，即此诗是五言诗的精品。谢惠连此诗主题"捣衣"，本就是民间习俗，这是突破玄言诗的主题，对于诗歌题材的创新。谢惠连擅长从民歌中汲取养分，尤其是乐府民歌，因此钟嵘评其"风人第一"。其诗歌《猛虎行》《塘上行》《顺东门西行》，均采用乐府旧题。除诗歌外，谢惠连亦是文章高手，其《雪赋》是六朝写景名作。

此外，同代人还有谢庄。谢庄乃谢弘微子，是谢家又一以早慧著称的子弟，7 岁能属文。谢庄文才，名著当世，现存诗歌 17 首，文 25 篇。谢庄继承了谢氏文学的风格，擅长山水诗。钟嵘评谢庄"气候清雅"。

谢氏第六代子弟中，文学第一当数谢朓，谢朓与族叔谢灵运并称"大小谢"。谢朓文名在当世就已获得广泛认可。《南齐书》曰："少好学，有美名，文章清丽。解褐豫章王太尉行参军，历随王东中郎府，转王俭卫军东阁祭酒、太子舍人、随王镇西功曹，转文学。"④ 又："朓善草隶，长五言诗，沈约常

---

① ［梁］钟嵘著，曹旭集注：《诗品集注》，上海古籍出版社，2011 年版，第 372 页。

② ［梁］沈约：《宋书》卷五十三《谢惠连传》，中华书局，1979 年版，第 1524 页。

③ ［梁］沈约：《宋书》卷六十七《谢灵运传》，中华书局，1979 年版，第 1774—1775 页。

④ ［梁］萧子显：《南齐书》卷四十七《谢朓传》，中华书局，1972 年版，第 826 页。

云：'二百年来无此诗也。'敬皇后迁袝山陵，朓撰哀策文，齐世莫有及者。"① 谢朓文章风格清丽，擅长无言诗歌，并且精通书法。梁简文帝萧纲《与湘东王书》中云："至如近世谢朓、沈约之诗，任昉、陆倕之笔，斯实文章之冠冕，述作之楷模。"② 钟嵘《诗品》记载时人论诗，称"谢朓今古独步"。谢朓的文学成就在当时与沈约齐名，被称为文章之冠冕，可见其文学影响力之大。

谢朓文学取得了多方面的成就，其中最为突出的是对永明新诗体的贡献。"永明体"即南齐永明年间产生的新诗歌体式。《南齐书》载："永明末，盛为文章，吴兴沈约、陈郡谢朓、琅琊王融以气类相推毂。汝南周颙善识声韵。约等文皆用宫商，以平上去入为四声，以此制韵，不可增减，世呼为'永明体'。"③ 永明体最为突出的特征是讲究声律和四声八病，这是近体诗的前身。谢朓对于诗歌有独到的见解：

> 约尝启上，言晚来名家无先筠者。又于御筵谓王志曰："贤弟子文章之美，可谓后来独步。谢朓常见语云：'好诗圆美流转如弹丸。'近见其数首，方知此言为实。"④

谢朓对于好诗的标准是"圆美流转如弹丸"，这是针对诗歌的语言而言，即诗歌韵律应该圆润流畅。谢朓在实际的诗歌创作中，践行其理论主张，在现存诗歌中，许多诗句平仄对仗工整。刘跃进表示在《文选》《玉台新咏》《八代诗选》中，谢朓的五言八句诗中严格入律句的有 177 句。⑤ 除声律外，谢朓诗歌亦讲究对仗，并且注意控制篇幅。谢朓对于永明新诗体的尝试，从语言技术层面对当时山水诗进行改造，在向唐代成熟近体诗演进过程中又迈进了一大步。

谢朓同辈子弟中，谢庄的儿子继承了其父文学传统，有三子皆以文学著称，谢朏、谢颢、谢沦。梁陈时期，除了谢灵运一支擅长文学之外，谢庄这

---

① ［梁］萧子显：《南齐书》卷四十七《谢朓传》，中华书局，1972 年版，第 826 页。
② 穆克宏：《魏晋南北朝文论全编》，上海远东出版社，2012 年版，第 472 页。
③ ［梁］萧子显：《南齐书》卷五十二《陆厥传》，中华书局，1972 年版，第 898 页。
④ ［唐］李延寿：《南史》卷二十二《王筠传》，中华书局，1975 年版，第 609 页。
⑤ 刘跃进：《门阀士族与永明文学》，生活·读书·新知三联书店，1996 年版，第 117 页。

一支亦延续了谢氏一族文学成就。谢庄一支中，谢沦子谢览、谢举皆有文名。此外，谢氏一族善文学的子弟还有谢朓族孙谢微，以及谢蔺、谢贞父子。在整个东晋、南朝时代，谢氏一族的文学脉络从未断绝。谢氏子弟全面参与六朝的文学创作与革新，对中古文学做出了巨大贡献，尤其是山水诗和新体诗。正如书法之于琅琊王氏，文学称得上是陈郡谢氏的代名词。王永平总结谢氏家风与文学："其家族文化风尚的显著特点在于崇尚玄学，素来重视自然，谢鲲之气质、谢安之处世等都如此，谢安'高卧东山'，自是隐居山林，其出仕后，还不断地营建别墅，心怀丘壑，至于其他谢氏人物这方面的活动，则难以枚举。可以说，这一家族文化背景影响甚至决定着谢氏子弟的性格，培养了他们特殊的文化气质，从而关爱山水自然，进而升华为文学艺术的创作。这恐怕能部分地解释为何在同样的时代与社会背景下，谢氏特别擅长山水诗创作的原因。"①

三、幽居之美：谢灵运的山水诗歌与始宁庄园书写

谢氏一族乃是魏晋南朝文学第一等世家，家族内部文人辈出，其中文学成就最高、影响力最大的当数谢灵运。谢灵运是谢氏第五代子弟，深得第四代领袖谢混器重。谢灵运最为重要的贡献是对山水诗的探索，而在谢灵运的山水诗中，描写会稽山水占有相当大的比重。

作为谢氏一族世代经营的地方，会稽始宁一带的庄园别墅成群，亭台楼宇美不胜收。谢氏子弟喜好风雅，能够在出仕与入仕之间寻求恰当的平衡，从祖辈南渡修建庄园起，会稽的山水见证了太多谢氏子弟的风采。谢玄卸甲归田后，"移籍会稽，修营别业，傍山带江，尽幽居之美"。② 谢氏子弟对会稽含有别样的情感，谢灵运亦不能除外，他在会稽出生，度过青少年时期，仕途不顺后，他又回归此地隐居。会稽山水是谢灵运诗思开启的地方，他的名作《山居赋》详尽地记录了谢氏在会稽始宁庄园的面貌：

> 其居也，左湖右江，往渚还汀。面山背阜，东阻西倾。抱含吸吐，
> 款跨纤萦。绵联邪亘，侧直齐平。③

---

① 王永平：《六朝家族》，南京出版社，2008 年版，第 191 页。
② ［梁］沈约：《宋书》卷六十七《谢灵运传》，中华书局，1979 年版，第 1754 页。
③ 同上书，第 1757 页。

　　谢灵运以汉大赋的规模，洋洋洒洒、不厌其烦地铺陈了会稽始宁的山川风景，尤其是谢氏庄园的亭台楼阁、花草树木、鸟兽虫鱼，并且交代了其重新回归庄园生活的情况。从谢灵运的描写可以窥见始宁庄园的壮观情景，可见谢氏在此地经营之久，财力之雄厚。有如此美景相伴，又无生计之忧，谢灵运应十分惬意，安然享受山水之乐，可是从其字里行间，并无满足之意，反而流露出较为消极的一面：

　　　　弱质难恒，颓龄易丧，抚鬓生悲，视颜自伤。①

　　谢灵运《闲居赋》作于40岁，为何在这个年纪流露出对世俗的厌恶，表达了羡慕仙人生活的避世态度？这是谢灵运内心真正的想法吗？想要解答上述问题，则需从谢灵运个人经历和谢氏家族在晋宋时代的命运入手。作为第五代子弟的佼佼者，谢玄的孙子，谢灵运少年早慧，《宋书》传：

　　　　灵运少好学，博览群书，文章之美，江左莫逮。从叔混特知爱之。袭封康乐公，食邑三千户，以国公例，除员外散骑侍郎，不就。为琅琊王大司马行参军。性奢豪，车服鲜丽，衣裳器物，多改旧制，世共宗之，咸称谢康乐也。②

　　谢灵运不仅生于豪门大族谢氏，更是谢氏中顶端一支的后代。其祖父谢玄曾跟随谢安立下赫赫战功，淝水之战后，受封公爵。因此，谢灵运出身高贵，又天资聪颖，家族领袖谢混对其寄予厚望。谢灵运父亲谢瑍乃谢玄长子，可惜资质平平，并且早亡。谢灵运便以其祖父作为自己的榜样，渴望建立像祖父一样辉煌的功业。但是，谢灵运的才华似乎都集中在文学上，政治建树未有记载。更为重要的是由于晋宋易代，此时的谢氏已经远非祖父谢玄当年光景。太元九年（384），也就是淝水之战大胜的第二年，谢氏一族受封"一门四公"，家族地位达到了前所未有的顶峰，四公中包括谢玄。同年，谢灵运出生在会稽始宁，后来承袭祖父康乐公的爵位。谢灵运虽然出身高贵，但是父亲在其出生不久便去世，祖父谢玄也在其4岁时去世，谢灵运跟随母亲刘氏生活，15岁就从会稽来到建康，居住在谢氏祖宅之中。当时建康谢氏的领袖正

---

①　［梁］沈约：《宋书》卷六十七《谢灵运传》，中华书局，1979年版，第1765页。
②　同上书，第1743页。

是谢混，谢灵运在青少年时期展露了非凡的才华，谢混深为欣赏，并助其出仕。

在晋宋易代之际，由于谢混追随刘毅，谢灵运进入刘毅幕府。在其28岁时，刘裕讨伐刘毅，并诛杀谢混，谢灵运和整个谢氏一族命运的转折由此开始。在刘裕一步步蚕食晋朝，建立刘宋的过程中，谢氏一门受到了限制。刘裕本来是北府兵将领，而北府兵正是由谢玄一手建立，并在其领导下取得了赫赫战功。因此，昔日祖父的老部下突然翻身跃居皇位，并且由于谢混死于其手，让谢灵运无法心甘情愿地对刘裕跪拜，《述祖德》二首即流露了其内心的不满，如其二：

> 中原昔丧乱，丧乱岂解已。崩腾永嘉末，逼迫太元始。
> 河外无反正，江介有蹙圯。万邦咸震慑，横流赖君子。
> 拯溺由道情，龛暴资神理。秦赵欣来苏，燕魏迟文轨。
> 贤相谢世运，远图因事止。高揖七州外，拂衣五湖里。
> 随山疏浚潭，傍岩艺粉梓。遗情舍尘物，贞观丘壑美。

诗歌追述了祖上的赫赫战功以及身为谢氏子弟的骄傲，带有对家门出身的自豪感。刘裕本是寒门出身，身为"老兵"的他在昔日长官谢氏门前本应是微不足道的。但是老部下一朝登上高位，把持朝政，不得不对其俯首叩拜，这对于自负出身才华的谢灵运而言难以接受。同时，刘裕和谢氏的关系也决定了掌政期间不可能重用倚仗谢氏子弟。门阀和寒门之间的关系通常比较紧张，况且谢氏曾经是北府兵的领导者，这对依靠北府兵夺权的刘裕而言，是巨大的威胁。果然，谢氏在易代之际，成为杀一儆百的活靶子，家族子弟死伤惨重，门户再也不复当时盛况。

谢灵运在此种政治环境下，本就难以得到重用，但又身怀抱负，想要向祖父看齐，立下不世之功。刘宋初建之际，尽管刘裕提防谢氏，却不得不靠拉拢士族稳固朝政。谢灵运文才出众，是刘裕拉拢的对象。所以刘毅兵败身亡，身为其僚属的谢灵运没有受到牵连，反而被授予官职：

> 灵运为性褊激，多愆礼度，朝廷唯以文义处之，不以应实相许。自谓才能宜参权要，既不见知，常怀愤愤。①

---

① ［梁］沈约：《宋书》卷六十七《谢灵运传》，中华书局，1979年版，第1753页。

进入刘宋王朝以来，谢灵运先后任黄门侍郎、相国从事中郎、世子左卫率等官职。但是谢灵运"为性褊激，多愆礼度"，或"非毁执政"，或"称疾不朝"。事实上，谢灵运担任的这些官职皆是地位较高的清贵官职，但是于国家政务而言并不紧要。这与谢灵运参与国家政要的愿望相违背，所以他态度敷衍，心怀愤懑。

谢灵运对其才能与政治理想应存在认知上的错位，他自觉不受重用，骄矜的性格使其无法接受，所以在京担任官职敷衍了事，迁为永嘉太守后也是流连山水，政务不勤，很快便辞官归隐会稽，并写下了《山居赋》自明其志。政治上饱受打击的谢灵运回到儿时故乡，会稽的山水稍稍抚慰了他受挫的心灵。在这段时期谢灵运创作了不少山水诗，此前其从京城出发赶赴永嘉途中亦经过会稽，并在始宁停留。这两段时期谢灵运共创作了10余首描写会稽风景的山水诗。其中，《过始宁墅》《富春渚》《七里濑》创作于赴永嘉任途中，《石室山》写于永嘉任上，《石壁立招提精舍》《石壁精舍还湖中作》《田南树园激流植援》《南楼中望所迟客》《于南山往北山经湖中瞻眺》《从斤竹涧越岭溪行》《还旧园作见颜范二中书》创作于始宁隐居时。尽管谢灵运在文章中流露出厌恶世俗的消极情绪，但是并没有熄灭建功立业的想法，在始宁隐居3年后，刘裕征召谢灵运，《宋书·谢灵运传》：

> 太祖登祚，诛徐羡之等，征为秘书监，再召不起，上使光禄大夫范泰与灵运书敦奖之，乃出就职。使整理秘阁书，补足阙文。以晋氏一代，自始至终，竟无一家之史，令灵运撰《晋书》，粗立条流；书竟不就。……既自以名辈，才能应参时政，初被召，便以此自许；既至，文帝唯以文义见接，每侍上宴，谈赏而已。王昙首、王华、殷景仁等，名位素不逾之，并见任遇，灵运意不平，多称疾不朝直。①

谢灵运被任命为秘书监，依旧是清贵官职。谢灵运本以为这次复起可以实现参与政务，建功立业的夙愿，但是刘裕显然并不打算让谢灵运掌握实权，而是让谢灵运修撰《晋书》，虽然清贵但是居于闲职，从事的都是整理书籍、修撰史书之类的工作。两年后，谢灵运再次回到始宁田园。接着，谢灵运被

---

① ［梁］沈约：《宋书》卷六十七《谢灵运传》，中华书局，1979年版，第1772页。

御史弹劾"纵游宴集"，朝廷就免去他的秘书监之职。谢灵运本次复起愿望又落空，但这是否仅是刘裕为了提防谢氏，而不让谢灵运参与机要事务？周淑舫认为，虽然史籍并无记载谢灵运是否具有政治才能，但是从刘裕的角度加以推断，他表示："宋武帝刘裕是六朝时期少有的具有雄才大略的政治人物，识人度势的眼光十分敏锐。如果谢灵运果有如其自留'应参时政'的能力，朝廷不会不用的。……清楚地表明于君臣、兄弟政争中面股至尊之位的宋文帝具有杰出政治才能。他欣赏的是谢灵运的文学才华，不让其参与朝廷权要。"① 可见，当时不仅政治环境不利于谢氏子弟发展，谢灵运是否具有能支撑其实现政治抱负的才干也存在疑问。因此，这就注定了谢灵运无法像祖父谢玄一样，建下不世之功。但是，由于无法接受这一现实，谢灵运不断地以出格的行为表达自己的愤懑之情。

谢灵运第二次回归始宁时，谢惠连的父亲谢方明时任会稽太守，他随父亲回到会稽故居。谢灵运《酬从弟惠连》曰"早晚过涧相访，同赏诗文，共析疑理"，经常与谢惠连等人畅游山水，诗歌赠答。此次和谢惠连等人往来，谢灵运又创作了峤一批描写会稽风景的山水诗，主要有《入东道路》《登石门最高顶》《登临海峤初发强中作，与从弟惠连见羊何共和之》《赠王琇》《酬从弟惠连》《石门新营所住四面高山回溪石濑茂林修竹》《答谢惠连》《发归濑三瀑布望两溪》《石门岩上宿》。谢灵运此次归隐，当无心再仕进，但其在地方行为失当，一次次触及刘裕父子的底线，最后仍不得善终。谢灵运在会稽出行，随从近百人，浩浩荡荡，声势惊动了地方官。这种行为被当政者视为挑衅，自然会引起反感。谢灵运同当地太守孟顗有私人恩怨，两人数次起争执。孟顗向朝廷告发谢灵运有"异志"，这掀起了轩然大波。此时，当政者对谢灵运已经失去耐心，谢灵运也感到不妙，连忙奔至京城为自己辩白。刘义隆将其留在京师，并未处置，年内谢灵运被任命为临川内史，此次任命实是流放。临川任上，谢灵运仍未约束自己的言行，因遭到地方官吏弹劾，最终招致杀身之祸，被斩首示众，年仅49岁。谢混曾经品评谢氏子弟，其对谢灵运的评价得到了印证。

谢灵运在15岁之前和40岁之后的大部分时间皆在会稽度过，在其祖辈数代经营之下，会稽始宁的田园恢宏大气、颇具规模，谢灵运是谢家的文学

---

① 周淑舫：《南朝家族文化探微》，吉林大学出版社，2008年版，第59页。

天才，尽管仕途不得志，但是其文名在当时无人能及。谢灵运的会稽山水诗多达 20 首，皆是写景的精品之作。其中谢灵运赴永嘉任上，途经会稽，造访旧居，创作了 4 首诗歌，其一是《过始宁墅》，诗中有：

> 束发怀耿介，逐物遂推迁。违志似如昨，二纪及兹年。

诗中表达了对仕途的厌倦。年少时充满豪情壮志，但是为官 17 年仍然没有实现抱负。这基本上是谢灵运真实的心灵写照，在京城的清贵官职仍旧觉得不受重用，更何况今朝被贬为永嘉太守。但是谢灵运对于仕途厌倦的原因并非仅仅是对官场的疲惫，更深的原因是其想要参与机要的政治愿景没有得到满足。当他途经富春江畔时，即兴作《七里濑》：

> 羁心积秋晨，晨积展游眺。孤客伤逝湍，徒旅苦奔峭。

秋日清晨，临江远眺，茂密广林、哀鸟鸣叫，诗歌勾勒了一幅时空跨度极大的秋日图景。七里濑，东汉严光垂钓的严子濑，就在七里濑下游不远处。严光是刘秀的同学，刘秀即位后，严光隐居富春江，以耕钓为生，其垂钓处被后人称为严陵濑。路过古人隐居的地方，联想到严光高洁的人格，表达了诗人由衷的敬意。

谢灵运在赴任途中的山水诗大多表达了类似《过始宁墅》和《七里濑》的情感，流露出对于仕途的不满和厌倦，对于当今执政者的情绪，这皆由其参与机要的政治愿望没有实现而导致。从这些诗歌中也可看出谢灵运对即将担任永嘉太守职位的不满，由此能够预判其在职期间的种种表现，以及未来的政治情景。后来，谢灵运在永嘉太守任上没有任满 3 年期限就辞官回归会稽，这些或多或少在此时期的诗歌中有所暗示。

谢灵运从永嘉太守辞官归隐，在始宁度过 3 年田园时光，此时期是其山水诗创作的重要节点，最具代表性的诗歌是《石壁精舍还湖中作》："昏旦变气候，山水含清晖。清晖能娱人，游子憺忘归。"石壁精舍位于山南，谢灵运居住在山北，因此每去精舍都要途经巫湖。谢灵运《游名山志》："（巫）湖三面悉高山，枕水渚山，溪涧凡有五处，南第一谷，今在所谓石壁精舍。"这首诗歌即描写从石壁精舍到巫湖途中所见的山光水色。此诗是谢灵运山水诗的名篇，历代评家对此诗皆有极高的评价。陈祚明在《采菽堂古诗选》评谢灵运此诗有"一往情深"① 之妙。当然这首诗歌仍然具备刘宋初诗歌的普遍特征，即并非纯粹写山水还带有玄言诗的尾巴。王夫之认为谢灵运的诗歌最重要的特点就是景中含情，情可用景表达出来，即情景交融。李白诗即深受谢灵运的影响，其《酬殷明佐见赠五云裘歌》："故人赠我我不违，著令山水含清晖。顿惊谢康乐，诗兴生我衣。襟前林壑敛暝色，袖上云霞收夕霏。"即灵活地化用了谢灵运的《石壁精舍还湖中作》中的诗句。

谢灵运第二次出仕仅两年后又重回始宁，这段时期是谢灵运在故乡度过的最后一段时光，不久后他就因被弹劾身死异乡。此时期，谢灵运和谢惠连等组成"四友"，畅游山水，是其集中书写会稽风光的第三个也是最后一个时期，其中《石门岩上宿》比较特殊：

> 朝搴苑中兰，畏彼霜下歇。暝还云际宿，弄此石上月。
>
> 鸟鸣识夜栖，木落知风发。异音同至听，殊响俱清越。
>
> 妙物莫为赏，芳醑谁与伐？美人竟不来，阳阿徒唏发。

这首诗应作于元嘉七年（430），谢灵运在始宁又不断营造了新的庄园，其中一处在石门山上。此诗描写作者夜宿石门山别墅岩石上的所观、所听、所感。谢灵运的山水诗，以刻画景物之精巧见长，即描写视觉为主。这首诗却以听觉感受为主，夜晚视线不清，但是听觉被放大。此外，谢灵运的山水诗仍未摆脱玄言诗的特点，结尾多带有玄理和议论。此诗结尾却无任何议论，也无繁复的词义和深奥的用语，在其山水诗歌中较为独特。

谢灵运是刘宋时期最为著名的山水诗人，钟嵘《诗品》云："元嘉中，有谢灵运，才高词盛，富艳难踪。固以含跨刘、郭，陵轹潘、左。"② 又："其源出陈思，杂有景阳之体，故尚巧似，而逸荡过之，颇以繁富为累。嵘谓：'若人学多才博，寓目辄书，内无乏思，外无遗物，其繁富，宜哉！然名章迥句，处处间起；丽典新声，络绎奔会，臂犹青松之拔灌木，白玉之映尘沙，未足贬其高洁也。"③ 钟嵘给予谢灵运极高的评价，称其为"元嘉之雄"，并且认为谢灵运超过了刘琨、郭璞，压倒了潘岳、左思，可见谢灵运成就之高。

---

① ［清］陈祚明：《采菽堂古诗选》，上海古籍出版社，2009 年版，第 537 页。

② ［梁］钟嵘著，曹旭集注：《诗品集注》，上海古籍出版社，2011 年版，第 34 页。

③ 同上书，第 201 页。

谢灵运政治仕途并不顺畅，最终因性格招致杀身之祸，但是谢灵运仍然以出色的文学成就成为谢氏精英。周淑舫在《南朝家族文化探微》中总结谢灵运和谢氏一族的文学贡献："谢灵运虽死于非命，但他的山水诗以巨大的生命力崛起于文坛。东晋偏安江左，崇尚清谈，玄言诗盛行。谢混以自己的文采风华，开始注意了玄言诗的改革。……谢灵运'实有名家韵'。深受叔父影响的谢灵运，真正以自己的艺术实践完成了玄言诗向山水诗的转变，把山水诗从玄言诗的桎梏中解放出来，给诗坛带来了新鲜的气息。谢灵运开创了山水诗，是中国第一位山水诗人，他当之无愧。"①

谢灵运作为谢氏一族文学成就最为出众的子弟，与会稽亦有深刻的牵绊，他人生一半的时光是在会稽度过的。政治的不得志，使谢灵运始终处于出仕和归隐之间。或许正是因为其家族在会稽的深厚根基，使得谢灵运深知无论如何，他都有一条很好的退路。所以，他为官较为随意，甚至到了渎职的地步。与琅琊王氏一样，会稽这片山水亦是谢氏家族兴衰发展的见证者，也是谢氏家族辉煌文化的参与者。这个家族曾在此经营数代，建造园林别墅，为家族子弟提供休闲憩息的场所。同时，谢氏家族也借此片山水培养族中子弟，让其从小在美景之中培养了高雅的审美情趣。谢氏子弟或在此处韬光养晦，等待时机；或在官场饱受挫折，回归以抚慰心灵，可以说谢氏家族的文学风格与文学成就的取得与会稽山水具有密切的联系。山水诗歌在谢氏子弟手中得以突破，并非偶然，会稽为谢氏的才子才女提供了文学创作的灵感。最终在数代熏陶之下，孕育了谢灵运这样的山水诗人。现存谢灵运40余首山水诗中有半数是描写会稽山水的。因此，可以说会稽山水滋养了谢灵运的心灵，为其文学创作带来了灵感，同时，谢灵运也以出色的文才回报了滋养他的会稽山水，这更为后人所称赞。

---

① 周淑舫：《南朝家族文化探微》，吉林大学出版社，2008 年版，第 64 页。

第二章　地域与科举迁移：文化地域
变动中的唐、宋古文运动

隋唐以来，科举制度逐渐取代九品中正制成为新的选官制度。中唐以来，国家在选拔考核官僚时，越来越依靠科举制度。同时，伴随国家南北实现统一，作为都城的长安和洛阳成为国家的文化中心和政治中心，科举和仕宦伴随而来的人口迁移流动也随之产生。与人口迁移流动伴随产生的是从唐代到宋代"士"这一阶层的身份变迁。唐代以来，因科举而产生的士族迁移流动方向比较复杂：首先，为科举便利，地方士族向两京迁移；其次，唐代特殊的选官制度又导致士人做官后经常改换地点，难以在一地长居。

安史之乱后，士族因科举仕宦产生的迁移流动，又被置于中国历史上第二次大规模人口南迁的背景之下，情况更为复杂。以南、北方向的迁移流动为例，安史之乱以前，因科考和仕宦，南方士族均往西北长安和中原洛阳迁移流动；而安史之乱以后，大批士族又再次南迁。北宋成立以后，早于安史之乱转移到南方的北方家族，历经数代发展，又成为南方土著。伴随着文士阶层的变迁以及复杂的迁移流动，唐、宋文学乃至其他文学现象明显受到地域变迁的影响，其中古文运动作为自中唐延续至北宋的著名文学事件，其发展变化以及最终结果走向，均与主要成员的身份、地域变化密不可分，更与唐、宋文化地域转变的大背景息息相关。

第一节　士族转型：隋唐会稽传统士族的消亡及科举型家族的产生

魏晋南朝是世家大族发展的辉煌时期，在这个时期，北方士族在南迁后也取得了长足的发展。尽管在不同的时期有所消长，但是世家大族整体能够在政治上把控朝政，享有尊贵的社会地位和经济特权，并且垄断文化。六朝过后，隋唐建立，世家大族进入了与之前不同的发展阶段，展现了新的特征。六朝过后，社会文化精英群体发生了巨大变化。魏晋南北朝时期，世家大族与皇室共治天下，并且出现了"王与马""桓与马""谢与马"共天下的局面，士族依靠着"九品中正"的选官制度，世代保持尊贵的社会和政治地位。从东晋末期开始，寒门开始冒头，但是远不能与士族相抗衡，这个趋势一直持续到唐。从科举取士开始，寒门力量不断崛起壮大，最终在北宋时新的精英阶层取代了世家大族，到南宋这个精英群体与地方结合发生改变。从隋唐到两宋的这段时期，是精英群体转型的关键时期，而精英群体的转型意味着精英子弟背后家族的转变。

一、唐代"士"的转型与旧士族的消亡

哈佛大学教授包弼德研究中国历史中"士"的文化，认为在7世纪的中国，士是家世显赫的高门大族所左右的精英群体；在10和11世纪，士是官僚；在南宋，士是为数更多而家室未必显赫的地方精英家族。也可以说，在中国历史的进程中，士始终属于贵族阶层。在唐代，士就是世家大族，士的身份属性是门阀。内藤湖南把唐代的政治定义为贵族政治，贵族政治从六朝开始止于唐代中期。这一时期的贵族不是在制度上，由天子授予封地和人口，而是由于门第，作为地方名门望族延续相承的传统关系而形成的。当时社会上的实权，是掌握在这些贵族的手中，他们都重世袭家谱。名门望族在当时的政治地位是超越一切的，非贵族出身就无法任高官，唐朝的宰相绝大多数是士族后裔。贵族政治，自唐末到五代，从中古向近世过渡时衰落下来。如

果按照前文所讲的"士"始终是一个支配着政治与社会的群体来看，唐代实际上支配政治与社会的便是世家大族，那么"士"在唐代的社会成分就是世家大族。因此这个时期决定着一个人能否成为士的关键因素就是出身，即道德品质和文化修养由血统决定。

唐代依旧看重出身，因此出身于世家大族很重要，但是如何保持世家大族的身份，就要靠做官来维持。正如东晋时期王、谢等家族为了维持超然地位，家族子弟多出来做官一样。在唐代亦是同理，而魏晋时期选官制度为"九品中正制"，为官的资格被世家大族牢牢把持。在唐代，虽然已经不依靠"九品中正制"选拔官员，但是依旧设立相应的制度维护世家大族的权益。世家大族的成员能够相对容易地获得官职，首先让无法在正规的官僚系统中担任官职的士族子弟先成为流外官，比如，安置在禁卫军中，或者入学为生徒，或者让他们成为吏（衙门中的专职人员）。流外官可以经过升迁成为九品官，变成流内官。这样稍事变通，士族仍旧享受当官的特权。在当时流外官的数量远远多于流内官的数量，更远远多于经由科举考试官员的数量。在唐代，五品及五品以上的官员可以让子孙入仕，尽管还要经过吏部的选择，但是官员子弟可以直接继承免税、免役等社会、经济特权。由于世家大族可以保证家族人员担任官职，获得薪俸和土地田产，所以这些家族往往不会在其他地方经营。只要能不断做官，就会有持续不断的收入，家族能得以维持下去。魏晋时期，世家大族多注意经营地方产业，比如，王、谢家族在会稽大量营造园林，这样即使子弟不再做官，家族依旧能够保持良好的经济状况。谢灵运数次辞官归隐会稽始宁，是由于家族前辈已经在始宁建造了规模宏大的园林，这让谢灵运可以衣食无忧，生活惬意。唐代士族的去地方化，让他们更加依赖朝廷俸禄，换言之即依靠政府财政。隋唐以前，世家大族是地方领主。唐代以来，高等级的士族放弃地方上的权力，来换取在朝中当官的资格。唐代士族的社会精英身份和他们对仕途的追求是紧密结合在一起的，这样会导致士族过于依赖政府。安史之乱后，朝廷对藩镇的控制大不如前，中央政府财政就无法保障继续为士族提供收入。随着唐朝的灭亡，这些士族失去了收入来源，地方的经营又早已停止，必然也会逐渐退出历史。

在安史之乱后的很长一段时期内，唐王朝不再对士族进行统一序录，而序录有助于维持门阀制。与世家大族担任的官员数量相比，由科举考试进入官场的寒门官员数量极少，因此通过科举并不是一条获得资格的方便途径。但是，科举还是提供了一种可能性，寒门一旦及第，就有了与世家子弟竞争的资格。一旦文化不再是世家大族的专利，那么出身对于能否成为精英阶层的制约就越来越小。最后到北宋，社会文化精英的成分发生了很大的改变。到 11 世纪中期，北宋官员中有一半经过科举考试入仕，剩下的一部分官职也由科举考生担任，他们多次参加科举但是并未成功，通过特奏名考试便可以获得品级。还有一部分官员可以门荫入官。北宋，科举考试已经成为入仕的主要途径，并且高官一定由通过科举考试并且取得进士的人担任，这与唐代大不相同。教育的重要性已经超过出身，成为衡量社会文化精英的首要标准。

这种趋势在唐代玄宗朝就已经开始出现，前面提到过世家大族出身的人有绝大多数无法直接任九品官，除了担任流外官职，他们其中一部分就入学为生徒，走科举入仕的途径。安史之乱发生，地方权力特别是节度使的兴起使得门第的重要性大为下降。因为节度使事实上具有相对独立的任免官职的权力，这为许多并非士族出身但是怀有才华的人提供了入仕机遇。地方藩镇的最高长官独立任免官员的做法，打破了唐朝本来的选官制度。地方上的人开始担任实际的职务，地方家族获得了再次壮大势力的机会。地方家族势力壮大之后开始和高门大族竞争，节度使把持地方财政，唐政府的财政收入不断萎缩，依靠朝廷薪俸生存的世家大族受到财富不断积累的地方家族的挑战。在朝廷的选官系统之外，地方掌权者又掌握了一套选官体系。他们的用人标准与朝廷并不相同，不那么重视出身而偏向于个人的学识、才干。这样，地方选拔官员的标准发生了变化，是否出身门阀已经变得不是那么重要，个人的学识和才华变得重要起来。

如此一来，家族很难再利用选官制度为子弟谋得入仕的便利。科举制度的调整也使得这种做法更加难以实行。到北宋皇祐二年（1050），科举考试开始实行糊名，这使得有家族背景的考生很难通过暗箱操作的路径登第。同时，唐代所实行由吏入官的制度被废除，流外官员不能再转为流内官员，太学的生徒也不仅限于官员子弟。这样一来，就从各个方面杜绝了给士族的子弟提供优待的可能性。并且北宋政府还让通过科举初试的考生家族免徭役，在这样的鼓励之下，越来越多家族把子弟送去参加科举考试，经由科举登第便成为文官的最大来源，能够不断产生经由科举做官子弟的家族成为的新豪门望族。

科举制度在选拔人才方面发挥了巨大作用，它培养了数量不断增加的有政治抱负的人，但是能够考中进士顺利当官的人却很少。既然不能保证顺利入仕，而做官之后又不能为子孙提供官职，那么究竟要如何做，才能让他们的后代继续维持社会文化精英的身份？到了南宋，这个问题得以解决，即让家族政治精英变为地方上的精英。许多地方士族的子弟接受科举教育，但是中举的希望渺茫，做官的概率也很小，他们在地方上的影响力却是巨大的。中唐以后，地方藩镇林立，地方上的家族财富迅速积累并开始崛起，他们逐渐转变成士族。两宋之时，南方得以迅速发展，先是在经济方面生产力超过北方，南宋时经济重心已经从北方转移到南方。后来南方在文化方面也超过北方，南方的士族数量巨大，且实力雄厚。这个时候，做官不看出身，而看所接受的教育，那么这些家族的子弟不断接受科举考试的教育，随之而来的家族也就变成了士族。这个时候，有仕宦背景的家庭开始看重自己在地方的势力，因为在官场上不能保证不断有成员做官，那么他们就把注意力放到了如何维护社会地位方面。与地方豪强家族通婚，参加家乡的社会和文化活动。教育的普及直接导致了豪门大族从官僚家族变为受过教育的精英社群。

考察隋唐会稽地区家族的情形，如果将其置于整个江南士族的背景之下可能更便于入手。因为隋朝短暂，而唐代将士族按区域分为三大类，关中士族、山东士族和江南士族，现有史料对于江南士族的记载比较多，并且将江南地区视为一个整体。隋唐的建立，是以北方统一全国的方式进行的，作为长江以南的江南士族实则面临着共同的命运，会稽地区的家族亦不例外。柳芳把唐代当时的士族分为以下几类，一为"侨姓"，以王、谢、袁、萧为代表；二为东南本土士族"吴姓"，以朱、张、顾、陆为代表；三为"郡姓"，以王、崔、卢、李、郑为代表；四为关中"郡姓"，以韦、裴、柳、薛、杨、杜为代表；五为"虏姓"，以元、长孙、宇文、于、陆、源、窦为代表。按照柳芳的划分，江南士族是由"侨姓"，主要包括王、谢、袁、萧四家，和"吴姓"，主要包括朱、张、顾、陆四家，两大士族群体构成。会稽地区亦不例外，"侨姓"分布地区也存在本土士族。其中，会稽传统士族王、谢家族在隋唐的发展颇具代表性，王、谢本是魏晋南朝的顶级豪门，其在唐代发展则命运不同。

琅琊王氏在唐代发展良好的主要有两支。"一是王览长孙王导后人在梁亡后入北周为官的王褒传入隋唐的一支；一是王览四子王正后人在陈亡后入隋为官的王猛的一支。有唐一代，两支共出了4位宰相：王正后人有王璇，相武后。王导后人有王方庆，相武后；王玙，相肃宗；王抟（搏）相昭宗。"① 根据顾向明的统计，这两支王氏家族的子孙在唐代为官的共185人，五品以上的官员58人，共包括4位宰相和4位节度使。② 尽管王氏在唐代已经不再是士族领袖，但是由于其基础深厚，支脉繁多，依旧能在新王朝当中站稳脚跟，并且维持住高门士族的地位。与琅琊王氏相比，陈郡谢氏在唐代的政治地位则未能继续保持，两唐书并无记载。但是作为南朝传统的高门大户，王、谢两家的社会地位依旧超然，浓厚的门第观念深入人心。

王、谢两家是士族缔结婚姻的热门选择，得到了社会的广泛尊崇。李氏家族尽管是唐代皇室所在，但并非出身高层士族，尽管夺取江山，其社会声望依旧不如传统豪门大族。换言之，李氏家族及其背后的关中士族享有政治地位的高贵，而王、谢旧族虽然政治地位不复从前显赫，但依旧享受崇高的社会地位。

除此之外，魏晋南朝会稽本土士族在唐代亦有发展。较有影响力的是会稽余姚虞氏家族。虞氏在隋唐代表人物是虞世基、虞世南兄弟。其中，虞世基在陈官至尚书左丞，后来又在隋朝担任官职，炀帝即位，先后担任内史侍郎、专典机密，与苏威、宇文述、裴矩、裴蕴等称"五贵"，隋代灭亡被杀。虞世南则先后经历陈、隋、唐三朝，在陈担任建安王陈叔卿法曹参军一职。入隋后，先后担任秘书郎、起居舍人等职。入唐后，虞世南先后担任秦王记室、弘文馆学士，执掌文翰。《旧唐书》卷七十二《虞世南传》曰："世南性沉静寡欲，笃志勤学，少与兄世基受学于吴郡顾野王，经十余年，精思不倦，或累旬不盥栉。善属文，常祖述徐陵，陵亦言世南得己之意。又同郡沙门智永，善王羲之书，世南师焉，妙得其体，由是声名籍甚。"③ 虞世南去世之后，唐太宗深感痛惜："手敕魏王泰曰：'虞世南于我，犹一体也。拾遗补阙，无日暂忘，实当代名臣，人伦准的。吾有小失，必犯颜而谏之。今其云亡，

---

① 顾向明：《关于唐代江南士族兴衰问题的考察》，《文史哲》，2005年第4期，第89页。
② 同上书。
③ ［后晋］刘昫：《旧唐书》卷七十二《虞世南传》，中华书局，1975年版，第2565页。

石渠、东观之中，无复人矣，痛惜岂可言耶！'"① 称虞世南有德行、忠直、博学、文辞、书翰五绝，被誉为"当代名臣，人伦准的"。

虞世南擅长文学，《旧唐书》言有《虞世南集》三十卷，可惜大多散佚，留存的作品以诗文为主。《唐百家诗》《唐诗二十六家集》《唐五十家诗集》等皆收录《虞世南集》，共计赋 2 篇，杂诗 22 首。

虞世南是太宗朝名臣，其地位和文学成就得到了当世以及后世的认可。《唐诗品》评曰："琨玙之美，绮藻并丰。虽隋皇忌人之主，贞观睿圣之朝，然而善始之爱，身存乱国，准伦之誉，竟列名臣，骈美二陆，不信知言矣乎！其诗在隋则洗濯浮夸，兴寄已远；在唐则藻思萦纡，不乏雅道。殆所谓圆融整丽，四德具存，治世之音，先人而兴者也。"② 徐献忠将品评虞世南人物和其诗歌相结合，给予虞世南其人其诗极高的评价。虞世南历经三朝，所以徐称其"身存乱国"，但是四德俱存，堪比美玉；文采斐然，绮丽丰美。与人物品性相适应，虞世南诗歌在隋朝就一洗南朝的浮夸风格，长于兴寄；进入唐代后，更是萦纡典雅，圆融整丽。徐献忠特别列举了虞世南诗歌中的名句，如《侍宴应诏赋韵得前字》：

> 芬芳禁林晚，容与桂舟前。横空一鸟度，照水百花然。
> 绿野明斜日，青山澹晚烟。滥陪终宴赏，握管类窥天。

此诗是虞世南在太宗朝所写，主要描述了宫廷宴游的场景。此诗最显著的特点是景物描写，首先，诗人眼界宽阔，取景的范围涵盖高低、远近、动静等多处。其次，意象繁多，但不混乱，色彩丰富，但不浓艳。整个宴游的场所尽在眼中，诗人挑取意象，精心编排。这首诗歌更加值得称道的是其格律，《唐诗选脉汇通评林》言"体格正整，音调铿锵，同归合律"。③ 近体诗产生于南朝，真正成熟于唐代。虞世南这首近体，作于初唐，格律严谨，已经是较为成熟的近体诗歌。

身为馆阁文臣，虞世南亦擅长宫体诗，但是虞世南在太宗朝已经透露出改革宫体诗的主张。许学夷云："武德、贞观间，太宗及虞世南、魏徵诸公五

---

① ［后晋］刘昫：《旧唐书》卷一九零《虞世南传》，中华书局，1975 年版，第 2570 页。
② 陈伯海主编：《唐诗汇评》，上海古籍出版社，2015 年版，第 41 页。
③ 同上书，第 44 页。

言，声尽人律，语多绮靡，即梁、陈旧习也……按《唐书》：'世南文章婉缛，慕徐陵。太宗尝作宫体诗，使赓和。世南曰：'圣作诚工，然体非雅正，臣恐此诗一传，天下风靡，不也奉诏。'"① 太宗喜好宫体诗，虞世南认为此类诗歌不够雅正，太宗身为帝王，如果作宫体诗，天下人恐争相效仿。许又云："今观世南诗，犹不免绮靡之习，何也？盖世南虽知宫体妖艳之语为非正，而绮靡之弊则沿陈、隋旧习而弗知耳。且世南所慕徐陵，而谓之雅正，可乎？至如《出塞》《从军》《饮马》《结客》及魏徵《出关》等篇，声气稍雄，与王褒、薛道衡诸作相上下，此唐音之始也。"② 许认为虞世南虽然认为宫体诗不够雅正，但是其在实际创作当中仍避免不了因袭南朝陋习，原因是虞世南以徐陵作为效仿的对象。等到虞世南写出《出塞》《从军》《饮马》等诗歌时，才逐渐摆脱了南朝齐梁体绮靡的风格，显露出唐诗的风貌。虞世南历经三朝，其诗歌创作显露出较为明显的转型特征，即从风靡一时的齐梁体转化为"唐音"。尤其是对宫体诗的改造，虞世南做出了重要贡献。身为太宗近臣，虞世南在文坛具有重要的影响力，通过自身的诗歌创作，引领初唐时期诗歌发展方向，促进了初唐诗歌摆脱齐梁旧习，朝健康的方向发展。

虞世南不仅是太宗朝名臣，亦是当世著名书法家，其师承的智永和尚是王羲之七世孙，因此虞世南是王羲之书法嫡系传人。虞世南19岁作《孔子庙堂碑》，圆润秀丽、外柔内刚、笔势舒展，具有极高的艺术价值。同时，虞世南亦是著名的书法理论家，著有《笔髓论》传世，该书集中反映了他的书学思想，全篇分为7个部分，内容涵盖书法功能、执笔方法、用笔方法及书写状态等技巧，同时虞世南提出了其书法美学思想，即以"冲和"为美，影响深远。此外，虞世南主编《北堂书钞》是我国第一部完整的类书，该书卷数存在争议。《直斋书录解题》记载："《北堂书钞》一百六十卷。案：《文献通考》作一百七十三卷。唐秘书监余姚虞世南伯施撰。其书成于隋世。卢校注：宋志卷数同。晁志作一百七十三卷，又云家一百二十卷。"③ 陈振孙见到的《北堂书钞》是一百六十卷本，与《宋史艺文志》相同。而马端临《文献通考》和晁公武《郡斋读书志》记录的是一百七十三卷本。

---

① 陈伯海主编：《唐诗汇评》，上海古籍出版社，2015年版，第42页。
② 同上书。
③ ［南宋］陈振孙著，徐小蛮、顾美华点校：《直斋书录解题》，上海古籍出版社，1987年版，第423页。

二、会稽新兴科举家族的崛起与本土士族的转型

以上是会稽六朝传统士族在隋唐的发展情形，此时期随着科举取士，一些新的家族崛起。唐代科举考试重视诗赋，而吴越地区在六朝就以文学见长，尤其是诗赋韵文。随着科举考试的不断深入，吴越士人经由科举登第的愈来愈多，其中会稽士人亦占据相当比重。比如，会稽的罗氏家族，罗珦及其子罗让在《新唐书》中有传：

> 罗珦，越州会稽人。宝应初，诣阙上书，授太常寺太祝。曹王皋领江西、荆襄节度使，常署幕府，迁累副使。……再迁京兆尹，请减平籴半，以常赋充之，人赖其利。以老病求解，徙太子宾客，累封襄阳县男。卒，谥曰夷。
>
> 子让，字景宣，以文学蚤有誉。举进士、宏辞、贤良方正，皆高第，为咸阳尉。父丧，几毁灭。服除，布衣粝饭，不应辟署十余年。淮南节度使李鄘即所居敦请置幕府，除监察御史，位给事中，累迁福建观察使，兼御史中丞。有仁惠名。①

以上记载见《新唐书》的《循吏列传》，可见罗珦为官清正廉洁、政绩卓绝。其子罗让以文学著称，孝行卓著。根据《中华罗氏通谱》，罗珦家族有较为清晰的谱系，罗珦曾祖罗彦荣曾任同州长史，罗珦祖父罗思崇曾经担任韶、睦、常三州刺史，罗珦父亲罗怀操因子罗珦被追封为华州刺史。② 罗珦是罗氏一族的核心人物，最后官至三品，并获封爵位。"由于罗珦功绩卓著，留下墓志铭可考，使得罗思崇连任三州刺史的历史得以重视。因罗氏后人及有关罗氏族语，均不见其名。所以罗珦不但在唐史中有重要的一席之地，在罗氏历史中更是举足轻重。"③ 罗珦今存诗歌 1 首，其子罗让《全唐文》存文 4 篇。罗珦家族除其父亲之外，连续五代均为官员，罗珦和其子罗让更是做到高官。与传统的世家大族相比，罗氏家族展现了新的特征。首先，除了罗父，

---

① ［北宋］欧阳修、宋祁：《新唐书》卷一百九十七《循吏列传》，中华书局，1975 年版，第 5628 页。

② 罗训森主编：《中华罗氏通谱》，中国文史出版社，2007 年版，第 238 页。

③ 同上书。

罗珦上三代尽管皆为官，但是职位不高，远不能与传统士族相比。罗珦在初唐步入官场，并非经由科举。初唐科举并未完善，大多数官员并不是科举出身。等到罗珦子罗让这一辈，科举已经开始成为选官的重要途径。罗让是典型的经由科举登第，然后又中博学宏辞科，出身非常正统。从罗珦到罗让，也见证了唐代官员选拔的改变，亦间接表明了新型家族崛起的过程。在这期间，一些传统世家大族也在积极转型，转变为经由子弟科举登第、做官维护家族的新型模式。一些原本被排除在士族之外的小家族，也抓住机会一跃成为新贵。

隋灭陈，南朝的统治结束，中国南北方重新归于统一。这种统一的方式是北方在军事上战胜南方，所以隋唐建立之初，朝廷官员大部分为北方人，南方士族面临着在新王朝中如何立足的问题。此时期，由于政治中心在北方的长安、洛阳，南方士族纷纷举家北上。加之，作为考中进士做官的士人，宦海的沉浮使其被动放弃家乡的产业。这与唐代官员的任期及其相关制度具有密切关系。"唐人需要到京城考科举参加铨选，每任官的任期又短，再加上贬官等，他们往往在三四十岁，还处于基层文官的阶段时，就已经跑遍了大江南北，积累了非常丰富的宦游经历。"① 安史之乱后，基层文官到各幕府寻求机会已经成为重要的任职方式。李翱还曾详细记录了其前往岭南宦游的行程。② 而士人的宦游生涯使得他们不能在一个地方长久经营。经年漂泊在外，地方士族出身的士人不得不放弃故里产业，并依靠俸禄生活。这导致了地方士人丧失了在地方上的影响力和自主性，更加依赖国家。

由以上两点可知，江南士族子弟如果想要入仕做官，就要北上去长安、洛阳参加科举或者寻求机会，一旦成功做官之后，他们又要面临着长期的宦海羁旅，难以长久地在一个地方经营。晋室南渡之后，定都建康，会稽离当时的政治中心并不遥远，是士族选择经营地方的首选。唐代会稽地区远离政治中心长安、洛阳，因此也并没有出现像王、谢那样的顶级士族。但是，会稽作为江南地区的核心地带之一，传统的文化优势依然得以保持，贺氏家族就是典型。魏晋南朝时期，山阴贺氏家族是会稽本土"四姓"家族之一，人员兴旺、子弟繁多。隋唐时期，山阴贺氏依旧发展良好，子弟中较为突出的

---

① 赖瑞禾：《唐代基层文官》，联经出版事业公司，2004 年版，第 416 页。
② ［唐］李翱：《来南录》，《全唐文》卷六三八，中华书局，1983 年版，第 6442—6443 页。

是著名诗人贺知章。贺知章活跃在初盛唐时期，其伯祖父贺德仁是贺氏家族进入隋唐的第一代代表人物。

两唐书对贺德仁均有记载，《旧唐书》：

> 贺德仁，越州山阴人也。父朗，陈散骑常侍。德仁少与从兄基俱事国子祭酒周弘正，咸以词学见称，时人语曰："学行可师贺德基，文质彬彬贺德仁。"德仁兄弟八人，时人方之荀氏。……贞观初，德仁转赵王友。无几卒，年七十余。有文集二十卷。德仁弟子纪、敳，亦以博学知名。高宗时，纪官至太子洗马，修《五礼》。敳至率更令，兼太子侍读。兄弟并为崇贤馆学士，学者荣之。①

兄弟8人，时比汉荀氏。《新唐书》对于贺德仁及其子侄辈的记载与《旧唐书》相类似。从两唐书的记载来看，贺德仁与其堂兄贺德基齐名，贺德基两唐书并无传，但《陈书》《南史》有传，其中《南史》对于贺氏家族的描述更为详细：

> 贺德基字承业，世传《礼》学。祖文发、父淹，仕梁俱为祠部郎，并有名当世。……德基于《礼记》称为精明，位尚书祠部郎。虽不至大官，而三世儒学，俱为祠部郎，时论美其不坠。②

从贺德基、贺德仁兄弟的传记，可以较为清晰地勾勒出贺氏家族从陈到隋唐的过渡，以及在此期间家族的杰出人物。首先是贺德基父祖辈，祖父贺文发、父贺淹皆担任陈朝祠部郎一职，贺德基继承祖业，仍旧担任祠部郎，祖孙三代皆善儒学，声名远扬。此外，《陈书》和《南史》皆记载了贺德基"白马寺受赠"这个著名的典故。与堂兄相比，贺德仁的仕宦经历则更加丰富，经历陈、隋、唐三朝。少年时，贺德仁与贺德基齐名，"学行可师贺德基，文质彬彬贺德仁"③，贺氏家族有兄弟8人，时人将其与汉代桓氏家族相对举，可见当时贺氏家族人才之盛。贺德仁下一代较为出名的人物是侄子贺纪、贺敳，二人皆博学，担任崇贤馆学士。进入唐代，贺氏第三代子弟中有

---

① ［后晋］刘昫：《旧唐书》卷一九零《贺德仁传》，中华书局，1975 年版，第 4987 页。
② ［唐］李延寿：《南史》卷七十一《贺德基传》，中华书局，1975 年版，第 1749 页。
③ ［清］彭定求等编：《全唐诗》卷八六七，中华书局，1975 年版，第 9919 页。

记载的是贺默和贺晦。贺默是贺德仁侄孙，曾任彭州刺史。

贺晦乃贺敳之子，在唐代曾任万年县尉、罗州宰，两女分别嫁宰相陆象先、萧嵩。

贺知章乃贺默子，是贺氏家族进入隋唐的第四代子弟，唐证圣元年（695）中进士，授国子四门博士，迁太常博士。后历任礼部侍郎、秘书监、太子宾客等职。贺知章旷达不羁，有"清谈风流"之誉，晚年尤甚，自号"四明狂客""秘书外监"。贺知章诗歌、书法成就卓著。今存诗 22 首，残句两句，文 7 篇，包括《上封禅仪注奏》《参定南郊大礼奏》《龙瑞宫记》3 篇，以及《东阳帖》《敬和帖》《隔日帖》《事宜帖》4 帖。书法作品尚存草书《孝经》、楷书《龙瑞宫记》摩崖石刻和清人廓填本《东阳帖》《敬和帖》《隔日帖》。

在诗歌方面，贺知章擅长写景、抒怀之作，风格清新潇洒。《旧唐书》：

> 先是神龙中，知章与越州贺朝、万齐融，扬州张若虚、邢巨，湖州包融，俱以吴、越之士，文词俊秀，名扬于上京。朝万止山阴尉，齐融昆山令，若虚兖州兵曹，巨监察御史。融遇张九龄，引为怀州司户、集贤直学士。数子人间往往传其文，独知章最贵。①

贺知章生于文学发达的会稽地区，并且依靠卓越的文学能力，顺利登第做官。神龙年间，贺知章诗名就已颇高，并且与张若虚、包融、张旭并称"吴中四士"，此四人皆为初唐著名诗人。贺知章现存诗歌虽然只有 22 首，但是题材相对丰富，主要分为郊庙歌辞、应制诗歌、宫怨诗歌、乐府旧题、咏物、田园、思乡几类。其《回乡偶书》二首、《咏柳》等为唐诗名篇。《旧唐书》载：

> 天宝三载，知章因病恍惚，乃上疏请度为道士，求还乡里，仍舍本乡宅为观。上许之，仍拜其子典设郎曾为会稽郡司马，仍令侍养。御制诗以赠行，皇太子以下咸就执别。至乡无几寿终，年八十六。②

由上可知，贺知章晚年患病，请求告老还乡，回乡后作《回乡偶书》二

---

① ［后晋］刘昫：《旧唐书》卷一九零《贺知章传》，中华书局，1975 年版，第 5035 页。
② 同上书，第 5034—5035 页。

首。其一：

> 少小离家老大回，乡音无改鬓毛衰。
>
> 儿童相见不相识，笑问客从何处来。

诗歌内容简单，无生僻字，历来成为儿童启蒙读物。诗人晚年回乡，尽管家乡的口音未曾改变，但是垂暮之年，须发尽白，诗歌描写了老翁与小儿相见颇富戏剧化的场景。此诗影响甚大，后人争相模仿。例如，杨衡诗"正是忆山时，复送归山客"，张籍"长因送人处，忆得别家时"，卢象《还家诗》"小弟更孩幼，归来不相识"等，皆表达了与贺知章诗歌相类似的情形。

有学者提出，贺知章此诗所表达的内涵源于南朝高僧释慧荣的偈语。① 《续高僧传·释慧荣传》云："释慧荣，姓顾氏，会稽山阴人也。梁高祖大通年辞亲出听……后与诸徒还归故邑，其母尚在，余并物故。乃喟然叹曰：'十五辞邻故，五十还故邻。少年不识我，长老无一人。'"② 就内容而言，贺知章诗歌与释慧荣的偈语表达的意思几乎完全相同。巧合的是，释慧荣与贺知章同为山阴人。贺知章主要活动于初唐时期，此时期道家思潮盛行，贺知章旷达不羁的作风完全受到道家思想影响。在这首诗中，贺知章很有可能受到释慧荣的影响，而诗中所表达的对人、事、物变化与不变的思辨，亦是佛家义理。综上，《回乡偶书》表明贺知章的思想和行为应是儒、佛、道交互影响的结果。

除诗歌外，贺知章亦是书法名家，《旧唐书》载：

> 醉后属词，动成卷轴，文不加点，咸有可观。又善草隶书，好事者供其笺翰，每纸不过数十字，共传宝之。时有吴郡张旭，亦与知章相善。旭善草书，而好酒，每醉后号呼狂走，索笔挥洒，变化无穷，若有神助，时人号为张颠。③

贺知章与张旭交好，皆善书法，受到时人追捧。窦氏兄弟曾评价贺知章

---

① 金霞、李传军：《从〈回乡偶书〉谈贺知章的信仰问题——兼论唐朝前期的宗教文化政策》，《徐州师范大学学报》（哲学社会科学版），2019 年第 1 期，第 76—77 页。

② 释道宣：《续高僧传》，《大藏新修大藏经》第 50 册，财团法人佛陀教育基金会，1990 年版，第 487 页。

③ ［后晋］刘昫：《旧唐书》卷一九零《贺知章传》，中华书局，1975 年版，第 5034 页。

善草隶，其中窦臮《述书赋》称："湖山降祉，狂客风流，落笔精绝，芳词寡俦，如春林之绚采，实一望而写忧。"① 窦蒙注："（贺知章）每兴酣命笔，好书大字，或三百言，或五百言，诗笔惟命。……忽有好处，与造化相争，非人工所到也。"② 二人给予贺知章极高的评价，称其"与造化相争，非人工所到"③。除了上文所列举的贺知章书法作品外，近年来贺知章撰写的墓志铭陆续出土，总量 10 余方。贺知章有醉酒题壁的习惯，这类作品难以长久保存，晚唐五代尚有遗迹，时至今日早已无迹可寻，这也是贺知章书法作品保留较少的原因之一。

贺知章的经历具有代表性，是唐代初期较为典型的江南士族。长于故乡，赴京赶考，在京任官，或者外放四方，晚年告老还乡。由于唐代政治中心并不在江南，因此江南的家族子弟如果想要出仕做官，就必须背井离乡，往往直到去世都不能再归还故乡，或葬于两京附近，或卒于任上。因此，他们对于故乡文化建设的参与，并不如魏晋南朝家族那样深入。贺知章寿命绵长，能够有机会在晚年回到故乡，颐养天年，进行文学创作，留下部分以描写家乡风貌的诗歌。而贺氏家族作为东晋之前就已经在会稽扎根的家族，其与会稽的渊源比王、谢家族更为久远，迨至唐代，这个古老的家族适应时代的发展，子弟离开家乡，北上寻求机会，延续了家族的生命力。

第二节　从吴郡到山阴：陆氏家族的迁移与转型

山阴陆氏家族，是宋代著名的文化家族，该家族源于中古时期吴郡陆氏，具有辉煌而悠久的家族史。两宋时期，山阴陆氏名人辈出，成为江南地区最具文化代表性的家族之一。而陆氏家族播迁和发展轨迹，可作为魏晋南北朝到唐宋文化精英阶层变迁的典型个案。

从平原陆氏到吴郡陆氏再到山阴陆氏，陆氏一族跨越千年，历经荣辱兴

---

① 窦臮：《述书赋》，见［唐］张彦远撰、刘石校点《法书要录》，辽宁教育出版社，1998年版，第 100 页。
② 同上书，第 101 页。
③ 同上书，第 101 页。

衰，并继续跨越宋、元、明、清，直至今时今日。吴郡陆氏是陆氏发展最为辉煌的一段时期，作为江南豪门，享受崇高的社会和政治地位。隋唐过后，传统的世家大族烟消云散，陆氏一族艰难地完成转型。山阴陆氏成为宋代新兴的家族代表，以耕读起家，子弟参与科举考试，来维持家族的兴旺。山阴陆氏家族与唐宋时期新兴家族不同，其作为中古豪门望族吴郡陆氏家族的延续，在时代转换之际，历经沉浮，最终完成由传统士族向新型科举家族的转型。山阴陆氏一支自五代到北宋辗转多地，从嘉禾（今嘉兴）迁移至余杭（今杭州余杭区），又东渡钱塘迁移到山阴（今绍兴），直到陆忻入赘山阴鲁墟，正式落地山阴。在地域迁移中，山阴陆氏一支并未迁出吴郡陆氏所处的吴越文化地域，只是在地域内部进行多次迁移，因此山阴陆氏一支在地域文化层面是吴郡陆氏的延续与传承。

一、迁居山阴：陆氏家族播迁路径探析

陆氏家族历史悠久，经历了从平原陆氏到吴郡陆氏再到山阴陆氏不同发展阶段，各朝各代的陆氏子弟都十分注重修缮家谱，故而陆氏一族的繁衍发展脉络十分清晰，清代康熙年间，陆氏《三听堂世谱》序二：

> 其称得姓也，始自齐宣王少子元侯通，受封平原陆乡，因封邑为氏，此所谓别子为宗者欤！元侯四传而至汉中大夫贾，佐高帝多所著论，贾子烈为吴令，有功德于民，子孙因家焉。故陆氏之兴由吴郡，后世皆宗之。此所谓继别为宗者欤！其后族姓繁衍，不常其居邑。唐元和间，福建观察使庶，乃奏立宗谱四十九枝；后人增而益之，续编二十四枝；其在山阴者，又立二十九枝。此即大宗小宗，各继其亲之意欤！夫谱牒之修，唐以前属于官，宋以后则家自为之，宜其修辑较易。①

此序追溯陆氏发展起源为战国时期齐宣王少子，因受封平原陆乡，以受封地作为姓氏，称平原陆氏。汉代陆氏的一支在吴郡发展兴盛，故而称吴郡陆氏。五代末，由于战乱，吴郡陆氏开始往各地区迁移，其中一支迁移到会稽山阴，这就是山阴陆氏。序中记载唐代元和年间陆氏族人时任福建观察使

---

① 广州市黄埔区文冲街文冲社区居民委员会编：《文冲村志》，方志出版社，2017 年版，第 228 页。

的陆庶，曾经上奏请求立陆氏族谱，陆庶亦在《陆氏四十九支宗谱序》① 中将陆氏一族的起源追溯到始祖神话，认为陆氏是颛顼高阳氏之后。后来，齐宣王梦到白虹贯日，生子名通，就是陆氏的先祖。这种神话先祖的方式在解释家族起源时较为常见。陆庶对于陆氏一族发展描述较为详细，从齐宣王子通封平原陆乡，得姓陆氏后，其后每一代直系子孙都有记录。从平原陆氏到吴郡陆氏大致经历以下几代：齐宣王子通、发、邕、贾、烈，从齐宣王子通到陆烈共经历五代。陆烈在汉代任谏议大夫，封吴邑令，这是吴郡陆氏形成的起点。陆烈的子孙均在吴地，因此成为吴人。经历汉、晋、宋、隋、唐，子孙相承，绵延不绝，分为四十九支。陆游《奉直大夫陆公墓志铭》云："吴郡陆氏，方唐盛时，号四十九枝，太尉枝最盛，唐末，自吴之嘉兴，东徙钱塘。吴越王时，又徙山阴鲁墟。"② 清代康熙年间又续编二十四支，可见陆氏家族发展之繁盛。

陆氏一族发展的高峰期是吴郡陆氏，从汉末开始一直到唐代，皆是高门大户，享有崇高的社会政治地位。《吴郡陆氏春秋》将吴郡陆氏分为七个发展时期。其中，"第一时期为'平原陆氏'向'吴郡陆氏'的过渡时期——自陆氏始祖陆通至汉初吴地陆氏始迁祖陆烈。此为齐宣王后裔跨过黄河、长江，迁徙至吴地"③。魏晋南朝时期，中原地区战乱频发，北方士族多迁移至长江以南，王、谢家族如此，陆氏家族亦不例外。陆氏一路迁移，最终定居于吴郡，获得"吴郡陆氏"的称号。陆氏家族自此完成了由"平原陆氏"到"吴郡陆氏"的转变。④ 在第二、第三两个时期中，陆氏完成了地域的迁徙，并且在新的地域吴郡扎下根基，飞速发展，成为当地豪门。

吴郡陆氏发展的第四时期是"从陆瑁之子陆颖立成都支、晋长沙太守之子陆玩立太时支，陆瓛立侍郎支，至瑁九世孙陆完立宁远支。该时期跨越两晋、南北朝300余年的沧桑岁月"⑤。这一时期，虽然时代动荡，吴郡陆氏发展面临着挑战，但这也是家族人才辈出的一个时期，其中最为著名的是陆机、陆云两兄弟。陆机、陆云才名轰动一时，并称"二陆"。陆机、陆云两兄弟的

---

① 《余姚样山陆氏宗谱》序一，序伦堂藏 1917 年修订版。
② ［南宋］陆游著，钱忠联校注：《渭南文集校注》，浙江教育出版社，2011 年版，第356页。
③ 陆德文、陆铮编：《吴郡陆氏春秋》，上海科学普及出版社，2009 年版，第3页。
④ 同上书，第4页。
⑤ 同上书。

祖父是东吴丞相陆逊，父亲陆抗是东吴大司马，家室显赫。陆抗去世时，陆机年仅 14 岁，其与陆云分领父兵，为牙郎将，可见兄弟二人文武兼备。东吴被灭后，兄弟二人北上洛阳寻求机会，后来陆机卷入"八王之乱"，被夷三族。陆机不仅善作辞赋，亦工诗文，其代表作《文赋》是著名的文艺理论作品，刘勰《文心雕龙·总术篇》言："昔陆氏《文赋》，号为曲尽，然泛论纤悉，而实体未该。"同时，陆机创作了大量的乐府诗和古体诗，代表作品有《门有车马客行》。陆云才名不及陆机，但文章以风格清新、结构严谨著称，代表作《省述思赋》。

陈被隋灭，南朝终结，吴郡陆氏进入第五个发展时期即辉煌的隋唐时期，根据柳芳的划分，东南士族称"吴姓"，以朱、张、顾、陆四大姓为代表，此时吴郡陆氏位列东南四大士族之一。吴郡陆氏在唐代出过 6 位宰相，可见家族发展之兴盛。晚唐时期，吴郡陆氏子弟陆龟蒙是著名诗人、文学家，曾任湖州、苏州刺史，后隐居松江甫里，著有《甫里先生文集》。陆龟蒙与皮日休齐名，称"皮陆"，擅长咏物诗，代表诗歌有五言律诗《别离》和七言绝句《新沙》。陆龟蒙亦是著名的农学家，著有《耒耜经》，专门描写唐末江南农具。

吴郡陆氏向山阴陆氏的转变，发生在第六个时期。"第六时期为吴郡陆氏向全国各地大迁徙的时期。从世序而言，这一时期，自太时支陆德迁徙抚州立金溪支，陆德晟远徙广西都安，侍郎支陆忻立绍兴山阴支，陆蕴迁徙盐城等地至吴郡陆氏各支系的第 60 世前后。这一时期跨越了五代、两宋至元末明初的 450 余年岁月。"① 山阴陆氏即"侍郎支陆忻立绍兴山阴支"，陆忻为陆氏第四十六代。关于山阴陆氏的发展由来，陆曾编《陆氏族谱》之《宋会稽陆氏重修宗谱序》记载更为详细：

> 我山阴陆氏则出侍郎支唐宰相忠宣公之后。当五代时，钱氏割据东南，自嘉禾徙居余杭之砖街巷，聚族百口。以家世相唐，不仕。有陆仕璋者，钱之贵臣也，求通谱牒，博士谊拒不许，遂东渡钱塘，徙居山阴。其孙忻又赘居鲁墟，即卜葬地于山阴之九里。

---

① 陆德文、陆铮编：《吴郡陆氏春秋》，上海科学普及出版社，2009 年版，第 5 页。

山阴陆氏是唐宰相忠宣公之后，五代时，先从嘉禾迁移至余杭，后又东渡钱塘迁移到山阴，直到陆忻入赘山阴鲁墟，陆氏正式在山阴扎根落户。因此，陆忻是山阴陆氏的始祖。

二、科举崛起：陆氏家族复兴与诗、词书写

山阴陆氏在宋代发展兴旺，子弟众多，共分为 29 支。据陆自堪言，29 支的划分是由陆游完成的。陆忻定居山阴之后，陆氏一支并未出仕，直到祥符年间陆轸进士及第，陆氏重新步入官场。陆荣泰《上虞陆氏宗谱》卷一载陆辟《明会稽陆氏重修宗谱序》中有"宣公次孙宗衍公自平湖徙居余杭，厥后会五代之乱，以家世相唐不仕，系孙谊又拒贵通谱，避地于山阴之鲁墟，隐居耕读，至宋兴祥符中太傅轸始以进士起家"。陆游也多次提及自己的家世云："予先世本鲁墟农家，自祥符间去而仕，今且二百年。"① 可见，由于朝代更迭和频繁迁移，山阴陆氏发展遭受了重大打击，已经多年务农，家族无人入仕。由于脱离官场，山阴陆氏曾经在很长一段时间之内，并无任何名声，唐代"一门六宰相"的显赫已经不复存在。此时的山阴陆氏，除了科举之外，再无任何重振家族的途径。从祥符年间陆轸开始，此后的山阴陆氏不断有子弟科举登第，家族又重新复兴。"虽然山阴陆氏家族在宋代已少有权臣显宦，但是在族中亦不乏名臣，陆琛、陆琮、陆佃、陆仫、陆傅、陆宧、陆寀、陆寅、陆表民、陆游、陆棠、陆沆、陆传义等人皆有宦绩，以其忠直自守的品行为家族赢得了良好的声名。"② 宋代科举尽管历经改革，但是文学才能仍然占据重要比重，山阴陆氏家族科举登第者如此之多，由此带来家族文化的繁荣，尤其擅长文学的子弟众多。陆游对自己家族的文化之强，深感骄傲，其言："孝悌行于家，仁义修于身，独有古遗法，世世守之，不以显晦也。宋兴，历三朝数十年，秀杰之士毕出。太傅始以进士起家，楚公继之，陆氏衣冠之盛，寝复如晋唐时，往往各以所长见于世。"③ 陆游言陆氏家族在宋代的人才之盛，堪比晋唐。家族子弟无不继承和发扬自陆氏家族一直以来的孝悌、仁义的家风，从平原陆氏到吴郡陆氏，再到如今的山阴陆氏，家族精神没有

---

① [南宋] 陆游著，钱忠联校注：《渭南文集校注》，浙江教育出版社，2011 年版，第 54 页。
② 汪萧雪：《宋代山阴陆氏家族研究》，广西大学硕士论文，2018 年，第 14 页。
③ [南宋] 陆游著，钱忠联校注：《渭南文集校注》，浙江教育出版社，2011 年版，第 305 页。

断绝。可见，对陆游而言，其看重的正是历史悠久的家族文化，所传承的也是这份文化。

山阴陆氏家族文人辈出，但是作品大多散佚，除陆游和陆佃保存作品较多之外，其他成员作品或全部散佚，或只剩零星几篇。据汪萧雪硕士论文《宋代山阴陆氏家族研究》（2018 年）统计，陆氏家族中共有 16 位文人有作品传世，陆轸、陆伸、陆佃、陆傅、陆宰、陆宲、陆升之、陆淞、陆游、陆子虡、陆子通、陆楠、陆竣、陆塈、陆德舆、陆焕。陆轸是陆游高祖，经历颇具传奇色彩，相传其幼年不能言，7 岁突然开口作诗，才如泉涌，后来果然一举登第。从陆轸开始，陆氏子弟颇善诗歌，家族中陆珪、陆轸、陆佃、陆伸、陆宰、陆宲、陆傅、陆升之、陆游、陆济、陆楠、陆整、陆竣、陆德舆、陆焕皆有诗歌传世。陆轸子陆珪为陆游曾祖，陆珪生 4 子，其中次子陆佃、三子陆傅皆善文学。陆傅乃陆游叔祖，"少以经术、文采见知王安石，与其兄陆佃齐名，世号二陆，其写诗的勤奋、忧时忧国的精神，给后代子孙很深的影响"。① 陆傅官至礼部尚书，同陆游一样，诗歌颇为高产，作品有《东山文集》《翰林清议》《祠部集》，但皆已散佚。

陆游祖父陆佃，官至尚书左丞，《宋史》载其"居贫苦学，夜无灯，映月光读书。蹑屩从师，不远千里。过金陵，受经于王安石。熙宁三年，应举入京。……礼部奏名为举首。方廷试赋，遽发策题，士皆愕然；佃从容条对，擢甲科"。《山阴县志》曰："著书二百四十二卷，于礼家名数之说尤精，如埤雅，礼象，春秋后传，皆传于世祀乡贤达。"② 陆佃学识出众，科举高中之后，仕途较为顺畅。这为陆游这一支脉的发展，奠定了良好的基础。陆佃善七言近体，著《陶山集》，存诗 200 余首，文 191 篇，涵盖札子、议、表、策问、制、序、书、启、墓志铭等文体。"佃名重经术，精于礼家、名数之说，诗名为其所掩。佃之孙陆游尝举佃海州所作《和查朝散应辰雪》诗'无地得施调国手，惟天知有爱民心'之句，谓其志'常在生民'（《家世旧闻》），怨而不怒，盖为温柔敦厚之音。佃才力富赡，其《依韵和双头芍药》，亦达

---

① 俞樟华、冯丽君：《论宋代江浙家族型文学家群体》，《浙江师范大学学报》，2004 年第 5 期，第 26 页。

② 徐元梅、朱文翰：《嘉庆山阴县志》，《中国方志向丛书》，成文出版社，1983 年版，第 338 页。

16 首：语意不重复，亦无凑泊之弊，其间仍不乏警句大抵以'七言近体见长'。"① 陆佃学识丰厚，在其诗歌中亦有所体现，作《依韵和双头芍药》诗歌 16 首，能做到语意不重复，自然无凑泊，可见其学识丰富。

除诗歌外，陆佃亦是文章高手，这一点从其殿试遇考策论，在其他人慌张时，他能从容应对就能体现出来。北宋科举改革后，策论散文在科举考试中占据更为重要的分量。陆佃能够高中甲科，其文章水平可见一斑。陆佃文如《除中书舍人谢丞相荆公启》《祭丞相荆公文》《江宁府到任祭丞相荆公墓文》等谢启、墓志铭情感真挚，内容精妙。陆游父亲陆宰，是宋代著名的藏书家。"陆宰也是一位诗人，陆游《家世旧闻》记录了陆宰诗歌方面的造诣，可惜多散佚，没有诗集行世，从流传的《云门小隐》诗看，也以律诗见长，技法相当纯熟。陆游兄弟辈中，长兄陆淞雅好文学，词采斐然，体近骚雅，深受时人赞誉。"② 陆游的伯父陆宦、叔父陆寀以及同辈兄弟皆有文名，可见陆游家族皆善文学。陆游兄弟陆升之和陆静之，二人皆以文章著名，称"二陆"。陆游胞兄陆淞亦擅诗词，天台山国清寺藏释无禁《天台山方外志》曰："陆淞，字子逸，会稽人，右丞相陆佃之孙，绍兴间建秘书阁省，淞与校勘之职，宰天台，遂家焉，有《乐府集》行于世。"陆淞《乐府集》现已散佚，目前存诗《校乡颂》5 首，词《念奴娇·和李汉老》《瑞鹤仙》2 首。陆游兄陆沅长于诗赋，陆游在给陆沅所作墓志铭中称："尤长于诗，闲澹有理致。在场屋时，以赋称，老犹自喜。"③ 陆游子侄辈、孙辈善文学者亦层出不穷，陆游小儿子陆子聿天资聪颖，颇得陆游喜爱，言其"十岁能吟病起诗"，现存文《溧阳县题名》《渭南文集跋》2 篇。

陆游族孙陆垕颇有文名，传世作品有诗歌《享神辞》《天台道中》《朱槿花》《绝句》《退宫人》《杨柳》6 首，词《瑞鹤仙·梅》《甘州·送贾师宪》《八声甘州·送翁时可知宛陵》3 首，文《重建三高祠记》1 篇。其中《退宫人》一诗为《宋诗鉴赏辞典》《宋诗精华》《中华五千年名诗一万首》等多家诗歌选本选入，影响较大：

---

① 傅璇琮等主编：《中国诗学大辞典》，浙江教育出版社，1999 年版，第 407—408 页。
② 高利华：《宋代越地的文化家族——以明州鄞县史氏和越州山阴陆氏为中心》，《绍兴文理学院学报》，2006 年第 6 期，第 35 页。
③ ［南宋］陆游：《陆郎中墓志铭》，张春林编《陆游全集》，中国文史出版社，1999 年版，第 1382 页。

破箧犹存旧赐香，轻将魂梦别昭阳。

只知镜时春难驻，谁道人间夜更长。

父母家贫容不得，君王恩重死难忘。

东风二月垂杨柳，犹解飞花入苑墙。

　　陆壑文集已经散佚，这首诗保存在谢翱编纂的《天地间集》中。《天地间集》共有五卷，但全书也已经散佚，现仅存诗20首。《四库全书总目提要》曰："后人摭他书所云见《天地间集》者。""退宫人"指被遣散的宫人，诗歌描写一位依照惯例被遣散的宫人，在嫁人之前对皇宫的依依不舍。这是一首哀歌，但是由于被选入《天地间集》，历来对其主旨的解读便极具争议性。谢翱《天地间集》中所收录的诗歌大多是宋代遗民抒发故国之思的作品，因此有人认为陆壑此诗可能亦是同类主题。但是也有观点认为，陆壑此诗的主题并不是故国之思。因为全诗只有"君王恩重死难忘"一句与思念旧主有关，不足以支撑。对此，《宋诗精华》表示："这首诗是否借宫女口表达故国之思，就无从查考了，有学者认为不是此类作品，并且言之有据。但在中国传统文化中，君臣关系同于夫妇关系，所以很多宫怨之诗都出自文人之手，而文人写宫怨之诗往往在表达自己的怀才不遇。因此，即便此仅限于表达退宫之怨，但也不妨碍读者联想到亡国之恨，这就是所谓的诗无达诂。"① 正因为存在着主题的多重可能性，才使得陆壑这首诗更具艺术魅力，受到众多选家的青睐。

　　诗文作为主流文体，对当时家族而言，是子弟必须掌握的技能。山阴陆氏家族作为宋代著名的文学家族，子弟在诗歌方面更是出类拔萃。陆氏家族成员皆擅诗歌，并留下了数量可观的作品，在两宋诗歌占据重要分量，可惜大部分散佚，不能一窥全貌。与诗歌相比，陆氏家族词作同样保持着较高的艺术水准，可惜留存数量更为稀少。

　　词为宋朝"一代之文学"，在宋朝具有强大的生命力，自从北宋柳永、苏轼等人改造词体，将其雅化之后，文人士大夫争相作词。南渡后，词更成为抒发爱国情怀和收复失地的重要文体。宋氏家族作为宋代重要的文学家族，其族人亦致力于对词的创作，为宋词的发展做出贡献。但是由于大多数作品散佚，现留存词作的只有陆游、陆淞和陆壑3人。

―――――――――――

① 陶文鹏主编：《宋诗精华》，广西师范大学出版社，1996年版，第913页。

陆淞为人性格洒脱，对官场并不眷恋，早年为官，官职并不高，晚年患病，干脆辞官隐居，悠游度日。陆淞现存词2首，《瑞鹤仙》和《念奴娇·和李汉老》，其中《瑞鹤仙》一词颇受时人和选家推重，是陆淞的代表作：

> 脸霞红印枕，睡觉来、冠儿还是不整。屏间麝煤冷，但眉峰压翠，泪珠弹粉。堂深昼永，燕交飞、风帘露井。恨无人说与，相思近日，带围宽尽。重省，残灯朱幌，淡月纱窗，那时风景。阳台路迥，云雨梦，便无准。待归来，先指花梢教看，欲把心期细问。问因循过了青春，怎生意稳？

关于该词的创作背景，《耆旧续闻》曰："南渡初，南班宗子寓居会稽，为近属士子最盛，园亭甲于浙东，一时客皆骚人墨士，陆子逸尝预焉。士有侍姬盼盼者，色艺殊绝，公每属意焉。一日宴客偶睡。不预先捧觞之列。陆因问之，士即呼至，其枕痕犹在脸。公为赋《瑞鹤仙》，有'脸霞红印枕'之句，一时盛传之，逮今为雅唱，后盼盼亦归陆氏。"[1] 这段记载为该词增添了曼丽色彩，尽管此类传闻逸事不足为信，但是该词颇受时人喜爱。

张炎《词源》云：

> 簸弄风月，陶写性情，词婉于诗。盖声出莺吭燕舌间，稍近乎情可也。[2]

张炎认为，诗和词两种文体存在区别，当表达"近乎情"的主题时，词优于诗歌，即词适合抒发个体情感。他将陆淞的《瑞鹤仙》视为典范，这是对陆淞词极高的评价，张炎列举的另一个典范是大家辛弃疾的《祝英台近》，称陆、辛的两首词"皆景中带情，而存骚雅""屏去浮艳，乐而不淫"。说明陆淞的《瑞鹤仙》既符合词善于抒情的文体特征，又避免了词容易滑向"浮艳"的弊病，堪称词的典范之作。俞正燮在《癸巳存稿》中认为陆淞《瑞鹤仙》是"窃玉偷香愍相慰之语"，其实并不符合实际，因为陆淞词虽然写女子情态和相思之情，但是并不涉及男女情事，分寸掌握得恰到好处。语言含蓄旖旎，并不粗俗露骨，因此张炎才能将其视为词正面的典范。其《念奴娇·

---

① ［南宋］陈鹤：《耆旧续闻》，中华书局，2002年版，第301页。
② ［南宋］张炎：《词源》，唐圭璋《词话丛编》，中华书局，1986年版，第263页。

和李汉老》：

> 黄橙紫蟹，映金壶潋滟，新醅浮绿。共赏西楼今夜月，极目云无一
> 粟。挥尘高谈，倚栏长啸，下视鳞鳞屋。轰然何处，瑞龙声喷薪竹。何
> 况露白风清，银河澈汉，仿佛如悬瀑。此景古今如有价，岂惜明珠千斛。
> 灏气盈襟，冷风入袖，只欲骑鸿鹄。广寒宫殿，看人颜似冰玉。

李汉老，即李邴，为人喜好山水，经常写诗自娱，有《草堂集》。陆淞和
李汉老在参与同一场宴会，这首词就是和李汉老而作，主要内容是描写他们
此次宴会的场景。《耆旧续闻》曰："公之词，传于曲编，独《瑞鹤仙》'脸
霞红印枕'之句，又有《念奴娇·和李汉老》'叫云吹段横玉'词语高妙，
惜其不传于世。观公此词，可以知其风流蕴藉矣。"① 尽管陆淞词大多不存，
但是从仅剩的两首词依旧得到了时人以及后世极高的评价，可见陆淞词作的
艺术价值之高。

陆叡是陆淞的孙辈，其正逢南宋晚期，身处末世，词作风格与陆淞有所
区别。陆叡亦作《瑞鹤仙·梅》词：

> 湿云粘雁影，望征路愁迷，离绪难整。千金买光景。但疏钟催晓，
> 乱鸦啼暝。花惊暗省，许多情、相逢梦境。便行云、都不归来，也合寄
> 将音信。孤迥。盟鸾心在，跨鹤程高，后期无准。情丝待剪，翻若得，
> 旧时恨。怕天教何处，参差双燕，还染残朱剩粉。对菱花、与说相思，
> 看谁瘦损。

这首词被周密选入其编选的《绝妙好词》中，并将词中"对菱花、与说
相思，看谁瘦损"一句称为"词旨警句"，可见其对该词艺术价值的认可。
另，陆叡《八声甘州·送翁时可如宛陵》也是脍炙人口的经典之作：

> 问缠腰跨鹤、事如何，人生最风流。怕江边潮汐，世间歧路，只是
> 离愁。白马青衫往事，赢得鬓先秋。目送红桥晚，几番行舟。兰珮空馀
> 依黯，便南风吹水，人也难留。但从今别后，我亦似浮沤。敬亭上、半

---

① ［清］张宗橚编，杨宝霖补正：《词林纪事、词林纪事补正合编》，上海古籍出版社，
1998 年版，第 716 页。

床琴月，记弹将、寒影落南州。秋声里，塞鸿来后，为尔登楼。

在众多词牌中，《水龙吟》《念奴娇》《贺新郎》《满江红》《永遇乐》《八声甘州》等是适宜书写"豪情"的词调。龙榆生曾以《兰陵王》词牌为例做出解释，他将《兰陵王》归入押仄声韵一类，并言明末段有六仄韵。① 该类声调之所以激越，皆出于以上两点，因为仄声（尤其是去声）能够振调。平声与之相反，如果一首词用平多于用仄，易趋向低沉。② 因此，若要达到声调激越的效果，在词中必须要打破平仄和谐，用仄多于用平。语音学实验证明，"不论声调语言或非声调语言，陈述句的音高曲线中都存在明显的下降趋势"，而"汉语和其他语言一样存在着语句中音高逐渐下倾的现象"。③ 一句词在句末处的音高已经下倾，如果在句脚使用仄声，则能阻止音高下倾的趋势，这是仄声能够振调的语音学原理。苏、辛等豪放词人，对于特定词牌的偏好亦出于此原因，《水龙吟》《念奴娇》《贺新郎》《满江红》《八声甘州》等词牌多押仄声韵，并且句中仄多于平，尤其是句脚处，倾向仄声连用。

陆壑选用《八声甘州》来诉说送友离别的主题，激越豪迈的声调似乎冲淡了离别的愁绪。翁元龙即将前往宛陵赴任，作者化用南朝商芸《小说·吴蜀人》典故，暗示好友即将做官的地方是富庶之地，遂冲淡了几分即将到来的离别之愁。但是好友离别总是让人伤感，尤其是两人都已不再年轻，再重逢遥遥无期，作者目送好友的帆船，迟迟不肯离去。作者想象好友在宛陵的生活，依旧可以欣赏美景，琴声相伴，只是没有好友在侧，终是孤独寂寞。从陆壑词中看，其与翁元龙应是感情十分深厚的至交好友，所以才充满离别的不舍。但是比起《瑞鹤仙》中浓烈的愁苦，此词虽然亦写别离，却只有不舍没有愁苦。

陆游虽然以诗歌见长，但是依旧创作了相当数量的词，并且不乏名篇。陆游词流传至今共计140余首。就词作成就而言，评家多将陆游与辛弃疾相

---

① 龙榆生：《唐宋词格律》，上海古籍出版社，1978年版，第146—148页。
② 龙榆生称该声调手段为句脚拗怒音节，而"拗怒的感觉，能够把语调振作起来，特别显得有力"。其又言"在音节和婉的调子里，如果每个句子用的平声字过多或者句脚接着用两三个平声字，那么它的音调就会趋于低沉"。龙榆生：《词曲概论》，上海古籍出版社，1980年版，第137、142页。
③ 邓丹、石峰：《普通话韵律词内部下倾度的初步分析》，《南开语言学刊》，2009年第1期，第64—70页。

对举，例如，《白雨斋词话》云："放翁、稼翁，扫尽绮靡，别树词坛一帜。然二公正自不同，稼翁词悲而壮，如惊雷怒涛，雄视千古；放翁词悲而郁，如秋风夜雨，万籁呼号，其才力真可亚于稼轩。"① 陈氏对于陆游的评价是才力亚于辛弃疾，但是非常肯定陆游词"悲而壮"的独特风格。由此观之，陆游词作中最受肯定的一类是风格悲壮的爱国词。上文提及，进入宋代后，经过了数代文人的不懈努力，词的雅化程度大为提高，所能表达的主题范围也大大拓宽。尤其是苏轼、辛弃疾等人用词来写家国大事等宏大主题，让词的内容不局限于小情小爱、风花雪月。渡江后，词更是成为文人们抒发爱国情怀和收复失地的重要文体。

陆游的爱国情怀尤其浓烈，更是时常诉诸笔端，因此其词作中重要一类是爱国词。而国恨是南宋词人永恒的主题，陆游词的独特之处在于，"他写这种寤寐不忘中原的大感慨，不必号乎叫嚣为剑拔弩张之态，称心而言，自然深感动人，在诸家之外自有特色"。② 陆游在词作中表达着和其诗歌相同的情感，北上中原，收复失地，这成为他日思夜想，一刻都不能忘记的愿望。但是这种愿望无法实现，南宋偏安一隅，尽管经济文化发达，但是北方的少数民族政权发展更为迅猛，军事力量尤盛。南宋想要通过武力收复失地，难以实现。心心念念的中原与日益拉开的南北差距，注定为陆游的爱国情怀奠定了悲壮的基调。陆游曾两上前线，亲历战争。经过战争的洗礼后，陆游词作中传达的情感更为深沉感人。在任镇江通判时，陆游作《水调歌头》：

> 江左占形胜，最数古徐州。连山如画，佳处缥渺著危楼。鼓角临风悲壮，烽火连空明灭，往事忆孙刘。千里曜戈甲，万灶宿貔貅。露沾草，风落木，岁方秋。使君宏放，谈笑洗尽古今愁。不见襄阳登览，磨灭游人无数，遗恨黯难收。叔子独千载，名与汉江流。

陆游此年39岁，到镇江任后，陪同镇江知府方滋登楼游宴，有感而发，写下这首词。此时，张浚去世后，金兵再次南下来犯。作者在上阕追思怀古，登上高楼，俯瞰镇江。作为江南重镇，此地历史悠久，风景如画。可是战火席卷了这片土地，作者希望能够有像孙、刘那样的人物出现，赶走金人，收

---

① 屈兴国：《白雨斋词话足本校注》，齐鲁书社，1983年版，第119页。
② 夏承焘：《放翁词编年笺注》代序，上海古籍出版社，1981年版。

复失地。下阕中，作者称赞了镇江知府方滋的功绩，同时表达了遗憾难收的爱国情怀。

此后，陆游曾接受四川巡抚史的邀请，入其幕府任职，由此展开了在汉中8个月的军旅生涯。汉中生活对陆游具有非常重要的影响，刘遗贤《谈陆放翁和他的词》认为，这段时期是陆游创作的转折点。陆游的心志受到了锤炼，思想开始走向成熟，其有影响力的诗、词作品几乎都是在这段时期产生的。陆游在此时期创作了著名的《秋波媚·七月十六日晚登高兴亭望长安南山》：

> 秋到边城角声哀，烽火照高台。悲歌击筑，凭高酹酒，此兴悠哉。
> 多情谁似南山月，特地暮云开。灞桥烟柳，曲江池馆，应待人来。

此段时期，陆游积极向上司建言献策，前线形势也有很大的改善。作者洋溢着激情和兴奋写下这首词。在上片词中，作者勾勒出一幅雄浑悲壮的秋日边城图。登上高处俯瞰边城，号角声声，"悲歌击筑"，情感畅快。下片用拟人的手法刻画多情的南山月，展开想象，等到大军凯旋之时，南山的明月仿佛都多情起来，特地拨开云雾照亮大地。不仅如此，灞桥烟柳，曲江池馆，都仿佛做好准备，迎接凯旋的部队。词人想象着胜利的场景，心中无限兴奋，移情于景，将情感投射到景物上。整首词肆意畅快，因为作者得以施展抱负，更因为前线的有利情形。陆游就是这样时刻被国家牵动着心弦，喜怒哀乐皆来自此的词人。

除了爱国词之外，陆游的词作尚包含传统的爱情主题，以及求仙问道、田园隐居等主题，但是其词作情感最浓烈，风格最为鲜明的仍是爱国词。

陆氏一族中虽然只有陆淞三人词作存世，除陆游外，陆淞、陆壑仅共有5篇词流传下来，但是仅从这几篇词作中，就可窥见陆氏子弟的功力之高。陆淞和陆壑的《瑞鹤仙》均被多家选本收入，成为宋词的典范之作，陆游更是自成一家。山阴陆氏作为高门之后，在宋代重新以耕读和科举崛起。家族成员以科举仕进为主要目的，在当时是严谨正统的文化家族，因此族内子弟文学创作中，诗歌多而词作少。在编纂文集时，词作的编选并不如诗文受重视，因此即使创作词作，留存至今的也比较稀少。仅就陆淞和陆壑的少量作品以及陆游词作的高质量而言，陆氏家族没有更多作品流传下来，对两宋词坛而言也是一种遗憾。

三、陆游诗、词中的家、国精神

陆游是南宋著名的爱国诗人，出身于山阴陆氏家族。陆游和陆氏家族关系紧密，相互影响。山阴陆氏家族的家风和家学对陆游产生了深远影响，陆游的为人和治学均打上了家族文化的烙印。同时，陆游依靠杰出的才华又对家族产生了深远影响，对传承和弘扬家风、家学做出了重要贡献。

陆游是两宋山阴陆氏家族文学成就最为出众的子弟，诗歌创作近万首，文章创作与经史之学亦颇有涉猎，陆游取得举世瞩目的文化成就与家族的培养具有密切关系，其诗文书写亦时常体现与家族深厚的关系。现主要从陆氏家族的家风和家学两方面探讨陆氏家族对陆游的影响。

山阴陆氏源于吴郡陆氏，魏晋南北朝时期，高门望族无不注重家风和家学，吴郡陆氏亦不例外，家学深厚；迨至隋唐，吴郡陆氏是江南士族北上之后发展最好、成就最为显赫的南方士族之一，家族"一门六宰相"。山阴陆氏尽管在政治和社会地位上，不如吴郡陆氏显赫，但是家风、家学不坠，依旧是两宋著名的文化家族，且以严格的家法称名于世。曾几《陆务观效孔方四舅氏体倒用二舅氏题云门草堂》中曾称赞陆游家法："陆子家风有自来，胸中所患却多才。学如大令仓盛笔，文似若耶溪转雷。襟抱极知非世俗，簿书那解作氛埃。集贤旧体君拈出，诗卷从今盥水开。"陆游《右朝散大夫陆公墓志铭》中也阐明陆氏家法对于家族发展的重要意义："陆氏自汉以来，为天下名族，文武忠孝史不绝书。比唐亡，恶五代之乱，乃去不仕。然孝悌行于家，行义修于身，独有古遗法，世世守之，不以显晦易也。宋兴，历三朝数十年，秀杰之士毕出。太傅始以进士起家，楚公继之，陆氏衣冠之盛，寖复如晋、唐时，往往各以所长见于世。"① 陆游总结陆氏家风，从东汉以来，绵延不绝，历史悠久。他为此深感自豪，并且结合南宋当时的国情，强调了家风当中的忠孝行为。就家族而言，孝悌往往是家风的核心内容。魏晋南朝的世家大族，其家风亦重视孝悌，但"忠"的概念则并未着重强调。到陆游这一辈，忠已经成为与孝比肩的家风。

---

① ［南宋］陆游著，钱忠联校注：《渭南文集校注》，浙江教育出版社，2011 年版，第305 页。

陆轸《修心鉴》即家训，强调子弟需保持好生、好义、谦逊、仁慈、忠公等品质。陆轸作为山阴陆氏家族第一个出仕做官的人，其本人也以行动为家族后辈树立榜样。陆游《家世旧闻》记载："太傅性质直，虽在上前，不少改越音。为馆职时，尝因奏事，极言治乱，举笏指御榻曰：'天下奸雄睥睨此座者多矣，陛下须好作，乃可长保。'"① 陆轸身为太傅，为官正直，规劝皇帝勤政。陆氏家族出仕者众多，子弟大都为官清正，且富有责任感。陆游的祖父陆佃曾经在众人反对"三省法"时，敢于提出不同的观点。其言"《蔡文忠谥议》，谓文忠一言之出，终身可复。后生立身，当以此为根本。若于此未能无愧，何以为士耶"②，直接教育家族子弟，敢于直言进谏乃是为官之本。陆游受祖父影响颇大，"古代社会，这种祖孙相承、后先辉映之事，并不乏例证，如杜甫、骆宾王等。他们的父亲由于谋仕，把他们托付给了祖父和母亲，并受教于祖父或母亲，这种早期的教育，给他们留下了深刻的印象，致使我们常常能从孙子身上看到祖父的影子"。③

吴郡陆氏就曾以"忠"而称名，山阴陆氏继承了吴郡陆氏这一家风，子弟忠君爱国，气节凛然。陆游的父亲陆宰就曾与傅崧卿、李光等人讨论国事时，因国家陷于危难之中而悲愤不已。陆游跟随在父亲身边，听着父亲与朋友们谈论时政，心心念念抗金大业，其《书叹》载："大驾初渡江，中原皆避胡，吾犹及故老。清夜陪坐隅，论文有脉络，千古著不诬。"陆游的长兄陆淞撰写《乡校颂》曰："为忠为良，斯邦家之光"，视忠良为人之本。陆游从小耳濡目染，忠义已经成为刻入骨里的品行，直到垂暮之年病重之际，仍不忘嘱咐儿子"王师北定中原日，家祭无忘告乃翁"。山阴陆氏族人以生命来维护忠孝家风。南宋亡时，多名陆氏子弟殉难崖山。

除了在为官方面的清正直言、爱国忠君之外，山阴陆氏家风中的孝悌、勤奋、安贫乐道都对陆游产生了直接的影响。作为历史悠久的文化家族，山阴陆氏家学亦对陆游影响深远。陆游祖父陆佃长于七言近体诗歌，陆游继承了祖父这一特质，亦长于七言近体。而陆氏一族皆善文学的传统对陆游影响

① ［南宋］陆游：《家世旧闻》，中华书局，1993 年版，第 177 页。
② ［南宋］姚宽、陆游著，孔凡礼点校：《西溪丛语·家世旧闻》，中华书局，1977 年版，第 10920 页。
③ 俞樟华、冯丽君：《论宋代江浙家族型文学家群体》，《浙江师范大学学报》，2004 年第 5 期，第 26 页。

深远，《跋渊明集》云"吾年十三四时，侍先少傅居城南小隐，偶见藤床上有渊明诗，因取读之，欣然会心，日且暮，家人呼食，读诗方乐，至夜，卒不就食"①。陆游在十三四岁之时，就能对渊明诗歌"欣然会心"，可见家族世代的文学传统对他的熏陶。此外，陆佃学识渊博，并且长于经学和小学。陆宰曾在《埤雅序》言陆佃："不独博极群书，而农父牧夫、百工技艺，下至舆台皂隶，莫不诹询，苟有所闻，必加试验，然后记录。"② 陆宰亦善经学，陆佃曾作《春秋后传》，陆宰在其父基础之上又作《春秋后卷补遗》。陆游早年在祖父和父亲的教导下，精力也主要集中在经学上，其诗《读苏叔党汝州北山杂诗次其韵》云："吾幼从父师，所患经不明，何尝效侯喜，欲取能诗声？亦岂刘隋州，五字矜长城。"陆游从祖父、父亲那里继承家学，又将经学传递给后辈子弟，诗《读经示儿子》曰："通经本训诂，讲字极声形。未尽寸心苦，已销双鬓青。惧如临战阵，敬若在朝廷。此是吾家事，儿曹要细听。"

经学之外，陆氏一族喜好藏书，陆游的父亲陆宰是著名的藏书家，藏书13000多卷。要达到这个数量，显然非陆宰一代能完成。至少从陆佃开始，陆氏代代开始藏书。陆游继承这一传统，在四川，以及晚年在建州等地皆注意搜罗书籍、书画等。陆游《抄书》一诗"书生习气重，见书喜欲狂。捣虀潢剡藤，辛苦补散亡。且作短檠伴，未暇名山藏。故家借签帙，旧友饷朱黄"，记载陆游向临川藏书家王、韩、晁、曾诸家借书传抄的情形，可见陆游对于藏书的痴迷。陆游的继承者是小儿子陆子聿，其《跋子聿所藏〈国史补〉》曰："子幸喜蓄书，至辍衣食，不少吝也，吾世其有兴者乎？"从陆佃开始，藏书已经成为陆氏家族基业，陆游继承家族的藏书事业，并且培养了优秀的继承者。

山阴陆氏笃信宗教，早在魏晋南朝时期，佛教传入中原，世家大族大多玄、佛双修，吴郡陆氏亦在此列，这一传统被山阴陆氏继承。陆轸以笃信道教闻名，晚年隐居山林，修炼丹术，陆游《家世旧闻》："辟谷几二十年，然亦时饮，或食少山果。"陆游的祖父陆佃和祖母郑氏亦信仰道教养生之术，服食丹药，陆游曾言"学道今四世"，可见信奉道教是其家族传统。在家学影响下，陆游研习道教经典，并传授子孙。陆游对于道教的信仰，主要针对道教

---

① 张春媚编：《放翁诗话》，崇文书局，2018 年版，第 81 页。
② 窦秀艳：《中国雅学史》，齐鲁书社，2004 年版，第 158 页。

养生的观念，而对于求仙和追求长生他则不迷信，其《养生》诗曰："金丹既茫昧，鸾鹤安可期"，可见陆游并不相信服用丹药就能得道成仙。此外，陆氏一族与佛教渊源深厚，《陆氏族谱》言："及太傅轸选胜吼山太尉，珪迁居建第鲁墟旧宅，施为法云寺，靖国元年赐为功德院，殿前有太傅井。"① 陆游父亲陆宰曾与多地僧人交往，陆游也受其父影响，熟悉佛教经典，《跋释氏通纪》《持老语录序》等作品都对佛教内容有所涉及。在艺术方面，陆游父亲陆宰精通书法，陆游亦从小练习书法，其中草书造诣最高。山阴陆氏在家法和家学方面皆值得称道，对陆游产生了巨大影响，为其文化成就的取得奠定了基础。

陆游一生有两段婚姻，其中与表妹唐婉的婚姻悲剧历来为人所惋惜。绍兴十四年（1144），陆游正值 20 岁，在母亲的授意下与舅父光州通判之女唐婉结为夫妇。陆游母亲乃是北宋名臣唐介孙女，唐婉系陆母堂兄之女，唐介曾孙女。陆游外祖母出身著名的文学世家巨野晁氏，乃晁冲之女兄。可见，唐氏亦是与山阴陆氏相匹配的文化世家。陆游与表妹唐婉的婚姻，既门当户对，又亲上加亲，理应分外顺利。正因为理应幸福美满的婚姻，却以悲剧收场，故而能引起后人无限的悲悯与同情。另外，陆游与唐婉的爱情悲剧流传至今的重要原因是二人留下的凄美诗词。

唐婉容貌姣好，与陆游自幼相识，陆游婚前曾两次应试，皆住在外祖父家，与唐婉感情深厚。唐婉颇有文才，婚后二人时常赏花、游园、吟诗作词。陆游曾作《同何元立赏荷花追怀镜湖旧游》追忆年轻时和唐婉的美好岁月："少狂欺酒气吐虹，一笑未了千觞空。"往事已不堪回首。陆游与唐婉夏日赏荷；春寒料峭时，共赏梅花；秋日重阳时，饮酒赏菊。陆游曾作《菊枕诗》，可惜已经散佚，只能根据其晚年的诗歌得知此诗的存在。制作菊枕的情节，成为陆游一生难以忘怀的记忆，每当思念前妻，便不停地回想曾经写下的《菊枕诗》。陆游 63 岁时，作《余年二十时尝作菊枕诗颇传于人今秋偶复采菊》：

> 采得黄花作枕囊，曲屏深幌闷幽香。
> 唤回四十三年梦，灯暗无人说断肠。

---

① ［南宋］陆游著，钱忠联校注：《陆游全集校注》，浙江教育出版社，2011 年版，第 385 页。

此时，距陆游和唐婉采菊制枕已经过去 40 年，但是陆游依旧清晰记得当年的场景。只要有外物触动，陆游便立刻能够回忆起和唐婉度过的时光，可见陆游应该时常回忆他与唐婉短暂婚姻中的点滴，以至于在年老之时，仍旧保持着鲜活的记忆。20 岁作的那首《菊枕诗》仍清晰地停留在脑海中，只是无人诉说这段相思之情，此时唐婉已逝世多时，一切早已物是人非，只有菊花年年开放，菊枕散发着同当年一样的香气。

陆游与唐婉爱情悲剧的原因一直为后人所追究，根据同时代人或者时代稍晚于陆游的后辈记载，原因大致有二：第一，陆母认为唐婉没有担负起督促陆游科举备考的重任。陆游与唐婉结婚前，恰逢科考再次失败，父母出于让其先成家再继续科考的打算，安排了他与唐婉的婚姻。婚后，陆母本来是想让唐婉督促丈夫勤于治学、科考，可是二人由于志趣相投，皆喜好风雅，反而拿出更多的时间四处赏玩，疏于科举之业。这对像山阴陆氏这样依靠科举维持地位的家族而言是坚决禁止的，陆游从小展露非凡的才情，是家族的希望。陆母绝不会放任二人沉溺下去，因此她与唐婉的关系愈来愈紧张，最后做出了让陆游休妻的决定。第二个原因应该与唐婉婚后不育有关，陆游《夏夜舟中闻水鸟声甚哀若曰姑恶感而作诗》：

> 所冀妾生男，庶几姑弄孙。此志竟蹉跎……君听姑恶声，无乃遣妇魂？

陆游听到了姑恶鸟的叫声，这种鸟传闻是由一位被婆婆虐待而死的年轻女子所化。陆游用这一意象暗示其母对儿媳不满的原因就是无子。陆游与第二任妻子王氏生了 7 个儿子，为何在其听到姑恶鸟的声音时，能引发联想，极有可能是因为唐婉无子。唐婉与第二任丈夫后来也没有生育子女，可以间接证明。唐婉在陆游政治前途和后嗣的问题上接连触怒陆母，最终导致了陆、唐二人的婚姻悲剧。

陆游 31 岁时，在沈氏小园与唐婉夫妇偶遇。昔日的眷侣如今已经各自婚嫁，物是人非，让人唏嘘不已。二人尽管近在咫尺，却也只能相顾无言，陆游百感交集，于是趁酒后在沈园的墙壁上题词一阕，陈鹄《耆旧续闻》：

> 余弱冠客会稽，游许氏园，见壁间有陆放翁题词云："红酥手，黄藤酒，满城春色宫墙柳。东风恶，欢情薄。一怀愁绪，几年离索。错、错、

错！春如旧，人空瘦，泪痕红浥鲛绡透。桃花落，闲池阁。山盟虽在，锦书难托。莫、莫、莫！"笔势飘逸，书于沈氏园，辛未三月题。放翁先室内琴瑟甚和，然不当母夫人意，因出之。夫妇之情，实不忍离。后适南班士名某，家有园馆之胜。务观一日至园中，去妇闻之，遣遗黄封酒果馔，通殷勤。公感其情，为赋此词。①

陆游题词《钗头凤》留在沈园的墙壁上，后来唐婉和词一阕，可惜只能见到"世情薄，人情恶"一句，完整的内容并未保存下来。陆游 68 岁时，重游沈园，沈园风景依旧，但是唐婉已经离世多年，相传唐婉在沈园与陆游重逢后，终是难以忘情，不久后便郁郁而终。

陆游与唐婉少年夫妻，婚姻又短暂，因此分开时二人尚十分年轻。陆游在沈园与唐婉第一次相遇时，唐婉还青春尚在，转眼间就香消玉殒多年。诗人此时重回沈园，两鬓斑白，青春不复，但是对唐婉的怀念一如往日。当年自己喝醉题写《钗头凤》的墙壁已经布满灰尘，随着时间流逝，梦中的旧事愈加朦胧。如何能够减轻痛苦，只能告诫自己消除妄念，在神龛前为故人上一炷香。诗人表示妄念除尽，但是字里行间的痛苦，表示对唐婉仍难以忘怀，诗歌中充满伤痛，催人泪下。刘克庄《后村诗话续编》：

> 放翁少时，二亲教督甚严。初婚某氏，伉俪相得。二亲恐其惰于学也，数谴妇。放翁不敢逆尊者意，与妇诀。某氏改事某官，与陆氏有中外。一日，通家于沈园，坐间目成而已。翁得年甚高，晚有二绝云："城上斜阳画角哀，沈园非复旧池台。伤心桥下春波绿，曾是惊鸿照影来。""梦断香销四十年，沈园柳老不吹绵。此身行作稽山土，犹吊遗踪一泫然。"②

刘克庄记载的陆游的两首诗，作于 75 岁时，此年正是唐婉逝世 35 周年，故地重游，追忆旧人。次年，陆游又作《梦游沈园》二首：

> 路近城南已怕行，沈家园里更伤情。

---

① [南宋] 陈鹄：《耆旧续闻》卷十，清知不足斋丛书本。
② [南宋] 陆游著，钱忠联校注：《陆游全集校注》，浙江教育出版社，2011 年版，第 335 页。

> 香穿客袖梅花在，绿蘸寺桥春水生。
>
> 城南小陌又逢春，只见梅花不见人。
>
> 玉骨久沉泉下土，墨痕犹锁壁间尘。

沈园在绍兴城南，诗人还未到沈园，刚踏上城南之地时，心中已惧怕继续前行，因为沈园是他与前妻重逢的地方。进入沈园后，心中的悲痛之情更是难以抑制。此时正是初春，梅花绽放，绿水生波，春意盎然，美不胜收。可惜只有年年开放的梅花，昔日共同赏梅的人却已离世。离重游沈园已经过去一年，这个地方已经成为他心中的圣地，沈园就是唐婉的代名词。82 岁时，陆游又作《城南》诗：

> 城南亭榭锁闲坊，孤鹤归来只自伤。
>
> 尘渍苔侵数行墨，尔来谁为拂颓墙？

时隔多年，陆游重游沈园，唐婉早已离世，但是诗人内心的悲痛并未随着时间的流逝而减轻。诗人以孤鹤自比，一只失去伴侣的孤鹤飞回沈园，看着昔日的亭台楼榭，暗自悲鸣。陆游 84 岁时，再游沈园。又作《春游》一绝：

> 沈家园里花如锦，半是当年识放翁。
>
> 也信美人终作土，不堪幽梦太匆匆。

此年是陆游逝世的前一年，诗人可能已经对自己的身体有所了解，深感自己如果再不去沈园，可能就再无机会，所以不顾年老体衰，想要最后看一次曾经和爱人重逢的小园。唐婉逝世多年，美人已经化为泥土，而自己始终未能忘怀，直至生命的尽头。

作为山阴陆氏家族的一员，陆游对于家族抱有深刻的感情与自豪感，他自觉继承并发扬家风、家学，同时也是家风、家学的传递者。他用诗文纪念和赞美家族中的优秀长辈，也以诗歌教育、教导子侄辈，把严谨的家风和优良的家学传递给家族年轻子弟。

山阴陆氏家族自陆轸始，往下九代连续出了 17 位进士，出身于这样一个显赫的文化家族，陆游本身就带着深深的自豪感，因此创作了大量纪念、赞颂家族优秀长辈们的诗文。其中陆游高祖陆轸、祖父陆佃和父亲陆宰是他诗文中提及最多的3位。陆游著《家世旧闻》两卷，共叙事118条。"笔记"以"家世"为名，显然，所记内容主要是与家族先人相关的旧事，是道听途说有关祖上的传说。多是记载陆游高祖陆轸、曾祖陆硅、祖父陆佃、叔祖陆傅、父亲陆宰等先辈事迹。在叙述家族先贤时，内容主要包括他们的学识、生活、礼仪和家规等。可见陆游对于家族先人、家族事业和家风、家学的熟悉与重视。

陆游诗歌中多处提及先祖陆轸，并立志以他为榜样。其诗《舍北望牛头山山有延胜寺先太傅书堂在焉六年》：

> 太傅读书处，秋风曾问途。
> 江如青弋险，山似白盐孤。
> 路尽还登岭，林开忽见湖。
> 草堂无复识，流涕想规模。

这首诗是陆游遥望高祖陆轸曾经的书堂，怀念其曾经读书的痴迷，并以此激励自己。陆游曾以"读书"为主题创作了70多首诗歌，可见其对先祖学风的继承。陆游祖父陆佃是对其影响极大的人物，《家世旧闻》中涉及陆佃的记载多达63处，可见陆游对祖父为人、治学和为官的钦佩之情。陆游《和陈鲁山十诗以孟夏草木长绕屋树扶疏为韵》之"门无容车高，庭止旋马广。……静处看纷纷，枯槔劳俯仰"，即颂扬陆佃为官清正，敢于直言进谏的品格。陆游对祖父不攀附富贵，不随波逐流的正直作风极其敬佩。又在《和陈鲁山十诗以孟夏草木长绕屋树扶疏为韵之三》中赞扬陆佃为官时的淡然心态："大父昔在朝，腾上唯恐早。淡然清班中，灰寒而木槁。"陆游在做官后以祖父为榜样，其诗《家居自戒》：

> 曩得京口俸，始卜湖边居。
> 屋财十许间，岁久亦倍初。
> 蓻花过百本，啸咏已有余。
> 犹媿先楚公，终身无屋庐。

诗人表示自己尽管俸禄不薄，却不铺张，只在湖边盖了10余间房屋居住，但是自己仍然无法向祖父看齐，他曾官至尚书左丞，却终身"无屋庐"，可见陆游对祖父为官清廉，生活简朴的敬佩之情。《先大父以元佑乙亥寓居妙明僧舍后百余年当嘉泰癸亥游复假榻一夕感叹成咏》

> 楚公仙去几秋风，巷陌萧条旧隐空。
> 遗老即今无处觅，断香残照泪痕中。

作此诗时，陆游已是耄耋之年，仍时刻不忘追怀祖父陆佃。陆游父亲陆宰是继先祖和祖父后，陆游又一敬仰、钦佩的人物，《家世旧闻》中涉及陆宰的 40 多处。陆宰是陆游爱国观念形成的直接来源，陆游《跋周侍郎奏稿》言："一时贤公卿与先君游者，每言及高庙盗环之寇，乾陵斧柏之忧，未尝不相与流涕哀恸。虽设食，率不下咽引去。先君归，亦不复食也。伏读侍郎周公论事榜子，犹想见当时忠臣烈士忧愤感激之余风。……某故具载之，以励士大夫。倘人人知所勉，则北平燕赵，西复关辅，实度内事也。"① 陆游时刻不忘收复中原的爱国精神其实继承自其父，陆宰每每与友人讨论到中原遭受的磨难，便痛哭流涕，食不下咽。父亲的喜怒哀乐皆系于一事，就是光复中原。显然父亲对儿子的影响是巨大的，陆游跟随父亲左右，陆宰如此强烈的爱国情感感染了他。

此外，陆游尚作有多首家训诗，阐明家风，训诫子孙。其《示子孙》诗言："为贫出仕退为农，二百年来世世同。富贵苟求终近祸，汝曹切勿坠家风。"陆氏子弟皆以家族为骄傲，陆游尤其如此，怀有强烈的家族责任感和使命感，因此他对家族后辈的教育异常重视，希望他们能承继优良家风，展现家族风貌，告诫他们不要毁坏家族风气。忠义爱国是山阴陆氏家族的家风，陆游受父亲陆宰的影响，从小树立了爱国忠义的思想，在教育后辈时又将这一思想传递下去。《秋夜读书示儿子》："久病少睡眠，往往中夕起，呼灯取书读，不能尽数纸。……人生各有业，唐虞本吾事。诗书脱秦厄，天意固在此。"陆游为国事忧心，难以入眠，读书成为生活的慰藉。他提醒儿子们"唐虞本吾事"，即关注国事是陆氏家族的传统家风，希望儿子们继承这一良好的传统。此外，由于陆氏家族从陆轸开始几乎世代为官，陆游的儿子们也大多

---

① ［南宋］陆游著，钱忠联校注：《渭南文集校注》，浙江教育出版社，2011 年版，第 266 页。

出仕，因此陆游的家训诗中也多有教育后辈为官之道，《晨起至参倚斋示子聿》是写给小儿子陆子聿的家训诗：

> 似仙犹火食，比古未巢居。老子麤全节，小儿能著书。

陆游鼓励小儿子关心社会，积极投身其中，而不是做远离尘世的、不食人间烟火的"仙人"。山阴陆氏家族系出吴郡陆氏，皆是以积极入仕，建立功业作为子弟的追求，否则也无法取得如此辉煌的成就。陆氏一族虽然不热衷于功名利禄，但是并不意味着他们避世索居，因此陆游会提醒后辈，要积极关心事务，不要与外界脱节。

陆氏家学源远流长，在经学、史学、文学和书法等方面皆有建树，陆游更是陆氏子弟的文化精英、陆氏家学的集大成者。他关心后辈对陆氏家学的传承，其诗《示子孙》：

> 累叶为儒业不隳，定知贤杰有生时。
> 学须造次常於是，道岂须臾或可离？
> 我老已无明日计，心存犹惜寸阴移。
> 巍巍夫子虽天纵，礼乐官名尽有师。

作者向子孙讲述家族作为耕读之家，世代以儒为业，子弟才能成为贤杰，发挥光热。因此，陆游告诫后辈，一定要勤于治学，珍惜光阴。作为著名的藏书家族，陆游一生以读书为业，他告诫后辈继承家族读书的传统，《诵书示子聿其一》：

> 乃翁诵书舍东偏，吾儿相和山之巅。
> 翁老且衰常早眠，儿声夜半方冷然。
> 楚公著书数百编，少师手挍世世传。
> 我生七十有八年，见汝任此宁非天。

陆游和父亲陆宰皆喜好藏书，家中藏书丰厚，为后代子弟读书提供了条件。陆游以藏书、读书为业，他的小儿子自幼就展现了这方面的志趣，这令他十分欣慰。他督促小儿子勤勉读书，更希望他继承家族的藏书、读书事业，传承家学。

陆游一生以出身山阴陆氏家族为豪，他的文化成就取决于家族教育的培养，家风、家学的熏陶。陆游作为家族中文化成就突出的子弟，也以继承传扬家风、家学为己任。他敬仰家族先贤，并且注意记录长辈的言行、事迹，在诗文中多次表达敬仰之情。同时，他的诗文亦是对家风、家学的记录，以此教育勉励家族后辈。陆游的诗文中流淌着山阴陆氏家族的精神，一直流传至今。

与吴郡陆氏不同，山阴陆氏家族在政治、经济和文化领域不再享有士族特权，山阴一支的复兴完全依靠家族成员连续在科举中取得成功。截至陆游一代，山阴陆氏一支共诞生 17 名进士，而家族对于成员严格的科举培养，让子弟普遍具备较高的文学素养。南宋时，陆氏家族成为绍兴地区颇具名望的文化望族。从陆忻初迁绍兴，家族沉寂数代，到陆游时代，家族在绍兴地区的文化影响力再次达到高峰，山阴陆氏家族完成文化复兴，继而成为绍兴历史文化的重要组成部分。

第三节　社会阶层和地域背景：唐、宋古文运动之比较

以上会稽地区作为进入唐代以来地域文化与家族文学的个案，说明中世以来传统士族的瓦解以及因科举产生的文化下移等原因，导致世家大族文化优越性的不断丧失。文学不再只掌握在传统士族手中，而创作主体逐渐由参加科举的文士取代。研究此时期的人口迁移流动与地域文化转变，目光应聚焦于"新型"的文士群体，即参加科举或由科举选拔出的这类文士。由于此时期文士身份的转换以及人口迁移流动的多样性与复杂性，如果从某一场贯穿始终的文学活动入手，考察其成员的社会阶层和地域背景转换，以及背后的原因和最终结果等问题，则更有利于在复杂的现象中抓住线索，而古文运动就是符合以上条件的典型文学活动。

北宋古文运动与中唐古文运动相比，在当世产生了更为深远的影响。考察一场文学运动发生的原因及其产生的影响力，发掘文学事件背后更为深层的社会文化背景是重要途径。陈弱水在《论中唐古文运动的一个社会

文化背景》① 一文中，对唐代古文运动前后三代共18位主要领导者和支持者的家族，做了社会阶层和地域文化背景的考察。为方便与北宋做比较，现将陈氏的考察结果用下表显示。

表 2-3-1　陈弱水对中唐古文运动代表的地域考察

作家	萧颖士	李华	贾至	独孤及	元结	李翰	崔祐甫	梁肃	柳宗元
阶层地域	北迁的南方士族	山东高门	山东士族	代北房姓	代北房姓	山东士族	山东高门	关中旧族	河东柳氏
作家	萧存（颖士之子）	李舟	崔元翰	李观	韩愈	李翱	皇甫湜	吕温	刘禹锡
阶层地域	北迁的南方士族	山东士族	山东高门	山东士族	山东士族	山东士族	南方出身	河东吕氏	山东士族

　　包括李华、独孤及、梁肃、韩愈在内的18位成员中，有15位出身于北方家族，两位出身于北迁的南方士族，真正出身于南方的只有皇甫湜一人。因此陈弱水认为，中唐古文运动的文风形成，主要取决于北方士族出身的文人。此处有两个信息值得留意：其一，中唐古文运动的中坚力量是北方人；其二，这些北方人绝大多数出身于士族。陈氏发现，元结和独孤及乃是代北房姓出身，柳宗元出身于河东柳氏，梁肃出身于关陇集团；崔祐甫、崔元翰、李华则分别出身于博陵崔氏、赵郡李氏、陇西李氏，皆是山东高门。代北房姓以及河东柳氏在政治上亦属关陇集团，因此以上数位代表的出身主要是关陇集团和山东高门。陈寅恪言："唐代统治阶级在关中本位政策未破坏前，除了关陇集团，还有一个与之相抗衡的山东士族。这是北朝以来的传统统治阶级，外廷士大夫多出于此类。"② 韩愈出身虽不及前面数位清贵，但是其家族出身军旅，发展至中唐算是较低层次的士族。综上，中唐古文运动的主要代表人物具有明显的北方士族文化色彩。

　　类比陈弱水对唐代古文运动社会背景的考察，以下试对北宋古文运动主要代表人物的社会阶层及其地域分布做一探究。

---

① 陈弱水：《唐代文士与中国思想的转型》，广西师范大学出版社，2009年版，第212—246页。

② 陈寅恪：《唐代政治史述论稿》，上海古籍出版社，1997年版，第13页。

表 2-3-2 北宋古文运动代表作家出身及地域分布

作家	柳开	王禹偁	穆修	石介	范仲淹	尹洙	尹源	苏舜钦
地域及出身	河北大名/河东柳氏	济州钜野/家世为农	郓州汶阳/小官僚家庭	兖州奉符/家世为农	苏州吴县/小官僚家庭	洛阳/官僚家庭	洛阳/官僚家庭	开封/官僚家庭
作家	梅尧臣	欧阳修	王安石	苏洵	苏轼	黄庭坚	苏辙	曾巩
地域及出身	安徽宣城/官僚家庭	江西永丰/低级官僚家庭	江西临川/低级官僚家庭	四川眉山/地主之家	四川眉山/地主之家	江西分宁/地方家族	四川眉山/地主之家	江西南丰/官僚家庭

　　由上可知，北宋古文运动的领导者和倡导者，主要来自普通官僚家族，其中又有接近半数出身于下层官僚之家。石介、苏洵则出身于非官宦家庭。只有柳开一人出身于河东柳氏，为唐代世家大族。与中唐古文运动的主要代表人物相比，首先，北宋古文运动主要成员的社会阶层发生变化，核心力量从士族转为普通官僚之家，下层官僚家庭出身亦占据相当比例。其次，北宋古文运动的提倡者柳开、王禹偁、穆修、石介、尹洙、苏舜钦出身北方，而范仲淹、梅尧臣、欧阳修、王安石、曾巩、黄庭坚、苏洵和苏轼、苏辙出身南方。与中唐绝大多数北方出身相比，北宋古文运动的主要代表达到了南、北平衡。由此可知，中唐至北宋，古文运动的社会阶层和地域背景产生新变，其成员阶层多为普通九品官僚之家和下层流外官吏，出身地域更加广阔，包括北方和南方。本研究将着重关注产生此两大重要转变的历史过程以及其对古文运动的重要影响。

一、从士族出身到科举进阶：古文运动成员社会阶层的变迁

　　中唐和北宋两场古文运动的发起者皆是当时的文化精英。观照唐宋之际文化精英的转型问题，通常被置于"转型"的时代背景之下加以考量。关于"唐宋变革"，学界早已有共识。该学说确能有效应对唐宋间诸多现象的解释，但是一种理论的解释力有其限度。因此本研究综合包弼德对于"士"转型问题的解释和陆扬"清流文化"的概念，尝试对这一转变给予回应。包弼德在

《历史上的理学》一书中，设想了这样一种情景："要了解世界经历了怎样的改变，我们不妨设想，一名生活在 11 世纪中期，受过教育，并视自己为公共生活参与者的士子，会怎样理解他自己的时代与处于巅峰的唐代的区别。"① 进一步而言，生活在北宋的士人以何种标准将自己认定为社会的精英阶层，这种标准与唐代相比产生改变。

思想和文学的转变往往由精英群体所主导，该群体的社会阶层和地域背景是影响其思想走向和文学风格的重要因素。社会精英的身份随着时代而发生变化。包弼德认为："在 7 世纪，士是家世显赫的高门大族所左右的精英群体；在 10 世纪和 11 世纪，士是官僚；最后，在南宋，士是为数更多而家室不太显赫的地方精英家族。"② 唐代文化精英绝大多数出身士族，正如陈寅恪所言"所谓士族，其最初概念并不专以先代的高官厚禄为唯一标准，而实由家学和礼法高于他姓"。③ 安史之乱爆发后，唐王朝面临着巨大的文化危机，以"斯文之道为己任"的士族首先做出反应。山东高门和关陇集团在当时处于士族之顶层，成员多受家族之学影响，在危机面前，他们回溯过去，寻求到以"文章复古"来挽救的方法。

有一点值得注意，古文运动的主要代表人物并非皆来自家族显赫的一支，部分成员所处的家族支脉甚至已经衰败。士族内部对于文学的诉求和主张较为复杂。因为在唐代，文学与政治的关系异常紧密。科举取士重视文学才能，而诗赋是主流文体。当时三大文学士族，山东、关中和江南，皆要适应科举选官带来的改变。这一点在山东士族身上表现得十分明显。"东汉学术之重心在京师之太学，学术与政治之关锁则为经学，盖以通经义、励名行为仕宦之途径，而致身通显也。自东汉末年中原丧乱以后，学术重心自京师之太学移转于地方之豪族，学术本身虽亦有变迁，然其与政治之关锁仍循其东汉以来通经义、励名行以致从政之一贯轨辙。"④ 山东士族即地方豪族举足轻重的一脉，以经学见长。伴随着科举诗赋取士，山东士族的传统文化优势面临着巨大挑战。江南士族以文学见长，在新的选官制度中展现出优势。山东士族也

---

① 包弼德：《历史上的理学》，浙江大学出版社，2010 年版，第 7 页。
② 同上书，第 35—81 页。
③ 陈寅恪：《唐代政治史述论稿》，上海古籍出版社，1997 年版，第 13 页。
④ 同上书，第 71 页。

必须"稍事变通，以适应变化了的事实"①。但是山东地区地域广阔，士族数量众多，各郡姓支房复杂，在此种转变之中并未能全部跟上，部分支房衰落乃是正常。这些衰落支房的成员"大抵属于曾经非常显赫的没落贵族，到了自己这一代已经家道中衰。因此，可以理解的是，他们对过去的光荣都怀有美好的怀旧感"②。关中士族亦面临相同的问题，这个从北朝崛起的团体，最初乃是武力集团。新的选官制度建立，使得该集团内部的诸多家族让子弟走向科举之路。提倡古文，对这部分山东士族和关中士族而言，除了传统的思想观念之外，更为迫切的动力来自政治地位的保持。用古文对抗骈文，隐含的是其对改变官吏产生机制的诉求。

中唐以后，官员和入仕门阀之间的界限开始模糊。安史之乱后的很长一段时间，唐王朝不再对士族进行统一序录。与此相对，科举提供了一种可能性，寒族一旦及第，就有可能做官，有了与世家子弟竞争的资格。因此，发动古文运动的这部分士族群体面临着来自士族内部和寒门的双重挑战。对北方士族而言，发展良好的支脉，必然能积极适应科举制度，并在其中获得优势，其子弟从小接受诗赋训练。这些家族在政治文化中继续处于精英阶层，作为制度的获利者，他们能否支持来自士族内部的另一群体推进古文改革难以保证。对上升极快的江南士族而言，文学恰恰是其晋升的阶梯，更不会选择与少数北方士族合作推行古文。

孙国栋云："近人治唐史者率谓中唐以后旧族衰替，新门代兴，社会人物已由门胄转让为寒人，此未经细考之论耳。晚唐寒人虽有上达，然其势力尚未足与旧族相抗，政治上之核心人物，仍多出身于阀阅。"③ 在孙氏寒族与门阀二元的解释框架之外，陆扬提出了"清流"概念。其认为晚唐五代，士族与寒庶已经不是划分精英阶层的标准，主张用"清流"指代中晚唐的政治文化精英。"清流"概念并不同于士族，"清流"群体具备特殊身份，即代帝王言的"词臣"。文学"素质与特定职位的相互依托形成一种新的判定精英的核

① 李浩：《唐代三大地域文学士族研究》，中华书局，2008 年版，第 99 页。
② 朱国华：《文学与符号权力：对中唐古文运动的另一种解读》，《天津社会科学》，2002 年第 1 期，第 116 页。
③ 孙国栋：《唐宋之际社会门第之消融》，《唐宋史论丛》，上海古籍出版社，2010 年版，第 272 页。

心标准，实质上取代了原来以郡望或者官品等为主的评判标准"。① 这种评价政治文化精英的新价值观"和唐帝国的统治策略、皇帝的政治角色、官僚体系的权力分配等结合日趋紧密"，使得"社会中的代表各种政治力量的群体""不得不面对这一现实做出主动或者被动的调整"。② "清流"群体的确认已经不再等同于士族和寒庶的划分，而是依照新的标准划分。这一标准包含如下几点：第一，文学才能突出，进士词科出身；第二，担任清官（从中央的清选职位到藩镇的掌书记等）③；第三，最终担任翰林学士、中书舍人等词臣，代朝廷立言。传统意义上的士族与寒庶皆有符合以上标准之人，亦皆有不符合之人。

上文提及，在士族内部，中唐古文运动的发动者面临障碍。如果以"清流"指代晚唐以来的政治文化精英，随着清流阶层地位的确立，古文运动在此时期陷入低潮。"词臣"乃是代朝廷立言，其文学才能特指"大手笔"，即骈文出色。陈弱水所列举的 18 位古文代表中，亦有人曾担任过中书舍人等职，比如贾至。贾至等人曾经在其担任中书舍人期间尝试对制诰文体进行改革，但是影响有限。④ 中唐古文运动在某种程度上是对"清流"的抵制，结果并未成功。

唐末五代社会的大动乱是摧毁门阀的主要原因。从晚唐开始，接连而起的黄巢之乱、襄王之乱等暴乱使门阀世家遭受灭顶之灾，大量世家成员被屠杀。迨至五代，社会政治环境发生巨大转变，滋生世家的土壤已经失去。重要原因有二："其一为武臣炳用，鄙薄文儒，此与大族子弟之素习相格杆"，"其二为唐末以后移姓易代太速，在政局之急剧转变中，欲善保家门殆非易事"。⑤ 孙国栋言五代政局混乱，武将把持政权，而士族子弟多从文，难以得到重视。但是邓小南认为"把握着各层级统治权力的职业将军们，事实上都不能无视诸雄对峙的压力以及政权运作的需求，都不曾全然排距文人们作为

---

① 陆扬：《清流文化与唐帝国》，北京大学出版社，2016 年版，第 223 页。
② 同上书，第 225 页。
③ 同上书。
④ 鞠岩：《唐代制诰文改革与古文运动之关系》，《文艺研究》，2011 年第 5 期，第 50—57 页。
⑤ 孙国栋：《唐宋之际社会门第之消融》，《唐宋史论丛》，上海古籍出版社，2010 年版，第 288—290 页。

治事参谋、行政助手的作用"。① 尽管政治环境对以文为业的世家子弟不利，但是仍有发展空间。真正导致世家灭亡的原因乃是能力的消失。陈寅恪不断强调，在唐代维持世家身份的乃是"家学和礼法高于他姓"，亦即世家子弟文化能力的突出。后唐主李存勖曾下令"于四镇判官中选前朝士族，欲以为相"，但是选取的数位宰相均缺乏才能。此时的世家与唐代中期之前相比，子弟空有身份却缺乏与之相应的能力，世家衰败已成定局。另外，世家大族的形成往往需要家族内数代人的苦心经营，并且积累雄厚的经济基础。五代时期频繁易代，政局动荡，世家发展难以获得长期安稳的环境。加之战乱和天灾对土地生产的破坏，世家基业迅速瓦解。孙国栋言："唐代以名族贵胄为政治、社会之中坚。五代以由军校出身之寒人为中坚。北宋则以科举上进之寒人为中坚。所以唐宋之际，实贵胄与寒人之一转换过程，亦阶级消融之一过程。深言之，实社会组织之一转换过程也。"②

对文化精英阶层的顶端而言，士族在晚唐五代瓦解已成为定局，代之而起的是"清流"词臣，中唐古文运动先后面临前后两代顶层精英的挑战，在当世产生的影响力有限。在北宋古文运动的发起者和参与者中，士族的痕迹几乎消失。柳开在这些人中年代最早，距离唐最近，其后的成员皆非士族出身，而是代表北宋新的社会精英阶层，即经由科举上进的寒门子弟。南宋谢枋得言："宋朝盛时，文章家非一人，欧苏起遐方僻壤，以古道自任，发为词华，经天纬地，天下学士，皆知所宗，隐然挈宋治于两汉之上。"③ 欧阳修出身江西永丰低级官僚之家。苏轼出身四川眉山，其先祖乃是苏味道，但是发展至苏洵，家族向上追溯三代都是白身。因此谢枋得表示二人"起遐方僻壤"。欧、苏是宋代乃至中国历史上的文化巨擘，但二人的出身并不显赫，皆由科举登第，进入政坛、文坛，进而产生巨大的影响。王安石、曾巩和黄庭坚等人的出身大致与欧、苏二人相当，或为普通官僚家庭出身，或为地方家族，这些人的家族追溯至唐代，皆非士族。

---

① 邓小南：《祖宗之法：北宋前期政治述略》，生活·读书·新知三联书店，2014年版，第115页。
② 孙国栋：《唐宋之际社会门第之消融》，《唐宋史论丛》，上海古籍出版社，2010年版，第337页。
③ ［南宋］谢枋得著，熊飞等校注：《与杨石溪书》，《谢叠山全集校注》卷二，华东师范大学出版社，1994年版，第79页。

中唐时期发动古文运动的主要成员乃是北方士族中的一小部分成员。从社会阶层来看，这部分成员的数量较少，并且不都是当时政治文化的顶层精英。五代过后，士族烟消云散，新型的文化精英，变成由科举入仕的官员。这个阶层数量庞大，并且影响力巨大。古文运动在北宋的胜利，主要成员社会阶层的改变是重要背景。

二、从北方到南方：主要成员出身的地域之别

隋唐统一之后，各地区的文化存在着整合以及差别之间的张力。"统一的趋势无疑使地域之间的联系不断加强，主流文化又使各个文化区域不断整合，但因山川形变而形成的地域、传承已久的地域文化，因其本身的自然风貌、经济、政治、军事、文化地位，与帝国统治者的距离远近、感情亲疏等，人们对主流文化的接受与认同是否一致？"[1] 事实上，"以唐代而言，是否属于统一帝国，已大可商榷。就是统一时期，各地的方土风气，方言土语，区域发展的不平衡，以及缘此环境熏习而成长之人物，皆有其独特性，并不会因此而丧失地域特征。当世并没有一种广被一切地区的同一文化"。[2]

所以除社会阶层之外，地域之差是北宋古文运动区别于中唐的又一重要背景。在中唐古文运动的发起者之中，绝大多数人出身北方。北宋古文运动则不同，主要成员之中，南、北分布大致相当。古文运动是文学领域的一场文体改革运动。在唐代，北方士族出身的文人主张使用散文，南方出身的士人并没有广泛参与到这场运动中来，成为主要成员的只有皇甫湜一人。"唐代取得辉煌成就的两种文体——诗歌与古文，在其发展过程中也与地域文化有密切关系。"[3] 南北文体的差别，曾上升到政治层面的较量。南朝诗赋发达，四声齐备之后，对于诗赋艺术技巧的追求更臻于极致。唐代建立，标志着北方对南方的胜利。唐初史臣的史书书写，一个重要目的就是为本王朝寻求武力之外的政权合理性解释，一则标榜本朝君主的文治武功，二则论证南方统治失败的必然性。而在南北的对比中，南方明显文化先进，又突出表现在诗歌上。因此，史臣将批评的矛头瞄准了南朝诗歌。于是建立了这样一条论证

---

① 李浩：《唐代三大地域文学士族研究》，中华书局，2008 年版，第 25 页。
② 同上书，绪论第 7 页。
③ 同上书，第 57 页。

的路径：南朝诗歌的"淫丽"体现了统治者道德的败坏，而道德的滑落最终导致权力的腐化，一个道德败坏的统治者必然会使王朝走向灭亡。① 与南方韵文发展相比，散体古文在北方得到发展。魏晋南北朝时期，重要的学术著作几乎都出现在北方，诸如《水经注》《洛阳伽蓝记》《齐民要术》。中唐和北宋的古文运动，都是先由北方出身的文人发动，实为北方深厚古文历史传统的体现。

与中唐古文运动相比，北宋古文运动虽然同样是由北方文人率先发动，但是南方士人亦积极参与到这场运动中来。古文运动能够在北宋产生巨大影响力，南方士人做出了巨大贡献。欧阳修和苏轼先后担任文坛领袖，主张改革文风。苏洵、苏辙、王安石、曾巩和黄庭坚皆是散文名家，以实际的文学创作成就引领文风。唐宋散文八大家中，北宋散文的"六大家"皆出身南方。就这个层面而言，当时南方散文的成就高于北方。

为何在北宋产生了这样巨大的变化？南方文人并不以散文见长，却参与到北方人发动的文体改革中来。是什么原因促使南方出身的文人产生此种转变。考察北宋古文运动的发展史，南北文人共同推动的局面在北宋初期就已出现。柳开和王禹偁代表的"复古派"是主张文章复古的第一代人，围绕在两人周围"先后形成了两大作家群体，高锡、梁周翰、范杲、赵湘、张景、孙何、丁谓、罗处约、柴成务等，都是这一派的重要作家"。② 现考察数人出身地域如下：

1. 高锡，河中虞乡人，家世业儒。2. 梁周翰，郑州管城人，父为廷州马步军都校。3. 范杲，大名府宗城人，范质之侄。4. 赵湘，衢州西安人。5. 张景，江陵公安人，出身寒微。6. 孙何，蔡州汝阳人，父为荆门知军。7. 丁谓，苏州长洲人，先祖河北人，父为幕僚。8. 罗处约，益州华阳人，罗况之侄孙。9. 柴成务，曹州济阴人，出身官僚之庭。

---

① "作为'南方'的学习者与征服者，同样以华夏正统自居的北方王朝，如何利用传统的思想资源以调适'文明'与失败之间的落差，既关系于北方王朝的合法性论证，同样也关联着历史观的推演。当'文学'在南北互动中，已确立作为南方'文明'之标识的地位时，对于'文学'的批评，也随即成为历史理解的文学投影。"刘顺：《唐初史臣文论的南北朝批评及其对诗歌体式的要求》，《中华文史论丛》，2016 年第 3 期，第341—366 页。

② 杨庆存：《宋代散文研究》，人民文学出版社，2011 年版，第 103 页。

以上 9 人中，高锡、梁周翰、范杲、孙何、柴成务出身北方，赵湘、张景、丁谓、罗处约则出身南方，南北数量大致相当。再加上核心人物柳开、王禹偁皆是北方出身，北方人数量略多于南方。柳、王之后，继之而起的是以穆修为代表的"古文派"，其成员除尹源、尹洙、苏舜钦、苏舜元，还包含姚铉、石曼卿、李之才、祖无择、刘潜、李冠等人。据前文，尹源、尹洙兄弟，苏舜钦、苏舜元兄弟为北方出身。其他人地域考察如下：

1. 姚铉，庐州合肥人。2. 石曼卿，祖籍幽州，后迁居宋京宋城。3. 李之才，山东青社人，师从穆修。4. 祖无择，河南上蔡人，师从穆修。5. 刘潜，曹州定陶人。6. 李冠，齐州历城人。

在"古文派"主要成员中，只有姚铉出身安徽，是南方人，其余众人皆为北方人，以山东、河南为主。与"古文派"相对，此时北宋文坛正涤荡着以西昆派为核心的骈文创作风气，代表作家杨亿在当时被推为文坛领袖。①"宋初时，恰逢东南诸国已被宋政府收复，大批南方文士涌入朝廷，对北方文坛及文风产生强大冲击；再者，那一时期时和年丰，朝廷也需要粉饰太平的华丽文字。"② 西昆派以杨亿为核心，主要成员有刘筠、钱惟演、晏殊、李维、路振、刁衎、陈越等。与"古文派"成员地域分布北多南少不同，西昆派主要成员多数出身南方，只有刘筠和陈越为北方人。作为在中古时期崛起以文学见长的文化区，南方区域参与到北宋新王朝的文化建设之中，对以经学为业的北方文士产生冲击。此时期，西昆派所代表的骈文创作乃是文坛主流，在文坛影响力重大。与柳开、王禹偁时期相比，此时古文运动又集中至北方出身的文人群体之中，但在实际影响力方面，以南方人为主的西昆体高于以北方人为主的古文创作。自此，完成南北统一的北宋王朝，又重新面临着协调多区域文化发展和政治参与的命题。

南、北地域文化差异表现在多方面，诸如语言、文学、经学、艺术等。日本学者平田昌司从南北方语言演化的角度，分析北宋古文运动产生以及成功的原因。其表示："中唐以后，北方方言发生了若干音变（浊上归入、入声韵尾弱化、虞尤二韵相混等），而南方方言音系更接近依据《切韵》制定的科

---

① 周必大言"一代文章必有宗，唯名世者得其传。……再传为真宗，杨文公大年出焉"。
② 程民生：《宋代地域文化》，河南大学出版社，1997 年版，第 348 页。

举功令。在平仄、押韵方面，南北方言的方言条件很不相等，相对有利于南
人。"① 北宋建立之初，官方制定的韵书乃是《广韵》，而《广韵》的主要内
容基本继承《切韵》。因此在科举诗赋考试中，南北考生面临着语言条件上的
不平等，南人更占据优势。这种不平等并不利于北宋南、北统一，同时对北
方人而言，则更为严重。② "这些问题影响到北人的意识，从而推动了一些潜
在的文化发展：第一就是对进士科的考试内容进行改革，罢诗赋而重视策论；
第二就是革新文风，叙事排斥骈体而改用古文。"③ 如果继续以诗赋为重，南
北方在科举考试中将存在事实上的不平等，这导致更改科举考试的内容成为
必要。北宋几位君主都曾对科举制度进行调整，并且大致向北方倾斜。比如，
"除正式考试录取之外，宋真宗又亲自单独考试河北及京东青州、齐州等地贡
举人，录取进士 13 人，诸科 345 人"。④ 北宋科举科目改革的大方向是，诗赋
分量不断下降，策论比重上升。因此为了适应新的选官规则，南方文人在这
一场古文运动中并不能置身事外，反而要积极投身其中。

　　文学发展有其自身规律，文体改革需要一定的时间，因此宋初西昆体创
作仍能风行文坛。但是，古文运动持续推进，迨至欧阳修、苏轼先后主盟文
坛，发展至高峰。欧、苏古文派主要代表人物有欧阳修、曾巩、王安石、三
苏。除此之外尚有围绕在苏轼门下的黄庭坚、秦观、晁补之、张耒、陈师道、
李廌等人。此外，尚有以石介、孙复、胡瑗等太学学官为中心的"太学派"
群体，以张敦颐、张载、二程（程颐、程颢）为中心的"道学派"散文群
体。前文已对欧、苏等人做过考察，现对其他散文代表地域背景考察如下：

　　1. 秦观，江苏高邮人。2. 晁补之，济州巨野人。3. 张耒，原籍安徽亳
州，后迁居楚州。4. 陈师道，江苏彭城人，祖父、父亲皆为官僚。5. 李廌，
陕西华县人。6. 孙复，晋州平阳人。7. 胡瑗，陕西安定堡人。8. 程颐、程
颢，洛阳尹川人。9. 张载，凤翔郿县人。

　　此时期，以欧、苏为核心的古文创作群体中，南方出身居多数，但是苏
门六君子中，晁补之、陈师道、李廌是北方出身。太学派和道学派散文群体

---

① 平田昌司：《文化制度和汉语史》，北京大学出版社，2016 年版，第 38 页。
② "随着南北方的统一，地域差异的种种问题也随之出现了。宋政府对此高度重视，不断
　予以调整。"见程民生《宋代地域文化》，河南大学出版社，1997 年版，第 246 页。
③ 平田昌司：《文化制度和汉语史》，北京大学出版社，2016 年版，第 69 页。
④ 程民生：《宋代地域文化》，河南大学出版社，1997 年版，第 247 页。

则以北方人为主。在北宋古文运动的三个不同时段中，各阶段主要成员的地域背景存在差异，即南方人员所占比例不同。考察唐、宋古文运动的结果和主要成员的地域差别，二者之间存在联系。中唐古文运动缺乏南方地域背景，其在当时产生的影响力有限。而北宋古文运动初期，柳开、王禹偁群体和穆修"古文派"虽然产生了一定的影响，但是仍然未成为主流。最终是在欧阳修、苏轼父子、王安石、曾巩等南方出身的散文家努力之下，古文运动发展至高峰。换言之，古文运动最终的胜利，需要南方人员的参与与支持。由南、北双方共同推动，是北宋古文运动取得成功并产生深远影响的重要地域文化背景。

北方儒学传统深厚，南方文学传统深厚，而文与道的关系问题是古文运动的核心问题之一。陈植锷将北宋古文运动和儒学复兴的关系分为三个时期：合作时期、分裂时期和分立时期。① 在这三段时期中，导致古文运动和儒学复兴走向合作的重要原因之一是二者在"文化传承上均对韩愈的道统说表示认同"，即恢复道统是古文运动的思想内核。但是古文运动和儒学复兴的性质并不完全一致，前者乃是文学运动，后者属于思想运动。虽然在中国传统语境之中，思想对文学具有重大影响，但文学始终具有本身的特性。这也是导致古文运动和儒学复兴走向分裂的重要原因。庆历时期，"太学派"形成，该派在石介的领导之下，创作艰深晦涩的古文。嘉祐二年（1057），欧阳修知贡举，大力排斥此种风格的文章，将其黜落，此一事件成为古文运动和儒学复兴分裂的重要节点。"太学体"文风的产生，是在处理文道关系之时，过于强调"道"的结果。太学派的主要代表石介、孙复和胡瑗都是出身北方的道学家，再联系中唐古文运动的主要成员、宋初的柳开等北方出身的士人，不难发现北方文化重经学的特点。在文学领域中，如果任由此种特质深入发展，结果就是容易产生"太学体"这种艰深晦涩的古文。与此相对，南方地域文化中文学传统深厚，宋初文坛杨亿等人的西昆体骈文是其重要体现。但是，任由此种特质深入发展，文章的风格将极有可能发展成为片面展示技巧而不注重内容的辞藻堆砌之文。此两种风格的文章皆不是当时文学发展的健康之道，因此欧阳修等人一方面提倡古文以反对后者，另一方面又警惕过于重视"传道"而忽略文学语言和技巧的"太学体"。欧、苏等人古文写作的成功，

① 陈植锷：《北宋文化史述论》，中国社会科学出版社，1992年版，第397—428页。

实是融合了南北方文学优势，而又尽量避免两区域弊病的结果。

具体到南北地域而言，在古文运动中，南方地域文化的作用更加突出。欧阳修、苏轼父子、王安石、曾巩、黄庭坚等，皆能兼取南北方文化精髓，并且将其融汇至个人风格之中。与北方士人相比，南方出身的文人在文化上更具优势，因此以上几位北宋古文成就最为突出的散文家皆为南方出身。北宋时期，南方地区经济、文化获得巨大发展。包弼德对于北宋南北方地域之差有较为深刻的见解。① 其表示，南北方需要重视的问题并不相同。在北方，辽国、金国、西夏等强国盘踞在边境之外，出身北方的士人更加直面此种压力。这些国家的军事力量强于宋朝，他们的建立者分别是契丹、女真和党项族，皆是不同于汉民族的其他民族。在唐代，胡汉问题尚为国家内部问题，但至北宋，华夷问题成为外部问题。异族政权的崛起，"打破了唐以前汉族中国人关于天下、中国与四夷的传统观念和想象，有了实际的敌国意识与边界意识，有了关于'中国'有限的空间意识，形成了'多元国际系统'的观念。北宋时期'正统'理论的出现与张扬，正与这种情形有关"②。与北方不同，南方重点关注的是沿海地区以及海外贸易。人口的激增、高产水稻的引入、海外贸易的暴利使得南方将发展经济作为重点关注的问题。与北方相比，南方生产丰盈，国防压力更小，这使得南方经济水平高于北方。更为安稳的环境和富裕的经济条件，使得南方文化发展逐渐超过北方。五代南北方割据分裂，迨至北宋南北方重新完成了统一，这种南北融合"从政治上讲，是北方征服了南方；从文化上讲，是南方占领了北方"③。苏轼曰："河北、河东之士，初改声律，恐未甚工，然其经义文词，亦比他路未为拙，非独诗赋也。"（《乞诗赋经义各以分数取人将来只许诗赋兼经状》）苏轼全面衡量了南北方文化的差距，表明北方士人在文词、经义、声律等方面皆逊于南方。因此，南方出身的散文家成为推动古文运动的关键力量。这也从某种程度反映出从唐至北宋，文化重心发生了转移。在唐代，关中是全国的政治、文化中心，河朔仅次于关中，其中的河东、河北两道，尤其突出。迨至北宋，文

---

① 包弼德：《历史上的理学》，浙江大学出版社，2010 年版，第 9—20 页。
② 邓小南：《祖宗之法：北宋前期政治述略》，生活·读书·新知三联书店，2008 年版，第 104 页。
③ 陈植锷：《北宋文化史述论》，中国社会科学出版社，1992 年版，第 465 页。

化重心已经转移至东南四路。①

　　古文运动是贯穿唐宋文学的主要线索之一，亦是思想与文学互动的重要体现。北宋的古文运动则更进一步，与当时的科举改革息息相关。与唐古文运动相比，北宋古文运动兴起的社会阶层和地域文化背景具有如下特点：其一，主要成员的社会阶层从士族转变为官僚之家，不仅包括九品官员，亦包含下层官吏；其二，主要成员的地域出身不再局限于北方，南方士人亦广泛参与其中，并贡献重要力量。社会阶层的扩大，以及多元地域文化的参与是北宋古文运动取得巨大成就的重要背景。

第四节　唐、宋文化地域变迁之始终与古文运动

　　如果从南北地域而言，唐宋古文运动大体上经过先由北方士人发起，然后得到南北士人共同响应的过程。但如果只关注南、北地域的差异，则忽视了中国地域文化中的东、西差异。而事实上，之所以在唐以后，南、北地域文化差异被提及的频率远远大于东、西之差，一方面，从自然地理社会人文因素而言，中国地域文化中，南、北差异确实是最为显著的地域差异；另一方面则是北宋以来，传统意义上东、西地域因政治文化而形成的差异，已经不复存在，北方政治力量得到整合。自唐以来，因为地方文学士族不断进行的中央化进程，以及入宋以来关中的衰落，导致北宋时关中与山东文化地域概念不再被使用。而伴随着江南的崛起，南北之分成为此时期文化地域的首要界限。古文运动作为贯穿唐、宋的重要文学活动，其主要成员的地域文化背景鲜明体现了唐宋文化地域的转变。此种转变，对北宋古文运动最终取得胜利具有重要意义。

一、从"三分"到"二分"：唐、宋文学地域的转变

　　在陈弱水对唐代 18 位主要古文作家的统计之外，尚有一些参与古文运动

---

① 根据陈植锷的统计，在王安石变法之前，东南四路文化精英的总数已经是关中地区的8.2 倍，河朔地区的 5.65 倍。见陈植锷《北宋文化史述论稿》，中国社会科学出版社，1992 年版，第 468 页。

的作家，比如，与韩愈交好的诸人，"李翱、张籍、侯喜、侯云长、刘述古、韦群玉、沈杞、张弘、尉迟汾、李绅、张后余及皇甫湜"。① 其中，山东和关中出身的人仍占大多数。李翱和皇甫湜已在上表出现，余下众人中，籍贯可考者，侯喜出身于河北上谷、李绅出身于赵郡李氏、张后余出身于河北，皆属山东。韦群玉出身于京兆韦氏，尉迟汾乃代北虏姓，同属关中士族。

在北宋古文运动前后三代作家中，人物众多，此处选取以下较有代表性的 18 位。②

表 2-4-1　北宋古文运动代表作家的地域分布

作家	柳开	王禹偁	穆修	石介	范仲淹	尹洙	尹源	苏舜钦	梅尧臣
地域	河北大名	济州钜野	郓州汶阳	兖州奉符	苏州吴县	洛阳	洛阳	开封	安徽宣城
作家	宋祁	欧阳修	王安石	苏洵	苏轼	黄庭坚	苏辙	曾巩	李廌
地域	开封	江西永丰	江西临川	四川眉山	四川眉山	江西分宁	四川眉山	江西南丰	陕西华县

通过比较中唐和北宋古文运动的代表人物，显示出以下几个区别。其一，北宋出身南方的作家比例显著上升。中唐出身南方的作家仅有皇甫湜一人，迨至北宋，南北约各占一半。柳开、王禹偁、穆修、石介、范仲淹、尹洙、尹源、苏舜钦、宋祁是北方人，来自河北、山东和河南。梅尧臣、欧阳修、苏轼父子、曾巩、黄庭坚来自南方，主要集中于江西和四川。有一点值得注意，唐末五代是中国人口大规模南迁的重要时期，许多北方家族为躲避战乱迁移到南方。但是欧阳修、苏轼父子、曾巩和黄庭坚等人家族皆非唐末南迁的北方家族。只有王安石家族乃是从太原迁移到江西临川，但至王安石之时至少已历经五代。因此，以上诸族，皆在南方地区繁衍发展，是地道的南方人。其二，北宋出身关中的古文作家直线下降，留有文名的仅表中身为"苏门六君子"之一的李廌。③ 表格中列举的应皆是三代散文作家中的代表性人

---

① 刘顺：《中唐文儒的思想与文学》，中国社会科学出版社，2013 年版，第 70 页。

② 此处主要目的为发现地域规律，部分作家未纳入统计，也并不影响最终结果。

③ 除表格中列举的作家外，北宋古文运动作家尚有高锡、梁周翰、范杲、赵湘、张景、孙何、丁谓、罗处约、柴成务、姚铉、石曼卿、李之才、祖无择、刘潜、李冠、秦观、晁补之、张耒、陈师道等人，以上众人皆非关中出身。

物，既然三苏在列，"苏门六君子"本不在其中。但是李鷹身为仅存的关中作家，故而将其列出，以方便后文的对比分析。其三，对于唐代古文作家出身地域划分概念在北宋很少出现。关中、山东和江南是唐代的三大文学地域，北宋并未延续。是何种原因导致了唐宋文学地域划分的转变，该种转变对中国古代文化重心的转移意味着什么，以及古文运动的结果是否受其影响，则是本研究重点观照的问题。

在中唐古文运动代表的地域考察中，陈弱水着重强调北方士族的背景，而对于山东和关中并未做更进一步的比较。在唐代，代北虏姓以及河东著姓在政治上亦属关陇集团。因此在划分文学区域时，将以上两者也划入关中文学地域中。由此，中唐古文作家的出身主要是关中和山东两大文学区域。陈寅恪言："唐代统治阶级在关中本位政策未破坏前，除了关陇集团，还有一个与之相抗衡的山东士族。这是北朝以来的传统统治阶级，外廷士大夫多出于此类。"① 结合唐代政治、文化情形，如果能在衡量南、北之差时兼顾东、西划分，对于考察古文运动由中唐至北宋的发展变化，可能更加全面。

如果将文学纳入文化之中加以考量，那么其南北之别与东西之差，皆是对中国文化地理差别的展现。李浩认为："或以为隋唐以来既有南方的发展和南北的区分，那么东西之分就再也没有什么意义了。这其实是一个绝大的误解。"② 关中、山东和江南是唐代三大文化区域。文化地域的划分在隋唐之前就已经产生，《史记·货殖列传》中，司马迁将全国的经济区域分为山西、山东、江南和龙门碣石以北四部分。卢云进一步发现，"西汉时期各类知识分子的分布，基本限于司马迁所言的山东地区、山西一部和东南一隅。而在龙门、碣石一线以北地区以及除东南一隅之外的广大江南地区，则寥若晨星，几成空白"。③ 这意味着司马迁对于四大区域的划分，不仅指经济意义，亦兼具文化意义。唐朝的官修史书中，《北史·儒林传》《隋书·文学传》在划分文学区域时，皆是江左、河洛（河朔）和西都（关右）三分。在唐人心目中，不仅南北差异显著，东西差异也非常明显。"北方文化的地域主要是一种东西向的分异，这一点在唐人心目中异常清楚，其中最明显的对立是关中和山东。

---

① 陈寅恪：《唐代政治史述论稿》，上海古籍出版社，1997年版，第13页。
② 李浩：《唐代三大地域文学士族研究》，中华书局，2008年版，第45页。
③ 卢云：《汉晋文化地理》，陕西人民教育出版社，1991年版，第7页。

这一风气源自周隋，但入唐后绵延不替。"① 自司马迁提出文化区域划分标准以来，直到隋唐，依然继续使用。关中、山东两地文化各异，两地互不认同。隋韦云起曾云："今朝廷内多山东人，而自作门户，更相剡荐，附下罔上，共为朋党。"②

唐代关陇集团与山东士族的互相抗衡，使得分属两个阵营的士人并不互相认同，对抗剧烈之时，发展为牛李党争。③ 两党的斗争主要表现在政治层面，但当时一批文人均或主动、或被动地卷入党争，例如，李绅、元稹、白居易、杜牧、李商隐等。其中李绅出身于山东士族，与李德裕亲近。元稹出身于洛阳元氏，白居易出身于太原白氏，为胡姓氏族，杜牧出身于京兆杜氏，此3人均属关中士族。3人之中，白居易无意参与党争，但是仍被李党猜疑。杜牧曾为牛僧孺幕府掌书记，亦受到李德裕打压。元稹情况比较复杂，学界目前存有争议，陈寅恪推定其更亲近牛党。④ 李商隐自称出身于陇西李氏，属于山东士族，其在两党夹缝中生存，郁郁而终。从以上数位文人与两党的关系判断，地域出身对其影响至关重要。李党多属于山东士族，牛党成员多为关中士族，因此李绅与李党具有密切关系。白居易因出身于关中士族，尽管不参与党争，但仍然被贴上牛党标签。由此，在当时唐人的心目中，东西文化地域的区分清晰存在。在中唐古文运动的代表作家中，独孤及、元结、梁肃、吕温和柳宗元均属于关中士族，数量略少于山东士族，但是柳宗元是与韩愈齐名的古文大家，独孤及、元结、梁肃亦是名家。关中士族作家群体在中唐古文运动中占有重要分量。在以韩、柳为中心的第三代古文家中，韩愈的追随者中山东士人占多数，如李翱、侯喜、李绅、张后余等。柳宗元则与吕温、刘禹锡往来密切，皆是关中士族。尽管韩柳以及其他古文家互有来往，打破了东西地域的界限，但是他们最为核心、密切的关系圈仍是跟本地域的士人结合。他们身上体现了唐以来，关中和山东两地域，既分立又逐渐融合

---

① 张伟然：《唐人心目中的文化区域及地理意象》，见李孝聪主编《唐代地域结构与运作空间》，上海辞书出版社，2003年版，第336页。

② ［后晋］刘昫等：《旧唐书》，中华书局，1975年版，第2631页。

③ 李浩：《唐代关中士族与文学》，中国社会科学出版社，2003年版，第148—164页。

④ 对于李绅、元稹、白居易、杜牧与牛李党的关系及其所属文学地域分别参照胡可先：《中唐政治与文学：以永贞革新为研究中心》，安徽大学出版社，2000年版，第127—137页。李浩：《唐代三大地域文学士族研究》，中华书局，2008年版，第93—98页。

的趋势。作为自北朝就分立的两大文学地域，山东和关中一东一西，对立分明。但是随着地方士族的中央化，这种分立又不断融合。① 因此，古文运动作家的地域背景以及相互间的来往互动，体现了唐代东西文学地域既分立又融合的趋势。

由上，在唐代，关中士族和山东士族具有文化地理意义上的东、西之差，其次与江南相比，三者产生南、北之别。除了皇甫湜，出身于江南文学地域的作家并未广泛参与古文运动。三大区域的文学各有鲜明特征，"关中区之武力、山东区之经术与江南区之文学，分别形成了尚力气、崇义理与慕情韵三种风格，这三种特征在各个区域中皆有所偏重，人口之迁徙流动使其特征有所弱化，但并未真正消弭这些特征"。②

北宋古文运动代表作家的出身地域发生了重要转变。首先，江南作家占据半壁江山。其次，对于作家地域，唐代三大地域的划分似乎并未继续使用。这一地域划分的转变，在宋人心目中十分清晰，欧阳修言："臣所谓偶见一端者，盖言事之人但见每次科场东南进士得多，而西北进士得少，故欲改法，使多取西北进士尔。殊不知天下至广，四方风俗异宜，而人性各有利钝。东南之俗好文，故而进士多而经学少；西北之人尚质，故而进士少而明经多。"③ 欧阳修在讨论全国士子地域区别时，使用了"西北"与"东南"对举，并总结两地文化特点。北宋通常将陕西路、河北路和河东路合称为"西北三路"。富弼曰："近年数榜以来，放及第者，如河北、河东、陕西此三路之人，所得绝少。"④ 苏轼亦云："惟河北、河东之士，初改声律，恐未甚工，然其经义文词，亦比他路未为拙，非独诗赋也。"⑤ 由于陕西路、河北路和河东路处于国防边界，文化水平又接近。在北宋士人心目中，这三个地域是一体的。如果对比唐代的三大地域划分，河北路应属于山东，陕西路、河东路属于关中。由此看来，在北宋不仅山东、关中两个地域名称不再使用，其所

---

① 关于东西地域文化的融合，详见后文分析。

② 李浩：《唐代三大地域文学士族研究》，中华书局，2008 年版，第 114 页。

③ ［北宋］欧阳修：《论逐路取人札子》，欧阳修撰，李逸安点校《欧阳修全集》，中华书局，2002 年版，第 1716 页。

④ 吴湘洲主编，黄淮、杨士奇等编纂：《历代名臣奏议》，台湾学生书局，1964 年版，第 2165 页。

⑤ ［北宋］苏轼：《乞诗赋经义各以分数取人将来只许诗赋兼经状》，《苏轼文集》，中华书局，1986 年版，第 844—845 页。

分别指代的文化地域亦解体，被重新划分。陆游虽为南宋人，但对于地域概念的使用应与北宋差别不大，陆游云："臣伏闻天圣以前，选用人才，多取北人，寇准持之尤力，故南方士大夫沉抑者多。仁宗皇帝照知其弊，公听并观，兼收博采，无南北之异，于是范仲淹起于吴，欧阳修起于楚，蔡襄起于闽，杜衍起于会稽，余靖起于岭南，皆为一时名臣，号称圣宋得人之盛。及绍兴、崇宁间，取岭南人更多，而北方士大夫复有沉抑之叹。"陈瓘独见其弊，昌言于朝曰："重南轻北，分裂有萌。……欲圣慈命大臣近臣各举赵、魏、齐、鲁、秦、晋之遗才，以渐试用，选拔其尤者而任之。"① 其向皇帝建议，选用"西北士大夫"。陆游对于"西北"概念的指示，乃是赵、魏、齐、鲁、秦、晋，显然是将整个北方包含在内。按照唐代关中、关东的地域划分，赵、魏、齐、鲁属于山东文化地域，秦、晋属于关中文化地域，陆游不再进行关中和山东的区分，统一称北方。

谭其骧在分析隋、唐和北宋的文化地域差异时，分别以《隋书·地理志》《通典·州郡典》《宋史·地理志》作为主要参考。《隋书·地理志》和《通典·州郡典》皆按九州编次，谭氏再将兖、徐、青、豫、冀归类，并说明"以上五州是黄河下游两岸即所谓关东地区"。② 雍州诸郡属于关西，还有江南的梁州、荆州和扬州，谭氏将隋唐全国的地域大致按照关中、山东和江南划分。《宋史·地理志》不再按九州编次，而是按路编次。谭氏将十二路分成中原诸路和南方诸路，③ 不再按照关中、山东和江南划分。谭氏对于隋唐和宋代地域的区别划分，符合唐人和宋人对本朝文化地域的认知。

二、统称北方：宋代北方关中、山东二分地域概念的瓦解

唐代关中、山东和江南三足鼎立的文化地域，是一种兼顾东西和南北的划分方法。北宋不再使用山东和关中的概念，或统称为北方，或按道划分。这意味着北宋对于文化地域不再着重东西地理意义上的差别，而是更加注重南北差别。是何种因素导致此种转变呢？首先，在唐代，山东与关中是因文化、政治和社会差异而形成。以崤山为界，东西互不相属，关中士族作为统

---

① ［南宋］陆游著，钱忠联校注：《渭南文集校注》，浙江教育出版社，2011 年版，第 79 页。
② 谭其骧：《中国文化的时代差异和地区差异》，《长水粹编》，河北教育出版社，2000 年版，第 376 页。
③ 同上书，第 379 页。

治集团政治地位突出，山东士族作为士族顶层，社会地位崇高。二者虽在不同的阶段互有消长，但能够长期保持各自独立的局面。欲打破东西分立的局面，从可能性角度分析，途径主要有两种。其一，两地域经济、政治、文化水平拉开较大差距，其中一方衰落。章潢《论东南古今盛衰》云："而又汉魏以还，天下有变，常首难于西北，衣冠转而南渡，故西北耗而东南益盛；施于隋唐宋朝，风教滋美，端与中原无异，而民物丰夥，又复过之。故知今之东南，非昔之东南，昔之东南不能当一路，而今之东南乃过于昔之中原，又岂可一概论哉！"① 章潢认为导致地域转变的原因是"西北耗而东南益盛"，即北方衰落而南方崛起，此种转变的时期发生在"隋唐宋朝"。如果对应唐代三大文学地域，所谓"西北耗"具体指代关中和山东的哪一个，章潢并未说明。

陈正祥认为，中国文化中心的历史迁移路径总体上是从西北向东南转移。② 而唐、宋时期正是转移的关键期，这种转移不仅指南、北地理区域，东、西地理区域亦在其中。"中国文化中心的迁移，也像秦汉以来的政治和经济中心一样，先做东西向的搬移，即从长安向洛阳、开封移动。"③ 在唐代，长安和洛阳既是首都，又分别是关中和山东的文化中心。陈氏言唐、宋时期文化中心从长安向洛阳的转移，即意味着长安的衰落，进一步讲则是关中的衰落。

人是文化传播的基本媒介，唐宋时期，文化地域发生重大变动，与人口的迁移流动关系密切。文化精英的数量是衡量某一地域文化发展水平的重要标准。安史之乱是古代衣冠南渡的第二个重要时期，一直到唐末五代，大量北方人口为躲避战乱迁移到南方地区，其中包含大量文化精英。而就迁出地区而言，显然关中文化地域人才流失更为严重。到北宋时期，经过数代繁衍发展，南迁的人口已经适应南方的水土，并且参与到南方地区的文化建设中。程民生在比较唐和北宋史传人物各地域分布时，曾做具体的数据统计。结果显示，在唐代，大致相当于关中文化地域的关内、陇右和河东三道的人才占全国的41.5%，而山东地域的河南和河北两道的人才占全国的43%，两地域

---

①　[明] 章潢：《论东南古今盛衰》，《图书编》卷三十四，上海古籍出版社，1992年版，第683页。

②　陈正祥：《中国文化地理》，生活·读书·新知三联书店，1983年版，第1—22页。

③　同上书，第18页。

人才数量接近。北宋时期，关内、陇右和河东三道的数据骤降至 13.5%，而河南、河北两道数据为 42.2%，与唐代持平。① 相对于山东，关中地域的人才比例在唐、北宋两朝差距悬殊，在北宋显然已不能与山东保持同一水平。肖华中亦对宋代人才做过统计，将人才分为三个层次，"有史可考的知州一级及其以上的文武官吏""名见经传的进士""史书上有著作名称或发明创造可考者"。其将人才按照路一级行政区域进行统计，把关中的永兴军路和秦凤路作为一区。统计结果显示，二路的人才仅占全国的 3%。如果只统计北宋，二路人才约占全国的 4%，是江北区（约相当于山东）的 1/10，是江南区的 7/100。② 以上数据说明，北宋时期关中与山东地域文化差距悬殊，与江南差距更加悬殊。除了关中外，在唐代政治和文化属于关陇集团的河东地区亦在北宋衰落，"河东人物，自古冠人下，莫尊于舜，莫高于伯夷、叔齐、介之推，莫帮于酉喊奚，莫辩于司马迁，莫贤于王通，莫富于猗顿，莫盛于唐，莫衰于今"。③ 至此，关中文化所包含的关中和河东地域在北宋衰落，不复唐代辉煌。从中唐至北宋，古文运动的作家群体中，关中作家从主力之一变为零星一点。从这一趋势中，亦可窥见关中文学历经唐宋的盛衰转变。

李浩表示，陈寅恪"并没有对关中和关陇做严格的地理学界定"，"但以诸家大致认同的怀朔、武川、抚冥、柔玄、怀荒、沃野等镇来说，均在今山西、内蒙古、河北一带，可见陈氏关中或关陇并非严格意义的地理概念，而是一个政治文化概念，其指义大致为除山东旧族外北方文化的代名词"。④ 就政治文化意义上的关中和山东，是相互对立又相互依存的一对概念，一方的存在以另一方的存在为前提。故而到北宋，政治文化意义上的关中地域概念瓦解，山东地域也随之不复存在。宋人统称关中和山东为北方，并且按道对各地域命名。至此，自北朝以来历经隋唐的东西文化分野，以西部衰落而告终。北宋定都开封，以洛阳为陪都，政治中心由唐代的关中移向山东。

使东西文化地域之分瓦解的第二个重要原因，是关中和山东持续进行的文化和人才交融。在唐代，地方文学士族并非久居地方，安史之乱前，地方

① 程民生：《宋代地域文化》，河南大学出版社，1997 年版，第 153 页。
② 肖华忠：《宋代人才的地域分布及规律》，《中国历史地理论丛》，1993 年第 3 期。本文数据参照肖华忠文中"表五宋代人才地区分布变化趋势"计算。
③ 张舜民：《四闲堂碑阴记》，《画墁集附遗》，中华书局，1985 年版，第 48 页。
④ 李浩：《唐代关中士族与文学》，中国社会科学出版社，2003 年版，第 14—15 页。

家族一直持续着中央化的进程。关中和山东文化的区别，自古有之。山东地区处于黄河下游，一直是文化昌盛之地。隋唐定都西安，关中占据政治优势。随着唐代科举选官制度的确立，山东的地方豪族政治特权不断丧失。士族必须保证家族子弟参与科举考试，并且成功，才能继续维持家族地位。而"两京、同州、华州等因地利而为举子推重"。① 举子在两京及其附近居住，首先应考方便，不必长途跋涉。其次，两京机会更多。唐代流行"行卷风气"，四方举子聚集在京师，干谒请托，以求成功。因此在唐代，地方士族开始了漫长的中央化过程，白居易《唐故虢州刺史赠礼部尚书崔公墓志铭》云："自天宝以还，山东士人皆改葬两京，利于便近。"② 毛汉光对唐代士族的 10 姓 13 家著房著支做过统计，其中绝大多数属于山东高门，其次是河东著姓。③ 通过对以上士族的籍贯和迁徙记录的对比，毛氏发现"至唐代这些大士族之主要人物走向京兆—河南这条线上，地方人物设籍或归葬于两京地区，表明其重心已经迁移至中央而疏离了原籍"。④ 如果为了保证科举成功，地方家族主动迁往两京及其附近的州郡。那么作为考中进士做官的士人，宦海的沉浮使其被动放弃家乡的产业。这与唐代官员的任期及相关制度具有密切关系。"唐人需要到京城考科举参加铨选，每任官的任期又短，再加上贬官等，他们往往在三四十岁，还处于基层文官的阶段时，就已经跑遍了大江南北，积累了非常丰富的宦游经历。"⑤ 中唐古文运动作家多有长期在外为官的经历，安史之乱后，基层文官到各幕府寻求机会已经成为重要的任职方式。李翱还曾详细记录了其前往岭南宦游的行程。⑥ 而士人的宦游生涯使得他们不能在一个地方长久经营。经年漂泊在外，地方士族出身的士人不得不放弃故里产业，并依靠俸禄生活。这导致地方士人丧失在地方上的影响力和自主性，更加依赖国家。

以山东士族为代表的地方旧族面对新的选官制度做出调整，从地方迁移

① 李浩：《唐代三大地域文学士族研究》，中华书局，2008 年版，第 120 页。
② ［唐］白居易著，朱金城笺校：《白居易笺校》，上海古籍出版社，1988 年版，第 3749 页。
③ 毛汉光：《从士族籍贯迁移看唐代士族之中央化》，《中国中古社会史论》，上海书店出版社，2002 年版，第 249 页。
④ 同上书，第 330 页。
⑤ 赖瑞禾：《唐代基层文官》，联经出版事业公司，2004 年版，第 416 页。
⑥ ［唐］李翱：《来南录》，《全唐文》卷六三八，中华书局，1983 年版，第 6442—6443 页。

到两京，让家族子弟参加科举考试。他们的迁入，为关中和山东文化的融合交流提供了契机。因科举而引发的人口迁移流动，虽然在规模上无法与大型的人口迁移相类比，但是因迁移主体阶层是士族，即当时的社会文化精英，所以同样对于地域文化的变迁起到重要影响。在古文运动作家群中，一个很重要的关系网络是进士同年。萧颖士和李华是同年登榜，同年者尚有颜真卿、贾至、柳芳等人。此外，韩愈和李绅亦是同年登第，柳宗元和刘禹锡同在贞元八年（792）登第。进士同年是士人政治生涯中非常重要的人脉关系。更进一步讲，这种经由科举形成的社交网络，能够打破东西文化地域的隔膜。在中唐前后三代古文作家中，李华、萧颖士是第一代核心，李华的弟子独孤及和独孤及的弟子梁肃是继之而起的第二代核心，梁肃的弟子韩愈是第三代核心。这前后三代人物关系密切，出身关中和山东者皆有。科举制度以及官员的宦游使得唐代文学士族的地方性不断减弱，来自各地家族的子弟在两京及附近州郡学习、干谒、科考，他们和关中本土士人建立起深厚的关系，进而使得关中和山东文化地域限制被打破。以山东士族为主的地方士族迁入两京附近，意味着山东地域文化与关中地域文化的融合，同样也意味着以地方士族为代表的各地域文化独立性的逐渐消减。

三、从长安到江南：文化重心南移与北宋科举改革在古文运动的意义

进入北宋，对于文化意义上的东西之差不再刻意强调，而南、北地域之别成为区分中国文化地域的首要标准。这种转化并非在朝夕之间形成，而是经过长期的酝酿发展。南方的开发晚于北方，东晋南渡，偏安江南，南方文化开始迅速发展。南北朝时，南方文学已经超越北方。文学南强北弱的形势，直至隋唐建立都未产生改变。以至于在唐初，文学沦为史臣批评南朝的重要凭据。"作为'南方'的学习者与征服者，同样以华夏正统自居的北方王朝，如何利用传统的思想资源以调适'文明'与失败之间的落差，既关系于北方王朝的合法性论证，同样也关联着历史观的推演。当'文学'在南北互动中，已确立作为南方'文明'之标识的地位时，对于'文学'的批评，也随即成为历史理解的文学投影。"①

---

① 刘顺：《唐初史臣文论的南北朝批评及其对诗歌体式的要求》，《中华文史论丛》，2016年第3期，第349页。

隋唐建立，政治中心和文化中心转移至关中。关中士族占据政治地位之"贵"，山东旧族则享有社会地位之"清"。与二者相比，江南士族在政治和社会地位上并不占优势，但是传统的文学优势得以保持，尤其诗赋韵文极为擅长。由于政治中心和文化中心在关中，江南文士纷纷北上，背井离乡，到两京寻求机会。安史之乱后，南人北上的局面发生改变，南方迎来发展的契机。虽然在唐代南方总体上没有超越北方，但安史之乱是南北方重心转移的转折点，自此，北方的发展逐渐被南方超越。北方历经战乱，关中和山东生产破坏，人口锐减，一片萧条。① 南方地区成为国家税收的主要来源。对于唐代南北方关系，傅衣凌总结道："李唐的中央政府是建立在北方的军事豪族与南方的经济豪族的联合政权上面的。……或许有人怀疑这两大势力集团似有偏重，而不十分均衡。不过我们要明白北方这大块区域是中国的历史的、经典的军事力量的发轫地，而江南之在当时尚是新兴的区域，那是不足为异的。"②

江南在当时作为经济新区，文化上仍以北方为重。但是安史之乱对北方士族造成了巨大冲击。入唐以来，由于科举和宦游等制度导致了地方士族不断脱离地方，独立性丧失，只能依赖国家的俸禄。战乱时，北方士族再次被迫迁移至南方。在中唐的古文作家中，尽管以山东和关中为核心的北方人占主流，但是多位作家由于宦游，皆有在南方生活的经历，诸如韩愈、李翱、刘禹锡等。还有直接举家搬迁至南方的作家，柳宗元父辈在安史之乱时就搬迁至吴地。梁肃、崔翰和萧颖士等古文家亦在乱时转移至南方。唐末五代，大批士族再次南迁，这两次迁移极大地推动了南方文化的发展，并为北宋时期政治中心和文化中心分居南北方的格局奠定了基础。在北宋古文运动作家中，南方本土作家显示出巨大优势，深层背景乃是南方文化的强盛。

北宋建立之初，君臣亦采取与初唐相同的模式论证北方政权的合法性，

---

① "长安所在的京兆府，唐玄宗开元年间住 36 万户，而经安史之乱、藩镇割据的浩劫，至唐宪宗元和年间，只有 24 万户。王畿尚且如此，关东人口减少就更加严重了。"参见王会昌《中国文化地理》，华中师范大学出版社，1992 年版，第 120 页。

② 傅衣凌：《唐代宰相地域分布与进士制之"相关"的研究》，《社会科学杂志》，1945 年第 4 期。

即批评南方文化。活跃在北宋初政坛的官员几乎全是北方人，以河北、河南为主。① 太祖时期的翰林学士多由五代入宋，主要成员有陶穀、窦俨、窦仪、王着、李昉、扈蒙、欧阳炯、卢多逊、张澹。其中欧阳炯为益州人，其余皆为北方人。可见，由于以北方政治统一南方的形式而建立，北宋初期南方尽管文化发达，但是在政坛和文坛并未得到相匹配的地位。国家选官制度仍延续唐代的科举取士，并且名额大为拓展。南方人依靠出众的文学能力在科举中占据有利地位，进而将文化优势转化为政治优势。此时，北方地区尤其是西北三路的进士比例不断下降，与南方差距过于悬殊。如何在选官考试中兼顾南北，成为北宋君臣的重要课题。自北宋王权建立起，主张改革科举的声音此起彼伏。古文运动在北宋的胜利与科举改革具有密切联系。而科举改革的原因复杂多面，文化地域因素是不可忽视的背景之一。在唐代三大地域模式中，关中、山东和江南发展相对平衡，尽管存在差距，但是总体控制在合理的范围之内。科举政策中文化地域背景并不是关键影响因素，但是北宋的文化地域中，西北与东南差距太过悬殊，科举改革势在必行。② 宋神宗曾多次担忧西北科考，《宋史·选举志》曰："神宗笃意经学，深悯贡举之弊，且以西北人才多不在选，遂议更法。"③ 一方面，北宋调整南北进士的名额，尽量向西北倾斜，比如，咸平三年（1000）、咸平四年（1001）、景德二年（1005）都曾针对河北举子举行单独考试或者免去解试。另一方面，针对科举考试本身进行调整。天圣年间、庆历年间和熙宁年间前后共进行了三次改革，大致方向是重议论先于声律，以义理代替记诵，其中前者乃指进士科，后者指明经。

进士科由于地位紧要，是科举改革的重心所在。进士科改革主要针对策论和诗赋的比重以及考试的先后次序。调整的方向是诗赋的比重不断下调，策论的比重不断上升。欧阳修言："东南之俗好文，故而进士多而经学少；西

---

① 宋初的显要官员中，范质、赵普、吕余庆、扈蒙、窦俨、窦仪等是河北人，魏仁浦、薛居正、沈义伦、李昉等是河南人。

② "熙宁元年以前北宋所取进士……而东南四路有 628 人，是关中的 11.4 倍，河朔的 7.4 倍。到北宋后期，南北、东西之间的差距就拉得更大，取进士数的比率分别是东南：关中为 67.4：1，东南：河北为 28：1。"参见陈植锷《北宋文化史述论》，中国社会科学出版社，1992 年版，第 468 页。

③ ［元］脱脱等：《宋史》，中华书局，1977 年版，第 3616 页。

北之人尚质，故而进士少而明经多。"南方地域文学发达，诗赋尤盛，如果进士科持续以诗赋为重，登第者南北比例失调的现象将更为严重。所以，为了平衡南北差距，照顾文化落后的西北三路，进士科考试的重心从诗赋变为策论。在科举制度中，散文成为比诗赋更加重要的文体。

北宋的科举改革除进士科外，明经（诸科）也不断进行调整。熙宁间进一步废诗赋、帖、墨，将明经诸科的名额加入进士之中。此种改革倾向，从地域原因考察主要有二。其一，进士科在科举中地位最重，自唐代开始进士及第者就更容易进入高层文官系统，而其他科机会更少。而进士科考试中，东南地区的举子更占优势。与进士科成绩相比，西北举子明经科表现相对较好。合并进士科和明经科，并且以策论代替诗赋，亦是出于平衡地域文化差距的考量。让西北举子获取更多进士科登第的机会，进而在朝廷官僚体系西北人口比例上升，避免出现南方出身官员比例过高的情况。其二，废除帖经、墨义，改为大义，目的是"谓变学究为秀才"，即引导改变北方的学风。北方举子偏于记诵，是学究而不是秀才。因此，此项改革对北方尤其西北举子并无实质的作用，反而继续维持在科举中的劣势。苏轼言："河北、河东之士，初改声律，恐未甚工，然其经义文词，亦比他路未为拙，非独诗赋也。"①

对文体而言，科举改革中用策论取代诗赋，将墨义改为大义，皆是对散文文体的提倡。因此，科举改革极大地推动了古文运动的发展。具体到地域而言，南方文化的强势崛起对北宋古文运动产生极大影响。古文运动能够在北宋取得胜利，南方士人做出了巨大贡献。欧阳修和苏轼先后担任文坛领袖，主张改革文风。苏洵、苏辙、王安石、曾巩和黄庭坚皆是散文名家，以实际的文学创作成就引领文风。唐宋散文八大家中，北宋散文的"六大家"皆出身南方。就这个层面而言，当时南方散文的成就其实高于北方。

中唐和北宋两场古文运动，其主要成员的地域背景差异显著。前者以北方人为主，并且分为山东、关中两大文学地域；后者则南、北相当，不再做东西区分，且南方地域贡献突出。两场运动的地域背景之异，正是唐宋时期文化重心南移和文化地域划分转变的缩影。在中唐古文运动中，主要成员的文化地域背景符合唐代地域三分的情形。但这场运动的高潮发生在安史之乱

---

① ［北宋］苏轼：《乞诗赋经义各以分数取人将来只许诗赋兼经状》，《苏轼文集》，中华书局，1986年版，第844—845页。

以后，故而已经透露出文化地域转变的端倪。比如，因地方士族的中央化导致的关中、山东文化融合，古文运动的成员交往已经远远打破地域界限。再如，相当数量出身北方的成员，最终因避祸定居南方，促进了南方文化的发展，进而推动文化重心的南移。迨至北宋，由于东南和西北文化水平差距悬殊，地域背景成为推动科举改革的一大动力。为了平衡南北差距，科考中散文最终压倒诗赋韵文。文学地域因素遂成为促进古文运动成功的重要原因。除文化水平差距之外，由于北方方言的若干音变，导致了南北方语言条件不对等，是科举中罢诗赋兴散文的另一原因。就具体地域而言，与中唐缺乏南方背景不同，北宋南方成员大量参与古文运动，成为主要领导力量。南、北的共同推动，使得北宋古文运动地域背景更加广阔，并取得最终胜利。

第三章 地域与商业流动：明代江南士、商区域 互动与文学商品化

明代以来，人口迁移流动出现了新的现象，因工商业而自发迁移流动的人口增多。《中国移民史》言："明代的工商业者人口众多，分布广泛，构成明代移民的一个重要组成部分。"① 其背后的原因，是中晚明以来全国部分地区商品经济高度繁荣。以江南地区最具代表性：

> 吴中素号繁华，自张氏之据，天兵所临，虽不被屠戮，人民迁徙实三都、戍远方者相继，至营籍亦隶教坊。邑里潇然，生计鲜薄，过者增感。正统、天顺间，余尝入城，咸谓稍复其旧，然犹未盛也。迨成化间，余恒三四年一入，则见其迥若异境，以至于今，愈益繁盛。闾檐辐辏，万瓦甃鳞，城隅壕股，亭馆布列，略无隙地。舆马从盖，壶觞罍盒，交驰于通衢。水巷中，光彩耀目，游山之舫，载妓之舟，鱼贯于绿波朱阁之间，丝竹讴舞与市声相杂。凡上供锦绮、文具、花果、珍羞奇异之物，岁有所增，若刻丝累漆之属，自浙宋以来，其艺久废，今皆精妙，人性益巧而物产益多。至于人才辈出，尤为冠绝。②

吴中是江南最早开发的地区之一，一直以繁华著称。经历了明初的萧条，自成化以来，吴中又恢复了繁荣，甚至更胜于前。王锜目睹了吴中地区从萧条到繁华的过程，而吴中的繁华，又通过其源源不断地对"物"的描写得以体现，即"奇异之物"。王氏极力展现吴中地区"物"的奇观，屋舍亭台、

---

① 曹树基著：《中国移民史》第5卷，福建人民出版社，1997年版，第413页。
② ［明］王锜：《寓圃杂记》卷五，"吴中近年之盛"条，明抄本。

车马辚辚、珍馐佳肴、游船画舫、古玩文房等，令人目不暇接。人们对于商品的依赖程度增加，除去盐、铁等特殊商品外，衣服、粮食、鞋袜等用品也在市场购买，不再自己生产。嘉靖末年，吕讷曰："当时人皆食力，市廛之民，布在田野，妇织男耕，儿女辈亦携竹筐拾路遗、挑野菜。而今人皆食人，田野之民，聚在市廛，奔竞无赖，张拳鼓舌，诡遇博货，诮胼胝为愚矣。"① 大量农村的劳动力涌入城市，这部分人口由原来的自己生产生活必需品，转为从事商业或者服务业，市民阶层迅速壮大。明代江南地区城镇密布，人口大幅度增加，多数由外地或者本地域内的农村迁入。

嘉靖、万历以来，人口因工商业产生颇具规模的迁移和流动，这种自发性的迁移流动，主要以经济和市场为导向。而商业繁荣、人口稠密的大城市成为迁移流动人口的重要目标。这种以市场为导向的点状迁移，使本就人口可观的中大型城市的人口进一步增加，诸如金陵、杭州、苏州等地人口一度超过两百万，成为特大型城市。在众多迁入的人口中，商人阶层对于活跃经济，推动商业贸易和地区之间的沟通发挥着重要作用。在明代以前，商人在某地定居的现象比较少，大多以四地游走的方式进行商业活动，但是进入明代中晚期，商人在某地定居经营的方式较为普遍，而在商业发达的地域，更存在商人群聚的商帮。② 商人本来是四民中流动性最强的一个阶层，而明代中晚期商人落迁一地，长时间停留，成为该地域的常住人口，这意味着商人成为市民阶层的稳定成员。康熙《徽州府志》卷二《风俗》载徽商落迁各地的情形："徽之富商，尽家于仪扬、苏松、淮安、芜湖、杭州诸郡，以及江西之南昌，湖广之汉口，远如北京，亦复挈其家属而去。甚且舆其祖父骸骨葬于他乡，不稍顾惜。"③ 大量徽州商人迁移至杭州、金陵、苏州、常州、淮安、芜湖等商会城市，在当地定居，开设商铺，修建宅院。财力雄厚的商人亦会修建园林，用以赏玩。比如，万历时期，新安书商吴肃卿在南京营建冶麓园，邀请当地名士赏玩园林，切磋文艺，焦竑、陈所闻和欧阳序等人曾受邀参观。

---

① [明] 马一龙：《耆社记略》，见何远乔《名山藏》卷一百零一"货值记"，明崇祯刻本。
② 马玉、冀运鲁：《明代商人定居化对通俗小说创作的影响》，《哈尔滨师范大学社会科学学报》，2018年第9期，第132页。
③ 丁廷楗修：《徽州府志》卷二《风俗》，康熙三十八年（1699）万青阁刻本。

在明代人口因工商业迁移流动而受到影响的地域中，迁入区以江南地区人口为最。范金民《明清地域商人与江南文化》一文认为明清江南地域文化是由社会各阶层共同创造的。① 其又以商人阶层为例，论述了参与创造灿烂江南文化的商人群体的地域性特征，正是大量商人落迁江南各地，才能促进江南地区刻书、戏曲、小说、文玩等多种文艺的繁荣。除去商人阶层，士、工、商三阶层中也存在大量人口迁移流动至江南各地的情形。

显而易见，在晚明商品经济发展浪潮中，农、工、商三大群体参与其中。而以"谋道"为主的士人阶层，通常不直接参与社会经济商品的生产和经营环节，但是随着商品化程度的加深，明代士人阶层也无法置身其外，世俗化成为晚明士人群体的鲜明特征。无论鸿儒名士还是名不见经传的基层文士，均或主动或被动卷入其中，在不同程度上参与到晚明商品经济的不同环节之中。各阶层人口集聚江南各大市镇，为戏曲、小说在内的商业书籍的创作、校对、出版和销售等各个环节提供人员保障和读者群体，使得文学领域出现众多新现象，包括文体的兴衰变化、文学中商人等新对象的集中出现、举业书籍的流行等。

与人口迁入对应的是人口迁出，在明初人口因工商业外迁的区域中排名前四的地区是山西、徽州、江西和苏松。② 其中徽州地区较有代表性：首先，徽商是明代势力最为雄厚、最具影响力的地域性商帮；其次，徽商与士人阶层的来往互动最为频繁，徽商与文学的关系更为密切。对徽州地区而言，大量商人的外迁以及与士人阶层的互动，使徽州地域文化获得极大的发展。徽商在经商成功后，往往更加注重子弟的教育，希望后代通过读书改换门楣。万历时期，徽州地区就时常举办阳明学讲会，得到当地民众的高度支持，这对于提升徽州地区的文化水平意义重大。

---

① 范金民：《明清地域商人与江南文化》，《江海学刊》，2002 年第 1 期，第 126 页。
② 曹树基著：《中国移民史》第 5 卷，福建人民出版社，1997 年版，第 413 页。

第一节 一衣带水：泰州学派与徽商的地域性互动
——以焦竑商人传记为例

作为晚明商品经济影响下而产生的新文学现象，商人传记成为晚明文士文集较为常见的对象。商人传记是研究士、商互动，商人群体和文士交游等问题的重要文献。而商人传记所传达出的士、商交往有时具有鲜明的地域特征，即文士群体与特定地域的商人交往密切。万历时期，泰州学派代表人物焦竑为商人以及相关家庭成员创作了近 30 篇人物传记，这些传记主要分为墓志铭、墓表、传和寿序等几类文体。其中，寿序因用于"称寿"而语体较为通俗，其正式程度难以与其他几类文体相比。但是，焦竑在寿序的书写中，有意提升寿序的语体，避免出现"颇伤率易"的情形。① 根据《澹园集》以及续集收录的焦竑作品，现将焦竑传记中商人家族的地域分布以及书写缘由列表统计如下：

表 3-1-1 焦竑商人传记传主地域分布及其书写缘由

序号	名称	地域	书写缘由
1	《余封翁笔峰六十序》	徽商（婺源）	传主儿子为焦竑门生、传主女婿请托
2	《金全州思馨公七十序》	徽商（休宁）	友人请托
3	《蒋隐君七十寿序》	徽商（新安）	传主子孙请托
4	《贺汪隐君暨配闵孺人五十偕寿序》	徽商（新安）	传主儿子（太学生）请托
5	《寿郑君梦圃六十序》	徽商（新安）	传主儿子（太学生）请托

---

① ［明］王世贞：《艺苑卮言》，《增补〈艺苑卮言〉》卷四，明万历十七年（1589）武林樵云书社刻本。

续表

序号	名称	地域	书写缘由
6	《郑母吴孺人八十寿序》	徽商商妇（新安）	商妇儿子郑泽为焦竑友人
7	《寿金母六十序》	徽商商妇（新安）	传主儿子（太学生）请托
8	《熊长君传》	福建（建宁）	传主儿子（太学生）请托
9	《上园朱封公传》	徽商（新安）	传主儿子（中书舍人）请托
10	《刘处士传》	徽商（休宁）	可能为传主儿子（博士生员）请托
11	《谢母贺孺人传》	徽商商妇（新安）	传主儿子请托
12	《金光禄传》	徽商（休宁）	焦竑友人祝世禄介绍
13	《孺人郑母鲍氏传》	徽商商妇	传主儿子请托
14	《汪君民望传》	徽商	未载
15	《江母杨氏墓表》	徽商之女（新安）	友人请托
16	《赵翁仁卿墓志铭》	湖南商人（云溪）	传主儿子（举人）请托
17	《封鸿胪寺序班登仕佐郎高翁暨配王氏合葬墓志铭》	徽商（和州）	传主为焦竑友人
18	《方君西野暨配张氏合葬墓志铭》	徽商（历阳）	传主儿子请托
19	《唐居士贡之墓志铭》	南京商人	传主孙女请托
20	《鸿胪寺序班高君子晦墓志铭》	徽商（和州）	传主为焦竑同门
21	《广西桂林府全州同知金君子公墓志铭》	徽商（休宁）	传主儿子（太学生）请托
22	《范长君本禹墓志铭》	徽商（休宁）	传主儿子请托
23	《怀泉许隐君墓志铭》	南京（上元）	焦竑友人请托
24	《汪君仲嘉墓志铭》	徽商（休宁）	传主（汪道会）为焦竑好友

序号	名称	地域	书写缘由
25	《赠孺人邓母尹氏墓志铭》	广东东莞商妇	传主儿子（户科给事中）请托
26	《赠文林郎广东海阳县知县少村王公墓志铭》	江西彭泽	传主因子获封
27	《太医院吏目面山金公暨配江氏墓志铭》	徽商（休宁）	传主为焦竑友金甫兄长

上表显示，在焦竑撰写的商人及其家族成员传记（以下统称商人传记）中，绝大多数来自徽商家族，共计21篇，占据总篇目的78%，另有广东商人1篇，江西商人1篇，福建商人1篇，湖南商人1篇，南京商人2篇。以上地域皆是南方地区，未出现北方商业家族。焦竑之所以为这些商人及其家族成员撰写墓志铭、寿序或者传记，大多来自商人家族子孙后代的请托。换言之，焦竑并非直接与商人认识或者交往，商人是通过第三方与焦竑建立联系。其中，商人的子孙大多不再继续从商，而是转向儒业，或在太学，或已登第，成为焦竑同僚。在以上传记中，焦竑也为自己的商人朋友撰写寿序或者墓志铭，比如，汪道昆的从弟汪道会。从统计结果可以看出，焦竑商人传记创作具有鲜明的地域性特征，即以徽商为主。而从传记内容来看，其正是通过泰州学派多位成员与徽商产生联系，进而为该群体作传。因此，焦竑商人传记能够清晰体现出泰州学派和徽商密切的地域人际交往和文化互动。

一、潘士藻等徽州籍儒士与泰州学派之渊源

关于焦竑与徽州的关联，从其本人的叙述中可以找到一条较为明显的关系网络，即以耿定向师门为中心、同门学士之间的交往互动，其为同门好友潘士藻撰写墓志铭云：

> 自吾师天台先生倡道东南，海内士云附景从，其最知名者有芜阴之王德孺，芝城之祝无功与新安之二潘。潘之字朝言者，既以绝世之姿不究其用于时以死，而与吾辈游独去华氏为最久。当是时，自天台教外旁出一枝，则有温陵李宏甫，去华并师而严事之，吁其盛已。去华讳士藻，

学者称为雪松先生，世居婺源之桃溪，家为仕族。①

焦竑所提及的皆是耿定向师门代表人物，潘士藻居于其中。潘士藻，字去华，号雪松，婺源人。潘士藻先于隆庆三年（1569）拜于耿定向门下，后又拜焦竑好友李贽为师，因此潘、焦二人建立了亲密的师门情谊。关于潘、焦二人友谊，同时代人袁中道曾言："公（潘士藻）恺悌乐易，尤爱友朋，所交皆一世名士，若焦弱侯、李龙湖诸公，皆为世外之契。晚交伯修、中郎及予。"② 焦竑在墓志铭提的另一位同门祝世禄亦言："世间乐事无如两相与于无相与，捐尽形骸，全露肝胆，于焉高吟，于焉阔论，然须机缘凑合，出则连镳，卧则连床，食则同案，朝朝夜夜，风风雨雨，极意倾倒，了无纤芥之留，乃无遗憾。弟仅仅得此于去华、德孺、弱侯、彝仲数君。"③ 由此，无论是来自焦竑本人，还是他人的记载，焦竑、潘士藻和祝世禄等同门之间始终保持亲密的友谊。这不仅缘于私人情感，亦出于彼此学术和思想上的相互认同、支持。

潘士藻出身于徽州士族之家，身为徽州籍的士大夫，其对徽州学界始终保持深切的关怀，更亲自参与建设徽州讲学活动。潘士藻与朱熹同乡，因此婺源当地一向理学盛行。《明儒学案》言潘氏："初至京师，入讲学之会，如外国人骤听中华语，错愕不知所谓。得友祝延之世禄，时时为述所闻，随方开释，稍觉拘迫辄少宽之，既觉心懈，辄鞭策之。"④ 潘士藻初到京城，京城讲会与其在家乡所学，大不相同，因此颇感不适应。祝世禄时常从旁引导，为潘士藻转变学术思想和治学方法提供帮助。焦、潘、祝三人，同为耿门高足，志趣相投，危难之时，相互扶持。焦竑曾因潘士藻去世，无法营救李贽深感痛惜。其感叹："今岁，宏甫以诬被逮，死燕邸，余既不能奋飞，而相知者率阴拱而不肯援，使君而在，亦岂至此极也。呜呼痛哉！"⑤ 焦竑在挚友的

---

① ［明］焦竑：《奉直大夫协正庶尹尚宝司少卿雪松潘君墓志铭》，焦竑著，李剑雄点校《澹园集》卷三十，中华书局，1999 年版，第 458 页。

② ［明］袁中道：《珂雪斋集》，上海古籍出版社，1989 年版，第 728 页。

③ ［明］祝世禄：《环碧斋尺牍》五卷，卷二，明万历刻本。

④ ［清］黄宗羲：《明儒学案》卷三十五《泰州学案四·尚宝潘雪松先生士藻》，中华书局，1985 年版，第 835—836 页。

⑤ ［明］焦竑：《奉直大夫协正庶尹尚宝司少卿雪松潘君墓志铭》，焦竑著，李剑雄点校《澹园集》卷三十，中华书局，1999 年版，第 460 页。

墓志铭中，一改客观冷静的书写风格，哭诉挚友离世的悲伤，以及未能营救另一位好友李贽的痛苦之情。潘士藻与焦竑相交，源于同门之谊，焦竑与徽州当地的理学家亦有往来。焦竑曾因好友祝世禄请托为徽州商人金光禄作传：

> 居恒言："积水成泽，积善成福，吾家自仲善公以来，所积厚矣，法当兴。"故于子若犹子，卑礼厚币，延四方名士，各受以经，几有成立而后已。中岁，入资为光禄丞。之燕，览观宫阙之巨丽，与一时贤士大夫游。亡何，遂舍去，盖非其好也平生无狎语，无惰容。交游间若不可瞎就，而一与投分，终身不忘。郡国守相邑大夫至者，靡不礼于其庐。余友祝符卿无功道公事行甚悉，其贤重公不虚耳。寿八十，子姓翩翩鹊起，语具状志铭，不具论。①

焦竑在此篇传记中传递了关于明代徽商思想观念的信息，传主金钰的行为具有代表性。首先，在家族历代成员行商积累巨额财富后，金钰决定让其后代从儒，凭借家族财富，聘请四方名士，教授子弟经学。其次，金钰本人纳银捐官，获得光禄丞的官职，从此和士大夫密切往来。单看焦竑此篇传记，并不能获取除金光禄家世生平之外的更多信息。但金光禄作为一个由贾而官的商人，其保留了徽州商人与文学之士交往的某些特征，即力求名士之文，抬升家族地位。其家族尽可能地在一些重要事件中请托文士予以记录。金光禄请托焦竑作传，金光禄卒后，李维桢《金母寿序》又是为其夫人李孺人所作，由其子金仲翰请托。序言："海洋金光禄贤八十而没，焦太史弱侯、祝尚玺无功、范左丞原易三君，不轻易许可人，称其行事甚具。"② 李维桢在序中列举焦竑、祝世禄和范涞3人皆对金钰评价极高。结合焦竑和李维桢对金钰与儒士交往的记录，金钰交游范围大致以徽州当地儒学之士为主。其中范涞，字原易，万历二年（1574）进士，出身徽州望族休宁范氏家族，其父祖、长兄皆为大盐商。范涞是徽州当地著名的理学家，与祝世禄和潘士藻皆为明代万历年间徽州讲会的核心成员。焦竑亦曾为范涞兄长范濠撰写墓志铭："余少举于乡，与范方伯涞同籍。方伯行谊伏一时，余盖严事之。顷余负疴岩居，

---

① ［明］焦竑：《金光禄传》，焦竑著，李剑雄点校《澹园集》续集卷十，中华书局，1999年版，第921页。

② ［明］李维桢：《金母寿序》，《大泌山房集》卷四十一，明万历刻本。

范生朴以赘至，则方伯公之犹子也。将以壬寅某月某日葬其尊人于某山之原，手黄门祝公状属余为志铭。"① 焦竑与范涞有旧交，万历三十年（1602），范涞侄子范朴手持祝世禄为其父撰写的行状，请求焦竑作墓志铭。尽管范涞亦是儒士，但是家族长辈的墓志铭一般不能由亲属后代书写。② 因此，范涞没有为其兄长范濠撰写墓志铭，范濠之子通过祝世禄请求焦竑为其父作墓志铭。出于范涞和祝世禄的双重关系，焦竑接受范朴的请求。可见除了与潘士藻和祝世禄的同门交游，焦竑与徽州当地的理学家亦保持交往。焦竑因为祝世禄和范涞的缘由，为盐商范濠撰写墓志铭，再次证明焦竑与徽商关系的亲近，以及焦竑在徽州地区的影响力。

二、遍交徽商：祝世禄在休宁为官时的社会活动

在焦竑与潘士藻的记载中，另一位被频繁提及的同门挚友是祝世禄。焦、祝二人除同门之外，亦为进士同年。万历十七年（1589）二人进士及第，焦竑以一甲状元的身份进入翰林院，祝世禄则被考选为休宁县令。除了身为徽州人的潘士藻，曾担任休宁县令的祝世禄，是焦竑与徽州以及徽商建立联系的另一重要渠道。焦竑与祝世禄的交往比潘士藻更为密切，在焦竑与徽商的互动中，祝世禄显得更为活跃。主要原因有三点：其一，焦竑与祝世禄具有师出同门和进士同年的双重关系。其二，祝世禄具有高超的社会活动能力，是晚明时期重要的社会活动家。其三，祝世禄人生经历与焦竑相仿，前半生屡困公车，二人及第时年龄均为 50 岁。相似的经历，使二人更容易理解彼此的心境。

焦竑与祝世禄虽然同年登第，但是政治经历截然不同。焦竑为官 10 年，大多数时期在翰林院度过，主要工作是担任皇帝顾问、皇子和内侍的教师以及修撰国史。总体而言，焦竑所做之事仍与学问相关。祝世禄则以三甲进士的身份考选为休宁县令，成为地方基层官员。作为休宁的父母官，祝世禄要负责该地民生经济、司法断案、民风教化等多方面的工作。休宁作为富商家族云集的地区，各级官员频繁前来"视察"，在繁杂的政务之外，祝世禄还要

---

① ［明］焦竑：《范长君本禹墓志铭》，焦竑著，李剑雄点校《澹园集》续集卷十，中华书局，1999 年版，第 470 页。

② "其亲，不铭圹，不表阡，礼也。"见［清］张大复《梅花草堂集》十六卷，卷九，明崇祯刻本。

负责迎来送往的接待工作。祝世禄在任期间，充分展现了其理政能力，治民从宽，先教化、后刑罚，有"循吏"之称。经过初上任的不适应，祝世禄逐渐掌握作为基层官员的治理之道，其言："故人之疑之，不足以损己之信；人之信之，不足以解己之疑。调停雅俗之间，聊且安其身以安人、安百姓。"①祝世禄在休宁期间政绩斐然，颇得民心，因此广交当地名流，在休宁乃至徽州建立复杂的社交网络。休宁富贾多与其保持来往，祝世禄也成为商贾跃升阶层、结交仕宦的重要渠道。商贾尽管在经济上获取巨额财富，但是社会地位仍无法与士大夫相比，获得仕宦阶层的认同与接纳令徽商向往。卜正民表示："商贾渴望得到士绅身份，乐此不疲地尝试各种方法以实现从商人阶层到士绅阶层的转变。"②

事实上，凭借休宁县令的特殊身份及高超的社交能力，祝世禄已然成为沟通仕宦与徽商的桥梁。一些商人家庭让转向儒业的子弟拜祝世禄为师，汪廷讷就是其一。汪廷讷出身休宁望族汪氏，父亲、祖父皆为商人，家资丰饶。汪廷讷肩负家族希望，专攻儒业，顾起元《坐隐先生传》云："始黄门祝公为邑令，先生从之游，学所以尽性至命者。"③梅鼎祚《书坐隐先生传后》亦云："先生尝从祝、李讲性命之学。"④汪廷讷在准备科考之余，专门结交仕宦名流，在其父卒后，继承家业。后屡试不第，捐资为盐课副体举，为从七品虚职，勉强进入仕宦阶层。汪廷讷从事戏剧创作和出版发售，虽以文学之士自称，其实仍从事商业。汪廷讷与仕宦结交，祝世禄助益良多。李自芳在《坐隐先生订棋谱》序云："新安汪坐隐先生，编刻颇繁，余获遍观，亟加击节，尝恨无繇荆识。近从年友祝无功氏乃得交骧，因扣其近集，先生以《订谱》示。"⑤李自芳和焦竑、祝世禄是同年登第，汪廷讷极有可能通过其师祝世禄与之结交，并请其为棋谱作序。汪廷讷凭借雄厚的财力广请名士为自己撰写传记、为文集作序，一方面出于商贾抬升阶层的需求，一方面利用名人效应为书籍出版增加利润。以棋谱为例，汪廷讷创建环翠堂，用于刻书。环

①　[明] 祝世禄：《环碧斋尺牍》五卷，卷二，明万历刻本。
②　卜正民：《纵乐的困惑：明代的商业与文化》，广西师范大学出版社，2016 年版，第245 页。
③　[明] 汪廷讷：《坐隐先生订棋谱》，明刻本。
④　[明] 梅鼎祚：《鹿裘石室集》六十五卷，卷四十三，明天启三年（1623）玄白堂刻本。
⑤　[明] 汪廷讷：《坐隐先生订棋谱》，明刻本。

翠堂先后出版了《坐隐先生订棋谱》《坐隐先生精订捷径弈谱》《坐隐先生订谱全集》等书，这些棋谱大同小异，顾起元、梅鼎祚和李自芳等当世名士的序也分别出现在各种棋谱当中。除此之外，署名为"坐隐"开头的文章还有许多，作者多为显赫名流，例如，屠隆、汤显祖等，但是其真实度有待商榷。① 这些由名士署名"坐隐"系列的文章，无一例外对汪廷讷及其作品持肯定和褒奖的态度。汪廷讷及其环翠堂将此类文章放在出版的商业书籍中，既抬高书籍的商业价值，又有利于塑造汪廷讷文学名士的形象。

汪廷讷在拜祝世禄为师之前，曾寓居金陵，遍交金陵名士。焦竑、顾起元是金陵士人圈的代表人物，为汪廷讷首要结交的对象。而焦竑与汪廷讷结识是否因为祝世禄，已不可考，但是焦竑曾因祝世禄与汪廷讷产生交集。焦竑曾为祝世禄文集《留垣疏草》作《祝给谏留垣疏草序》，文末曰："君书上，随削其草，门人汪廷讷时录而存之。至是刻藏于家塾，以俟论国故者考焉，而属余为序。"② 焦竑受汪廷讷所托，为老友祝世禄文集作序。此外，在万历三十七年（1609）刊刻的《坐隐先生订棋谱》中，有署名为焦竑的《坐隐先生谱集序》一篇，末题"万历己酉岁六月琅琊焦竑书于所居之恬愉馆中"。此篇序未收入《澹园集》和《澹园续集》，该篇署名为焦竑的《坐隐先生谱集序》真伪难辨，故此处不将其作为焦竑和汪廷讷交往的证据。汪廷讷之外，焦竑与休宁书商仍有交集。焦竑所作的《养正图解》大多数版本为休宁书商所刻，其中丁云鹏插画本出自安徽玩虎轩，黄鳞刻。此外还有新安吴怀让刊本和祝世禄刊本、奎璧阁刊本、戴惟孝刊本。祝世禄参与了焦竑《养正图解》的出版工作。

在焦竑与徽商的来往记录中，祝世禄的名字时常出现。因此，与祝世禄结交的徽商，正是通过祝世禄，得以与焦竑建立联系，金钰传记与范濛墓志铭皆是如此产生。尽管在休宁颇有政绩，但是长期投身于琐碎的政务，并且在各方势力中小心周旋，祝世禄深感疲惫，尚在休宁任时，曾致信焦竑，请其为自己调任一事从中斡旋：

> 天下事政不易为，即有美官畀我，惟有咋舌而惊，拱手而退耳。妾

---

① 徐朔方：《晚明曲家年谱》第 3 卷，浙江古籍出版社，1993 年版，第 531—536 页。
② ［明］焦竑：《祝给谏留垣疏草序》，焦竑著，李剑雄点校《澹园集》卷十六，中华书局，1999 年版，第 167 页。

思留都闲曹，林水会心，尘不眯目，倒翻六经，旁及内典，尽撤纤疑，纵横如意，而余兴则以寄艺文，入于法而出于法。此弟力之所能而意之所乐也。①

祝世禄向焦竑表示，渴望金陵闲职，期盼"倒翻六经，旁及内典"，做学问，作诗以兴寄的理想生活。休宁任满，祝世禄如愿考选为南京吏科给事中。自此，祝世禄离开休宁，但是祝世禄在休宁的影响力依旧持续发挥作用，这得益于其与潘士藻对徽州地区讲学活动的贡献。

三、六邑大会：泰州学派与徽州学术阵地

讲会是明代阳明学得以迅速发展壮大的一个重要途径。从隆庆三年（1569）到万历十年（1582），高拱、张居正毁书院、禁讲学，全国各地的阳明讲会曾一度衰落。万历十七年（1589）后，徽州地区的讲学活动逐渐复苏，此次徽州府讲会的复兴，其核心领导人物正是初上任的休宁县令祝世禄和出身徽州的理学家潘士藻。换言之，万历年间徽州讲会的领导团体是以耿定向师门弟子为主体的泰州学派。祝世禄在休宁创建还古书院，并将六邑大会的休宁讲所定于此，还古书院成为徽州讲会的重要场地，也成为泰州学派在徽州的学术阵地。在祝世禄担任休宁县令的前一年，潘士藻从京城回到家乡，在歙县县令彭好古的帮助下，潘士藻建功德堂，即为白岳之会，成为徽州讲学的又一阵地。② 在祝世禄、潘士藻和彭好古等人的推动下，万历年间六邑大会定期举行。祝世禄曾作诗记载万历十九年（1591）讲会情形，题为"辛卯秋，新安征会，白岳歙汪子钦、休范原易、邵汝质、婺余孝甫、潘去华，祁陈少明，黟李实夫，绩王黄卿，部署其事江浙宁池太同志至五百余众"。此次大会中，祝世禄、潘士藻以及范涞悉数到场，祝世禄所列举的各地学者应是当时徽州当地的理学名家，他们是一个依托讲会而形成的学术团体。此后，祝世禄等人定期组织讲会，万历二十五年（1597）十月休宁，主教田一龙，

---

① ［明］祝世禄：《环碧斋尺牍》五卷，卷二，明万历刻本。

② "遂与无功登郡仙姑山所筑谈经处为会，七校之士诜诜然至。意气勃然若有兴，益信乎君子之德风也。予因商订会所于白岳之功德堂，且谋聚金买田为会费。是议也，彭君又实倡之。"潘士藻：《六邑白岳会纪》，见鲁点《齐云山志》卷三，明万历二十七年（1599）刻本。

主会邑侯祝世禄，听者百余人。万历四十九年（1621）九月休宁，主教邹元标，未至，后改为金凤仪，主会为时任休宁县令的张汝懋，听者近200人。①

焦竑于万历三十一年（1603）十月受邵庶之邀于还古书院主讲六邑大会，汪佑评价此次讲会曰："佑按还古癸卯之会，自祝侯腾说山阴主教重衍新建，其时还听千人，辨难不生，满堂若琴瑟之专一，佥谓心学复明，一扫支离也。"② 比较万历时期徽州六邑大会的规模，焦竑主讲的一届人数最多，听众几千人，数倍于其他学者。焦竑学生谢与栋详细记载焦竑主会的经过，其言："癸卯，刘生时中致李邑侯、邵都谏之命，走金陵谒吾师澹园先生而请焉。时祝石林先生官留垣，力为怂恿，且命不肖栋奉杖履以从。先生乃慨然往。新安心仪先生也久，至则自荐绅先生以至儿童牧竖四方之人，莫不麇集。籍计之，得两千有奇。"③ 此时祝世禄和潘士藻均已离开徽州，潘士藻于万历十九年（1591）赴南京担任刑部照磨，祝世禄也于万历二十六年（1598）由休宁县令转任南京吏部给事中。但是从祝世禄为焦竑讲会一事斡旋可以看出，祝、潘学术团体在徽州学界依然具有较大的话语权，其离开徽州并未影响泰州学派在徽州讲会的主导地位。焦竑作为当世名儒，其主讲的六邑大会，吸引了徽州各界人士前来，不仅包括各地学子、乡绅，普通民众也悉数到场。这既继承了阳明学讲会平民化的传统，又展示出焦竑本人在徽州的影响力。而焦竑本人对徽州学风给予极高的评价，其云：

> 明兴，陈、王两公考古圣贤微言，自得于心，以警窃学者。及其久
> 也，流风浸微。至余师耿先生，复大振。曩在南都，徽、池、宁三郡尤
> 盛宗之。符卿潘去华其一也，君严事以为师。会先生乡人李君凤采与君
> 弟共学，与者十人，君有会于其言，叹曰："学不可已也。而仅仅数人，
> 何示人不广耶？"于是为创陵阳馆，尽招里中及他郡有志者与处。或欲出
> 山谷求师友，君具资斧，戒僮仆，从臾其行，而庶几成之。所谓耻独为
> 君子者非欤？是时，君名落公卿间藉甚。杨少宰、祝司谏、萧方伯、崔

---

① ［清］施璜：《还古书院志》卷十一，赵所生、薛正兴主编《中国历代书院志》第8册，江苏教育出版社，1995年版，第617页。

② 同上书，第616页。

③ ［明］焦竑：《户部山西清吏司员外郎毕君一衡墓志铭》，焦竑著，李剑雄点校《澹园集》卷二十，中华书局，1999年版，第434页。

大行、谢计部、翟学博君皆与往复。朋友过从，曲巷柴几，茗饮冷落。或穷游纵观，杯行淋漓。率为人讲说，眉疏目明，照坐奕变，夜阑烛尽，相对忘疲。大率尊礼其耆宿者以觊进，而感厉其少壮以就学。数年之中，为会者遣三郡，从游者数百人。朋簪四合，声流畿辅，呜呼，盛矣！①

焦竑在毕一衡墓志铭中，盛赞徽州地区上至官僚、乡绅，下至平民百姓爱好讲学的风气。焦竑称赞毕一衡为徽州讲学所做出的贡献，如亲自出资建立陵阳会馆，并资助多位学子外出就学。焦竑曾为陵阳会馆作记："陵阳会馆，为会诸同志而作也。石埭故无会馆，有之自毕君一衡始。一衡倡学己丑、庚寅间，一时从游者，至屡满户外。拟筑别馆以居之，未就而没。弟一素毅然曰：'是在我。'乃出橐装，合友人醵金建讲堂三楹，明经堂三楹，左右两楹翼焉。……既成，邵君汝行、苏君坚，不远数百里，征余言为记。"② 陵阳会馆位于石台县，在明代属宁国府，同徽州府接壤。因为地缘关系，可将此处讲学活动视为徽州讲学的延伸地区，加之焦竑提及的池州府，三地讲学风气盛行。毕一衡去世后，陵阳会馆由毕一衡弟毕一素，联合邵汝行等人修建。建成后，邵汝行和苏坚不远数百里，邀请焦竑为其作记。

毕一衡、邵汝行都是宁国府讲学活动的重要组织者，邵汝行为宁国府太平县人，《太平县志》云："邵汝行，字季躬，号果斋。父早世，事母孝，侍疾尤谨。伯兄病疫，家人避之，汝行独为调护不去。幼嗜学，从游杜了斋之门，以理学自任。出资为五松、陵阳诸会，四方学者麇集。时新安大会，延焦澹园主讲坛，汝行针芥投合。及归，道经仙源，复请开讲于周恭节祠，抉疑送难，聚连昕夕。明年，遂挈次子朴元从学，朴元举戊午孝廉，以学行世其家。"③ 邵汝行早年拜于杜质门下，一生致力于推行阳明学讲会，除陵阳会外，还出资建五松会。邵汝行在参加万历三十一年（1603），焦竑主持的新安大会后，与焦竑甚为投契，不仅邀请焦竑再次主讲于周恭节祠，还让儿子邵朴元跟随焦竑学习，邵朴元讲学终生，曾主讲于白鹿洞书院。因此，焦竑讲

---

① ［明］焦竑：《户部山西清吏司员外郎毕君一衡墓志铭》，焦竑著，李剑雄点校《澹园集》卷二十九，中华书局，1999年版，第435页。

② ［明］焦竑：《陵阳会馆记》，焦竑著，李剑雄点校《澹园集》续集卷四，中华书局，1999年版，第830页。

③ ［清］曹梦鹤等修，孔传薪、陆仁虎纂：《（嘉庆）太平县志》卷六《儒林》二，清光绪三十四年（1908）真笔版重印本。

学不仅在徽州地区影响深远，在其周边宁国府等地区亦有大批忠实听众。徽州、池州、宁国府三地讲学活动联系密切，来往频繁，这推动了以焦竑为代表的泰州学派在更大区域的传播。

焦竑门生陈懿典曾为休宁商人金甫作《金全州公传》，其在文末曰："当世贤士大夫如我师焦漪园太史、潘雪松尚玺、曾健庵廷尉、祝石廪南尚玺辈，皆推重公。"① 其中曾健庵是指曾乾亨，曾任休宁县令，任职时期在祝世禄之前。剩余人员与李维桢所列举的高度重合，再一次印证焦竑、祝世禄和潘士藻在徽州学界的影响力，这源于万历时期，焦竑、祝世禄和潘士藻等人耿门弟子通过讲会在徽州建立稳定的思想传播渠道。焦竑与徽州地区所形成的学术联系，使其在全国各地域商帮之中更加熟悉和了解徽商。在处理人际关系为商人立传之时，焦竑更倾向于选择徽商及其家族成员。

四、改换门楣：士、商互动对徽州地区的文化辐射

徽商对于文化的渴求体现在其与士人的交往中，在焦竑笔下，徽商最值得书写的品质并非其创业致富的能力，而是德行、孝义和善举等优秀品质。焦竑曾为徽商金甫分别作寿序和墓志铭，寿序曰：

> 范蔚宗作汉史，始标独行之目，谓其成名立方，风轨足怀也。是时士軆于名，刻情修容，依倚道艺，以就其声价，而绝俗违时，过为激诡。则含真抱朴之君子，抑或耻之，无论中表殊情，老庄异节，其隐括将有不至，而较之自然之充符，无虑远矣。唐史流例猥多，卓行、孝友、忠义，至析为三品，虽其与蔚宗异意，亦非笃论也。新安金思馨公，孝义笃行诸姱节，不可缕数。占其一端，即可以自名，而公佹兼之。藉令作史者见之，不当置公何等？然公坦易率直，未尝与世之崖异者相頡颃也。隤乎其处顺，泊乎其似道。合中表，等老庄，未有异也。余每一接公，如行雾露中，潜自沾润。②

焦竑寿序之所以可做传记，是因为其有意提升寿序文体的语体。在内容

① ［明］陈懿典：《金全州公传》，《陈学士先生初集》卷十一，明万历刻本。
② ［明］焦竑：《金全州思馨公七十序》，焦竑著，李剑雄点校《澹园集》卷十八，中华书局，1999年版，第214页。

上，焦竑寿序书写模式与人物传记相类似，以叙述传主家世和生平事迹为主。但是在其为金思馨公所作的寿序中，焦竑一改惯常手法，对传主本人家世生平全无介绍，直接赞美传主德行以及学问修养。隐去对传主家世的交代，实则增加了确认传主身份的难度。焦竑作此序时，金甫正值70岁，尚健在，3年后金甫去世，焦竑为其作墓志铭，出于墓志铭的体制需求，才对金甫商人身份有所交代。因此作此序时，焦竑应是有意隐去金甫身份。焦竑将金氏塑造成一个德行拔卓的长者形象，从史学家的角度给予极高的评价。

金甫卒后，焦竑作《广西桂林府全州同知金君子公墓志铭》，言"初，君以亲故弃儒而贾"。[①] 焦竑对金甫从商原因交代比较简单，理由也较为常规，看似与其他由士转商的商人并无差别。事实上，金甫从商经历非常曲折，并且极具代表性。陈懿典作《金全州公传》对金氏从商经历交代较为详细，"迨成童，父命之释儒而从贾"，后来"父又命之释贾而从儒"，金氏的身份在儒、商之间来回转换。后金甫做出决定，"然每自念服贾驱驰，弟子之分终用贾显"。[②] 显然，金甫父亲对于金甫业儒还是从商的职业规划，曾摇摆数次，最后金甫本人决定继续经商，才最终放弃儒业。

金甫由士而商的曲折经历，之所以具有代表性，是因为其反映了晚明时期徽州商人家族对于子弟前途的复杂考量，并且可从中窥见当时徽州地区社会风气转变的一角。金甫最终决定弃儒从商，主要原因是"弟子之分终用贾显"，即作为家族子弟，经商是能让家族事业发扬光大的一种方式，遂放弃儒业。陈懿典对金甫的品行、能力十分赞赏，金甫和父亲就从儒还是从商数次摇摆不定，说明晚明徽州地区虽然商业风气浓厚，但是商人仍旧希望子弟科举做官以振兴家族。金甫决定弃儒从商，一方面说明其观念较为开放；另一方面从侧面说明徽商性格务实，从儒和从商的选择都是出于现实功利的目的。而数次从儒的经历，为金甫行为的儒士化，即"外商内儒"的表现奠定基础，也成为其虽身为商人，但是受到焦竑、陈懿典等士大夫欣赏的重要原因。

焦竑隐去了金甫父子在儒、商之间摇摆不定的过程，并非不知情，应是有意为之。因为焦竑与金甫订交较早，其言："予与君往来三十余年，所得于

---

① ［明］焦竑：《广西桂林府全州同知金君子公墓志铭》，焦竑著，李剑雄点校《澹园集》卷三十，中华书局，1999年版，第214页。
② ［明］陈懿典：《金全州公传》，《陈学士先生初集》卷十一，明万历刻本。

君大都如此。盖予家食时，君命其长子有镕从予游。"金甫卒于万历三十二年（1604），可知其与焦竑相识于嘉靖末或万历初，彼时焦竑年仅30余岁，名声尚未显达，金甫就让长子跟随焦竑从学，可见对焦竑学识的肯定与赞赏。焦竑之所以隐去金甫曲折从商的经历，具体原因已不可考，现推测如下。首先，墓志文体对于内容和体式均有较严格的要求，焦竑墓志的书写通常简洁凝练，旨在突出人物的重要经历，因此金甫从商的原因和经过仅用一句"以亲故弃儒而贾"交代。其次，金甫墓志是焦竑商人墓志作品中十分用心的一篇，篇幅也长于其笔下大多数商人墓志。焦竑旨在将金甫塑造成商人的典范，金甫数次在儒、商之间转换并不符合个人形象的塑造，故而焦竑略去不提。焦竑与金甫的交往并非孤立的二人关系，而是在二人周围，形成一个以师门、同乡为基础的士、商群体。陈懿典曰："余居京师十余年，因吾师焦弱侯先生、吾友余持国侍御，得交新安金思馨君，又因金君父子而交汪裕吾君。金君父子之为长者贤士大夫共推之。"① 焦竑与金甫来往密切，陈懿典跟随其师，亦与金君父子有来往。除了老师之外，陈懿典提及引荐其和徽商认识的人中还有余持国，余氏出身徽商家庭，进士及第后曾任御史，亦是焦竑门生，焦竑曾为余持国父亲作寿序，名为《余封翁笔峰六十序》。陈懿典通过焦竑和同门好友余持国认识金甫父子，又通过金甫父子认识新安人汪裕吾。其在金甫传记中提及的祝世禄、潘士藻等人又是其师焦竑的同门。显然，金甫与焦竑的交往圈层规模可观，囊括新安望族与数位理学名家。

与金甫相类似的还有徽商高春、高朗父子。高朗是焦竑同门，二人关系亲密，高朗去世后，焦竑饱含热情为其撰写墓志铭。焦竑与高朗相识于京城，彼时高朗已担任鸿胪寺序班一职，焦竑未交代高朗科考情况。"君性孝友，年十三，念封公拮据之难，去博士业佐之。日持筹无休，时众且易君少。"② 高朗中途放弃儒业，辅佐父亲经商，因此其官职应是通过贡举途径取得。焦竑在墓志铭中对高朗家族信息交代不多，了解高朗此人应与其父高春墓志铭相联系。高朗父高春的墓志铭亦出于焦竑之手，为其代耿定向所作。高春有四子，高朗排行第二，高朗的两个弟弟高期、高朝曾奉耿定向之命跟随焦竑论

---

① ［明］陈懿典：《送汪生还新安序》，《陈学士先生初集》卷五，明万历刻本。
② ［明］焦竑：《鸿胪寺序班高君子晦墓志铭》，焦竑著，李剑雄点校《澹园集》卷二十八，中华书局，1999年版，第413页。

学，可见高朗兄弟三人都是耿门学子。高春本人读书不多，因高朗获封鸿胪寺序班。焦竑简略交代了高春的发家史："翁生六月而父殁，产尽废，赖母氏茹荼存孤，以至成立。故终身感怆，力行孝不怠。起商游至拥高资，称素封，施及贫交疏昆弟。"① 高春年少丧父，家境艰难，因此弃学经商，重振家业。高春、高朗父子二人墓志铭特殊之处在于，焦竑并未略去其商人身份，而是通过二人尤其是高朗探讨财富与道德的关系：

> 以积著发家，乃声色玩好、谶遊之娱，一不概其心，而第用之扶危振乏，尊贤养老，间非所谓富好行其德耶？昔子贡废著粥财于齐鲁之间，孔子曰："未若贫而乐，富而好礼也。"然子贡结驷连骑，卒成夫子之名，亦何必褐衣蓬户，乃为愉快乎哉？故余有回之箪瓢而愧其乐，君如赐之饶益而进于礼，余不及君明矣！岂向所谓解悟者为蹈虚，而质行者为近实耶？②

道德礼仪判断标准与贫富无关，焦竑以子贡为例，子贡虽然富贵，但是好礼，仍成为夫子，流芳千古。高朗就是和子贡非常相像的人，家产丰饶，但是无奢侈享乐之好，扶贫救弱，尊贤养老，即富而好德。由此引发出治生与为学的讨论，高朗是为学先治生的典型代表，少年弃儒经商，获得成功后，再转向举业。高春长子高玥早逝，高朗作为二子，在父亲需要人手之时，弃学帮助父亲经营家业。在焦竑笔下，高朗父子经商的初衷并非赚取金钱，而是尽为人子的孝道，赡养父母亲人。这样商人和儒士并无差别，只要好德守礼，就是君子。经此一番转化，身份已经不是判断一个人是否为君子的必要标准，商人也仅仅是儒业之外的另一种职业。

徽商重视子弟举业前途，或斥巨资聘请名士教学，或捐资入太学。在优越的物质条件基础上，官僚队伍中商人子弟的数量越来越多。这部分人成功转商为儒，改换门楣，借由职位之便请托名士为其家族成员作传。焦竑曾为邓云霄母亲尹孺人作《赠孺人邓母尹氏墓志铭》。邓云霄出身于商人家庭，父

---

① ［明］焦竑：《封鸿胪寺序班登仕佐郎高翁暨配王氏合葬墓志铭》，焦竑著，李剑雄点校《澹园集》卷二十八，中华书局，1999 年版，第 418 页。

② ［明］焦竑：《鸿胪寺序班高君子晦墓志铭》，焦竑著，李剑雄点校《澹园集》卷二十八，中华书局，1999 年版，第 414 页。

亲曾经商，但早逝。与焦竑笔下的徽商家族不同，邓云霄并不是典型的商人家庭出身。其母墓志铭曰："久之，赠翁试不售，又家日迫，谋为贾人游，意难孺人。"① 邓云霄父亲本业儒，读书久不第，迫于家境，无奈转而从商。经商之后，事业仍不顺利。"会岛夷内讧，赠翁商电白，在围城中。城陷，屠杀惨甚，赠翁几不免。" 邓云霄父亲在电白经商时，卷入岛民内讧，险些丧命。后邓父侥幸逃脱，归家不久，尹孺人因病去世，年仅 30 岁。邓云霄于万历二十六年（1598）进士及第，授苏州县令。万历三十二年（1604），升南京户科给事中，万历四十一年（1613），邓云霄请焦竑为母亲尹孺人作墓志铭。邓云霄虽为岭南人，但是由于多年仕宦生涯，曾长时间在江南一带为官，与焦竑认识来往可能是在担任南京户科给事中之后，此时焦竑致仕居于南京。邓云霄以善诗歌闻名一时，是当时岭南诗坛领袖。邓云霄与徽商子弟的区别在于，其虽然是商人家庭出身，但是贫困的家境无法在仕途上提供物质支持。其与寒门学子并无差别，需要通过科考途径做官，除此之外别无他路。与此相对应，焦竑曾为徽商朱模作传，其子是朱家用，任中书舍人，焦竑未记载朱家用中举或者进士，换言之，朱家用是通过其他途径获得官职。明代中书舍人一职除去科举考选一种途径之外，监生、甲科与布衣儒生中善书者，经考核亦可逐步升迁为中书舍人，朱家用极有可能是通过后一种途径成为中书舍人。朱封公经历与邓云霄类似，父亲早亡，朱封公选择弃儒从商，继承家业。迨家业振兴之后，朱封公对子孙事业做出安排："谓伯季少而材，可付以其业，仲及诸孙令读书为士，将托以其志。"② 将子孙按照士、商两种途径培养，是当时许多商人家庭开创的一种家族利益最大化模式。

在焦竑商人传记中，还有一类传记既非焦竑为其商人朋友所作，也非出于商人子弟的直接请托。换言之，焦竑与传主无来往，与传主子孙也并无关系，之所以为其立传是接受朋友的请托。通过朋友请托而立传，焦竑一般会在传记中注明这类人情来往，尤其以墓志铭最具代表性，墓志铭的产生过程较复杂，至少涉及墓主人、请铭人、述状者和撰铭者四种身份。请铭人一般为墓主的子孙后代，如果撰铭者与墓主和请铭人无来往，那么其答应请托，

① ［明］焦竑：《赠孺人邓母尹氏墓志铭》，焦竑著，李剑雄点校《澹园集》续集卷十三，中华书局，1999 年版，第 1031 页。
② ［明］焦竑：《上园朱封公传》，焦竑著，李剑雄点校《澹园集》卷二十五，中华书局，1999 年版，第 363 页。

一般是因为与述状者有交往。焦竑曾为郑泽兄长作墓志铭，述状者正是祝世禄。此外，焦竑还曾为徽商之女杨氏作墓志铭，述状人是焦竑朋友沈太史。这类传记所占比重不高，焦竑的态度应该较为谨慎，只选择自己较为熟识朋友做述状者的传主。

综合观之，焦竑与商人接触大多源于商人子弟的事业转向。凭借家族财力，商人子弟以各种方式进入士人队伍，或充当国子监生员或直接捐资买官。而联系明代士人生存艰难的实况，为商人撰写墓志铭、寿序和传记之类的文章是一部分士人收入的重要来源，焦竑亦未拒绝这种时代潮流。但是，士、商互动是非常复杂的文化现象，两个阶层的交往经过长期相互渗透、交融，已经从较为简单的经济关系，转化为更加复杂的人际关系。换言之，在一个士人所交际的各圈层之中，商人极有可能扮演着某个角色，或为姻亲、同门，或是师徒、同年、同僚。因此，士人往往是出于人情往来而非单纯经济原因接受商人的请托。焦竑亦不例外，在其周边社会之中，各类商人以不同的方式与其社交网络相联结，最终通过层层人际关系，促使焦竑为其立传。

徽商之所以能够渗透到士人的社交圈层，与爱结交士人阶层以及家族子弟多从事儒业相关。在与士人交往的过程中，徽商以及徽州地区文化观念受到影响。万历时期，徽商与以耿定向师门为主的泰州学派建立起稳定联系，六邑大会的举行让徽州地区一批热衷心学的商人与众多理学家结交。商人将子弟送入名士门下，比如，商人高春将长子送入耿定向门下，将两个幼子送入焦竑门下，这样就建立起稳定的师徒关系。通过让子弟拜名士为师，商人后代可顺利修习儒业，走上科举仕途的道路。即使举业不顺，最终又继续经商，也可提升知识文化修养，博得"儒商"称号。徽商凭借地缘优势，遍交江南名士，为改善家族阶层成分、知识修养乃至徽州地区文化水平都提供了有利条件。

第二节 南北之中：晚明金陵戏曲出版的地域特征

张瀚《松窗梦语》描述嘉靖、万历时期的南京曰：

> 北跨中原，瓜连数省，五方辐辏，万国灌输。三服之官，内给尚方衣履，天下南北商贾争赴。自金陵而下控故吴之墟，东引松、常，中为姑苏，其民利渔鱼稻之饶，极人工之巧。服饰器具，足以炫人心目，而志于富侈者争趋效之。庐、凤以北接三楚之旧，苞举淮阳，其民皆呰窳轻訬，多游手游食。煮海之贾操巨万资以奔走其间，其利甚钜。自安、太至宣、徽，其民多仰机利。舍本逐末，唱棹转毂，以游帝王之所都，而握其奇赢，休、歙尤伙，故贾人几遍天下。良贾近市利数倍，次倍之，最下无能者逐什一之利。其株守乡土而不知贸迁有无，长贫贱者，则无所比数矣。①

金陵自古以来就是经济繁华、文化昌盛之地。进入明代，南京发展较前代更甚。首先，南京具有优越的地理位置，位居南北之中，北接中原，东连松江、常熟，姑苏居中。即使晚明以来，社会动荡，南京因非政治中心，加之城高沟深，占据长江天险，易守难攻，仍旧太平无事，反而更趋繁华。南京特殊的地理位置，成为南北货物的大型集散地，因此商贾往来，聚集于此。明代中叶以来，边防吃紧，国家面临巨大的财政压力，南京此时凭发达的商业和手工业，政府获取高额财政收入，成为全国税收的重要来源。伴随着工商业发展的需求，大量人口涌入南京，周晖《金陵琐事》"御史奏查流移"条记载"先年御史司马泰具题，比照宛、大二县事例，查出流移二千三百余户，咨行户部转行本府，编入两县坊甲，久亦不行"②。早在嘉靖年间，南京外地迁入的人数已达 2300 余户。到万历年间，南京进入极盛时期。"南京十

---

① ［明］张瀚：《松窗梦语》卷四，上海古籍出版社，1986 年版，第 74—75 页。
② ［明］周晖：《金陵琐事》卷三，南京出版社，2007 年版，第 103 页。

三门内外人家，几十余万。"① 在当时，南京的人口规模大于杭州和苏州，连同北京、广州，据统计这五个城市的人口规模都应该超过 200 万。② 这些迁入的外地人口中，包含大量的商人和手工业者。工商阶层的扩大，为南京发展商业文学提供了数量较大的消费群体。同时，书商和货船往来，又为南京商业出版书籍销往各地提供契机。

南京繁荣的工商业和崛起的市民阶层，为文学商业化提供消费保障和技术支持。同时，作为特殊的商业，文学、艺术商品的生产需要较为宽松的政治环境、良好的文化氛围和大量的文化精英。南京为明初首都，尽管后来首都迁至北京，南京仍是陪都，并保留一套完整的行政机构。但是，南京已非政治中心，官员空有职级却无实权，大多数在南京任职的官员较为清闲。《明史》曰："南京卿长，体貌尊而官守无责，故为养望之地，资地深而誉闻重者处焉。或强直无所附丽，不为执政所喜，则以此远之。"③ 故而，南京的官员有两种来历，一是德高望重之人的"养望"之地，二是不为执政者所喜的官员贬谪、"流放"之地。南京陪都的地位和宽松的政治环境，有利于保护当地手工业和商业的发展。

南京官员在政治前途上无望，有余力在清闲之时开展多种文化活动。据学者统计，从正德二年（1507）到万历时期，在南京任职的文人学者包括王世贞、汤显祖、李贽在内，多达 37 位。④ 再加之无官位的文人，万历时期的南京人才空前繁盛。在此期间，南京本土文士和寓居南京的外地学士，前后有臧懋循、欧大任、郭第、陆弼、顾大典、张献翼、王寅、姜宝、孙应鳌、海瑞、潘之恒、梅鼎祚、罗汝芳、沈瓒、王世懋、朱维藩、沈明臣、赵用贤、高攀龙、陈所蕴、陈文烛、邹元标、许自昌、盛敏耕、王元贞、姚汝循、顾起元、俞彦、殷都、袁中道、冯梦祯、吴梦旸、汪廷讷、曹学佺、李贽、冯

---

① ［清］顾炎武撰，黄坤等校点：《天下郡国利病书》，上海古籍出版社，2012 年版，第 870 页。

② 杜车别：《明末清初人口减少之谜》，中国发展出版社，2018 年版，第 149 页。

③ ［清］张廷玉等：《明史》卷二百二十一，列传第一百零九，清乾隆武英殿刻本。

④ "杨廷和、夏尚朴、吴一鹏、周用、何孟春、柯维麒、田汝诚、何塘、顾清、周伦、湛若水、徐问、舒缙、顾璘、杨继盛、陆树声、朱曰藩、李贽、海瑞、欧大任、姜宝、文彭、王锡爵、董传策、顾大典、王世贞、臧懋循、汤显祖、孙应鳌、王世懋、郑文焯、沈瓒、殷都、曹学佺、顾起元、李晔、钟惺。"梅新林：《中国古代文学地理形态与演变》，复旦大学出版社，2006 年版，第 867—868 页。

梦龙、赵琦美、徐光启、陈第、焦竑、陈禹谟、谢肇淛、凌濛初、钟惺、俞安期、王志坚、顾宪成、祁彪佳、谭元春、林古度、李晔、唐汝洵、黄宗羲、龙膺、茅元仪、傅汝舟等人。① 这份名单，几乎囊括了此时期所有的文坛巨擘。这些文化精英极具号召力，聚集在南京，大规模开展集会、结社、讲学、雅游种种文化活动，诗歌、戏曲、小说等多种文学体裁都得以进入繁荣期。在多位文人、学者的带动下，南京文化地位在继明代初期后，再次达到高峰。南京成为名副其实的全国文学中心，并且向周边江南地域辐射。在这些文人中，就不乏从事文学商业出版的专职文人，例如，凌濛初、汪廷讷等人。以上诸位文人、学者皆是当时名流，而此时期的南京还聚集着数量更大的基层文人。在明代，南京书坊林立，多达上百家，是全国四大图书集散中心之一，出版大量的通俗文学、科举用书和生活类书等多种类型的商业书籍。这些书籍的编纂和写作，往往是由数量更为庞大的基层文人完成。商业出版是文学商品化的重要组成部分，只有大规模的商业出版，才能吸纳数量巨大的文人，为其提供新型的治生方式。

综上，明代中叶以后的南京，是人口超过 200 万的全国商品经济发展重心城市。基于其陪都的独特政治定位、沟通南北的地理位置以及悠久的文化传统，南京聚集了大批商人和手工业者，以及数量庞大、多层次的读书人。因而，南京成为文人寻求新型治生方式的主要区域。居于南、北之中的独特地理位置、繁荣的工商业、稠密的人口以及大量文人聚集等因素，导致南京成为晚明戏曲重镇。

一、推尊北曲：焦竑在金陵的戏曲活动及其交游

身为金陵本土的文坛领袖，焦竑交游广阔，并且具有极高的威望。黄宗羲云："金陵，人士辐辏之地，先生主持坛坫，如水赴壑。其以理学倡率，王弇州所不如也。"② 焦竑虽然不以戏曲成就称名于世，但是从焦竑考察晚明金陵地区的戏曲活动，依旧具有重要意义。主要原因如下：其一，焦竑是金陵本地文士，并且长期居住于金陵，这意味着其对于晚明金陵的戏曲风貌较为了解，对于金陵本土戏曲家和刻书家较为熟悉；其二，焦竑作为金陵的文坛

---

① 梅新林：《中国古代文学地理形态与演变》，复旦大学出版社，2006 年版，第 870 页。
② ［清］黄宗羲：《明儒学案》卷三十五，清文渊阁四库全书本。

领袖，其有机会结交当时各地前往金陵的戏曲家；其三，焦竑本人的戏曲地域观也颇值得研究，其代表了当时正统士大夫的观念。考察焦竑在金陵与众多戏曲家的交游，可以从一个侧面反映出当时金陵戏曲之盛，以及金陵身为南、北之中，能够容纳各地戏曲的地域文化优势。从焦竑与各地戏曲家的交往，同样可以反映不同地域戏曲文化在金陵的发展情况，譬如，南、北曲的兴衰消长。

　　焦竑结交的戏曲家来自各地，其中不乏汤显祖等大家。其中能够体现出金陵当地戏曲创作风貌是其和陈所闻等本地戏曲家的交往。陈所闻，字荩卿，号萝月道人，南直隶上元人。陈所闻与焦竑应是同乡，其与焦竑往来密切时焦竑已致仕。二人交情颇深，焦竑对陈所闻也颇为关怀，陈所闻更是对焦竑敬仰有加。就社会身份而言，陈所闻与焦竑存在差距，陈氏未见功名记载，并且以捉刀卖文为生，应是金陵职业文人。周晖《续金陵琐事》曰："陈荩卿所闻工乐府，《濠上斋乐府》外，尚有八种传奇：《狮吼》《长生》《青梅》《威风》《同升》《飞鱼》《彩舟》《种玉》，今书坊汪廷讷皆刻为己作。余怜陈之苦心，特为拈出。"① 顾起元《客座赘语》卷六亦云："顷友人陈荩卿所闻亦工度曲，颇与二公相上下，而穷愁不称其意气。所著多冒他人姓氏，甘为床头捉刀人以死，可叹也。"② 周氏和顾氏语气颇为惋惜，顾起元为陈所闻好友，周晖为陈所闻同乡。其中，周晖直接点明陈所闻曾替汪廷讷捉刀多部传奇作品，包括让其声名大振的《狮吼记》。

　　万历十八年（1590），汪廷讷曾与陈所闻于南京孙楚楼相聚，汪作中吕《驻马听·访陈荩卿于孙楚酒楼有赠》，盛赞陈所闻的才气风度。自此订交后，汪、陈二人保持长达20年交际往来。陈所闻曾数次前往汪廷讷家乡，汪廷讷于万历二十年（1592）于南京建环翠堂和坐隐园，邀请多方士人进行文学活动，同时从事商业书籍的出版。陈所闻曾为汪廷讷创作套数《粉蝶儿·题赠新安汪高士昌朝环翠堂三教图景》、中吕《驻马听·题新安汪无如环翠园》四首等作品，对汪廷讷称赞不已。③ 因此，陈所闻极有可能曾受汪廷讷所托，为

①　[明] 周晖：《续金陵琐事》，南京出版社，2007年版，第268页。
②　[明] 顾起元：《客座赘语》，见《明代笔记小说大观2》，上海古籍出版社，2005年版，第1332页。
③　[明] 陈所闻：《赠焦弱侯太史》，《新镌古今大雅北宫词纪》卷五，中国艺术研究院戏曲研究所藏万历刻本影印本，第573页。

其创作或者校对戏曲，用于商业出版。陈、汪二人是否真如周晖所言，陈替汪捉刀创作 8 部传奇，尚待商榷。① 但是，陈所闻的才华以及在南京曲坛的地位应在当世得到广泛认可。并且时人对周、汪二人的评价截然不同，周晖、顾起元等人对陈所闻怀有同情，为其鸣不平，并指责汪廷讷请人捉刀，沽名钓誉的行为。

陈所闻作为职业作曲人，交游的圈层却是金陵顶层文人圈，金陵当地士大夫焦竑、顾起元和朱之蕃皆与其来往密切。陈所闻作《北宫词纪》，焦竑为之作序，焦竑序后紧跟朱之蕃所作的小引。朱之蕃进士及第在焦竑之后，文名亦在焦竑之下，因此列于焦竑后较为正常。坊刻制举用书在排列署名作者时，朱之蕃也在焦竑之后。体现陈所闻交游情况的还有陈沂《献花岩集》，焦竑序曰：

> 是岁秋仲，余与公孙延之，吴肃卿，陈苍卿，惟玉兄弟惟礼、惟功，叶循甫七人，憩献花精蓝，迨于信宿。上下岩谷，消摇亭馆，陟高冈，俯长江，群峰积翠以迥合，枫叶流丹而映发。莫不怀昔贤之高蹈，抚遗篇而太息。乃相与剔藓扪萝，摩挲碑板，取岩中赋咏衰而录之，并系卷末。②

万历三十年（1602），焦竑同陈所闻、吴肃卿、陈宏世等 7 人在祖堂山衰录山间岩石上的诗文。陈宏世乃陈沂之孙，焦竑等人发现陈沂在世时辑录的《献花岩志》手书，遂由陈宏世出版。而陈沂也曾创作戏曲，焦竑选编的杂剧合集《四太史杂剧》中就包含陈沂所创作的杂剧 1 种。陈所闻与陈宏世等人曾共同结"白社"，在南京当地颇具影响。以上数人同处南京文士圈，相互之间皆有往来。由此可见，陈所闻虽为青衿，但是其交往对象为金陵名士或者如汪廷讷一般的富商大户。焦竑与陈所闻同处金陵顶级文士圈层，众人或宴饮聚会，或畅游山间。在焦竑致仕之后，文坛声望已达高峰，此时金陵的文学活动较为丰富，并且再无科举压力，更加自由。原本因科举而无暇顾及的

---

① 一种观点认为，陈所闻可能为汪廷讷的部分戏曲进行了校对和润色，但周晖所列举的 8 部戏曲并不全由陈所闻创作。见刘根勤《焦竑与晚明戏曲》，中山大学博士论文，2008 年，第 174 页。

② ［明］焦竑：《献花岩志序》，焦竑著，李剑雄校点《澹园集》卷十五，中华书局，1999 年版，第 161 页。

诸多领域，焦竑也逐渐开始涉及，比如，戏曲编选以及与戏曲家的交往。

陈、焦的文学交流集中在诗歌和戏曲领域，从其互动来看，二人交情深厚，相互欣赏对方学识。焦竑《澹园集》中有 3 首诗歌与陈所闻相关。其中，《苈卿移居兼纳新姬一首》为祝贺陈所闻乔迁新居并纳妾，云：

> 移居进接凤凰村，况复吹箫得侣新。
>
> 选胜不离行乐地，当杯长傍可怜人。
>
> 红珠斗帐香残夜，金雀屏风醉后春。
>
> 却笑楚台词赋客，雨云翻忆梦中身。①

陈所闻身世凄凉，《山坡羊·寒夜思亲》云"他守孤孀把我青云期望"，少失怙，母亦早逝。② 其又无功名傍身，长年游走于南京仕宦与富贾大户之间，寻求生计，因此焦竑诗歌中称其为"可怜人"。从焦竑的描写中，可以窥见当时金陵文士风雅又不失奢华的行乐作风。陈所闻尽管是职业文人，又经常穷困潦倒，但是焦竑的描写中丝毫不见陈所闻生计的窘迫。其《题萝月轩为陈苈卿作》诗云："新秋爽气姿徘徊，露下城隅集上才。万里胜留明月影，一轩还向曲萝开。王修名理余初地，李白诗篇有废台。"③ 萝月轩应是陈所闻书斋名称，焦竑两首诗歌一首写好友乔迁、纳妾，一首描写好友书斋，都是较为生活化的主题。从中可以看出，焦竑与陈所闻的关系绝非应酬之类，而是能在生活中给予关怀、志趣相投的好友。焦竑另作有《雨花台歌赠陈苈卿》诗，"雨花台"为南京名胜，是焦、陈等人聚会、赏玩的场所。

陈所闻以戏曲创作见长，曾创作数首与焦竑相关的散曲，其中套数《赠焦弱侯太史》作于焦竑辞官后，篇幅较长，描述焦竑学问品行，为其官场遭遇鸣不平。④ 首先，其大力称赞焦竑学识，如："（倘秀才）自从你占金榜龙头发迹，向青琐銮坡载笔。日影花砖午漏迟，则为你才学如班马富。气魄似

---

① ［明］焦竑：《苈卿移居兼纳新姬一首》，焦竑著，李剑雄校点《澹园集》，中华书局，1999 年版，第 681 页。

② ［明］陈所闻：《山坡羊·寒夜思亲》，《新镌古今大雅南宫词纪》卷五，中国艺术研究院戏曲研究所藏万历刻本影印本，第 803 页。

③ ［明］焦竑：《题萝月轩为陈苈卿作》，焦竑著，李剑雄校点《澹园集》，中华书局，1999 年版，第 1160 页。

④ ［明］陈所闻：《赠焦弱侯太史》，《新镌古今大雅北宫词纪》卷五，中国艺术研究院戏曲研究所藏万历刻本影印本，第 523 页。

董狐直，把词臣重依。"才学堪比司马迁、班固，气魄胆识堪比董狐。陈所闻所列举之人均为著名史官，将焦竑与其三人作比，直接肯定焦竑的史学成就和史家地位，同时也应和焦竑自身的治史追求。再如称赞焦竑的文学成就，如"（脱布衫）但诗成与大历争奇，但赋就与西京斗绮。你也曾似冯定碑传黑水，胜左思三都纸贵"，与"（三煞）……千古业君无愧。但乞得片言只字。珍重如汉鼎商彝"。在肯定焦竑学识的同时，陈所闻宽慰老友，如今政局黑暗，远离官场风波，"（六煞）……你只合手搦着王维笔，回避了有风波的宦海，吟啸在无坑堑的渔矶"。这套由十几首散曲合成的套数，倾尽陈所闻对焦竑才学的敬仰和文坛地位的肯定，可作为焦竑在当时金陵文士群体中接受情况的概括和总结。尽管因用套曲的文学体裁，不免有夸张的成分，但是陈所闻对焦竑的定位，基本与同时代的其他评价相一致。焦竑"士林祭酒"和东南文坛领袖的身份，在其致仕以后更加成为时人共识。

身为徽州书商，汪廷讷在金陵建环翠堂，集创作、刊刻、出版戏曲于一体，所出版知名度最高的戏曲为《狮吼记》。日本藏万历年间环翠堂刻《环翠堂新编出像狮子吼记》孤本，前有"小引"和"又叙"，国内汲古阁"六十种本"则未见收录。两段文字隐藏重要信息，"小引"曰：

> 妇人秉阴气以生阴，犹水也，水深沉而不可测。为男子者以好色心爱之，爱生宠，宠生梗，梗生妒，有由来矣。自非大夫鲜不遭蛊惑，刚肠柔于红粉，侠气萎于衽席，甚且束手受制，而莫可谁，何此无异。故总之，爱为祸始也。嗟夫，若海河能溺人，人自溺耳！余窥慨，至之于妇三纲之一，倒坏至此，后将何及。乃采狮子吼故事，编为杂剧七出，欲使天下强妇、悍婢之尽归顺于所天。说者以为前段似谑，后段似幻，不知即谑寓正，就幻寄实，意在言词之外。至于详稽经典，杂引史传，则言皆有据，事匪无徵，其谁曰不然。①

该引交代传奇本《狮吼记》的前身是7出杂剧本《狮吼记》。先是汪廷讷有感于世风败坏，遂创作杂剧《狮吼记》以讽喻教化世人。《曲品》曰："惧内从无南戏，汪初制一剧，以讽粉榆，旋演为全本。备极丑态，堪捧腹。末

---

① ［明］汪廷讷：《狮吼记》，黄仕忠编《日本所藏稀见中国戏曲文献丛刊》第一辑第十一册，广西师范大学出版社，2016年版，第207—209页。

段悔悟，可以风筓帏中矣。"①"又叙"则交代汪廷讷将 7 出杂剧拓展为 30 出传奇的原因及过程：

> 汪无如曰：往余编《狮吼》杂剧，刻布宇内，人人喜诵而乐歌之。盖因时之病，对症之剂也。秣陵焦太史，当今博洽君子，以为不足尽苏、陈事迹。余复广搜远罗，就丘、眉山当日之事，庶无添漏矣，乃取杂剧而更编之。始以七出，今以三十出，闺阃之隐情，悍庑之恶态，模写殆尽。不待终场，而观者无不抚掌也。复以幽冥恐惧之，以菩提化诱之，则凶人可善，善人可佛，谁肯甘于恃顽怙恶也者？其于今日风俗之陵夷、夫纲之颓败，未必无小补云。②

《狮吼记》杂剧因为诙谐幽默，角色丑态尽出，令人捧腹，并切中时弊，遂大获成功。焦竑认为当下杂剧本《狮吼记》仍不足以详尽陈述苏、陈的事迹。汪廷讷采纳焦竑的建议，在杂剧的基础上，继续搜罗素材，最终扩展为 30 出传奇剧本《狮吼记》。在原有的剧情中又加入柳氏被丈夫纳妾起运后，魂游地狱，遭受惩罚和规劝的剧情。显然，这是在原剧幽默诙谐的情节之外，直接加入道德教化的内容，以达到"风世"的效果。30 出传奇本《狮吼记》的产生，在某种程度上而言，源于焦竑对于汪廷讷的指导。国内汲古阁本《狮吼记》删除了两段记载，焦竑与汪廷讷《狮吼记》的渊源也曾在很长一段时间内不为人知晓。加之焦竑本人对其与通俗文学关系较为隐晦的处理方式，让焦竑在晚明戏曲商业出版市场的影响力进一步被掩盖。

汪廷讷创作以及环翠堂出版的戏曲多达 20 种，单是现存的就有《投桃记》《彩舟记》《义烈记》《三祝记》《天书记》《种玉记》《狮吼记》7 种，尚有 10 余种散佚。其中影响力最大的是《狮吼记》，在清代仍广受欢迎。结合环翠堂本所载汪廷讷自述，7 出杂剧本《狮吼记》一经面世，就获得良好的市场反馈。《狮吼记》之所以在汪廷讷众多戏曲中脱颖而出，很大程度上缘于其在商业层面的成功。换言之，《狮吼记》的传播范围远远超出士大夫圈层，而走向普通市民，成为戏曲出版市场的畅销书籍，这是该戏曲能够引起

---

① ［明］吕天成著，吴书荫校注：《曲品校注》，中华书局，1990 年版，第 264 页。

② ［明］汪廷讷：《狮吼记》，黄仕忠编《日本所藏稀见中国戏曲文献丛刊》第一辑第十一册，广西师范大学出版社，2016 年版，第 210—212 页。

焦竑重视的主要原因。

焦竑致仕后，定居南京，与南京本土的戏曲家和在南京居住停留的外地戏曲家，共同推动了南京曲坛的繁荣。其中，主要活动于南京并以"金陵"直接命名的"金陵派"，是晚明时期产生于南京本土的重要戏曲流派。南京居南、北之中，是南、北戏曲的交汇地，晚明南京戏曲的发展变迁可称为南、北戏曲交锋的缩影。在冯惟敏所作散曲《黄钟醉花阴·酬金白屿》中，有"金陵派"的指称，其言"数算了金陵词派，傲梨园萧爽斋。清歌丽曲写胸怀，识谱明腔称体裁，换羽移宫谐韵格"。① 卜键认为冯惟敏笔下的"金陵词派"是嘉靖、万历年间，活跃于南京的一个曲派，并列举其中的主要成员，包括南京本土的戏曲家陈铎、金銮、邢一凤、陈所闻、盛敏耕、胡慰礼、沈越，以及曾在南京客居的冯惟敏、梁辰鱼、潘之恒、张凤翼等人。② 这一群体，主要由文人戏曲家构成，其中陈所闻、陈铎以及张凤翼等人均是焦竑的朋友，换言之，焦竑与"金陵派"的多位成员长期保持文学往来，进行戏曲交流。

"金陵派"的成员主要以散曲创作为主，并且涵盖南、北曲，充分体现了金陵贯通南北的地域特色。焦竑在《题北宫词纪》中，对于金陵戏曲融合南北戏曲的地域特色，曾做精准描述："金陵故都，居南北之中，擅场斯艺者，往往而是。陈大声、金在衡，皆卓然能名其家。余友陈君荩卿，经子之暇，旁及乐律。其所撰造，业已无逊古人矣。"③ 陈大声即陈铎，金在衡即金銮，加之陈所闻，此3人皆是"金陵派"的主要成员，焦竑将3人齐名并举，列为金陵戏曲名家。可见，焦竑不仅与"金陵派"成员互有来往，相知较深，其对"金陵派"在金陵曲坛的地位也多有赞同。焦竑对于金陵曲坛融汇南北特征的论断，在其主要的戏曲创作中得到较为充分的体现。"金陵派"的成员活跃时期集中在明代中叶以后，其中陈铎、冯惟敏和金銮主要活跃于成化、

---

① ［明］冯惟敏：《黄钟醉花阴·酬金白屿》，《海浮山堂词稿》卷四《大令》，明嘉靖四十五年（1566）刻本。

② 卜键：《焦竑的隐居、交游与其别号"龙洞山农"》，《文学遗产》，1986年第1期，第93页。

③ ［明］焦竑：《题北宫词纪》，焦竑著，李剑雄校点《澹园集》附编，中华书局，1999年版，第1196页。

弘治到嘉靖中期之前，这一时期南曲正迅速发展，北曲仍旧占据主流。① 在"金陵派"所属的派别划分之时，冯惟敏通常被标举为北曲代表人物，而陈铎、王磐、金銮和梁辰鱼则时常被划分为南曲代表作家。② 事实上，"金陵派"大多数成员在散曲的创作上精通南、北曲，被划分为南曲作家的陈铎、金銮，在创作数量上仍以北曲为主。被封为北派魁首的冯惟敏，也创作了近200首南曲小令。在这一批曲家的创作情形中能够窥见南、北曲发展和消长的过程。

在某种意义上，这一作家群体几乎全由文人精英构成，其创作的散曲可称为案头化的文学作品，其中戏曲配乐演唱的这一功能被逐渐隐去。明代戏曲出版的繁荣，意味着纯案头化的戏曲作品同样拥有广阔的商业市场。如果戏曲的创作完全由市场驱使，随着南曲的流行，北曲衰微的速度可能更快，南、北曲发展悬殊的形势也将更为明显。事实并非如此，晚明以来，北曲的创作仍占据一定的比例。从梁辰鱼到明灭亡期间，北曲小令仍旧能够占据三分之一强，北曲套数占据五分之一强。③ 因此，文人精英的创作，在某种程度上对商业化引起的某些文学趋势有所抵抗。"金陵派"成员的创作，主要的阅读对象是同阶层的文人士大夫，因此其创作的动机仍可归于传统的抒情言志和自娱。在南曲大为流行的大环境中，文人士大夫创作是北曲保存和发展的重要保障。焦竑盛赞"金陵派"的多位曲家，不仅在于陈铎、金銮等人是散曲大家，盛名在外，亦是出于对其创作态度和旨趣的认同。

在南、北曲审美和价值取向中，焦竑更加认可北曲，而"金陵派"主要成员的散曲创作也更加偏向北曲。焦竑并非在偏安一隅的基础上对戏曲的发展做出判断，恰恰相反，焦竑长期居于南、北曲交汇的金陵，并且同多位戏曲家来往密切，焦竑是在博览众曲的基础上，对于戏曲发展提出恳切的意见。

---

① 据统计，陈铎共创作小令471首，其中北曲380首；套数为99套，其中北曲70套。冯惟敏共创作小令522首，其中北曲324首；套数为50套，其中北曲45套。张正学：《中国古代俗文学文体形态研究》，四川人民出版社，2017年版，第738—739页。

② 刘大杰：《中国文学发展史下》，复旦大学出版社，2006年版，第207页。

③ "据《全明散曲》，从梁辰鱼开始直到明朝灭亡，复出与无名氏作品除外，共约创作小令3521首（其中南2385首、北1134首、无牌名2首），套数841套（其中南642套、北141套、南北合套53套）。就其中小令来说，北曲仍占其总数将近三分之一的比重。即使是北曲所占比例略小的套数，北套也仍占其总数的五分之一强。"张正学：《中国古代俗文学文体形态研究》，四川人民出版社，2017年版，第741页。

由市场驱使的戏曲发展结果，在戏曲的演唱和表演中显露端倪。现存文献关于"金陵派"的记载，尚有《万历野获编》"北词传授"一条：

> 自吴人重南曲，皆祖昆山魏良辅，而北词几废。今惟金陵尚存此调，然北派亦不同，有金陵、汴梁、云中。而吴中以北曲擅场者，仅见张野塘一人，故寿州产也，亦与金陵小有异同处。顷甲辰年，马四娘以生平不识金阊为恨，因挈其家女郎十五六人来吴中，唱《北西厢》全本。其中有巧孙者，故马氏粗婢，貌奇丑而声遏云，于北词关捩窍妙处，备得真传，为一时独步。他姬曾不得其十一也。①

"甲辰"即万历三十二年（1604），根据沈德符的描述，万历三十二年（1604）秦淮乐籍马四娘仍能演唱北曲，但是全国范围内的北曲表演已经较为稀少，唯金陵地区尚存。并且其将金陵、汴梁、云中归于北派散曲之列。北曲在全国衰微之际，南京仍存一定数量的演唱者，"金陵派"是南京地区北曲流派的代表。显然，沈氏此处的派别划分，基于戏曲唱腔的区别。"金陵派"是南京教坊的唱腔。何良俊《曲论》曾讨论明代南京教坊唱法的来源，其云："余家小环记五十余曲，而散套不过四五段，其余皆金元人杂剧词也，南京教坊人所不能知。老顿言：'顿仁在正德爷爷时随驾至北京，在教坊学得，怀之五十年。供宴所唱，皆是时曲，此等词并无一人问及。不意垂死，遇一知音。'"②"金陵派"所代表的南京教坊唱腔，起源于北京教坊，由顿仁从北京教坊习得。因此，南京教坊在唱腔上属于北曲流派。

万历以来，东南一带，观戏赏曲极为风行，许多富人家族蓄养戏班。士大夫宴饮聚会之时，通常伴随观赏戏曲表演。新崛起的商人和市民阶层，是戏曲消费的重要群体。戏曲的流行，一方面体现在日益兴旺的戏曲出版市场，另一方面就是戏曲表演的盛行。焦竑作为文人士大夫，具有丰富的观赏戏曲的经历，其戏曲欣赏的范围，上至宫廷，下至民间，地域更是横跨南北。焦竑曾作《邢供奉二首》记录在内廷观宫廷艺人表演，其一云"内妆浑似董双

---

① ［明］沈德符：《万历野获编》卷二十五"北词传授"条，中华书局，1959 年版，第646 页。

② ［明］何良俊：《曲论》，见《中国古典戏曲论著集成》（四），中国戏剧出版社，1959年版，第9 页。

成，十二能歌入破声。翻得新腔仍自惜，流传未满建康城"，其二云"分付清歌与客心，风情绊惹缕衣金。昭阳不道云霄隔，犹带霓裳法部音"。① 宫廷艺人邢供奉扮相宛如仙女董双成，其技艺更是精妙绝伦。专供皇室和官员观赏的内廷戏曲，其表演者水平应十分高超。焦竑在翰林院为官时，得以观赏到内廷艺人的表演，并用诗歌记录下来，表达对邢供奉经精彩技艺的赞赏以及其虽有绝技，却只能困于宫廷之内的惋惜之情。焦竑又作《友人以诗召饮未赴次韵》一诗，"未许轻阴咽管弦，自教新曲试樽前。酒杯竹叶清相妒，人面桃花娇可怜。香锁铜铺春不散，舞残金缕夜忘眠。恨予魂梦蓬山隔，犹解乘风到绮筵"②。友人邀约，焦竑虽未赴约，却已想象到宴饮之时的场景，在焦竑的诗歌下，戏曲表演成为宴会中不可或缺的部分。焦竑并未透露友人是谁，从其诗歌中可以窥见该人家境不凡，不仅蓄养家庭戏班，而且其招待客人的"竹叶清"在明代属于高等酒。焦竑不仅时常观赏戏曲，并且对戏曲表演具备较高的鉴赏水平。但是焦竑并未像汤显祖等人更进一步，亲自创作戏曲或深度参与戏曲的表演环节。

正如沈德符所言，昆腔兴起之后，"自吴人重南曲，皆祖昆山魏良辅，而北词几废"，这意味着南、北戏曲的交锋最为激烈的领域之一是唱腔领域。昆腔盛行之后，北曲表演面临巨大的困境，几乎到了断绝的地步。焦竑主要活动于嘉靖、万历年间，因此，可称之为晚明戏曲发展的参与者与见证者。其亲历南曲一步步从弱小走向强势的经过，同时也亲历北曲从绝对的主流走向衰微的过程。无论是从戏曲唱腔意义上的"金陵曲派"，或者是纯案头化戏曲文学意义上的"金陵派"，都是明代中叶以来，不遗余力传承和发展北曲的中坚力量，为延续日渐衰微的北曲做出重要贡献。

焦竑主要活跃于嘉靖、隆庆和万历时期，此时期恰为南、北戏曲此消彼长的发展剧变期，趋势为南曲快速扩张，而北曲逐渐衰微。以嘉靖、隆庆时期为分界，在此之前北曲为明代曲坛主流，而南曲脱胎于地方，尚未完成建制。换言之，明代戏曲南北之争的另一面，是南曲形制不断完善的过程。因此，焦竑一路目睹南曲的发展壮大和北曲的衰微，而作为正统士大夫，其更

---

① 焦竑：《邢供奉二首》，焦竑著，李剑雄校点《澹园集》续集卷二十六，中华书局，1999 年版，第 1170 页。

② ［明］焦竑：《友人以诗召饮未赴次韵》，焦竑著，李剑雄校点《澹园集》卷四十一，中华书局，1999 年版，第 658 页。

加崇尚北曲。对于南曲的快速崛起，焦竑时刻处于审视和批判的态度。晚明时期，戏曲商业出版成为戏曲生产传播的主要渠道。而在某种意义上，传奇是戏曲出版的"主力军"，商业价值更高，而杂剧的刊刻数量远远低于传奇。因此，戏曲商业出版是晚明南曲蓬勃发展的物质驱动力，商业效益直接成为南北戏曲消长的催化剂。但是，文人士大夫在考量南北曲孰优孰劣时，更偏向于站在正统文化的立场。

明代曲坛一直存在推尊北曲的传统，而支持者的身份通常是正统士大夫。焦竑推尊北曲，并非全部出于个人喜好，而是基于更深层的逻辑。首先，推尊北曲，表面上是一种复古行为，而实际上明代曲学复古的过程也是建构元曲经典化的过程。为何要确立元曲正统、主流的地位，背后乃是中国传统语境中文体的尊卑体系在发挥作用。曲这种文体，又被称为"词余"，而词又被称为"诗余"，其在文体价值序列中的地位低于词文体，更远低于诗歌，这一点几乎成为历代批评家的共识。

> 沈东江谦曰："承诗启曲者，词也。上不可似诗，下不可似曲。然诗曲又俱可入词，贵人自运。"①

> 又

> 董文友《蓉渡词话》曰："严给事与仆论词，云：'近日诗馀，好亦似曲。'仆谓词与诗、曲，界线甚分，似曲不可，似诗仍复不佳；譬如拟六朝文，落唐音故卑，侵汉调亦觉伧父。"②

诗、词、曲三种文体，界限分明，词文体地位低于诗歌，曲又低于词。态度激切者，如胡应麟，直言："四言不能不变而五言，古风不能不变而近体，势也，亦时也。然诗至于律，已属俳优，况小词艳曲乎？"③ 词曲在宋元时期主要用于勾栏瓦舍表演，娱乐性特征鲜明，因此胡氏直接称其"小词""艳曲"，态度极尽鄙夷，各种文体之间存在鲜明的高低尊卑之分，难以逾越。明代以来，曲文体逐渐进入正统文士视野中，成为文人士大夫争相创作和批

---

① ［清］徐釚撰，唐圭璋校笺：《词苑丛谈校笺》，人民文学出版社，2006 年版，第 56 页。
② 同上书，第 72 页。
③ ［明］胡应麟：《诗薮》，上海古籍出版社，1958 年版，第 23 页。

评的文体。此时，与词文体在宋代的建制与逐步雅化进程相类似，进入正统文人视野的曲文体，依旧要被改造和提升文体地位。曲有南、北之分，文人士大夫必须择其一来确立文体典型，而历史更为悠久和形制更为完备的北曲就成为被选中的曲文体典型。与此同时，批评家还在进行第二种提升词文体地位的尝试，即积极"'仰攀'主流文体，向主流文化靠拢"。①

焦竑对于曲的评点和编选，大致遵循上述两种路径。首先，焦竑辨析曲的历史源流，梳理发展脉络，为曲的产生寻求主流文化的依据，《国史经籍志》曰：

> 《汉志》以礼乐著之六艺，皆非孔氏之旧也。然今所传《三礼》为汉遗书，而乐六家者，不可复矣。窦公《大司乐》章既见于周礼，河间献王之《乐记》亦录于《小戴》，则古乐，已不复有书。而诸史相公，至取乐府教坊琵琶羯鼓之类，以充乐部，而欲与圣经埒，可乎？虽然，今之乐犹古之乐也。儒者睹礼乐崩坏，痛为惋惜。不知贾人之铎谐黄钟之律，庖丁之刀中桑林之舞，牧童之吹叶、闺妇之鸣砧，悉暗与音合，乐固未尝亡也。②

焦竑认为曲起源于乐，而乐乃属"六艺"之一，起源高贵且正统。焦竑认为不仅古乐未亡，相反今乐中仍然有符合古乐的成分，即来自民间的自然之声。但是，落实到文体层面，焦竑并未在此处进一步论述。后其在《四太史杂剧题辞》中，对于今乐中能够承接古乐的戏曲形式做出详细的解释："《南史》蔡仲熊云：'五音本在中土，故气韵调平。东南士气偏诐，故不能感动木石。'金元词曲，虽淫哇之声，而古乐之音调，犹赖以存。近世士大夫，秉心房之精，从婉娈之习，竞尚南音，而金元之词曲日微。祝希哲尝叹今乐大坏，无论雅俗，止日用十七宫调，知其美劣是非者几人？数十年前尚有之，今殆绝矣。岂不可惜哉。国初，同姓诸侯王就封，必以乐部自随。故世非藩国所治，北音不闻，而知者希矣。"焦竑认为金元词曲，就是当今遗存的古音。焦竑此处直接承继杨慎作于嘉靖年间《北曲》一文，并对祝允明观

---

① 郗文倩、王长华：《中国古代文体的价值序列及其影响》，《河北学刊》，2007年第1期，第142页。

② ［明］焦竑：《右琴》，《国史经籍志》六卷，卷二，明徐象橒刻本。

点有所引用。① 在焦竑之前或者与焦竑同时的学者中，祝允明、杨慎、王骥德、何良俊等人皆是推尊北曲的代表人物。而推尊北曲也并非仅从明代开始，金、元时期就以北曲为中州正音，周德清《中原音韵》就是以"宗中原正音"的目的创作完成。后来北曲的创作，用韵皆以《中原音韵》为准则，故而也被认为是中原正音的代表。② 焦竑此处论述，并非仅一家之言，而是对前辈学者论述的一次总结。

平田昌司认为，"'土中'观念对于中国乐律思想的影响既深又远"。③ 儒士在正统观念的影响下，认为北曲气韵调平，为中原河洛雅音，而南曲则发源于南方地带，非中原地区。不仅是出身北方的文士推尊北曲，出身南方的曲家更坚决维护北曲的正统地位，根本原因在于乐律的背后是儒家道统问题。焦竑已经将北曲的起源追溯至"六艺"之一的古乐，建立起北曲与主流儒家文化之间的关联。北曲在传统文体价值体系中地位提高的同时，也深受儒家正统观念的影响。

南北曲的区别除去在文学之外的儒家正统问题，二者在文体内部也存在较大的差异。因为在很长一段时间内，南曲不合古音，并且无调，焦竑《题北宫词纪》云：

> 今乐府近体，北以九宫统之。九宫之外，别有道宫高平，般涉之调。南人之歌，亦有九宫被之管弦，间多未叶。昔人所云土气偏诐，不谐钟律者，然自金、元以后，竞尚南音，而中原之声调日微。祝希哲尝叹今惟乐为大坏，无论雅俗。止日用十七宫调，知见美劣是非者几人？数十年前尚有之，今殆绝矣，岂非惜哉！④

---

① 杨慎《北曲》云："南史蔡仲熊曰：'五音本在中土，故气韵调平。东南土气偏诐，故不能感动木石。'斯诚公言也。近世北曲，虽皆郑卫之音，然犹古者总章北里之韵，梨园教坊之调，是可证也。近日多尚海盐南曲，士夫禀心房之精，从婉变之习者，风靡如一。甚者北土亦移而耽之。更数十年，北曲亦失传矣。"［明］杨慎：《词品》六卷，卷一，明刻本。

② 关于明以前，宋、金、元推尊北曲的相关论述参见龚鹏程《晚明思潮》，商务印书馆，2005 年版，第 332—336 页。

③ 平田昌司：《文化制度和汉语史》，北京大学出版社，2016 年版，第 112 页。

④ ［明］焦竑：《题北宫词纪》，焦竑著，李剑雄校点《澹园集》附编一，中华书局，1999 年版，第 1196 页。

焦竑在发表戏曲观点时，不止一次引用祝允明关于南音和北曲的论述，可见其对曲坛南音大盛、中原正音日渐衰微现状的不认同。祝允明认为南曲无音律腔调，即焦竑提及的十七宫调，还有未提及的旧八十四调，后来的十一调。南曲后来在明代晚期经过了诸多曲家的改造，南曲建制也有长足的发展，但是仍然被众多曲家批评音调不叶或者散乱。南曲形制上的不严谨是曲家认为其不可当正音的一大因素。就文体而言，格式越齐整，韵律机制越完备，在语言层面的雅化程度就越高。而文人士大夫之所以致力于推尊北曲，就是要在曲文体内部寻找典范，这有利于提升曲文体的地位。换言之，当戏曲进入正统文人的视野中，第一步就是要改造文体或者论证文体地位上升的合法性，即尽可能将文体由"俗化"向"雅化"改造。

二、传奇称霸：晚明金陵坊刻戏曲与继志斋北曲出版

万历以来，南京刻书业发展至高峰，其中戏曲通俗文学的刊刻数量，居全国首位。胡应麟曰："吴会、金陵擅名文献，刻本至多，巨帙类书，咸荟萃焉。海内商贾所资二方十七，闽中十三，燕、越勿与也。然自本坊所梓外，他省至者绝寡，虽连楹丽栋，搜其奇秘，百不二三，盖书之所出，而非所聚也。"① 金陵和苏州是全国重要的图书出版城市，两座城市出版图书的数量占全国的七成，并且两地生产的图书运往全国各地，是图书流出城市，而非图书集散城市。胡应麟又云南京的书坊主要集中于三山街一带，"凡金陵书肆多在三山街及太学前。凡姑苏书肆多在阊门内外及吴县前。书多精整，然率其地梓也。余二方未尝久寓，故不能举其详"。② 万历时期，南京人口当数三山街一带最为密集，该地成为南京经济和文化中心地带，"凡勋戚、乡绅、士夫、青衿及名流墨士胥居其中，盖文物渊薮，且良工巨商百货业集，如三山街一带最冲要地也"。③ 基于稠密的人口和繁荣的经济、文化，三山街聚集着南京众多书坊，成为金陵刻书中心。孔尚任生活于清初，距晚明时期不远，其在《桃花扇》中曰："天下书籍之富，无过俺金陵；这金陵书铺之多，无过俺三山街。"④

---

① ［明］胡应麟：《少室山房笔丛》四十八卷，甲部经籍会通四，明万历刻本。
② 同上书。
③ ［明］施沛：《南京都察院志》卷二十一职掌十四，明天启刻本。
④ ［清］孔尚任：《桃花扇》，人民文学出版社，1997 年版，第 195 页。

南京以刊刻戏曲而著称的多个书坊都聚集在三山街，包括唐氏世德堂、唐氏广庆堂、唐富春堂、周曰校万卷楼、三山书坊、陈大来继志斋、萧氏师俭堂等多家著名书坊。其中富春堂、文林阁、世德堂、广庆堂、继志斋、师俭堂都是以刊刻戏曲为主的书坊，其中富春堂规模最大。经统计，富春堂曾刊刻戏曲达上百种："富春刻传奇，共有百种，分甲、乙、丙、丁字样，每集十种，藏家目录，罕有书此者。余前家居，坊友江君，持富春残剧五十余种求售，有《牧羊》《绨袍》等古曲。余杖头乏钱，还之，至今犹耿耿也。"①富春堂刻戏曲之盛，当数南京第一，由于部分书籍已经散佚，目前尚存名字可考的富春堂戏曲 40 余种。继志斋和文林阁刊尚存 20 余种，世德堂、广庆堂和师俭堂尚存 10 余种。②除以上书坊外，南京刊刻戏曲数量较多的还有长春堂、凤毛馆、文秀堂、乌衣巷、两衡堂和德聚堂等，这些书坊目前均有戏曲传世。

戏曲刊刻的数量如此庞大，正体现晚明南京戏曲事业发展的繁荣，这种繁荣是由书坊主、消费者和文人共同推动而形成。在书坊刊刻的曲目中，晚明诸多戏曲名家赫然在列，汤显祖、张凤翼、梁辰鱼等人的戏曲成为各大书坊争相刊刻的对象。万历以来，戏曲评点勃兴，尤其冠以名士批点的本子层出不穷。这一现象背后的原因可能与举业书籍的冠名情形相互参照。首先，庞大的市场需求和激烈的同行竞争导致书坊主提高销量。其次，从士人角度分析，此现象又与士人观念转变以及戏曲创作氛围浓厚有关，这一点在南京体现得尤为明显。换言之，晚明南京坊刻戏曲发展的繁荣，意味着案头化、文本化的戏曲发展到达高峰。其中，戏曲商业化出版是重要的推动力。

在戏曲的创作和出版的过程中，需要大量的文人参与其中，高层文人譬如官员、知名学者或者不知名的基层士人都不同程度地参与到戏曲的商业出版中。

在南京众多刊刻戏曲的书坊中，继志斋值得留意，这是与焦竑关系最为密切的书坊。继志斋主人陈邦泰，字大来，金陵人氏。焦竑与陈大来是姻亲关系，其在信件中称呼陈大来"姻丈""大来兄"，可见二人关系之亲近。继

---

① 吴梅：《青楼记》，王卫民编《吴梅戏曲论文集》，中国戏剧出版社，1983 年版，第 435—436 页。

② 俞为民：《明代南京书坊刊刻戏曲考述》，《艺术百家》，1997 年第 4 期。

志斋原为周曰校刻书楼，周氏衰败后，陈大来接管，继续用继志斋名号，刊刻出版商业书籍。继志斋刊刻戏曲的规模较大，是万历时期南京大型的刻书楼，其出版戏曲的数量仅次于富春堂。据吴梅统计，继志斋刊刻戏曲中尚存世的有 24 部。结合其他研究资料，现整合继志斋戏曲出版情况如下表：

表 3-2-1　继志斋刊刻戏曲表①

书名	作者	刊刻年代
《元明杂剧四种》	（元）马致远《新镌半夜雷轰荐福碑》、（元）乔吉《新镌李太白匹配金钱记》、（明）贾仲明《铁拐李度金童玉女》、（明）王九思《杜子美沽酒游春》一卷	万历间
《唐明皇秋夜梧桐雨》杂剧一卷	（元）白仁甫	万历间
《重校北西厢记》五卷	（元）王实甫	万历二十六年（1598）
《杜牧之诗酒扬州梦》杂剧一卷	（元）乔吉	万历间
《新刊河间长君校本琵琶记》二卷	（明）高明	万历二十六年（1598）
《重校古荆钗记》二卷	（明）朱权	万历间
《重校五伦传香囊记》二卷	（明）邵灿	万历间
《重校苏季子金印记》二卷	（明）苏复之	万历间
《连环记》二卷	（明）王济	万历间
《新镌量江记》二卷	（明）余翘	万历三十六年（1608）
《重校玉簪记》二卷	（明）高濂	万历二十七年（1599）

---

①　本表参考《古文戏曲丛刊》《六十种曲》以及吴梅：《青楼记》，王卫民编《吴梅戏曲论文集》，中国戏剧出版社，1983 年版，第 435—436 页；张献忠：《从精英文化到大众传播》，广西师范大学出版社，2015 年版，第 104—105 页；王春阳：《白描与戏曲版画插图研究》，辽宁美术出版社，2018 年版，第 26 页；乔光辉：《明清小说戏曲插图研究》，东南大学出版社，2016 年版，第 100 页等著作制成。

书名	作者	刊刻年代
《重校浣纱记》二卷	（明）梁辰鱼	万历间
《出像点板徐博士孝义祝发记》二卷	（明）张凤翼	万历间
《重校红拂记》二卷	（明）张凤翼	万历二十九年（1601）
《重校窃符记》二卷	（明）张凤翼	万历间
《重校紫钗记》二卷	（明）汤显祖	万历三十年（1602）
《重校十无端巧合红蕖记》二卷	（明）沈璟	万历间
《重校坠钗记》二卷	（明）沈璟	万历间
《重校义侠记》二卷	（明）沈璟	万历四十年（1612）
《重校双鱼记》二卷	（明）沈璟	万历间
《重校埋剑记》二卷	（明）沈璟	万历间
《重校玉合记》二卷	（明）梅鼎祚	万历间
《重校吕真人黄粱梦境记》	（明）苏汉英	万历间
《重校旗亭记》	（明）郑之文	万历三十一年（1603）
《水帘馆新编芍药记》	（明）郑之文	万历间
《重校锦笺记》	（明）周履靖	万历三十六年（1608）
《重校韩夫人题红记》	（明）王骥德	万历间
《新刻出像音释点板东方朔偷桃记》	（明）吴德修	万历间
《重校班仲升投笔记》	（明）邱濬	万历间
《重校千金记》	（明）沈采	万历间
《重校全相昙花记》	（明）屠龙	万历间
《丹桂记》	（明）徐肃颖	万历间

如表所示，继志斋刊刻的戏曲大多数为传奇，符合晚明传奇大盛的趋势。当时在南京，大量书坊专门刊刻传奇，其次是南戏，比如，富春堂作为最大的戏曲刻书楼，专门刊刻上百种传奇。与其他书坊相比，继志斋也刊刻了一定数量的元明杂剧，例如，将元代马致远《新镌半夜雷轰荐福碑》、乔吉《新镌李太白匹配金钱记》与明代贾仲明《铁拐李度金童玉女》、王九思《杜子美沽酒游春》四种杂剧收入《元明杂剧四种》，刊刻出版。又刊刻元代白仁甫《唐明皇秋夜梧桐雨》杂剧和乔吉《杜牧之诗酒扬州梦》两种元代杂剧以及杂剧经典《重校北西厢记》。继志斋刊刻的杂剧数量多于同级别的其他大型刻书楼，这意味着其主人在一定程度上欣赏杂剧。晚明戏曲消费者主体是市民阶层，此阶层更欣赏篇幅长、故事情节曲折的传奇作品，对于篇幅短小、情节单一的杂剧并不欣赏。因此各大书坊为了迎合消费市场，大量刊刻传奇作品，并且配备精美插图。继志斋作为商业刻书楼，能够刊刻一定数量的杂剧，实属难得。

焦竑与继志斋主人陈大来友善，可能不仅因为二人是亲戚关系，也因为审美品位契合。焦竑、李贽、陈所闻和陈大来形成一个合作相对密切的创作和出版团体，陈大来的继志斋曾分别刊刻过三人的部分作品。焦竑曾给陈大来写信，与其商议刊刻李贽尺牍的事宜："大来兄姻丈：卓吾尺牍，见于刻行文集者什之三四耳。鄙意欲尽数捡出，稍择其粹者付之剞劂，不意长儿竟逝，所收半已散佚。今其存者遣往，烦即梓行之，以俟识者之自择，其亦可也。"① 李贽的作品本就是晚明书坊竞相刊刻的对象，有的书坊还冒用其名讳刊刻戏曲小说等书籍。焦竑《书李长者批选释大慧集》曰："李长者性嗜书，丹铅殆不去手。儒书释典，悉为诠释。近世盛行其书，假托者亦往往有之。余斋有《大慧全集》，乃其南来时所批选也。陈大来欲刻与学道者共之。余谓世所板行者，雅俗杂糅，孰若传此为人天之耳目乎？乃书此以更之。"②

因见到李贽作品被随意刊刻牟利，焦竑亲自把关李贽作品的刊刻工作，在批选之后，由陈大来出版。继志斋的确曾出版多部李贽作品，其中李贽曾评选《坡仙集》十六卷，交予焦竑帮忙审阅，后来此书由继志斋刊刻出版。

---

① ［明］焦竑：《与陈大来书》，焦竑著，李剑雄校点《澹园集》，中华书局，1999 年版，第 1182 页。

② ［明］焦竑：《书李长者批选释大慧集》，焦竑著，李剑雄校点《澹园集》，中华书局，1999 年版，第 1183 页。

继志斋还相继刊刻出版了《李卓吾遗书》二卷附录一卷、《李卓吾先生明诗选》二卷、《卓吾先生李氏丛书》十二种二十三卷等李贽著作。继志斋出版大量李贽的著作，绝不仅出于商业动机，更是因为焦竑和陈大来对于李贽的推崇及其遗作的保护。李贽曾在晚年致信焦竑，欲将平生所作托付："古今至人遗书抄写批点得甚多，惜不能尽寄去请教兄；不知兄何日可来此一批阅之。又恐弟死，书无交阁处，千难万难舍不肯遽死者，亦祇为不忍此数种书耳。有可交付处，即死自瞑目，不必待得奇士然后瞑目也。"① 焦竑不负李贽所托，而陈大来作为经济实力雄厚并且具备专业能力的出版商，其与焦竑关系的亲密，意味着焦竑在南京商业出版界具有深厚的根基，这为李贽遗作的出版与保护提供了技术和资金支持。陈所闻所著《南宫词纪》和《北宫词纪》均由继志斋出版，再联系焦竑为《北宫词纪》作序的行为，可说明继志斋与焦竑的这种紧密联系，为焦竑参与戏曲的商业出版提供了更多可能性。事实也证明，即使焦竑本人不直接参与商业出版，但是由其本人刊刻的《西厢记》和《琵琶记》仍旧被继志斋复刻出版，进入商业市场。

万历二十六年（1598），继志斋出版了一套《西厢记》和《琵琶记》的合刻本。《西厢记》和《琵琶记》分别是元杂剧和南戏的代表作品，一直广受欢迎，因此成为各大书坊争相刊刻的对象。继志斋作为金陵颇具规模的刻书楼，刊刻经典戏曲实属正常，因为当时南京乃至全国各大书坊竞争激烈，各家都在出版畅销戏曲。值得注意的是，学界普遍认为继志斋本《西厢记》底本极有可能是焦竑批点的《重校北西厢记》，因为该本卷首《刻重校〈北西厢记〉序》署名为"龙洞山农"，即为焦竑笔名。② 近年来，关于焦竑与《西厢记》的研究已经出现一批成果，研究者就《重校北西厢记》的版本价值，以及在《西厢记》体系中的位置和影响等问题，都做出了有益的探索。③ 因此，本章将不再侧重以上内容，而主要观照焦竑校点《西厢记》与明代晚期戏曲商业出版的关系，以及从中折射出关于焦竑对于商业出版的态度和焦

① ［明］李贽：《与焦弱侯书》，李贽著，陈仁仁校释《焚书·续焚书校释》，岳麓书社，2011 年版，第 486 页。

② 卜键：《焦竑的隐居、交游及其别号"龙洞山农"》，《文学遗产》，1986 年第 1 期。

③ 相关成果参照杨绪容：《明继志斋刊本〈重校北西厢记〉考述》，《江淮论坛》，2018 年第 5 期；刘根勤：《焦竑与晚明戏曲》，中山大学博士论文，2008 年；陈旭耀：《继志斋刊〈重校北西厢记〉考述》，《古籍整理研究》，2011 年第 5 期。

竑在戏曲市场的影响力等问题。

《刻重校〈北西厢记〉序》序言落款为"万历壬午夏龙洞山农撰，谢山樵隐重书于戊戌之夏日"①，"万历壬午夏"表示焦竑作序时间为万历十年（1582）夏，即焦竑合刻《西厢记》与《琵琶记》当在此年。焦竑此时应该继续准备科考，距离其进士及第尚有 7 年：

> 余园庐多暇，粗为点定，其援据稍僻者，略加诠释，题于卷额，合《琵琶记》刻之。风雨之辰，花月之夕，把卷自吟，亦可送日月而破穷愁。②

焦竑在多年的科考生涯中，并未有坐馆、入幕等士人较为普遍的治生经历。其大多数时间居于南京，因此在序中言"园庐多暇"，备考之余，校点《西厢记》。因此，焦竑本人合刻《西厢记》和《琵琶记》，主要用于自娱，即"把卷自吟"。而"破穷愁"，则表明此时焦竑的经济环境并不宽裕，累年科考已经为家庭造成了巨大的经济负担，而"愁"更多源于举业的无望，此时焦竑已经连续失败 5 次。焦竑在其文集中，甚少有关于家庭经济状况的记录，其并不欲多谈家庭，在其化名为"龙洞山农"的笔下，则更为直白地抒发对家庭经济状况和举业前途的感叹。在此种境遇下，钻研戏曲小道，也只是为生活平添一丝乐趣，而并无其他打算。甚至要将研究、刊刻戏曲的经历，隐藏在"龙洞山农"的名字之下。10 年后，继志斋打算刊刻经典戏曲《西厢记》和《琵琶记》，焦竑此年遭诬被贬官至福建福宁，春季离开京师，6 月归南京，10 月南下福宁赴任，其间居南京数月。因此，焦竑有机会与陈大来面谈出版《重校北西厢记》一事，而其与继志斋就刊刻一事具体的讨论已不可知，但是以下两点应较为明确。其一，陈大来认同焦竑对于《西厢记》校点的价值，因此直接使用其校点本复刻。其二，焦竑同意陈大来复刻其校点本，用于商业出版，但是依旧使用"龙洞山农"笔名。

焦竑"龙洞山农"的笔名，在其交游圈中，应不是秘密。首先，万历十九年（1591）冬，李贽《与焦弱侯书》提及收到焦竑寄来的《水浒传》《西

---

① ［明］焦竑：《刻重校〈北西厢记〉序》，黄仕忠《日本所藏稀见中国戏曲文献丛刊》第一辑第十四册，广西师范大学出版社，2006 年版，第 288 页。

② 同上书，第 288 页。

厢记》《琵琶记》时，继志斋尚未刊刻"西伯合刻"本，因此焦竑寄予李贽的《西厢记》与《琵琶记》，应是万历十年（1582）由其本人刊刻的原本。李贽著名的《童心说》，首句云："龙洞山农《叙西厢》末语云：'知者勿谓我尚有童心可也。'"① 此处《叙西厢》末语就是指题名龙洞山农作的《刻重校〈北西厢记〉序》。李贽《童心说》作于万历二十年（1592），在其收到焦竑所寄的 3 种书之后。② 因此，李贽在收到焦竑校点的《西厢记》刻本后，才能对其卷首序言加以评析，这显然说明李贽深知焦竑就是龙洞山农，但是李贽并未点明，在焦竑文章中仍然使用"龙洞山农"一名。

除李贽外，据杨绪容考证，署名徐渭的《田水月山房北西厢藏本》和《重刻订正元本批点画意北西厢》两种评点本中曾引用过焦竑的评语，"焦猗园云：'氤氲'，非'五瘟'也"，而此处考证，正是焦竑首创。③《田水月山房北西厢藏本》和《重刻订正元本批点画意北西厢》两种评点本的真伪问题和刊刻时间皆难以确切考证，因此无法判断其与继志斋刊本出版的先后关系。④ 无论两种评点本的作者参照的是焦竑刻本还是继志斋刊本，其署名都应是"龙洞山农"。但是评点者能直接指出某处考证出自"焦竑"之手，这说明在当时的《北西厢记》的评点圈层中，焦竑就是"龙洞山农"应被部分人知晓。

焦竑刻本已佚，因为用于自娱和互赠好友，当时刊刻的数量应该较少。而继志斋用于商业出版，刊刻数量应该大于焦竑刻本，侥幸保存至今。焦竑曾用"龙洞山农"笔名校点《西厢记》，并且合刻《西厢记》和《琵琶记》一事，随着同时代知情者的去世，而逐渐隐没于历史之中。就明代戏曲评点发展的时段特征而言，对于《西厢记》《琵琶记》等经典戏曲的评点发生在早期，焦竑对于《西厢记》的校点，正是在此时期内。按照朱万曙对于明代

---

① ［明］李贽：《童心说》，李贽著，陈仁仁校释《焚书·续焚书校释》，岳麓书社，2011年版，第 170 页。

② 关于李贽《与焦弱侯书》和《童心说》创作时间界定，参照许建平《明清文学论稿》，河南人民出版社，2017 年版，第 79 页注释③。

③ 杨绪容：《明继志斋刊本〈重校北西厢记〉考述》，《江淮论坛》，2018 年第 5 期，第163 页。

④ 关于"田水月山房本"和"批点画意本"的考订见朱万曙《明代戏曲评点研究》第一辑，安徽教育出版社，2002 年版，第 202—205 页。

戏曲评点方式的划分，焦竑《重校北西厢记》属于"考订兼评型"。① 《刻重校〈北西厢记〉序》曾对其参照的底本有详细描述，"北词转相摹梓，踳驳尤繁，唯顾玄纬、徐士范、金在衡三刻，庶几善本，而词句增损，互有得失"。② 其中，顾玄纬本和金在衡本已佚，只有徐士范本完整保存。焦竑刻本也已失传，只能将继志斋本和徐士范本略做比较，其中继志斋本对于字词"音注"和"释义"的添加值得注意。

在第一出【油葫芦】中，眉批中增加注音："隘，音爱。偃，音衍。溃，音诲。"第二出【小梁州】中，眉批增加释义："睩老，谓眼也，今教坊中犹有此语。《董解元传奇》云：'一双睩老。'按《楚》：'蛾眉曼睩，目腾光些'，王逸注：'睩，视貌，言美女好目曼泽，睩睩然视，精光腾驰，惊惑人心也。'观此则元人谓眼为'睩老'，抑亦古矣。"③ 类似改写和增加大约有20处。早期戏曲评点主要针对经典戏曲展开，以《西厢记》为例，由于年代较远，版本众多，评点者往往需要通过注音、释义、解释典故等考订工作来减少阅读障碍。但是，也有书坊专门出版注音的戏曲本子，因为当时的读者多为市民阶层，针对读者的知识水平，"注音"和"释义"成为一种卖点。富春堂曾刊刻出版大量印有"新刊出像音注""新刊重订出像附释"题名的戏曲，其中"音注"指附带详细注音，"附释"则是指对字词意义的解释。翻阅继志斋本《重校北西厢记》，其眉批也带有相当数量的"音注"和"释义"，除去徐士范本原有的音注和释义，继志斋本又做了一定数量的增加。继志斋也曾在万历间刊刻过专门以"音注"为卖点的戏曲《新刻出像音释点板东方朔偷桃记》。这说明"音注"和"附释"型戏曲评点本具有较为广阔的市场，以至于金陵规模最大的两家书坊争相刊刻。

---

① 朱万曙：《明代戏曲评点研究》，安徽教育出版社，2002年版，第36页。
② ［明］焦竑：《刻重校〈北西厢记〉序》，黄仕忠《日本所藏稀见中国戏曲文献丛刊》第一辑第十四册，广西师范大学出版社，2006年版，第288页。
③ 该眉批中，"按楚峨眉曼睩，目腾光些"句，"楚"应指《楚辞》，《继志斋》本或漏"辞"字。

图 3-1　继志斋《重校北西厢记》

第一出【混江龙】【油葫芦】眉批"音注"，据黄仕忠《日本所藏稀见中国戏曲文献丛刊》第一辑第十四册，广西师范大学出版社，2006 年版，第 299 页。

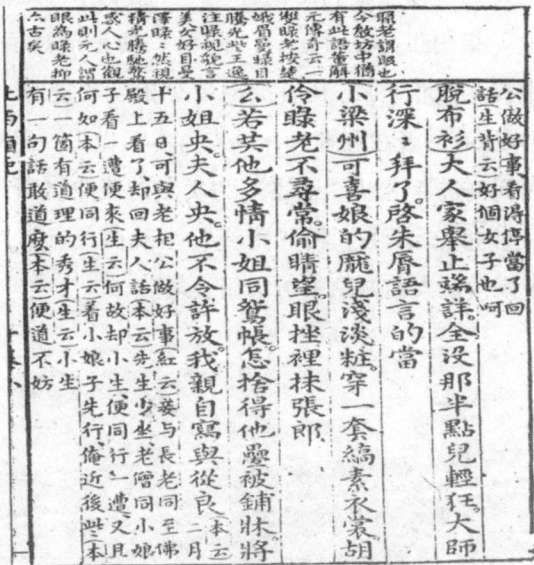

图 3-2　继志斋《重校北西厢记》

第二出【小梁州】眉批"释义"，据黄仕忠《日本所藏稀见中国戏曲文献丛刊》第一辑第十四册，广西师范大学出版社，2006 年版，第 313 页。

焦竑作为学者，其校点《西厢记》之初，应并无针对商业市场之意。但是由于其参阅的 3 种底本中两种散佚的缘故，也无法确认增加的部分"音注"和"释义"为焦竑独创。但是，详细的"音释"和扎实的"释义"考订，为后来继志斋本出版用作商业用途奠定了基础。考察继志斋现存戏曲目录，其《西厢记》仅刊刻过以焦竑校点本为底本的《重校北西厢记》一种。在万历时期，面对如此繁多的《西厢记》评点本，继志斋仅选用焦竑校点本，可见对其价值的看重，即使隐藏焦竑本名，也不影响《重校北西厢记》的校点的质量和价值。

继志斋主人陈邦泰作为南京本地人，在面对传奇称霸的戏曲出版现状，将市场导向和个人审美加以调和。作为商业刻书楼，陈邦泰紧跟戏曲市场，出版大量广受消费者欢迎的传奇作品。作为焦竑的合作伙伴，陈邦泰具备较高的学养和审美，其与焦竑志趣相投，欣赏北曲杂剧，因此也出版了部分杂剧作品，这在晚明南京戏曲出版界，较为难得。

第三节 文家縠率：明代举业书籍与江南书坊的出版策略

一、明代举业书籍出版的发展与成因

在明代的图书出版市场，科举类用书是重要的商业出版物，是各大书坊争相出版的畅销书籍。这类书籍是士子用于准备科考的参考书，却非由官方主导出版，是书坊主与士人合作的结果。举业书籍是明代科举制度的产物，尽管本身饱受诟病，并且质量参差不齐，但可成为研究明代士人治生与士风、士商关系以及科举考试的一个切入点，明代文学发展的轨迹亦在其中留下线索。举业书籍多出现在出版史的研究视野中，其作为明代重要商业出版书籍，与通俗类读物、生活实用类图书、儿童蒙学读物等图书共同构成了明代商业出版的繁荣版图。其本身的研究价值更多被局限于商业出版这一领域，因为多围绕四书五经等科考内容，实无新意，因此明代文学史、思想史多避而不谈，而作家专人的研究也并不涉及。事实上，举业书籍是士人与明官方意识

形态角逐的重要场域。科举考试本身就是由官方控制下的全民思想统一的重要途径，而举业书籍通过多元化解读儒家经典，影响考生在科场的作答，进而影响到考官阅卷标准，逐步由下及上动摇王朝的意识形态。明代官方对于科考类书籍出版审查的宽松，为该类书籍的编纂自由和畅销提供了生存空间。大量士人，无论处于科考的何种阶段，均直接或者间接参与到举业书籍的编写、运营和流通的环节中。

明代中期以来，举业书籍在坊间流通甚广。繁荣程度与科举考试的程式化、规范化形成正比关系，科举考试内容和形式越规范，制举用书则越有市场，但是本朝学者和后世学者对于举业书籍评价甚低。事实上，无论从书籍质量和编纂者的动机来看，举业书籍都很难获得认同，但是其在明中期以来持久不衰，书坊争相出版、各层次士人广泛参与其中。朝廷官员屡次上书请求整顿，都无法阻止举业书籍在市场的畅销。换言之，举业书籍是明代应试教育和科举制度的产物，尽管其存在饱受诟病，但是教育制度和选官制度决定其流行的必然性，而明代出版审查政策的宽松又为其大量出版面世提供了可能性。从学术和文化的角度来看，举业书籍并不值得提倡，但是其繁荣是不争的事实。

李贽极度厌恶科考，但是早年依旧没有摆脱参与科举的命运，并且其中举和举业书籍密切相关：

> 稍长，复愤愤，读传注不省，不能契朱夫子深心。因自怪，欲弃置不事。而闲甚，无以消岁日，乃叹曰："此直戏耳。但剽窃得滥目足矣，主司岂一一能通孔圣精蕴者耶！"因取时文尖新可爱玩者，日诵数篇，临场得五百。题旨下，但作缮写眷录生，即高中矣。居士曰："吾此幸不可再侥也。且吾父老，弟妹婚嫁各及时。"遂就禄，迎养其父，婚嫁弟妹各毕。①

李贽对于科举的厌恶，源于对官方程朱理学的反感，曾一度放弃科考，后来背诵了坊间举业书籍的八股文，前去应考乡试，竟然一举得中。李贽是福建生员，福建建阳是明代商业出版的重镇，其中举业书籍是建阳书坊的重

---

① [明] 李贽：《卓吾论略》，李贽著，陈仁仁校释《焚书·续焚书校释》，岳麓书社，2011年版，第147页。

要出版物。因此，李贽能够在市场中轻易见到多种时文，从中挑选"尖新"的篇目背诵。李贽的举动绝非个案，从其纯熟的应考行为来看，背诵时文在当时科考中是非常广泛的行为。并且举业书籍对于应对科考具有效力，只要精心挑选市场上的时文篇目，就有可能中举，甚至进士及第：

> 立甫悦其言，为易弦辙，尽弃古文词，日市坊间举子艺，读之三年，足不出户，目不窥园。人皆谓立甫好内讧之书淫，而立甫愈益攻苦不倦。比试，督学使者今钱塘金公、昆山陈公并赏其文，置高等。壬午举于乡，癸未成进士。①

陈立甫即陈汝璧，为陈文烛子，于万历十一年（1583）进士及第。陈立甫科举的成功，是其钻研举业书籍的结果。起初陈氏文风"简古"，后在他人"点拨"下，开始揣摩时文，抛弃古文词，以取悦考官。陈的做法与李贽并无不同，可见明代中期以来，举业书籍对士人科举事业的影响力。

此时，士人面临一种现实，一面是乡试和会试极低的通过率；另一面是市场上多种物美价廉的举业书籍，使用得当，就有机会走捷径，通过科举考试。一旦及第，个人和家庭的生活条件和社会地位将得到改善。这对于家境普通、渴求在举业上成功的士人具有极强的吸引力。尽管举业书籍学术含量较低，质量参差不齐，却是应对科举考试的快捷途径。究其原因，明代中期以来，科举考试更多意味着出仕做官，所谓"安贫乐道"的传统观点已经不能让士人信服。因此，士人更加注重科举的结果，钻研学问的过程则不被看重。这种功利的科举观念并非凭空产生，举业书籍也不仅用于科举考试。明代官方为士人从教育到出仕，设立一整套围绕科举考试的相关制度。首先，士人必须进入学校才能获得生员资格，而只有生员才有资格参加乡试。这意味着如果要走举业道路，进入学校成为生员是每个士人无法逃避的选择。士人获得生员资格后，学校教授的科目以及日常考核完全围绕科举考试设置，以下是明代科举考试内容和国子监作课的对比：

> 初设科举时，初场试经义二道，《四书》义一道；二场，论一道；三

---

① ［明］费尚伊：《故礼部仪制司主事陈立甫行状》，《费太史市隐园集选》卷二十，见沈乃文主编《明别集丛刊》第四辑第十四册，黄山书社，2015年版，第301页。

场，策一道。中式后十日，复以骑、射、书、算、律五事试之。后颁科举定式，初场试《四书》义三道，经义四道。……二场试论一道，判五道，诏、诰、表、内科一道。三场试经史时务策五道。①

三日一次背书，每次须读《大诰》一百字，《本经》一百字，《四书》一百字。不但熟记文词，务要通晓义理。若背诵讲解全不通者，痛决十下。每月务要作课六道：《本经》义二道，《四书》义二道，诏、诰、表章、策论、判语内科二道，不许不及道数。仍要逐月作完送改，以凭类进，违者痛决。②

显然，监生的日常课业与科举考试的内容极度相似，官学对于生员的培养，是以科举为导向，学校教育的极度功利化、模式化是明代官学衰落的重要原因。生员在学校的日常表现，直接与奖惩挂钩，廪膳生的名额从生员考核结果中产生，另外表现优异的生员才能获得担任低级官员的机会。生员的日常考核与科举考试都是明代官府选拔官员的方法，其考试内容必然相对一致。而生员的考核非常频繁，每日、每半月、每月和每季度均有考核，为应付繁重的课业，避免受罚和被罢黜，举业书籍成为大量士人的必需品。按照顾炎武的统计，明末生员的数量已达 50 万人，如此庞大的群体，都是举业书籍的潜在消费者。

举业书籍的流通和畅销，是明代官学教育畸形和科举选拔残酷导致的必然结果。科考的命题来自四书五经，并且考试题型固定，常年以往容易出现相同或者相似的题目，只要潜心钻研举业书籍，就有可能中举或者进士及第，平时也能应付学校繁重的课业，士人的日常学习和备考几乎被举业书籍全程包揽。与举业书籍的功能齐全相对应的，是官学教育的逐步失败。成化、弘治以来，生员除廪膳生外，皆无会馔，故不能在学校修习课业。家庭富裕者可聘请教师在家授课，或者在私塾中学习。家境普通或者贫困的生员，则多在寺院自学读书。焦竑作为生员时，就曾在南京两座寺庙中读书，直到中举。在校外修习的生员，必须寻求其他途径以弥补学校教育的缺失，购买和钻研举业书籍成为生员较为普遍的选择。

---

① ［清］张廷玉等编：《明史》卷六十九《选举志》，清乾隆武英殿刻本。
② ［明］申时行：《大明会典》卷二百二十，明万历内府刻本。

明代中期以后，伴随着官学教育失败、科场舞弊、生员数量骤增等因素，士人科举之路愈加艰难。科场环境的恶劣促使举业书籍迎来发展的高峰，而举业书籍反过来对于士风和科考风气又产生了重要影响。除非彻底放弃举业，士子始终要面对繁重的课业和日益艰难的科考。士人多承担家族厚望，李贽厌恶科举，但是仍然屈服于家族的期待，潜心准备乡试。如果不是一次考中，李贽可能还要连续参加乡试。中举后，李贽选择出仕做官，不再继续科考，也是出于家庭原因。弟妹陆续长成，父亲年迈，李贽需要操持家业，供养父亲。顾炎武曰：

> 呜呼！八股盛而六经微，十八房兴而《廿一史》废。昔闵子马以原伯鲁之不说学，而卜周之衰。余少时见有一二好学者，欲通旁经而涉古书，则父师交相谯呵，以为必不得颛业于帖括，而将为坎轲不利之人。岂非所谓大人患失而患者与？若乃国之盛衰，时之治乱，则亦可知也已。①

顾炎武旨在批评科举考试中，取士重时文的陋习。士子在修习举业时，时刻受到家中父、兄的关注，一旦发现其学习时文之外的其他内容，立刻制止。而士子平时研读、揣摩的时文从何而来，大都是书坊出版的时文类制举用书。举业书籍俨然成为众多士子家族重视的重要备考资料，一旦过分强调该类书籍的重要性，那么势必会导致士人群体出现"俗皆以书坊所刊时文，竞相传诵，师弟朋友自为捷径，经传注疏不复假目"的风气。② 科举选拔的导向，决定士人修习举业的侧重方向，而后者又决定书坊出版制举用书的类型。

制举用书并非明代特有的产物，当科举取士成为选拔官员的重要途径时，举业类书籍必然伴随产生。因此，唐代举业书籍就已经出现，白居易《白氏经史事类》、张鷟《龙筋凤髓判》等书目均是用于进士科的参考书籍。《通志》记载白居易《礼部策》小注曰："唐白居易应制举，自著策问，而

---

① ［清］顾炎武：《日知录》三十二卷，卷十六，清乾隆刻本。
② ［明］王祖娣：《明郡学生陈惟功墓志铭》，《师竹堂集》三十七卷，卷二十二，明天启刻本。

以礼部试策附于卷末。"① 显然，这是白居易专门为科举考试策论部分所作的参考书籍。进入宋代，制举用书的发展比唐代更为成熟，种类和数量都有所增加。

制举用书最为显著的特点，是紧跟科举步伐。换言之，制举用书具有较强的时效性，科举考试政策和内容一旦发生改变，制举用书也随之调整，否则将失去价值。以宋代为例，北宋初期科举考试与唐代类似，更加注重诗赋韵文，因此制举用书多有指导如何用韵、用字的部分。比如，孙奕《履斋示儿遍》、秦泰昌《韵略分毫补注字谱》（《直斋书录解题》录）、邱雍《韵略》（《崇文总目》录）等。此外，策、论也是必考内容，市场上相关书籍较为流行。北宋熙宁科举改革后，考试内容发生改变，以经义取代诗赋，即诗赋不再成为考试项目，取而代之的是经义考查。为适应考情，指导如何准备经义的制举用书开始流通，例如，吕祖谦《左氏博议》、王昭宇《周礼详解》等。

元代科举曾一度中断，制举用书也因失去市场需求陷入低潮。延祐二年（1315）重开科举，此后的近30年间每3年举行考试，举业书籍因此得以复兴。元代科举考试内容大致延续宋代经义考试，因此市场流通的制举用书多与之相关。进入明代，制举用书仍存在一段时间的沉寂期。明初，科举类用书以官刻为主，除去三部大全，尚有《乡试录》《会试录》《殿试录》《登科录》等书籍。举业用书在成为坊刻出版物之前，先出现于家刻书籍中。成化年间，《京华日钞》畅销一时，时杭州藏书家郎瑛曰："成化以前世无刻本时文，吾杭通判沈澄刊《京华日钞》一册，甚获重利，后闽省效之，渐至各省刊提学考卷也。"②《京华日钞》应为沈澄家刻书，后在市场流通，大受欢迎。书坊主受此启发，开始大量刊刻举业书籍。坊刻时文逐渐流行，但是此时官刻书籍仍是主流。顾炎武记载正德末年（1521）制举用书的刊刻情况，其《钞书自序》言：

> 炎武之先家海上，世为儒。自先高祖为给事中，当正德之末，其时天下惟王府官司及建宁书坊乃有刻板，其流布于人间者，不过四书、五经、通鉴、性理诸书。他书即有刻者，非好古之家不蓄，而寒家已有书

---

① [南宋] 郑樵：《通志》卷七十《艺文略》第八，清文渊阁四库全书本。
② [明] 郎瑛：《七修类稿》，上海古籍出版社，2001 年版，第 259 页。

六七千卷。①

正德末年（1521），市面上常见的书籍除去官刻和藩王府所刻之外，私家坊刻只有福建建宁的书坊。此时尽管出现建阳的坊刻书籍，但是举业用书仍然由官方主导，所刻书籍也多是官方编纂的举业用书和教材，民间书坊主和士人群体可发挥的空间较为有限。

随着明代官方掌控力的削弱，以及商品经济的崛起，明中期后，坊刻的制举用书逐渐超过官方刻书，在市场占据主导地位。其中《京华日钞》的禁绝不止，可作为官方对于举业书籍主导力量变弱的一个信号。越来越多士子研习《京华日钞》来备考科举，该书的畅销，让市场上跟风的同类书籍越来越多。官方出版的举业书籍受到冷落，这种趋势引起了一些士大夫的警惕，遂请求禁毁《京华日钞》等时文类制举用书："今之所谓科举者，虽可以得豪杰非常之士，而虚浮躁竞之习亦莫此为甚。今而不读《京华日钞》，则读《主意》，不读《源流至论》，则读《提纲》，甚者不知经史为何书。……臣愚乞敕提学等官，凡此《京华日钞》等书，其板在书坊者，必聚而焚之，以永绝其根柢；其书在民间者，必禁而绝之，以悉投于水火。"②谢铎时任南京国子监祭酒，主管教育和科举等事务，《京华日钞》等时文在其任内流行，故上书请求禁毁此类书籍。谢氏认为《京华日钞》等时文对士子的影响日益加深，让他们只读时文，而不知有经史，从而导致士风"虚浮躁竞"。弘治、成化年间，不断有官员上书，请求禁绝和烧毁书坊出版的时文书籍，这期间《京华日钞》和随后出版的20余种书籍仍然继续出版，并且广受欢迎。

二、士、商合作：江南各大书坊举业书籍作者身份的演变

到嘉靖、隆庆年间，坊刻已经成为举业书籍的出版主体，制举用书彻底成为商业书籍，而书坊主的出版举动也变成商业行为。一旦制举用书的编纂和刊行的主动权掌握在书坊主手中，那么制举用书的发展势必与官方主导时大不相同。官方刻书，目的并非盈利，主要是实现特定的政治意图，势必不会迎合消费群体即士人的多种需求。而书坊主投入成本刊刻制举用

① ［清］顾炎武：《钞书自序》，《亭林文集》卷二，四部丛刊印景清康熙刻本。
② ［明］黄训：《名臣经济编》，上海古籍出版社，1987年版，第124页。

书，主要目的是谋求利润，一定会尽力迎合士子日常课业和科考的需求，以此争取更高的销量。故而明中期以后，坊刻制举用书从种类和范围上，能够覆盖士子日常课业和科举考试的全部内容。因为相对于宋代，明代科举考试形式变动较小，官方指定的参考书籍也未发生变动。这并不意味着明代制举用书内容一成不变，时代文风的嬗变以及思想的变动都会在制举用书中得到响应。

制举用书由福建建阳的书坊先行刊刻，后全国各地书坊争相效仿。南北二京，江南地区的苏州、杭州、扬州、常州、湖州等城市是传统出版业发达的地区，势必成为制举用书的出版重镇。其他地区城市分布相对较少，多是各地首府。成都和西安分别是西南和西北地区的制举用书出版中心，中部出版地区有汉阳、南昌和徽州等地。① 这些书坊基本遍布全国，可见举业用书的流通和使用范围之广、消费群体之多。在众多地区中，江南地区的举业出版后期具有明显优势。在全国各城市中，南京书坊数量最多，福建建阳次之，据张秀民统计，明代南京可考姓名的书坊有 93 家。② 后来学者在张秀民统计的基础上，对南京书坊的统计量不断增加，南京书坊至少超过百家。③ 书坊皆以刊刻商业书籍为主，其中举业用书是明代坊刻书籍重要部分，仅南京一个地区的书坊所刊刻举业用书的数量就极为可观，江南还有杭州、苏州、扬州、常州和湖州等城市刻书量也十分庞大。南京唐振吾广庆堂、李潮聚奎楼、周曰校万卷楼、萧腾鸿师俭堂、唐对溪富春堂等知名书坊皆刊刻大量举业用书。④ 因此，虽然福建地区率先刊刻举业书籍，建阳的书坊数量也仅次于南京，但是仍然无法与后期的江南相比。

明末，书坊在刊刻制举用书的凡例中，直接以"举业之津梁、文家之縠率"指称，虽有广告夸张之嫌，但是制举用书在当时确实成为士人科举不可

---

① 参见（新加坡）沈俊平：《举业津梁：明中叶以后坊刻制举用书的生产与流通》，学生书局，2009 年版，第 49 页。

② 张秀民：《中国印刷史》，上海人民出版社，1989 年版，第 342 页。

③ 张献忠统计南京书坊在 150 家以上。见张献忠《从精英文化到大众传播：明代商业出版研究》，广西师范大学出版社，2015 年版，第 94—95 页。

④ 张献忠：《从精英文化到大众传播：明代商业出版研究》，广西师范大学出版社，2015年版，第 96—107 页。

或缺的辅助工具，在明代中后期科举和士人读书生活中扮演重要角色。① 明中叶以来，坊刻制举用书压倒官刻用书，举业书籍的数量和种类连年增加，供销两旺。制举用书成为书坊与通俗类文学和生活实用类书、儿童读物相并列的商业出版物。面对巨大的市场和同行的竞争，书坊主开始寻求新的突破之路，与不同阶层士人开展合作。

举业书籍在明中晚期士人群体中扮演重要角色，因为士人不仅是书籍的主要消费者，也是书籍生产重要的参与者。举业书籍的市场定位是全面满足士子需求，因此要覆盖士子日常课业和科举考试的内容，涉及种类繁多。与此同时，随着市场的扩大，以及各地书坊争相投入其中，举业书籍的竞争也日趋激烈。市场的扩大，意味着对于书籍需求量的上升，一方面要求书坊加大印刷量，另一方面要求书坊增加书籍种类。而同行间的竞争则要求书坊加强宣传，降低成本。因此，坊刻的举业书籍经历了一个由书坊主自主编纂到书坊主邀请士人加入，再到文社和书坊主合作出版的过程。在这期间，士人对于举业书籍编写参与程度逐渐加深，并且产生了权威作者群体。到明末，文社已经拥有操控选政的实际权力，而举业书籍是重要媒介。

从明代中期开始，士、商合作进行举业书籍的编纂与出版，并非从一开始就达成共识。嘉靖初，江苏江阴人李诩记载书坊主通过向士子购买文章的方式完成书籍组稿：

> 余少时学举子业，并无刻本窗稿。有书贾在利考朋友家往来，抄得灯窗下课数十篇，每篇誊写二三十纸。到余家塾，拣其几篇，每篇酬钱或二文，或三文。忆荆川中会元，其稿亦是无锡门人蔡瀛与一姻家同刻，方山中会魁，其三试卷，余为从臾其常熟门人钱梦玉，以东湖书院活板印行，未闻有坊间板。今满目皆坊刻矣，亦世风华实之一验也。②

李诩所目睹举业书籍从家刻到坊刻的变化，能够从一定程度反映江南地区举业书籍出版的发展趋势。早期，江南地区的书坊主从士人家塾中挑选文

①　［明］陈祖绶撰，夏允彝等参补：《近圣居三刻参补四书燃犀解》，见美国哈佛大学燕京图书馆编《美国哈佛大学哈佛燕京图书馆藏中文善本汇刊》第 4 册，广西师范大学出版社，2003 年版，第 11—13 页。

②　［明］李诩：《戒庵老人漫笔》，中华书局，1982 年版，第 334 页。

章，按篇目付款购买，数量应该不大，而且士人也亲自刊刻举业书籍。后来，市场上流通的书籍已经多半是坊刻。换言之，坊刻制举用书在与官刻用书竞争市场的同时，也与士人家刻用书存在微妙的竞争关系。万历年间，少数书坊主仍存在自行编纂的情况，但是大多数书坊主选择与士人分工合作，由士人从事专业的编纂工作，而书坊主只负责刊刻与发行。①

书坊主从早期的直接购买成文逐渐发展为拟定主题，邀请士人按照要求写作。相比购买成文，约稿的方式更能提高编纂效率并降低成本，而且能更加契合市场需求。举业书籍质量之所以参差不齐，是因为其编纂者成分复杂。清初《阅世编》载："公念文风之坏，盖由选家专取伪文，托新贵名选刻，以误后学，……各省试牍必由学臣鉴定发刻，如有滥选私刻者，选文之人无论进士、举人、监生、生员、童生，分别议处，以示颁行。"② 就举业书籍而言，明晚期与清初相接续，情况应该差别不大。在众多的编纂者中，上至翰林学士、进士、举人，下至生员、童生都参与其中。就其数量而言，顶层仕宦诸如翰林学士和进士编选较少，因为人数较少并且价格高昂，而且多数士大夫并不愿参与。举业书籍的主力应是生员，太仓人张溥曰：

> 夫房书之行，以其文受人之选者，大率皆得志之人也，其名不与乎房书；而选人之文者，大率皆不得志之人，纂他人之文，以寓意者也。故为文与选文，有二道焉。列己之所有，白于人，而天下不疑作者之能事也。③

张溥作为复社领袖，与江南书坊的合作十分密切。其言时文编选时，被选中文章的士人通常为"得志者"，即举业成功的人。而选文之人多是"不得志者"，即科举失意者。相比于有功名或有官职的士人，生员的经济条件较为窘迫。因此，大量生员投入举业书籍的编选中，能得到相应的酬劳。举业书籍和通俗类文学读物是书坊盈利最大的两种商业出版物之一，士人分流到这两类书籍的撰写和编纂工作中，成为职业文人，是商品经济发展下的新治生途径。相比于纯粹的通俗文学，举业书籍的编选与士人的本业更为接近。士

---

① 王建：《明代出版思想史》，苏州大学博士论文，2001年，第36页。
② [明] 叶梦珠撰，来新夏点校：《阅世编》，上海古籍出版社，1981年版，第173页。
③ [明] 张溥撰，曾肖点校：《七录斋合集》，齐鲁书社，2015年版，第130页。

人投身其中，也并不耽误继续科考。

但是举业书籍数量巨大，准入门槛并不高，只要稍通文墨，仅通过童试者也能参与编选。编选者层次的不同，导致书籍质量参差不齐。劣质书籍大量充斥其中，是举业书籍饱受诟病的重要原因，《四书千百年眼》曰："一坊刻最可哂者，每岁讲义，汗牛充栋，将数十年腐本，改头换面，雷同剿袭，借一二新贵名色，额之曰某元魁所辑也。而天下遂信耳吠声，争相购酬，自谓获一佳珍。间有出于名宿真本，穷玄测奥者，口角定是不类，览者反以污下之识，参勘不到，辄为弃去。噫，坊弊益深，其误天下士不浅矣。予则谓非坊刻误天下，乃天下士误坊刻也。"① 明末，坊刻制举书籍汗牛充栋。其中大多数书籍内容陈旧，质量堪忧，或为旧书改头换面，或是冒用状元、会元之名。虽然其中不乏质量上乘之作，但是与劣质书籍相混，士人难以辨别，甚至出现将"珍珠"误识为"鱼目"的情形。《四书千百年眼》为坊刻制举用书，编纂者目的在于推销本书质量过硬，并非"腐本"。故而，作者将举业用书之弊归结为天下士人盲目跟风，眼力不佳，而并非坊刻制举用书不该存在。

从改善基层士人生存状况的角度来看，举业书籍为数量庞大的基层士人提供了治生途径。但是书坊主以营利为目的，导致参与的士人层次不一，出现了大量品质堪忧的制举用书。《四书千百年眼》虽有故意将责任推卸给士人读者之嫌，但是也指出明末士人数量暴增，导致士人队伍素质下降的问题。因此，作为士、商合作产物的制举用书，其暴露的问题正是明中晚期士人群体固有的弊病。基层士人参与编纂活动，主要目的是解决生计问题。《儒林外史》中对坊刻时文集的编选过程有详细记载：

> 主人道："目今我和一个朋友合本，要刻一部考卷卖，要费先生的心替我批一批，又要批得好，又要批得快。合共三百多篇文章，不知要多少日子就可以批得出来？我如今扣着日子，好发与山东、河南客人带去卖。若出得迟，山东、河南客人起了身，就误了一觉睡。这书刻出来，封面上就刻先生的名号，还多寡有几两选金和几十本样书送与先生。不知先生可赶的来？"……主人随即搬了许多的考卷文章上楼来，午间又备

① ［明］余应科纂辑：《镌钱草两先生四书千百年眼》，明崇祯六年（1633）刊本。

了四样菜，请先生坐坐，说："发样的时候再请一回，出书的时候又请一回。平常每日就是小菜饭，初二、十六，跟着店里吃'牙祭肉'。茶水、灯油，都是店里供给。"①

这段记载隐含 3 处信息。其一，士人的大规模参与使书坊主有余力细分消费者市场，甚至专门出现针对特定地域的举业书籍。文中主人是指杭州文瀚楼书坊主，其准备刊刻的时文集专门针对山东、河南的商人，这两个省份是人口大省，士子数量多，是江南书坊的重要客户群体。其二，士人在编选期间，书坊负责全部生活开销，包括士人的日常食宿、灯油、茶水以及不定期地改善伙食。除此之外，还可得到一定数量的样书，士人可自行支配，如若出售又获得一笔费用。其三，举业书籍因为要销往外地，往往需要配合客商的行动时间，通常需要追赶进度。文中，匡超人前后共用 6 天，将书坊主要求的 300 篇文章批点完毕，得银二两。吴敬梓旨在讽刺匡超人之流，因此该金额不能确认为当时普通士人编选的正常收入。后匡超人表示其一共编选举业用书 95 本，可见当时这类书籍生产速度之快，产量之高。匡超人对自己的文名大为自信，扬言每次一出新书，店家要售卖 1 万部。尽管并不为实，但是吴敬梓也不会凭空虚构一个数字，应是在实际销售数量基础之上有所夸张。此外，匡超人的个人经历也十分具有代表性，其本为浙江温州府乐清县人，农村出身，幼时读过几年书，后因家贫跟随买柴的客人到杭州府谋生。匡超人是晚明农村文人向商业城市迁移流动的典型案例。中晚明以来，在杭州、南京、苏州等商会从事举业书籍编纂、出版的文人数量较大，层次不一，外地文人或者本地农村文人是编纂者的主要人员力量。

即使每本书籍的销售量为几千本，仅杭州一家书坊的制举用书出版量也是一个巨大的数字。加上低廉的成本，出版制举用书的利润非常可观，这是书坊主和士人争相参与其中的根本原因。此外，匡超人的想法颇具代表性，认为举业书籍的畅销让其在北方五省声名大噪，成为读书人争相供奉的对象。书坊主想要获得巨额收益，而基层士人要解决生计难题，这是士、商能够达成合作的基本前提。在此基础上，举业书籍还有可能为士人带来巨大的社会声誉，部分高层士大夫基于此，愿意参与举业书籍的编选工作。而书坊主为

---

① ［清］吴敬梓：《儒林外史》第十八回，吉林大学出版社，2019 年版，第 154 页。

了获得更高额的利润，必然也想与层次更高的士大夫合作。

　　坊刻制举用书的主导者基本为书坊主，由其确定主题，然后聘请士人进行编选。而书坊主又以士子需求为导向。因此，举业书籍的类型与科举考试息息相关，其分类标准也是科举考试的内容和形式。据洪武十七年（1384）颁布的规定，乡试首场试本经义四道，其中出题范围为："《四书》主朱子《集注》，《易》主程《传》、朱子《本义》，《书》主蔡氏《传》及古注疏，《诗》主朱子《集传》，《春秋》主左氏、公羊、穀梁三传及胡安国、张洽《传》，《礼记》主古注疏。永乐间，颁《四书五经大全》，废注疏不用。其后，《春秋》亦不用张洽《传》，《礼记》止用陈澔《集说》。"① 除去本经义，首场尚考四书义三道，出题范围为朱熹《四书章句集注》，这比洪武三年（1370）所颁布的规定范围更为狭窄。② 永乐年间，胡广奉诏编纂《五经大全》《四书大全》《性理大全》，自此三部大全成为官方指定参考书籍，凡是考生对经义的解释与之相违，则被黜落。因此，首场考试最为重要，因为决定后两场的去留问题。书坊主深知其重要性，市场上流通的绝大多数举业书籍都针对科举考试首场。针对首场考试的书籍主要有以下几种。一、四书类参考书籍。依据洪武十七年（1384）颁布的规定以及三部大全，首场考试共考 8 道题目，参考书籍四书、五经，并且指定以程朱一派为主。二、除四书之外，首场考试出题范围还有五经。考试规则是考生从五经之中，任选一经做解答。因此为了照顾士子备考需求，市场常见的制举用书是针对专门一经的，比如，《诗经》是考生选择较多的一经。书坊刊刻出版了大量《诗经》类的用书，《易经》和《书经》也是热门选项。

　　科举考试首场出题范围为四书五经，并且官方出版三部大全用作权威参考。因此，首场考试的范围较为清晰明朗。根据洪武十八年（1385）颁布的乡试规定，乡试第二场考论一道，判五条，诏、诰、表、笺、内科一道。第三场考查经史策五道，能力未至者，可减少两道。③ 第二、三场考试，只对考试内容做出规定，但是对于参考书籍未做指定。根据明代科考的实际情形，第二、三场考试涉及的知识范围非常广博，经史子集无所不包。在第一场考

① ［清］张廷玉等编：《明史》卷六十九《选举志》，清乾隆武英殿刻本。
② 洪武三年（1370）颁布的乡试考试内容规定中，四书义并不指定参考范围。见吴宣德《中国教育制度通史》第 4 卷，山东教育出版社，2000 年版，第 464—465 页表格。
③ ［清］张廷玉等编：《明史》卷六十九《选举志》，清乾隆武英殿刻本。

试中考核过的经义，第三场考试依旧会涉及。由于出题范围的广泛，又无权威参考书籍，士子对于第二、三场考试，其实更加依赖举业书籍。书坊针对第二、三场考试，出版的制举用书种类繁多，大致涵盖史类用书，子类书籍，古文选本，第二、三场范文与试墨，馆课类等类型，此外尚有针对首场考试的范文，即时文类参考书或称八股文选本。

三、操控选政：明清之际江南书坊与社团时文出版及其影响

明代科举考试的权威是三部大全，其主要依据程朱一派，包括程朱及其传人。朝廷将官员选拔与程朱理学紧密捆绑在一起，通过这种捆绑，明代官方更深层次的目的是统一全民思想。朱棣《性理大全》序曰：

> 圣人之道乎，岂得而私之？遂命工悉以镂梓，颁布天下，使天下之人获睹经书之全，探见圣贤之蕴，由是穷理以明道，立诚以达本，修之于身，行之于家，用之于国，而达之天下。使国不异政，家不殊俗，大回淳古之风，以绍先王之统，以成熙皞之治，将必有赖于斯焉。①

官方的导向非常明确：士人如果想要获得政治前途，就必须反复研习三部大全，不能涉及其他思想，否则在考试中将被黜落，在日常课业中则被教官惩罚。而明代科举考试极低的通过率，又导致士人长时间沉浸在三部大全的学术思想体系中，不得脱离。焦竑苦考会试20余年，加之准备童试、乡试的时间，至少有40年用来准备科考。因此其直言爱古文却不能专注。明中叶以来，科举考试在实际操作过程中对于首场考试的偏重，又进一步将士子的知识范围狭窄化，顾炎武直接将决定科考能否成功的关键锁定为"四书一经"。虽然该说法不免夸张，事实证明嘉靖、万历年间，科举考试的第二、三场虽然不如第一场重要，但也占据重要比重。将经典的理解局限在程朱理学之中，仍然阻碍了学术思想的自由发展。明末，顾炎武曰："自八股行而古学弃，《大全》出而经说亡，十族诛而臣节变。洪武、永乐之间，亦世道升降之一会矣。"② 三部大全颁布后，在官方的权力意志下成为排他性的科举考试指导思想。在科举考试中，与五经只取一经的考法相比，四书的地位更加重要。

---

① ［清］朱彝尊：《经义考》卷二百五十六，清文渊阁四库全书本。
② ［清］顾炎武：《日知录》三十二卷，卷十八，清乾隆刻本。

按照朱棣颁布三部大全的设想，程朱理学的权威地位将贯穿始终。但是，事实并非如此，明代中期以来，程朱理学就受到其他思想的挑战。制举用书由于其专为科举考试而存在，故而可称为科举考试的风向标。因为科举选拔将程朱理学设为指导思想，因此在明代前期，考生作答均以程朱传注为主。但是隆庆、万历以来，程朱理学的独尊地位不断遭受挑战，以至于朝廷官员也产生分歧，难以达成一致。作为官方确立的权威指导思想，大量官员维护程朱理学的权威地位。万历十五年（1587），沈鲤曾上疏指责科举乱象：

> 自臣等初习举业，见有用六经语者，其后以六经为滥套，而引用《左传》《国语》矣，又数年以《左》《国》为常谈，而引用《史记》《汉书》矣。《史》《汉》穷而用六子，六子穷而用百家，甚至取佛经道藏，摘其句法口语而用之。凿朴散淳，离经叛道，文章之流弊，至是极矣。①

沈鲤认为，在科举考试当中，考生不以程朱传注为本，反而引用大量《老》《庄》《左传》《国语》等诸子内容，甚至引用佛、道等语句。这种行为被沈鲤称为"离经叛道"，而其所谓"经""道"就是指程朱理学。沈鲤的奏疏表明，万历年间，科举考生中普遍存在着不再专注程朱传注，大量引用诸子百家和佛道语句的现象。即使在儒家之内，考生也不再专注程朱理学，王学开始进入士人科举考试的答卷之中。对于王学和程朱理学在科举考试角逐的过程，艾南英曰："国初，功令严密，非程朱之言弗遵也。盖至摘取良知之说，而士稍异学矣。然予观其书，不过师友讲论，立教明宗而已，未尝入制举业也。其徒龙溪、王畿、绪山、钱德洪阐明其师之说，而又过焉，亦未尝以入制举业也。"② 又曰："嘉靖中，姚江之书虽盛行于世，而士子举业尚谨守程、朱，无敢以禅窜圣者。自兴化、华亭两执政尊王氏学，于是隆庆戊辰《论语程义》首开宗门，此后浸淫，无所底止。科试文字大半剽窃王氏门人之言，阴诋程、朱。"③ 王学初期只是作为一种学说在士大夫之间传播，并未进入科举考试当中。自隆庆戊辰二年（1568），李春芳任会试主考官，其"厌五

---

① ［明］王世贞：《弇山堂别集》卷八十四《科举》，文渊阁四库全书本。
② ［明］艾南英：《增补文定待·序》，明崇祯刻本。
③ ［清］顾炎武：《日知录》三十二卷，卷十六，清乾隆刻本。

经而喜老庄，黜五经而崇新学"，王学、佛老之学在会试中得到认可。① 王学
的影响路径为先影响官员和士子，然后官员在主导科考时，录取引用王学的
士人，王学进入科举考试进而动摇程朱理学的地位成为可能。

王学的盛行与讲学具有密切的关系，全国各地的讲会活动是王学传播的
重要途径。讲会为士人接受王学思想奠定基础，但是让受到影响的士子学以
致用，在科举考试中得以发挥，单靠讲会并不足够。专为应对科考而存在的
举业书籍，则提供了王学进入科举考试的又一重要途径。康熙初，著名八股
文选家吕留良曰：

> 儒者正学，自朱子没，勉斋、汉卿仅足自守，不能发皇恢张。再传
> 尽失其旨，如何、王、金、许之徒，皆潜畔师说，不止吴澄一人也。自
> 是讲章之派，日繁月盛，而儒者之学遂亡。惟异端与讲章觭互胜负而已。
> 异端之徒，遂指讲章为程朱；而所为儒者，亦自以为吾儒之学不过如此。
> 语虽夸大，意实疑馁。故讲章诸名宿，其晚年皆归于禅学。然则讲章者，
> 实异端之涉、广，为彼驱除难耳。……此余谓讲章之说不息，孔孟之道
> 不著也。……隆、万以后，遂以攻背朱注为事，而祸害有不忍言者。识
> 者归咎于禅学，而不知致禅学者之为讲章也。②

作为八股文选家，吕留良对于举业书籍对士人的影响力具有清晰的认知。
因此，其将科举考试中弥漫王学思想的原因直指举业书籍。③ 吕留良以选家的
敏锐眼光，认识到举业书籍对于科举考试中指导思想转变起到重要的作用。
明中期后，书坊刊刻出版了大量四书类的相关书籍，包括说解、集解和人物
考等类型。吕留良所针对的是讲章类书籍，四书讲章类的书籍包括独立的注
解和多人集解，《四书大全》就是典型的讲章类书籍。在王学进入科举考试
后，书坊刊刻了大量夹带王学注解的四书类讲章。这些书籍有些出自深受王
学影响的学者之手，比如，章潢的《图书编》、袁黄的《四书删正》和《书

---

① ［清］顾炎武：《日知录》三十二卷，卷十八，清乾隆刻本。
② ［清］吕留良：《程墨观略论文》，《吕晚村先生文集》卷五，清雍正三年（1725）吕氏
天盖楼刻本。
③ 吕氏本人对于程朱理学和王学的态度，与其本人的学术主张和清代学术风气相关，并
非讨论重点，因此不做延伸。

经删正》等。

此时泰州学派的代表人物焦竑，是书坊主人青睐的理想编选者，江南各大书坊冒用焦竑的名字出版的各类书籍不下 30 种，而编选者对于主流思想的挑战在题为"焦竑"的举业书籍中较为明显。在焦竑名下的 8 种四书类书籍中，将其署名为第一作者或者主导者的讲章共有两种，《焦氏四书讲录》和《皇明百家四书理解集》，前者为焦竑独讲，后者则引百家注解。这两种讲章形式不同，但是明显深受王学影响，据统计在《焦氏四书讲录》中引用朱熹语 220 次，引用王阳明语 120 次，程朱理学显然失去独尊地位，并且作者在阐述个人观点之时，驳斥朱熹观点最多，其目的在于折中朱、王两说，以此衬托自己的学术观点。① 在引用百家注解的《皇明百家四书理解集》中，则"虽称遵朱注，为制举义，然亦兼采王学，实欲备集当时名家之言，以续大全"。② 由此，该书的众多编选者并未专遵程朱注解，而是杂取百家。其中在该书正文前介绍引用的"百家姓氏"一栏中，王学代表人物几乎全部囊括。王阳明、王艮、王畿、湛若水、邹守益、罗汝芳、欧阳德、耿定向、耿定力、焦竑以及祝世禄、潘雪松等人尽在其中。③

在万历时期的王学一门中，焦竑显然是书坊主心仪的代表人物。其以焦竑署名，刊刻出版带有王学色彩的四书类讲章，首先表明晚明举业市场承认焦竑王学后劲的学术思想地位，同时又显示出与同时期的其他同门学者相比，焦竑商业价值更高，深受书坊主青睐。明中晚期以来，科举成功的士人意味着世俗意义上的成功，但是并不意味着享有文化权威的地位。因此，科举考试作为应试教育和官员选拔的产物，失去确立文化精英的权力。随着商业出版的发展，更多非高官甚至非官员出身的士人成为文学权威。陈继儒、李贽等人均是引领风尚的名士，更多士人已经在士林建立相当的声望之后，才及第做官。焦竑就是其一，在高中状元之前，其在江南士林中已颇具声望，考中进士实属众望所归。尽管焦竑状元的头衔让其在举业市场更受欢迎，但是焦竑本人的商业价值，显然与其在士林的声望以及在江南文化市场的影响力

---

① 刘勇：《变动不居的经典：明代改本研究》，生活·读书·新知三联书店，2016 年版，第 280—284 页。

② 台湾编译馆主编：《新集四书注解群书提要》，华泰文化事业公司，2000 年版，第 60 页。

③ ［明］焦竑：《皇明百家四书理解集》，孟子文献集成编委会《孟子文献集成》第 24 卷，山东人民出版社，2017 年版，第 21—38 页。

更为相关。因为焦竑虽为状元，但是政治生涯短暂，并且官位不显，政治影响力更无从谈起。在政治影响力缺失的前提下，焦竑仍然能成为举业市场和商业出版的畅销书"作者"，主要依靠焦竑本人的学术文化影响力和书坊主对其在史学、古文和思想领域的精确定位。

书坊刊刻的举业书籍，通过引用王学、诸子和佛道等多元思想来撬动程朱理学在科举考试的指导地位，并且大获成功。万历后期，大量制举用书刻意删除或者攻击程朱注解，以求标新立异。朝廷和考官面对大量夹杂多家思想的考卷，只能妥协。程朱理学在科举考试中的独尊地位名存实亡，考生是对朝廷和考官权威的直接挑战者，隐藏在科举考生背后的是制举书籍的编选者，他们是挑战者的重要组成部分。商业出版让考生获得质疑考官的权利，而真正影响考生的制举用书编选者则相应地获得实际文学和学术思想权利。①

焦竑名下的四书类讲章，正是书坊选家挑战程朱理学的产物，在焦竑活跃的万历时期，程朱理学正与王学处于胶着状态，因此在讲章中王学和程朱理学呈现分庭抗礼之势。焦竑之后，程朱理学权威地位进一步丧失，在当时出版的讲章中，程朱理学或被删除或者遭到攻击。与此相对应的是官方对于科举考试的主导力逐步下降，明末江南书坊和社团权威选家相互合作，甚至拥有操控选政的权力，能够影响从题目设置到作答内容等科举考试的诸多重要环节。

明代中后期，结社之风在全国盛行，江南地区因为经济、文化发达，各类社团密布。在众多社团中，文社成立的目的大多是研究、揣摩时文，包括日常的八股文练习以及对科考题目的预测等内容。《复社记略》曾言成立目的为："今甲以科目取人，而制义始重，士既重于其事，咸思厚自濯磨，以求副功令。因共尊师取友，互相砥砺，多者数十人，少者数人，谓之文社。即此以文会友，以友辅仁之遗则也。好修之士，以是为学问之地；驰骛之徒，亦

---

① "The proliferation of various types of anthologies of examination essays on the Four Books and the Five Classics did not just provide more models to the candidates, it opened up a new discursive space for the examineescum-writers to challenge the judgment of the official examiners. The critics and editors had become the taste makers, arbiter elegantium. In their hands, commercial publishing had invested the authority to arbitrate among different literary styles." Chou Kai-wing: *Publishing, Culture, and Power in Early Modern China*, Stanford University Press, 2004, P. 213.

以是为功名之门，所从来旧矣。"① 士人均以科举仕途为正务，因此专门研习时文的文社数量颇多，影响力较大的有应社、豫章社、几社、读书社、鉴湖社、匡社、毫社等。其中，复社以其规模之大、影响力之深居于文社首位。崇祯二年（1629），太仓人张溥、张采等人在苏州尹山成立复社，集合当时全国南北十几个规模不一的文社，包括云间几社、浙西闻社、云簪社等，社团成员多达 2000 人，一时间声势响彻海内。文社并非单纯只在成员内部之间进行时文交流，书坊主和当时天下士人对于知名文社的时文十分关注。因此，大量文社选择与书坊合作，在社内权威成员的主持下，将本社成员的时文习作刊刻出版，面向全国售卖。谢国桢曾对文社这一行为评价，其言："那时候对于社事的集合，有'社盟''社局''坊社'等的名称。坊字的意义，不容说，就是书铺，可见结社与书铺很有关系。说起书坊来，倒是很有趣的故事。原来他们要揣摩风气，必须要熟读八股文章，因此那应时的制艺必须要刻版，这种士子的八股文章，却与书坊店里做了一笔好买卖，而一般操选政的作家，就成了书坊店里的台柱子。因此一般穷书生，也可以拿来做生活维持费。"②集结社文出版由作为组织者的书坊、消费者的士子以及生产者的文社成员三方共同促成。书坊为谋求利润，广大士子为求举业范文，而社团成员则可以获得一定报酬，从而维持生计。

社团选家往往是当代八股文名家，或为社团主持，具有一定的威望：

> 前朝之文，嘉、隆以前，无得而议。自万历末而文运始衰。启、祯之际，社稿盛行，主持文社者，江右则有艾东乡南英、罗文止万藻、金正希声、陈大士际泰；娄东则有张西铭溥、张受先采、吴梅村伟业、黄陶庵淳耀；金沙则有周介生钟、周简臣铨；溧阳则有陈百史名夏；吾松则有陈卧子子龙、夏彝仲允彝、彭燕又宾、徐暗公孚远、周勒卣立勋，皆望隆海内，名冠词坛。③

叶梦珠列举当时各地各社团的主持者，包括艾南英、金正希、罗万藻、陈际泰、张溥、张采、吴伟业、周铨、陈子龙、夏允彝等知名选家，这些人

---

① ［明］陆世仪：《复社纪略》卷一，清抄本。
② 谢国桢：《明清之际党社运动考》，辽宁教育出版社，1998 年版，第 101 页。
③ ［明］叶梦珠：《阅世编》卷八，上海古籍出版社，1981 年版，第 183 页。

频繁进行社团时文的甄选和点评活动，先后出版了大量时文选本。复社成立后，先后举行了金陵大会、苏州虎丘大会等大型集会，在每一次大会中都征集时文，以江南社员为主，河南、福建、广东甚至山西、陕西等也有士子邮寄时文参会。复社将大会征集的文章编为《国表》，前后共刊行六集。《复社纪略》描述《国表》云："按目计之，得七百余人，从来社籍未有若是之众者。计文共二千五百余首，从来社艺亦未有如是之盛者。嗣后名魁鼎甲多出其中，艺文俱斐然可观，业经生家莫不尚之，金阊书贾由之致富。"① 几社于崇祯五年（1632）出版《壬申文选》20 卷，为本社成员近一年的时文习作选本，由小樊堂出版。从崇祯三年（1630）开始，几社定期甄选、刊刻本社成员的时文习作，到崇祯十四年（1641）共出版 5 集《几社会义》。在社员陈子龙、彭宾两人乡试同年中举后，《几社会义》一时间洛阳纸贵，各地书坊争相刊刻。

江南社团在权威选家的主持下，定期出版诗文集，经由书坊推动，在全国各地受到士子的热烈响应。社团选家及其所选的时文集成为科考标准，向主流思想以及朝廷权威发起挑战，叶梦珠在遍列社团选家后，对于社选时文盛行后科考风气有所概括：

> 一时文章，大都骋才华，矜识见，议论以新辟为奇，文词以曲丽为美，当好尚之始，原本经传，发前人之所未发耳。逮其后，子史佛经，尽入圣贤口吻；稗官野乘，悉为制义新编。六经四子，任意诠解；周、程、朱注，束之高阁。朝廷亦厌其习，严饬学臣厘正，故于试卷面页，必注"恪遵明旨，引庄、列杂书，文体怪诞者不录"。……然而流风已成，究不能改。②

天下士子在社选时文的影响下，再不以程朱理学为准则，科考答题时遍引佛道、诸子百家。叶梦珠只是从知识范围描述社团操控选政对士子的影响，事实上，当时科考中还存在含沙射影"诋毁朝廷"的言论，《明熹宗实录》卷八十六云："何迩来伪学兴朝，邪党树帜，大坏风纪，专务招摇，一唱百和，此挽彼推，文字之间，遵崇诡异，褚墨所露，半是刺讥。如上科正副考

---

① ［明］陆世仪：《复社纪略》卷一，清抄本。
② ［明］叶梦珠：《阅世编》卷八，上海古籍出版社，1981 年版，第 183 页。

官方逢年、章允儒、熊奋渭、李继贞、丁乾学、郝士膏、顾锡畴、陈子壮及中式举人谢锡贤、刘正衡、艾南英、程祥会、雷谷、孙昌祖之辈，都不以崇正摅忠为念，乃以讪上谤政为怀……虽已概加惩处，用起更新，而在朝臣工，犹沿宿染，未殄余风。……即着行文各省直并会试正副考官及中式举人，自今已往，文必尊经，士无诡正。有仍前诋毁朝政，吠影含沙，决裂尺幅，而无顾忌者，着该部、科细加磨勘，简举参来。敢有扶同蒙蔽的，朕览出，一并重处。"艾南英乡试中举为天启四年（1624），朝廷直接称当时社团为"邪党"，此时的八股文已经有意对抗朝政。

崇祯初年（1628），清除宦官逆党后，社团文士的权力进一步得到提升。以崇祯三年（1630）乡试为例，复社骨干杨廷枢一举夺魁，高中解元，其余领袖和骨干中举者尚有张溥、吴伟业、吴昌时、陈子龙、彭宾、万寿祺、蒋楚珍等人。明代乡试的录取率总体低于会试，在某种程度上，士人乡试中举的难度比会试中第的难度更甚。乡试在地方举行，难度主要来自各地士人数量急剧扩张而举人名额相对固定。据统计，明代解额从初期的 500 余名，增长至后期的 1000 余名，总体呈上升趋势。[①] 但是，解额的增加并不意味着乡试难度的降低，秀才需要通过两次筛选才能获得乡试的资格，各地秀才初选通过者大概为十分之一，二选通过率更低。经济文化越发达地区，乡试名额竞争越大。例如，浙江乡试选拔，初选时"至二万余员，其亦可谓盛矣"，二选后，剩余"二千有奇"。[②] 从初选的 20000 余名到二选后的 2000 余名，锐减18000 名，通过率不足十分之一，可见浙江乡试人员竞争的激烈程度。文徵明云："乡贡率三岁一举。合一省数郡之士，群数千人而试之，拔其三十之一，升其得隽者曰举人。又合数省所举之士，群数千人而试之，拔其十之一，升其隽者曰进士。"[③] 按照文徵明的说法，二选通过的秀才获得参加乡试的资格，其中通过率大约为三十分之一，比进士通过率低。文徵明的数据可做参

---

① "大体说来，明朝的解额，分为三个阶段，洪武至宣德间，解额一直维持在 510~575 之间。正统间，解额在 740~760 之间。景泰元年、四年较为宽松。景泰七年以后，解额在 1135~1210 之间。"钱茂伟：《国家、科举与社会——以明代为中心的考察》，北京图书馆出版社，2004 年版，第 96 页。

② ［明］方扬：《浙江乡试录序》，《方初庵先生集》卷七，万历四十年（1612）刻本。

③ ［明］文徵明：《送周君振之宰高安叙》，《甫田集》卷十七，清文渊阁四库全书本。

考，当代学者亦有相关统计，明代乡试大部分年份通过率在4%左右。① 这个数据比文徵明的统计结果略高，但总体相差不大。

以上数据表明，在明代江南地区中举难度极大，然而复社成员中举人数之多，充分印证社团与书坊联合操控选政的巨大能量。据统计，在晚明科举中，复社共有200余名成员高中进士。② 社团对于选政的影响力如此巨大，与书坊的参与密不可分。正是江南社团领袖文士与江南各地书坊的密切合作，使得社选时文类举业书籍畅销全国，从而对各地士子产生影响，进而影响考官阅卷乃至科考命题。先进的印刷技术、四通八达的流通管道以及各地优秀文士齐聚江南等因素，共同营造了社团把持选政的局面，以江南一隅之地辐射全国科考。

---

① 钱茂伟：《国家、科举与社会——以明代为中心的考察》，北京图书馆出版社，2004年版，第99页。
② 朱子彦著：《中国朋党史》，东方出版中心，2016年版，第527页。

附录一 晚明江南主要城市部分书坊
及其戏曲出版情况

　　该附录主要依据杜信孚、杜同书《全明全省分县刻书考》，杜信孚《明代版刻综录》，江澄波、杜信孚、杜永康《江苏刻书》，庄一拂《古典戏曲存目汇考》，王重民《中国善本书提要》，瞿冕良《中国古籍版刻辞典》，张秀民《中国印刷史》，傅惜华《明代杂剧全目》《明代传奇全目》和顾志兴编《浙江印刷出版史》等书，以及俞为民《明代南京书坊刊刻戏曲考述》、孙崇涛《中国戏曲刻家述略》、蒋星煜《明代南京书林刊刻传奇举要》等文和"中国国家图书馆善本书目联合导航系统"、各省市图书馆检索系统数据库制成。表格主要选取晚明时期，江南地区南京、杭州、湖州等城市私家刻书楼刊刻、出版戏曲的书目、版本、年代等相关信息，以此考察晚明时期江南主要城市戏曲刻印的总体面貌。

一、明代南京戏曲出版

　　明代南京戏曲通俗文学的刊刻数量，居全国首位。南京书坊主要集中于三山街一带。明万历时期，基于稠密的人口和繁荣的经济、文化，三山街聚集着南京众多书坊，成为金陵刻书中心。南京以刊刻戏曲而著称的多个书坊都聚集在三山街，包括唐氏世德堂、唐氏广庆堂、唐氏富春堂、周曰校万卷楼、三山书坊、陈大来继志斋、萧氏师俭堂等多家著名书坊。继志斋和文林阁刊尚存戏曲20余种，世德堂、广庆堂和师俭堂尚存戏曲10余种。除以上书坊外，南京刊刻戏曲数量较多的还有长春堂、凤毛馆、文秀堂、乌衣巷、两衡堂和德聚堂等，这些书坊目前均有戏曲传世。

（一）唐氏富春堂

富春堂主人为唐富春，号对溪，明万历时期活跃于金陵的刻书家。经统计，富春堂曾刊刻戏曲达上百种："富春刻传奇，共有百种，分甲、乙、丙、丁字样，每集十种，藏家目录，罕有书此者。余前家居，坊友江君，持富春残剧五十余种求售，有《牧羊》《绨袍》等古曲。余杖头乏钱，还之，至今犹耿耿也。"① 富春堂刻戏曲之盛，当数南京第一，由于部分书籍已经散佚，目前尚存名字可考的富春堂戏曲达 40 种。

书名	作者	刊刻年代	其他
《新刻出像音注吕蒙正破窑记》二卷	不详	明万历间	
《新刻出像音注唐朝张巡许远双忠记》二卷	（明）姚茂良	明万历间	
《精忠记》	（明）姚茂良	明万历间	
《新刻出像岳飞破虏东窗记》二卷	不详	明万历间	
《校梓注释圈证蔡伯喈》三卷	（明）高明撰；（明）刘弘毅注	明万历间	
《新刻出像音注花栏王十朋荆钗记》四卷	（明）朱权撰	明万历间	
《新刻出像音注增补刘智远白兔记》二卷	不详	明万历间	
《新刻出像音注点板徐孝克孝义祝发记》二卷	（明）张凤翼撰	明万历间	
《新刻出像音注花将军虎符记》二卷	（明）张凤翼撰	明万历间	《绣刻演剧十种》之一
《新刻音注出像齐世子灌园记》二卷	（明）张凤翼撰	明万历间	《绣刻演剧十种》之一
《红拂记》	（明）张凤翼撰	明万历间	
《新刻出像音注刘汉卿白蛇记》二卷	（明）郑国轩撰	明万历间	《绣刻演剧十种》之一

---

① 吴梅：《青楼记》，王卫民编《吴梅戏曲论文集》，中国戏剧出版社，1983 年版，第 435—436 页。

书名	作者	刊刻年代	其他
《刻全像音释点板浣纱记》	（明）梁辰鱼撰	明万历间	
《新刻出像音注目莲救母》八卷	（明）郑之珍撰	明万历间	
《新刻出像音注姜诗跃鲤记》四卷	（明）陈罴斋撰	明万历间	
《玉玦记》四卷	（明）郑若庸撰	明万历间	
《新刻出像音注花栏南调西厢记》二卷	（明）崔时佩、李日华撰	明万历间	
《新刻出像音注商辂三元记》二卷	（明）沈寿先撰	明万历间	
《新刻出像音注花栏裴度香山还带记》二卷	（明）沈采撰	明万历间	《绣刻演剧十种》之一
《新刻出像音注花栏韩信千金记》四卷	（明）沈采撰	明万历间	《绣刻演剧十种》之一
《刘玄德三顾草庐记》四卷	不详	明万历间	
《新刻出像音注唐韦皋玉环记》四卷	不详	明万历间	《绣刻演剧十种》之一
《新刻出像音注薛仁贵跨海征东白袍记》二卷	不详	明万历间	《绣刻演剧十种》之一
《新刻出像音注王昭君出塞和戎记》二卷	不详	明万历间	
《新刻出像音注宋江水浒青楼记》	不详	明万历间	《绣刻演剧十种》之一
《新刻出像音注范雎绨袍记》四卷	不详	明万历间	
《新刻出像音注何文秀玉钗记》四卷	（明）心一山人撰	明万历间	
《新刻出像音注苏皇后鹦鹉记》二卷	不详	明万历间	《绣刻演剧十种》之一
《金貂记》四卷	不详	明万历间	
《新刊音注出像韩朋十义记》二卷	不详	明万历间	
《新刻出像音注司马相如琴心记》四卷	（明）孙柚撰	明万历间	
《周羽教子寻亲记》四卷	（明）王錂重订	明万历间	
《新刻出像音注管鲍分金记》四卷	（明）叶良表撰	明万历间	

书名	作者	刊刻年代	其他
《新刻出像音注观世音修行香山记》二卷	（明）罗懋登撰	明万历间	
《新刻出像点板音注李十郎紫箫记》四卷	（明）汤显祖撰	明万历间	《绣刻演剧十种》之一
《玉合记》	（明）梅鼎祚撰	明万历间	

（二）金陵继志斋

继志斋主人陈邦泰，字大来，金陵人氏，为著名学者焦竑姻亲。继志斋原为周曰校刻书楼，周氏衰败后，陈大来接管，继续用继志斋名号，刊刻出版商业书籍。继志斋刊刻戏曲的规模较大，是明万历时期南京大型的刻书楼，出版戏曲的数量仅次于富春堂。与其他书坊专刻传奇相比，继志斋刊刻了一定数量的元明杂剧，例如，将元代马致远《新镌半夜雷轰荐福碑》、乔吉《新镌李太白匹配金钱记》与明代贾仲明《铁拐李度金童玉女》、王九思《杜子美沽酒游春》四种杂剧收入《元明杂剧四种》，刊刻出版。又刊刻元代白仁甫《唐明皇秋夜梧桐雨》杂剧和乔吉《杜牧之诗酒扬州梦》两种元代杂剧以及杂剧经典《重校北西厢记》。继志斋刊刻的杂剧数量多于同级别的其他大型刻书楼。

书名	作者	刊刻年代
《元明杂剧四种》	（元）马致远撰《新镌半夜雷轰荐福碑》、（元）乔吉撰《新镌李太白匹配金钱记》、（明）贾仲明撰《铁拐李度金童玉女》、（明）王九思撰《杜子美沽酒游春》一卷	明万历间
《唐明皇秋夜梧桐雨》杂剧一卷	（元）白仁甫撰	明万历间
《重校北西厢记》五卷	（元）王实甫撰	明万历二十六年（1598）
《杜牧之诗酒扬州梦》杂剧一卷	（元）乔吉撰	明万历间
《新刊河间长君校本琵琶记》二卷	（明）高明撰	明万历二十六年（1598）

续表

书名	作者	刊刻年代
《重校古荆钗记》二卷	（明）朱权撰	明万历间
《重校五伦传香囊记》二卷	（明）邵灿撰	明万历间
《重校苏季子金印记》二卷	（明）苏复之撰	明万历间
《连环记》二卷	（明）王济撰	明万历间
《新镌量江记》二卷	（明）余翘撰	明万历三十六年（1608）
《重校玉簪记》二卷	（明）高濂撰	明万历二十七年（1599）
《重校浣纱记》二卷	（明）梁辰鱼撰	明万历间
《出像点板徐博士孝义祝发记》二卷	（明）张凤翼撰	明万历间
《重校红拂记》二卷	（明）张凤翼撰	明万历二十九年（1601）
《重校窃符记》二卷	（明）张凤翼撰	明万历间
《重校紫钗记》二卷	（明）汤显祖撰	明万历三十年（1602）
《重校十无端巧合红蕖记》二卷	（明）沈璟撰	明万历间
《重校坠钗记》二卷	（明）沈璟撰	明万历间
《重校义侠记》二卷	（明）沈璟撰	明万历四十年（1612）
《重校双鱼记》二卷	（明）沈璟撰	明万历间
《重校埋剑记》二卷	（明）沈璟撰	明万历间
《重校玉合记》二卷	（明）梅鼎祚撰	明万历间
《重校吕真人黄粱梦境记》	（明）苏汉英撰	明万历间
《重校旗亭记》	（明）郑之文撰	明万历三十一年（1603）
《水帘馆新编芍药记》	（明）郑之文撰	明万历间
《重校锦笺记》	（明）周履靖撰	明万历三十六年（1608）
《重校韩夫人题红记》	（明）王骥德撰	明万历间
《新刻出像音释点板东方朔偷桃记》	（明）吴德修撰	明万历间

书名	作者	刊刻年代
《重校班仲升投笔记》	（明）邱濬撰	明万历间
《重校千金记》	（明）沈采撰	明万历间
《重校全相昙花记》	（明）屠龙撰	明万历间
《丹桂记》	（明）徐肃颖撰	明万历间

（三）唐氏世德堂

世德堂主姓唐，据瞿冕良、孙崇涛等学者考述，世德堂由唐晟和其弟唐咏共同经营。唐晟，字伯成；唐咏，字叔永，二人为明万历间金陵人。世德堂为金陵著名书坊，以刊刻戏曲数量多而著称。世德堂刻书从明万历年间延续至康熙年间，现存戏曲逾20种。

书名	作者	刊刻年代	其他
《新刻重订出像附释标注琵琶记》四卷	（元）高明撰；（明）戴君赐注	明万历间	
《新刊重订出像附释标注拜月亭记》二卷	（元）施惠撰	明万历十七年（1589）	
《新刊重订出像附释标注音释赵氏孤儿记》二卷	不详	明万历间	
《新刊重订出像附释标注裴度香山还带记》二卷	（明）沈采撰	明万历间	
《新刊重订出像附释标注千金记》	（明）沈采撰	明万历间	
《新刊重订附释标注出像伍伦全备忠孝记》四卷	（明）邱濬撰	明万历间	
《投笔记》	（明）邱濬撰	明万历间	
《锲重订出像注释节孝记》二卷	（明）高濂撰	明万历间	
《玉簪记》	（明）高濂撰	明万历间	
《新刻重订出像附释标注赋归记》	不详	明万历间	
《重订出像注释裴淑英断发记》二卷	（明）李开先撰	明万历十四年（1586）	
《红拂记》	（明）张凤翼撰	明万历间	

书名	作者	刊刻年代	其他
《新刻重订出像附释标注陈情记》	不详	明万历间	
《玉合记》二卷	（明）梅鼎祚撰	明万历间	
《新镌出像李十郎霍小玉紫箫记》二卷	（明）汤显祖撰	明万历间	
《新刊出像双凤齐鸣记》二卷	（明）陆华甫撰	明万历间	
《新锲重订出像附释标注惊鸿记》二卷	（明）吴世美撰	明万历间	
《水浒记》	（明）许自昌撰	明万历十八年（1590）	
《新刻出像音注节义荆钗记》四卷	不详	明万历十七年（1589）	
《新刊重订出像附释标注香囊记》	（明）邵灿撰	明万历间	
《笠翁传奇十种》	（清）李渔撰	清康熙间	包括《奈何天》《比目鱼》《蜃中楼》《怜香伴》《风筝误》《慎鸾交》《凰求凤》《巧团圆》《玉搔头》《意中缘》十种传奇

（四）唐氏文林阁

文林阁堂主为唐锦池、唐惠畴（一说唐锦池、唐惠畴为父子，一说唐锦池又名唐惠畴，二者为一人）。文林阁为明万历时期南京刻书楼，以刊刻戏曲种类繁多著称。

书名	作者	刊刻年代	其他
《新刻全像观音鱼篮记》（又称《新刻全像鲤鱼精鱼篮记》）二卷	不详	明万历间	另有《文林阁传奇十种》本
《新刻牡丹亭还魂记》四卷	（明）汤显祖撰	明万历间	另有《文林阁传奇十种》本
《新刻全像易鞋记》二卷	（明）沈鲸撰	明万历间	另有《文林阁传奇十种》本

书名	作者	刊刻年代	其他
《新刻全像包龙图公案袁文正还魂记》一卷	不详	明万历间	另有《文林阁传奇十种》本
《重校古荆钗记》二卷	（明）朱权撰	明万历间	
《重校绣襦记》二卷	（明）薛近衮撰	明万历间	
《重校锦笺记》二卷	（明）周履靖撰	明万历间	
《重校四美记》二卷		明万历间	另有《文林阁传奇十种》本
《新刻狄梁公返周望云忠孝记》二卷	（明）金怀玉撰	明万历间	
《新刻五闹蕉帕记》二卷	（明）单本撰	明万历间	另有《文林阁传奇十种》本
《新刻校正全像音释青袍记》二卷	不详	明万历间	
《新刻全像汉刘秀云台记》二卷	（明）蒲俊卿撰	明万历间	另有《文林阁传奇十种》本
《新刻全像高文举珍珠记》二卷	不详	明万历间	另有《文林阁传奇十种》本
《新刻全像胭脂记》二卷	不详	明万历间	
《新刻全像点板张子房赤松记》二卷	不详	明万历间	
《新校剑侠传双红记》二卷	（明）禹航庚生子编	明万历间	
《重校投笔记》四卷	（明）丘溶撰	明万历间	
《重刻出像浣纱记》四卷	（明）梁辰鱼撰	明万历间	另有《文林阁传奇十种》本
《重校玉簪记》二卷	（明）高濂撰	明万历间	
《重校注释红拂记》二卷	（明）张凤翼撰	明万历间	
《新刻全像古城记》二卷	不详	明万历间	
《重校拜月亭记》二卷	（元）施惠撰	明万历间	
《重校义侠记》二卷	（明）沈憬撰	明万历间	另有《文林阁传奇十种》本
《惊鸿记》二卷	（明）吴世美撰	明万历间	
《宵光记》		明万历间	

书名	作者	刊刻年代	其他
《文林阁传奇十种》二十卷		明万历间	包括《新刻全像观音鱼篮记》二卷、《新刻牡丹亭还魂记》四卷、《新刻全像易鞋记》二卷、《新刻全像包龙图公案袁文正还魂记》一卷、《新刻五闹蕉帕记》二卷、《新刻全像汉刘秀云台记》二卷、《新刻全像高文举珍珠记》二卷、《重刻出像浣纱记》四卷、《重校义侠记》二卷

（五）唐氏广庆堂

广庆堂为明万历时期金陵著名书坊，刊刻大量戏曲作品、举业书籍、通俗小说等畅销出版物。广庆堂主为唐振吾，字国达，金陵人。在广庆堂出版的戏曲中，纪振伦是参与校正和创作的重要文人。纪振伦（生卒年不详），字春华，别署秦淮墨客，疑为南京人，职业文人，从事戏曲、小说的创作和校订工作，活跃于明万历时期。纪振伦以戏曲校订称名于世，是有明一代南京最擅校订戏曲者之一。纪振伦受雇于唐振吾广庆堂，先后为其创作或校订出版《新刻出像点板八义双杯记》《新编全像点板西湖记》《新刊校正全像音释折桂记》《新刻出像点板武侯七胜记》《新编出像点板宵光记》等传奇作品。

书名	作者	刊刻年代	其他
《镌新编全像霞笺记》二卷	不详	明万历间	
《新刊分类出像陶真选粹乐府红珊瑚》	（明）纪振伦编辑	明万历三十年（1602）刻本	
《新刻出像音释点板东方朔偷桃记》二卷	（明）吴德修撰	明万历间	
《新编全像点板窦禹钧全德记》二卷	（明）王稚登撰	明万历间	

书名	作者	刊刻年代	其他
《新刊出像点板红梅记》	（明）周朝俊撰	明万历间	
《新刻袁中郎先生批评红梅记》	（明）周朝俊撰		
《新刻出像音释点板留伯仁八黑收精剑丹记》	（明）谢天瑞撰	明万历间	
《新刻出像点板葵花记》二卷	（明）高一苇订正	明万历间	
《新刻出像点板八义双杯记》	（明）薛旦撰；（明）秦淮墨客校正	明万历间	题"秦淮墨客校正，唐氏振吾刊行"
《新编全像点板西湖记》	（明）秦淮墨客校正	明万历间	
《新刊校正全像音释折桂记》	（明）秦淮墨客校正	明万历间	
《新刻出像点板武侯七胜记》二卷	（明）纪振伦（秦淮墨客）撰	明万历间	题"秦淮墨客校正"
《题塔记》	不详	明万历间	
《新编出像点板宵光记》二卷	（明）徐复祚撰；（明）秦淮墨客校正	明万历间	题"秦淮墨客校正，唐氏振吾刊行"
《邯郸梦记》	不详	明万历间	
《玉簪记》	不详	明万历间	
《镌玉茗堂新编全像南柯梦一记》	（明）汤显祖撰	明万历间	

（六）师俭堂

金陵师俭堂为晚明金陵大量刊刻戏曲传奇的刻书楼，书坊主人为萧腾鸿。师俭堂曾刊刻一系列题名中带有"鼎镌"字样的戏曲，例如，《鼎镌红拂记》二卷、《鼎镌玉簪记》二卷和《鼎镌绣襦记》二卷等。此外师俭堂出版的戏曲题名中常带有"陈眉公先生评""陈眉公先生批评"的字样，例如，《鼎镌陈眉公先生批评西厢记》二卷、《鼎镌陈眉公先生批评幽闺记》二卷和《鼎镌陈眉公先生批评琵琶记》二卷等。陈继儒是晚明名家，在商业出版市场具有强大的号召力，师俭堂将戏曲冠以其名，为金陵书坊竞争的常用策略。

书名	作者	刊刻年代	其他
《鼎镌红拂记》二卷	（明）张凤翼撰； （明）陈继儒评	明末	
《明珠记》二卷	（明）陆彩撰	明万历间	
《鼎镌玉簪记》二卷	（明）高镰撰	明末	
《鹦鹉洲》	（明）陈兴郊撰	明万历间	
《麒麟毯》二卷	（明）陈子郊撰	明万历间	
《汤海若先生批评西厢记》	（明）汤显祖评	明末	附《园林午梦》一卷、《钱塘梦》一卷、《蒲东诗》一卷
《异梦记》二卷	（明）王元寿撰； （明）徐肃颖订； （明）陈继儒评	明万历间	
《西楼记》	（明）袁于令撰	明万历间	
《鼎镌陈眉公先生批评西厢记》二卷	（元）王德信撰； （元）关汉卿续； （明）陈继儒评	明末	附《会真记》一卷、《园林午梦》一卷、《蒲东诗》一卷
《鼎镌陈眉公先生批评幽闺记》二卷	（元）施惠撰； （明）陈继儒评	明末	
《鼎镌陈眉公先生批评琵琶记》二卷，附《释义》二卷	（明）陈继儒评	明末	
《鼎镌绣襦记》二卷	（明）薛近衮撰	明末	

（七）汪廷讷环翠堂

环翠堂主人为汪廷讷，字吕朝（一作吕期），号无如、无为、坐隐、无无居士、坐隐先生、全一真人、松萝道人、清痴叟等。汪廷讷出身于徽州休宁望族汪氏家族，其父亲、祖父皆为商人，家资丰饶。汪廷讷肩负家族希望，专攻儒业，结交仕宦名流。后屡试不第，捐资为盐课副体举。汪廷讷寓居金陵，建环翠堂，从事戏剧创作和出版，因财力雄厚，环翠堂刊刻戏曲插图精美，乃出自著名画工汪耕之手。

书名	作者	刊刻年代	其他
《环翠堂乐府种玉记》二卷	（明）汪廷讷撰	明万历间	
《环翠堂乐府彩舟记》二卷	（明）汪廷讷撰	明万历间	
《环翠堂乐府狮吼记》二卷	（明）汪廷讷撰	明万历间	
《环翠堂乐府投桃记》二卷	（明）汪廷讷撰	明万历间	
《环翠堂乐府三祝记》二卷	（明）汪廷讷撰	明万历间	
《环翠堂乐府义烈记》二卷	（明）汪廷讷撰	明万历间	
《环翠堂乐府天书记》二卷	（明）汪廷讷撰	明万历间	
《元本出像西厢记》二卷	（元）王德信撰；（元）关汉卿续	明万历间	
《坐隐先生精订王西楼乐府》一卷	（明）王磐撰	明万历间	《环翠堂四词宗合刊本》
《坐隐先生精订金白屿萧爽斋乐府》一卷	（明）金銮撰	明万历间	《环翠堂四词宗合刊本》
《坐隐先生精订梁少白江东白苎》一卷	（明）梁辰鱼撰	明万历间	《环翠堂四词宗合刊本》
《坐隐先生精订冯海浮山堂词稿》四卷	（明）冯惟敏撰	明万历间	《环翠堂四词宗合刊本》
《坐隐先生精订陈大声乐府全集》十二卷	（明）陈铎撰	明万历三十九年（1611）刻本	共包括陈铎作《坐隐先生精订梨云寄傲》二卷、《坐隐先生精订秋碧轩稿》二卷、《坐隐先生精订可雪斋稿》一卷、《坐隐先生精订月香亭稿》一卷、《坐隐先生精订纳锦郎传奇》一卷、《坐隐先生精订太平乐事》一卷、《坐隐先生精订草堂余意》二卷、《坐隐先生精订滑稽余韵》二卷八种作品
《坐隐先生精订真傀儡》一卷	不详	明万历间	《环翠堂精订五种曲》之一
《坐隐先生精订一文钱》一卷	（明）破悭道人撰	明万历间	《环翠堂精订五种曲》之一

书名	作者	刊刻年代	其他
《坐隐先生精订再生缘》一卷	（明）蘅芜室主撰	明万历间	《环翠堂精订五种曲》之一
《坐隐先生精订齐东绝倒》一卷	（明）竹痴居士撰	明万历间	《环翠堂精订五种曲》之一
《坐隐先生精订男皇后》一卷	（明）王骥德（秦楼外史）撰	明万历间	《环翠堂精订五种曲》之一
《袁了凡先生释义西厢记》二卷	（元）王德信、关汉卿撰；（明）袁黄释义	明万历间	

（八）玩虎轩

金陵玩虎轩主人为汪云鹏，字光华，歙县西乡人。明万历间汪云鹏寓居金陵，开设玩虎轩，本人为著名版刻技工，出版书籍刻工精细、插图精美。

书名	作者	刊刻年代	其他
《元本出像南琵琶记》三卷	（元）高明撰	明万历二十五年（1597）	明万历三十八年（1610）被起凤馆翻刻
《重校孝义祝发记》二卷	（明）张凤翼撰	明万历二十五年（1597）	
《新镌红拂记》二卷	（明）张凤翼撰	明万历二十五年（1597）	
《会真记》三卷	（唐）元稹撰	明万历间	
《元本出像北西厢记》二卷《会真记诗词跋序辩证年谱碑文附后》一卷	（明）汪耕画	明万历间	

二、明代杭州、湖州等地戏曲出版

晚明杭州、湖州等城市是江南地区戏曲刻印的又一重镇，杭州是全国图书集散地，四方典籍汇聚于此。杭州书籍刻印具有鲜明特征：首先，与南京相比，杭州、湖州地区的书坊更加注重书籍校勘和刻印质量，精于校雠和装帧；其次，与建阳书坊"低质低价"的销售路线相比，杭州书坊通常采取以质取胜的销售策略。戏曲作为重要的通俗出版物，杭州容与堂等书坊聘请本地或徽州知名刻工，精雕细琢，务求精美。湖州闵、凌等刻书家推出上百种套版印刷书籍，版面清晰、疏朗雅致，极具特色。

（一）武林容与堂

武林容与堂为明万历间杭州著名书坊，刻印过戏曲、小说甚多，且广为流传。容与堂刻印戏曲、小说多冠以"李卓吾点评"的标题。

书名	作者	刊刻年代	其他
《李卓吾先生评红拂记》二卷	（明）李贽评	明万历三十八年（1610）	《容与堂六种曲》之一
《李卓吾先生批评北西厢记》二卷	（明）李贽评	明万历三十八年（1610）	《容与堂六种曲》之一
《李卓吾先生批评幽闺记》二卷	（明）李贽评	明万历三十八年（1610）	《容与堂六种曲》之一
《李卓吾先生批评玉合记》二卷	（明）李贽评	明万历三十八年（1610）	《容与堂六种曲》之一
《李卓吾先生批评琵琶记》二卷	（明）李贽评	明万历三十八年（1610）	《容与堂六种曲》之一
《李卓吾先生批评浣纱记》二卷	（明）李贽评	明万历三十八年（1610）	《容与堂六种曲》之一
《吴骚合编》四卷	（明）张琦选辑；（明）张旭初删订	明崇祯十年（1637）	
《怀远堂批点燕子笺》	（明）阮大铖撰；（明）陆武清绘；（明）项南洲刻	明崇祯间	
《张深之正北西厢记秘本》	（元）王实甫撰；（明）陈洪绶刻	明崇祯十二年（1639）	

（二）起凤馆

起凤馆主人为曹以杜，曾翻刻玩虎轩《南琵琶记》，以及刊刻《北西厢记》《吴越春秋乐府》等戏曲。起凤馆刊刻戏曲本子带有明代杭州刻书楼鲜明特征，即多与徽州刻工合作，戏曲插图风格颇具徽派风格。

书名	作者	刊刻年代	其他
《元本出像北西厢记》《会真记》一卷，附《释义》一卷	（明）李贽；（明）王世贞评	明万历三十八年（1610）	又名《王李合评北西厢记》
《元本出像南琵琶记》三卷	（明）李贽；（明）王世贞评	明万历三十八年（1610）翻刻玩虎轩本	又名《王李合评南琵琶记》
《新刻吴越春秋乐府》	（明）梁辰鱼撰	明万历三十八年（1610）	

（三）臧氏博古堂

博古堂主人为臧懋循，字晋叔，晚明著名戏曲家、文学家。明万历八年（1580）进士，先后任荆州府学教授、南京国子监博士等职。明万历十三年（1585）罢官，隐居故乡，创办印刷工场，自选、自编、自刻并亲自主持书籍发行。臧懋循对收藏的元曲进行整理、校勘，其刻书工场有"博古堂"和"雕虫馆"之称。明万历四十三年（1615）、四十四年（1616），臧懋循分两次以"博古堂"为号，精工刻印了《元曲选》一百卷，成为后世元杂剧研究的重要资料。

书名	作者	刊刻年代	其他
《元人百种曲》一百卷	（明）臧懋循编	明万历四十三年（1615）、四十四年（1616）分两次刻印	内含元人杂剧九十三种，明人杂剧七种
《校正古本荆钗记》	（明）臧懋循校正	明万历间	武林博古堂
《删订玉茗堂四种曲》	（明）汤显祖撰；（明）臧懋循删订	明万历间	包括《还魂记》二卷、《紫钗记》二卷、《南柯记》二卷、《邯郸记》二卷
《改定昙花记》	（明）臧懋循改定	明万历间	

（四）吴兴闵、凌二氏

在明天启、崇祯时期湖州出版戏曲版画插图的书坊中，最为典型的是以朱墨套印称名于世的闵、凌两家。闵、凌两家皆为吴兴当地望族，代表人物分别为闵齐伋和凌濛初，闵、凌二氏以制朱墨套印图书著称于出版史。套版印刷术发明于元代，技术特征为在同一版面上用两种以上的颜色进行套印，从而改变过去使用单一颜色的印刷，使印刷品色彩鲜艳、更为精美。闵、凌两家套版印书的版式印刷基本相同，版本特征为四周单边，中间无界行，每页大多为8行18字和19字，或半页9行19字，间或有9行18字、8行17字、19字。正文以仿宋印刷体，注释、批语多用手写体，版面清晰、爽朗。

闵齐伋，字及五，号遇五，乌程（今湖州）人，著有《六书通》传世。刻朱墨字版、五色字版传世，称"闵本"。湖州闵氏套印本，除闵齐伋所刊印最多外，今知达数十种，此外闵姓尚有多家，包括闵齐华、闵元衢、闵象泰、闵于忱、闵明昭、闵振声、闵振业、闵一枯、闵光瑜、闵尔容等在内皆从事套版印刷业。

凌濛初，字玄房，号初成，别号即空观主人，乌程（今湖州）人，副贡生。凌氏曾任上海县丞，官至徐州通判。凌濛初为明代著名短篇白话小说家，曾编著《初刻拍案惊奇》《二刻拍案惊奇》，世称"二拍"。凌濛初套印刻本与闵齐伋齐名，世称"凌本"。

书名	作者	刊刻年代	其他
《会真六幻西厢》十四卷朱、墨套印本	（明）闵齐伋刻	明崇祯间	《会真六幻西厢》含《会真记》一卷，（唐）元稹撰；《董解元西厢记》二卷，（金）董解元撰；《西厢记》四卷，（元）王实甫撰；《续西厢记》一卷，（元）关汉卿撰；《五剧笺疑》一卷，（明）闵齐伋撰；《李日华西厢记》二卷，（明）李日华撰；《陆天池西厢记》二卷，（明）陆粲撰；《园林舞梦》一卷，（明）李中麓撰

续表

书名	作者	刊刻年代	其他
《绘刻西厢记彩图》不分卷八色套印本	（明）闵齐伋刻	明崇祯十三年（1640）	
《邯郸梦记》	（明）闵齐伋刻	明天启元年（1621）	
《绣襦记》	（明）闵齐伋刻	明天启年间	
《红拂记》	（明）闵齐伋刻	明泰昌元年（1620）	
《校正原本红梨记》	（明）闵齐伋刻	明泰昌元年（1620）	
《牡丹习亭记》	（明）闵齐伋刻	明泰昌元年（1620）	
《明珠记》	（明）闵齐伋刻	明天启年间	
《牡丹亭还魂记》	（明）闵齐伋刻	明天启年间	
《董解元西厢记》	（明）闵齐伋刻	明天启年间	
《邯郸梦》二卷	（明）汤显祖撰；（明）闵光瑜刻朱、墨套印本	明天启元年（1621）	
《即空观主人全定西厢记》朱墨套印本	（明）凌濛初校注		
《臞仙本琵琶记》	（明）凌濛初刻	晚明时期	
《西厢记》	（明）凌濛初刻	晚明时期	
《琵琶记》	（明）凌濛初刻	晚明时期	
《幽闺记》	（明）凌濛初刻	晚明时期	
《南音三籁》	（明）凌濛初编刻	晚明时期	散曲选集，全书包括戏曲二卷、散曲二卷，共选元明两代南传奇132出和只曲17题，南散曲97套和小令27支。

（五）海昌陈氏

陈与郊，字广野、隅阳，号禺阳、虞阳，别署玉阳仙史，亦署高漫卿、任诞轩等，海宁盐官人。明万历二年（1574）进士，曾任河间府推官、吏科给事中、都给事中、太常寺少卿等职，致仕后隐居治学、刻书和藏书，并建赐绯堂刻书。陈与郊兼擅杂剧和传奇，创作杂剧和传奇数部，并辑刊《古名家杂剧》，现存可考的曲目共计 65 种，主要收集元人杂剧作品，也收录明人杂剧。

书名	作者	刊刻年代	其他
《灵宝刀》二卷	（明）陈与郊撰	明万历四十四年（1616）	《任诞轩痴符四种曲》之一
《麒麟坠》二卷	（明）陈与郊撰	明万历四十四年（1616）	《任诞轩痴符四种曲》之一
《鹦鹉洲》二卷	（明）陈与郊撰	明万历四十四年（1616）	《任诞轩痴符四种曲》之一
《樱桃梦》二卷	（明）陈与郊撰	明万历四十四年（1616）	《任诞轩痴符四种曲》之一
《昭君出塞》	（明）陈与郊撰	明万历间	杂剧
《文姬入塞》	（明）陈与郊撰	明万历间	杂剧
《袁氏义犬》	（明）陈与郊撰	明万历间	杂剧
《古名家杂剧》六十五卷	（明）陈与郊刻	明万历间	杂剧

附录二　晚明部分作者署名举业书籍
出版、馆藏情况

在明代热门举业书籍的作者中，书坊主将进士及第的学者型官员视为首选。这些官员在科举考试中取得成功，并且身居要职，大多有担任会试、乡试主考官的经历，因此在士林中具备极高的权威和声望。除此之外，某些未取得进士头衔、科场失意的文人，如果其编选、撰写的某一类举业书籍在士子群体中广受欢迎，书坊主也会直接冠以其名。前者代表性作者如李廷机、汤宾尹、焦竑等人，后者如顾充、郭伟等人。顾充《历朝捷录大全》在明代就被多家书坊争相刊刻出版，广受欢迎，并且在清代也出版多个版本。在明末，自从书坊和社团操控选政以来，社团领袖成为热门作者，在举业书籍市场极具声望。因此本附录在官员型作者、专职文人作者和社团领袖作者三个类别中分别选取代表作家，记录其名下举业书籍的书目、版本、行款和馆藏情况。

本附录中书目信息根据台湾图书馆"中文古籍书目资料库"和中国国家图书馆馆藏资源，以及沈津《美国哈佛大学哈佛燕京图书馆中文善本书志》（上海辞书出版社，1999 年版）和沈俊平《举业津梁：明中叶以后坊刻制举用书的生产与流通》（学生书局，2009 年版）等数据库和著作制成。

一、官员型作者及其署名书目、版本和馆藏情况

沈一贯

沈一贯（1531—1615），字肩吾、不疑、子唯，号龙江、蛟门。浙江鄞县（今浙江宁波鄞州区）人。隆庆二年（1568），沈一贯三甲进士及第，授检讨。万历二年（1574），出任会试同考官。后历任翰林院编修、日讲官兼经筵

讲官等职。万历二十九年（1601），沈一贯任当朝首辅。万历四十三年（1615）卒，赐太傅，谥号文恭。沈一贯尽管为三甲进士出身，而在科举考试中一、二甲进士容易被书坊主选为心仪作者，但是沈一贯先以礼部上书入阁，更在万历二十九年（1601）成为首辅。

书名	版本	版本特征	馆藏
《经世宏辞》存十卷	明万历十八年（1590）刊 清康熙癸卯二年（1663）豫仪周在浚删订本	8 册；匡高 20.3×14.3 厘米，上栏高 1.7 厘米	台湾图书馆
《增定国朝馆课经世宏辞》十五卷	明万历庚寅十八年（1590）金陵周氏万卷楼刊本	8 册；匡高 21×14.4 厘米，上栏高 1.8 厘米	台湾图书馆
《新镌国朝名家四书讲选》六卷	明万历丙申二十四年（1596）绣谷唐廷仁刊本	18 册；匡高 20.3×14.5 厘米	台湾图书馆
《新刻李太史选释国策三注旁训评林》四卷	明末刻本		美国哈佛大学哈佛燕京图书馆
《增定国朝馆课经世宏辞》十五卷	明万历间刻本	六册三函	美国国会图书馆
	明万历十八年（1590）周氏万卷楼刊本	8 册；十二行二十四字，高 29 厘米	台湾"中央研究院"历史语言研究所傅斯年图书馆
《新镌国朝名儒文选百家评林》	明万历十四年（1586）刻本	版心题"国朝文选题名"	中国国家图书馆
《国朝历科翰林馆课经济宏猷》十六卷，首一卷	明万历间建业广庆堂唐氏刊本	26 册；十行十九字，高 26 厘米	台湾"中央研究院"历史语言研究所傅斯年图书馆
《三太史精选皇明垂世台馆鸿章》	明万历间刻本	5 册；十二行二十四字，白口，四周单边，单鱼尾	中国国家图书馆

许国

许国（1527—1596），字维祯，歙县人，嘉靖四十四年（1565）进士，改庶吉士，授检讨。后主持顺天乡试、会试，历经侍郎、尚书。万历十二年

（1584），因平定云南边境叛乱有功，晋升少保，封武英殿大学士，历经嘉靖、隆庆、万历三朝。

书名	版本	版本特征	馆藏
《新刻许海岳精选分类秦汉文粹》六卷	明隆庆庚午四年（1570）金陵戴尚宾刊本	2 册；匡高 18.7 × 11.5 厘米	台湾图书馆
《新刊许海岳精选三苏文粹》四卷	明嘉靖四十四年（1616）金陵书坊戴尚宾刊本	8 册；匡高 18.5 × 11.7 厘米	台湾图书馆
《新镌十翰林评选注释名家程墨论纂》二卷	明万历间刻本	十一行二十六字，小字，双行同白口，四周双边，双鱼尾	中国国家图书馆
《精刻大学衍义补摘粹》十二卷	隆庆元年（1567）序刊本	1 函 4 册	日本东京大学东洋文化研究所

袁黄

　　袁黄，初名表，字庆远、仪甫，一字坤仪，号了凡，江苏吴江（今江苏苏州吴江区）人。隆庆四年（1570），中举人。万历五年（1577），会试初拟取第一，因策论违逆主试官落第。万历十四年（1586）中三甲进士，时年 53 岁。万历十六年（1588），任北直隶宝坻知县。万历二十年（1592），迁兵部职方清吏司主事。次年，袁黄以劾罢职，举家迁居吴江，闭门著书。

书名	版本	版本特征	馆藏
《鼎锲赵田了凡袁先生编纂古本历史大方纲鉴补》九卷	民国三年（1914）上海共和书石印本		台湾图书馆
	刻本	书名页题"历史资治纲鉴"，版心题"了凡纲鉴补"附《资治通鉴外纪》《资治通鉴前编》，十二行二十八字，小字，双行，同白口，四周单边，单鱼尾，有朱笔圈点	中国国家图书馆

书名	版本	版本特征	馆藏
《增订二三场群书备考》四卷	明崇祯壬申五年（1632）刊本	4 册；匡高 20.8×14.2 厘米	台湾图书馆、中国国家图书馆、台湾"中央研究院"历史语言研究所傅斯年图书馆
《增补纲鉴辑要》四十卷	清光绪壬寅二十八年（1902）善成堂重刊本	34 册	台湾图书馆
	清光绪三十年（1904）维新书局刻本	30 册	内蒙古线装古籍联合目录
《史汉芳润史记》		5 册	韩国国立中央图书馆
《袁王纲鉴合编》三十九卷，附《御撰明纪纲目》二十卷	清光绪三十年（1904）上海商务印书馆印本	14 册；卷首一卷录历代国号图、宋元传授图、历代国号歌及清陈宏谋编甲子继年等	美国康奈尔大学图书馆、美国普林斯顿大学葛思德东亚图书馆
《增订袁了凡先生纲鉴补》三十九卷	同治五年（1866）刻本	30 册；匡高 24.9 × 15.4 厘米	韩国首尔大学奎章阁韩国学研究院
《书经启蒙捷径选注》十卷	万历二十四年（1596）刻本	4 册；匡高 25.3×15.9 厘米	韩国首尔大学奎章阁韩国学研究院
《新锓钞评校正标题皇明资治通纪》十二卷	明万历间刻本	十二行二十八字，小字	中国国家图书馆
《增评加批历史纲鉴补》十九卷，卷首一卷	民国十三年（1924）石印本	18 册；书名页题"加批增补王凤洲袁了凡纲鉴合纂"，版心题"增批袁王纲鉴合编"，附纲目三编	中国国家图书馆

书名	版本	版本特征	馆藏
《加批增补王凤洲袁了凡纲鉴合纂》三十九卷，卷首一卷	民国十一年（1922）石印本	9册；目录题"历史纲鉴补合编"，版心题"增批袁王纲鉴合编"，书签题"加批王凤洲袁了凡先生"	中国国家图书馆
《袁王加批纲鉴汇纂》三十九卷，卷首一卷	上海扫叶山房石印本	24册	内蒙古线装古籍联合目录
《袁了凡增订群书备考》四卷	明崇祯十五年（1642）刻本	8册	内蒙古线装古籍联合目录
《重订袁了凡注释群书备考》	清康熙二年（1663）吴门鸣凤堂刻本	8册	内蒙古线装古籍联合目录

李廷机

李廷机（1541—1616），字尔张，号九我，福建晋江人。万历十一年（1583）榜眼及第，授翰林院编修，累迁国子监祭酒，又任南京吏部右侍郎。万历三十五年（1607），以礼部尚书兼东阁大学士入阁参与机务。署名为李廷机的举业书籍种类繁多，达30多种，包括四书五经类、诸子类、历史类和古、今文类等。经统计，李廷机、焦竑和汤宾尹是明代举业书籍署名数量最多的3位学者。此3人分别是万历十一年（1583）榜眼、万历十七年（1589）状元和万历二十二年（1594）榜眼。3人一甲及第的时间处于万历十一年（1583）到二十二年（1594）之间，正值书坊刊刻举业书籍的高峰期，因此书坊主为抢占商机，出版大量冠以3人名号的制举用书。

书名	版本	版本特征	馆藏
《续文章轨范百家评注》七卷	明刊本	4册；匡高 19.7×12.5 厘米，上栏高 1.7 厘米	台湾图书馆
《精选举业切要诸子粹言分类评林文源宗海》四卷	明书林余良木刊本	8册；匡高 19.5×12.5 厘米，上栏高 2.2 厘米	台湾图书馆

书名	版本	版本特征	馆藏
《历史大方通鉴》二十一卷	明周时泰刊本	17 册；匡高 23×14.2 厘米，上栏高 1.8 厘米	台湾图书馆
《新镌诸子玄言评宛》	明郑广厚光裕堂刊本	严灵峰无求备斋诸子文库	台湾图书馆
《新锲翰林三状元会选二十九子品汇释评》二十卷，卷首一卷	明万历丙辰四十四年（1616）宝善堂刊本	10 册；匡高 20.9×12.7 厘米，上栏高 3.1 厘米	台湾图书馆
《新锲宗先生子相文集》十一卷	明万历间郑氏云竹斋刊本	8 册；匡高 19.3×12.9 厘米	台湾图书馆
《新三元品汇庄子南华全经句解》四卷	明末种德堂熊伟山刊本	严灵峰无求备斋诸子文库	台湾图书馆
《性理标题综要》二十二卷	明崇祯间刊本	"醉墨轩"白文长方印，20 册；匡高 20.8×14.2 厘米	台湾图书馆
《大方万文一统存》十八卷	明建阳书林余象斗刊本	16 册；匡高 23.3×14.8 厘米，上栏高 2.7 厘米	台湾图书馆
《八十六朝史纲捷录》十四卷	明万历间重刊本	8 册；匡高 20.5×12.6 厘米	台湾图书馆
《两汉萃宝评林》三卷	明万历间坊刊本	6 册；匡高 20×12.2 厘米，上栏高 3.3 厘米	台湾图书馆
《镌紫溪苏先生会纂历朝纪要旨南纲鉴》二十卷，卷首一卷	明万历四十年（1612）刊本	十三行二十六字，四周单边，白口，单鱼尾，匡高 22×12.9 厘米	美国哈佛大学哈佛燕京图书馆
《新刻李太史选释国策三注旁训评林》四卷	明末刻本		美国哈佛大学哈佛燕京图书馆
《镌重订补注历朝捷录史鉴提衡》四卷，卷首一卷，靖难记略一卷	明万历刻本	七行十七字，四周单边，白口，单鱼尾，眉端上刻注、评，匡高 17.7×12.4 厘米	美国哈佛大学哈佛燕京图书馆
《新刻九我李太史校正古本历史大方通鉴》	明万历三十二年（1604）刻本	第八册内另有卷十九唐纪穆宗至昭宣帝、卷二零五代纪后	美国哈佛大学哈佛燕京图书馆

书名	版本	版本特征	馆藏
《史记综芬评林》三卷	明万历刻本	十一行二十字,上栏眉批二十二行,六字,四周单边,白口,双鱼尾,高19.9厘米	美国哈佛大学哈佛燕京图书馆
《史记萃宝评林》三卷	明万历十八年(1590)刻本		中国国家图书馆
《春秋左传纲目定订》三十卷	明崇祯刻本	十行二十二字,四周双边,白口,单鱼尾,书眉上刻注,匡高21.7×12.7厘米	美国哈佛大学哈佛燕京图书馆
《新刻校正古本历史大方通鉴》	明万历刻本	计周威烈王至五代,二十卷,宋二十一卷,共四十一卷	美国芝加哥大学图书馆
《新刻九我李太史编纂古本历史大方纲鉴》三十九卷,卷首一卷	万历二十八年(1600)余氏双峰堂刊本		日本东京大学东洋文化研究所
《新刻九我李太史校正大方性理全书》	明金陵李洪宇刊本	18册;存六十七卷	台北故宫博物院图书文献馆
	万历三十一年(1603)应天府学刊本	七十卷	日本东京大学东洋文化研究所
《大方纲鉴》三十九卷	明万历刻本	20册2函;十行至十二行,行三十字	美国国会图书馆
《新刊九我李太史编纂古本历史大方纲鉴》三十九卷,卷首一卷	明万历二十八年(1600)刻本	书名页题"历史全编大方纲鉴",版心题"历史纲鉴大方";十二行三十字,小字,双行,同白口四周	中国国家图书馆
《李翰林批点四书初问》	明刻本	卷1—4,原书卷数不详;十一行二十五字,白口,四周单边,单鱼尾,有朱笔圈点	中国国家图书馆

书名	版本	版本特征	馆藏
《新镌翰林考正历朝故事统宗》	明刻本	十行二十三字，小字，双行，同白口，四周单边，单鱼尾	中国国家图书馆
《新锲陶先生精选史记赛宝评林》	明万历十九年（1591）詹霖宇刻本	十一行二十四字，小字，双行，同白口，四周双边，单鱼尾，牌记"题万历辛卯冬月书林詹霖宇"	中国国家图书馆
《新锲宗先生子相文集》十二卷	明万历二十七年（1599）书林郑氏云竹斋刊本	3册；十行二十字	台湾"中央研究院"历史语言研究所傅斯年图书馆
《新刻朱批注释草堂诗余评林》四卷	明万历二十二年（1594）书林郑世豪宗文书舍刻本	版心题"朱批草堂诗余"	中国国家图书馆
《名文品节》三十卷	明刻本	书名据版心题	中国国家图书馆
《名文珠玑》	明刻本	6册	中国国家图书馆
《二百大家评注国史成绩论断大全》十二卷	求古斋书籍碑帖局石印本	二十四史论断大全之一	内蒙古线装古籍联合目录
《正文章轨范百家评林注释》七卷	日本正德五年京都植村藤右卫门等，据万历三十四年（1606）书林陈德宗存德堂重刊本翻刻		日本东京大学东洋文化研究所
	日本万治三年刊本，据万历三十四年（1606）建阳陈德宗存德堂重刊本翻刻	4册；高28厘米	日本关西大学图书馆

书名	版本	版本特征	馆藏
《性理要选》四卷	明万历十八年（1590）刊本	1 函 8 册	日本东京大学东洋文化研究所
《新镌诸子玄言评苑》	明万历写刻本	存 4 卷（卷 7—10）	甘肃省图书馆

焦竑①

焦竑（1541—1620），字弱侯，号澹园，祖籍日照（今山东日照）。万历十七年（1589）状元及第，授官翰林院修撰，万历二十五年（1597）主持顺天府乡试，遭弹劾，谪福宁同知，后辞官定居金陵，晚年讲学、著书。

书名	版本	版本特征	馆藏
《重刻内府原板张阁老经筵四书直解指南》二十七卷	（明）张居正撰；（明）焦竑增补；（明）汤宾尹订正	日本江户时代翻刻万历三十五年（1607）瀛洲馆重刊本	中国国家图书馆
《重刻辩真内府原板张阁老经筵四书直解指南》二十七卷	（明）张居正辑著；（明）焦竑编次；（明）汤宾尹订正；（明）杨文奎校讹；秣陵敬怡土永晟重写；书林易斋詹亮重梓	明天启元年（1621）长庚馆刻本	日本龙谷大学
《焦氏四书讲录》十四卷	（明）焦竑撰	明万历二十一年（1593）书林郑望云刻本	大连市图书馆
《皇明百家四书理解集》六卷，卷首一卷	（明）焦竑撰	《孟子文献集成》影印日本蓬左文库藏明万历间刻本	

---

① 有关焦竑名下举业书籍的统计增加"作者"一项，系本书正文第三章第二节相关论述需要。

书名	版本	版本特征	馆藏
《新刻比雍二大司成先生课大学多士四书诸说品节》十卷	（明）陆可教、叶向高辑；（明）焦竑校	明潭城书林余彰德刻本	《孟子文献集成》影印日本蓬左文库藏潭城书林余彰德刻本
《新刻七十二朝四书人物考注释》四十卷	（明）薛应旗撰；（明）焦竑注	明万历三十六年（1608）书林舒承溪刻本	中国国家图书馆
《史记综芬评林》三卷	（明）焦竑选辑；（明）李廷机注释；（明）李光缙汇评	明万历闲刻本	美国哈佛大学哈佛燕京图书馆
《两汉萃宝评林》两卷	（明）焦竑辑；（明）李廷机注释；（明）李光缙汇评	明万历十九年（1591）余明吾自新斋刻	中国国家图书馆
《史记萃宝评林》三卷	（明）焦竑辑；（明）李廷机注释；（明）李光缙汇评	明万历十九年（1591）余明吾自新斋刻	中国国家图书馆
《锲两状元编次皇明要考》（又名《皇明人物考》）六卷	（明）焦竑、翁正春辑	1. 明万历闽建书林叶贵刻本、附一二考一卷，（明）张复撰 2. 明万历二十二年（1594）三衢舒承溪本 3. 明万历三十六年（1608）书林舒承溪刻本	中国国家图书馆、吉林大学图书馆等
《史汉合钞》十卷	（明）焦竑纂	明万历四十七年（1619）焦竑"序"十卷	美国芝加哥大学图书馆
《新锲国朝三元品节标题纲鉴大观》二十卷	（明）焦竑辑；（明）苏浚删补；（明）李廷机校正	明万历二十六年（1598）刊本，据集义堂黄氏乐吾轩刻本重刊	北京大学图书馆
《两翰林纂解诸子折衷汇锦》十卷	（明）焦竑纂注；（明）陈懿典评阅	明万历二十二年（1594）金陵龚少冈三衢书林	中国国家图书馆

书名	版本	版本特征	馆藏
《新锲二太史汇选注释九子全书评林》十四卷，卷首一卷	（明）焦竑校正；（明）翁正春评林	明万历书林詹圣泽刻本	浙江图书馆
《新锲焦状元汇选注释续九子全书评林》十卷	（明）焦竑编	明詹霖宇静观室刻本	浙江图书馆
《新锲翰林三状元会选二十九子品汇释评》二十卷	（明）焦竑校正；（明）翁正春参阅；（明）朱之蕃圈点	明万历四十四年（1616）宝善堂刻本，另明金陵任瑞堂亦曾刻此书	中国国家图书馆
《新刊焦太史续选百家评林明文珠玑》十卷	（明）焦竑辑	明末刻本	中国国家图书馆
《新镌焦太史汇选百家评林历代古文珠玑》	（明）焦竑辑	明万历刻本	中国国家图书馆
《新镌重订增补名文珠玑》不分卷	（明）焦竑辑	明刻本	美国哈佛大学哈佛燕京图书馆、天津大学图书馆
《增纂评注文章轨范正编七卷》续编七卷	（宋）谢枋得批选；（明）焦竑评	日本宽政八年耕读园刊本	日本京都大学人文科学研究所
《正文章轨范百家评林注释》	（宋）谢枋得批选；（明）焦竑校	明万历二十六年（1598）余氏自新萧刻本	日本东京大学东洋文化研究所
《续文章轨范百家批评注释》		1. 明万历二十七年（1599）余绍崖自新斋刻本 2. 明万历三十四年（1606）陈氏存德堂刻本	中山大学图书馆

书名	版本	版本特征	馆藏
《新镌焦太史汇选中原文献》经集六卷，史集六卷，子集七卷，文集四卷，通考一卷	（明）焦竑辑；（明）陶望龄评；（明）朱之蕃注	明万历二十四年（1596）新安有斐轩刻本	中国国家图书馆
《新镌选释历科程墨二三场艺府群玉》八卷	（明）焦竑、王衡同选；（明）唐汝澜注释	明三瞿翁日新刊本	美国哈佛大学哈佛燕京图书馆
《新刻三状元评选名公四美士林必读第一宝》四卷	（明）朱国祚、唐文献、焦竑全选	明万历十九年（1591）金陵魏卿刻本	美国哈佛大学哈佛燕京图书馆
《新锲翰林标律判学详释》	（明）焦竑重校	明万历二十四年（1596）书林刘经乔山堂刊本	日本京都大学人文科学研究所
《历科廷试状元策十卷总考》一卷	（明）焦竑辑；（清）胡任兴增辑	四库禁毁书丛刊收雍正刻本	中国国家图书馆
《皇明馆课经世宏辞续集》	（明）王锡爵辑；（明）陆翀之纂辑；（明）焦竑参订	明万历二十一年（1593）周日校刻本	中国国家图书馆

汤宾尹

汤宾尹（1567—?），字嘉宾，号霍林，宣城（今属安徽宣城）人。万历二十二年（1594）中举，次年殿试中第三名榜眼，授翰林院编修，累迁南京国子监祭酒。曾3次出任乡、会试考官，善衡文，所取皆一时名士。好奖掖人才，举荐不遗余力，为学子解疑释惑，殆无虚日。

书名	版本	版本特征	馆藏
《九会元集》九卷	天启元年（1621）闵齐华刻本	十行二十五字，无直格，白口，四周单边	中国国家图书馆

续表

书名	版本	版本特征	馆藏
《鼎镌睡庵汤太史四书脉》六卷	明万历刻本	十行二十四字，四周单边，白口，单鱼尾，匡高 21.8×12.1 厘米	哈佛大学哈佛燕京图书馆
《鼎镌睡庵汤太史易经脉》	明万历刻本	4 册 1 函；匡高 22.4×12.6 厘米，十行二十四字，白口，四周单边，单黑鱼，尾版心上镌"睡庵易经脉"，中记卷次	天津图书馆
《四书征》十二卷	明末刻本	九行二十五字，四周单边，白口，单鱼尾，匡高 21.4×11.6 厘米	哈佛大学哈佛燕京图书馆
《历朝捷录——元明捷录》	明万历刻本	正文卷端题"重刻历朝捷录"	美国华盛顿大学图书馆
《睡庵汤嘉宾先生评选历科乡会墨卷》不分卷	明末坊刊本	"焦氏藏书"白文方印，16 册；匡高 22.7×14.7 厘米	台湾图书馆
《新编历代悬鉴古事隽》七卷	明天启元年（1621）师俭堂萧少衢刊本	"应时"朱文方印，7 册；匡高 20.7×12.4 厘米，上栏高 6.2 厘米	台湾图书馆
《新刻癸丑科翰林馆课》四卷	明万历间金陵唐氏广庆堂刊本	8 册；匡高 21.8×14.5 厘米	台湾图书馆
	明万历广庆堂刻本	十行二十字，附注项"馆师益庵顾秉谦选，金陵书林唐氏振吾广庆堂督刊行"	美国国会图书馆
《新镌会元汤先生批评空同文选》五卷	明刻本	十行二十一字，四周单边，白口，双鱼尾、单鱼尾不等，书口上方刻"空同文选评林"	美国哈佛大学哈佛燕京图书馆
		存四卷	甘肃省图书馆

书名	版本	版本特征	馆藏
《新刻全补标题音注元朝捷录》	明翁少麓刊本	1 册；匡高 18.1×12.5 厘米，上栏高 2.4 厘米	美国普林斯顿大学葛思德东亚图书馆
《鼎镌金陵三元合选评注史记狐白》六卷	明刻本	十行二十字，小字，双行，同白口，四周单边，双鱼尾，有朱墨笔圈点，有墨笔抄补，间有缺页	中国国家图书馆
	明万历二十八年（1600）林余良木刻本		多伦多大学东亚图书馆
《类编草堂诗余》	明刻本	九行二十字，小字，双行，同白口，左右或四周单双边不一，单鱼尾，黄纸本	中国国家图书馆
《睡庵汤嘉宾先生评选历科乡会墨卷》不分卷	明万历甲寅四十二年（1614）冯汝宗刊本	11 册；九行十九字，高 28 厘米	台湾"中央研究院"历史语言研究所傅斯年图书馆
《新刻汤会元辑注国朝群英品粹》十六卷	明刻本	版心题"国朝群英品粹"	中国国家图书馆
《新刻全补标题音注元朝捷录》四卷		2 册；九行十八字，小字双行，同白口，四周单边	中国国家图书馆
《汤睡庵先生历朝纲鉴全史》	清初刻本	积秀堂藏版	内蒙古线装古籍联合目录
《新锓评林旁训薛汤二先生家藏酉阳古人物奇编》十八卷	万历四十四年（1616）南京刊本	2 函 12 册	日本东京大学东洋文化研究所
《新锓百大家评注历子品粹》十二卷	明书林余象斗刊本	2 函 12 册	日本东京大学东洋文化研究所
《新刻汤会元精选评释国语狐白》四卷	万历二十四年（1596）自新斋余良木刊本	1 函 8 册	日本东京大学东洋文化研究所

翁正春

翁正春（1553—1626），福建侯官（今福建闽侯）人，字兆震，号青阳，万历二十年（1592）壬辰科状元。万历三十八年（1610）拜礼部左侍郎，代理部务。天启元年（1621），翁正春任礼部尚书，协理詹事府事，次年，辞官乞归。

书名	版本	版本特征	馆藏
《新刻注释草堂诗余评林》	明万历二十二年（1594）书林郑世豪宗文书舍刻本	版心题"朱批草堂诗余"	中国国家图书馆
《新锲翰林三状元会选二十九子品汇释评》二十卷	明万历四十四年（1616）宝善堂刻本，另明金陵任瑞堂亦曾刻此书	十行二十四字，小字，双行，同白口，四周单边，双鱼尾	中国国家图书馆
《锲两状元编次皇明要考》（又名《皇明人物考》）六卷	1. 明万历闽建书林叶贵刻本，附一二考一卷，（明）张复撰 2. 明万历二十二年（1594）三衢舒承溪本 3. 明万历三十六年（1608）书林舒承溪刻本	1. 十行二十字，白口，四周双边，单鱼尾 2. 十一行二十二字，小字，双行同，白口，四周单边，单鱼尾	中国国家图书馆、吉林大学图书馆等
《编辑名家评林史学指南纲鉴新钞》二十卷	明郑以厚校刻两节本	24册；十二行二十五字，小字，双行，字数同，上批栏，二十四行十二字，白口，左右双边	中山大学图书馆
《新锲二太史汇选注释九子全书评林》十四卷，卷首一卷	明万历书林詹圣泽刻本		浙江图书馆
《新锲二太史汇选注释老庄评林》	明万历二十二年（1594）书林詹圣泽刻本		吉林大学图书馆
《新劂青阳翁状元精选四续名世文宗》四卷	明万历间光裕堂刻本		不详

朱之蕃

朱之蕃（1561—1626），字符介，号兰耦。世居山东茌平，后附南直锦衣卫籍（今江苏南京）。万历二十三年（1595）状元，授翰林院修撰，官至礼部、吏部侍郎。

书名	版本	版本特征	馆藏
《新镌焦太史汇选中原文献》经集六卷，史集六卷，子集七卷，文集四卷，通考一卷	明万历二十四年（1596）新安有斐轩刻本	十行二十一字，小字，双行，同白口，四周单边	中国国家图书馆
《新锲翰林三状元会选二十九子品汇释评》二十卷	明万历四十四年（1616）宝善堂刻本，另明金陵任瑞堂亦曾刻此书	十行二十四字，小字，双行，同白口，四周单边，双鱼尾	中国国家图书馆
《鼎镌金陵三元合选评注史记狐白》六卷	明刻本	十行二十字，小字，双行，同白口，四周单边，双鱼尾，有朱墨笔圈点，有墨笔抄补，间有缺页	中国国家图书馆
	明万历二十八年（1600）林余良木刻本		多伦多大学东亚图书馆
《兰嵎朱宗伯汇选当代名公鸿笔百寿类函》八卷	明万历四十四年（1616）金陵王凤祥刻本	12册；匡高 21 × 14.2 厘米	台湾图书馆
	明万历四十四年（1616）刻本	九行十九字，四周单边，白口，单鱼尾，匡高21.6×13.7厘米	美国哈佛大学哈佛燕京图书馆
《国朝历科翰林馆课经济宏猷》十六卷，卷首一卷	明万历间建业广庆堂唐氏刊本	26册；十行十九字，高26厘米	台湾"中央研究院"历史语言研究所傅斯年图书馆
《刻刘太史汇选古今举业文彀注释评林》三卷	明万历三十六年（1608）刻本	九行二十字，小字，双行，同白口，四周单边，单鱼尾	中国国家图书馆
《鼎镌状元兰嵎朱先生遴辑管晏春秋百家评林》四卷	明万历余良木自新斋刻本		甘肃省图书馆

陶望龄

陶望龄（1562—1609），字周望，号石篑，浙江会稽（今浙江绍兴）人。万历十七年（1589）进士，授翰林编修，官至国子监祭酒。

书名	版本	版本特征	馆藏
《新镌焦太史汇选中原文献》经集六卷，史集六卷，子集七卷，文集四卷，通考一卷	明万历二十四年（1596）新安有斐轩刻本	十行二十一字，小字双行，同白口，四周单边	中国国家图书馆
《精选举业切要诸子粹言分类评林文源宗海》四卷	明书林余良木刊本	8册；匡高 19.5×12.5 厘米，上栏高 2.2 厘米	台湾图书馆
《新锲陶先生精选史记赛宝评林》三卷，增补一卷	万历十九年（1591）书林詹霖宇刻本	1册；十一行二十四字，小字，双行，同白口，四周双边，单鱼尾，牌记题"万历辛卯冬月书林詹霖宇"	中国国家图书馆

二、职业文人及其署名书目、版本和馆藏情况

顾充

顾充，字回澜，浙江上虞人，隆庆丁卯元年（1567）浙江乡试第 34 名举人，任镇海教谕，兼摄定海，弟子多乐其教，仕至南京工部都水司郎中。

书名	版本	版本特征	馆藏
《重刻历朝捷录》四卷	明刊本	九行二十二字，注文小字双行，字数同，单栏，版心白口，单鱼尾，上方记"捷录"；墨笔圈点"历朝捷录序直隶华亭会友寅山俞明时序"；正文卷端题"重刻历朝捷录卷之"	台湾图书馆
	明末古吴陈长卿刊本	4册；匡高 18.8×12.5 厘米	台湾图书馆

书名	版本	版本特征	馆藏
《通鉴纂要抄狐白》六卷，卷首一卷	明万历四十年（1612）唐氏世德堂刊本		台湾图书馆
《历朝捷录大成》二卷	明万历间定海学宫刊清康熙间修补本	4 册；匡高 17.4 × 11.7 厘米	台湾图书馆
《新镌历朝捷录增定全编大成》四卷	明末刊本	8 册；匡高 18.7 × 12.5 厘米	台湾图书馆
《新镌增定历代捷录全编》八卷，附卷首一卷	明末坊刊本	8 册；匡高 18.7 × 12.5 厘米	台湾图书馆
《新刻校正纂辑皇明我朝捷录不分卷》	明刊本	2 册；匡高 18.6 × 12.9 厘米	台湾图书馆、台北故宫博物院图书文献馆
《新镌全补标题音注历朝捷录》	明刊本		韩国国立中央图书馆
	书林翁少麓刻本	封题"镌顾澜先生订历朝捷录—刻汤霍林先生元朝捷录—刻郑方水先生国朝捷录书林翁少麓梓行"	美国普林斯顿大学葛思德东亚图书馆
《历朝捷录——元明捷录》	明万历刻本	正文卷端题"重刻历朝捷录"	美国华盛顿大学图书馆
《校刻历朝捷录百家评林》八卷	明万历十六年（1588）刻本	万历戊子陆弘祚历朝捷录评林序	美国哥伦比亚大学东亚图书馆
《历朝捷录》十二卷，卷首一卷附《通鉴总论》		上栏十六行十三字，下栏八行十七字；上栏"历朝捷录直解"，下栏"历朝捷录全文"	美国哈佛大学哈佛燕京图书馆

书名	版本	版本特征	馆藏
《历朝捷录删》		未著删节者	美国哈佛大学哈佛燕京图书馆
《镌重订补注历朝捷录史鉴提衡》四卷，卷首一卷《靖难记略》	明万历刻本	七行十七字，四周单边，白口，单鱼尾，眉端上刻注、评，匡高 17.7×12.4 厘米	美国哈佛大学哈佛燕京图书馆
《新镌历朝捷录增订全编大成》四卷	明崇祯间刻本	八行十八字，四周单边，白口，无鱼尾，眉端刻批，匡高 18.8×11.8 厘米	美国哈佛大学哈佛燕京图书馆
《刻历朝捷录大成》		封题"增定历朝捷录大成"，有万卷楼主人识语	美国普林斯顿大学葛思德东亚图书馆
《重刻顾回澜增改历朝捷录大成》	明刻本	序题"历朝捷录"，版心题"捷录大成"	中国国家图书馆
《订补标题释注历朝捷录》二十四卷	明崇祯间吴门叶氏重刊本	3 册；26 厘米	台湾"中央研究院"历史语言研究所傅斯年图书馆
《历代史论》	清光绪十三年（1887）刻本	书名页题"批点历代史论续编"	中国国家图书馆
《新镌顾回澜先生历朝捷录大成原本》	明万历间刻本	名页题"历朝捷录大成"，版心题"捷录大成"	中国国家图书馆
《合古今名公全补标题评注历朝捷录定本》八卷	明刻本	1 函 6 册；目录题"历朝捷录定本"	中国国家图书馆、美国国会图书馆

书名	版本	版本特征	馆藏
《古隽考略》六卷	清康熙四十三年（1704）兴麟堂顾氏重刊本	4册；26厘米	台湾"中央研究院"历史语言研究所傅斯年图书馆
	明刊本	2函12册	日本东京大学东洋文化研究所
《古隽考略》四卷	明万历十四年（1586）刊本		
《精刻历朝捷录方家评林》四卷	明万历三十年（1602）余祥我衍庆堂刻本	与《新刻屠仪部编集皇明捷录》合刊，每卷卷首插图一幅，共四幅；卷末有牌记镌"万历壬寅岁仲夏月衍庆堂余祥我绣梓"；匡高21.3×12.1厘米，下截九行二十一字，白口，四周双边，单黑鱼尾，版心上镌书名，有眉栏	美国耶鲁大学图书馆
《新镌历朝捷录大全》四卷，附《通鉴潘氏总论》	清初刻本	匡高19.1×12.5厘米，八行二十字，白口，四周单边，版心上镌书名，中镌卷次，眉端刻批语	美国耶鲁大学图书馆

郭伟

郭伟，字洙源，晋江石湖人，职业文人。少年即以文学名，与李廷机诸人结"紫功会"。24岁时，受聘于福建刻书家三山余泗泉，纂《鳌头龙翔集注》《四书集注发明》《集注衍义》《集注珠玑》《集注抄评》《集注全书》等举业书。后寓居金陵，继续撰著大量举业书籍，与金陵和苏州的书坊合作，梓而行之，一时纸贵。

书名	版本	版本特征	馆藏
《新镌国朝名家四书讲选》六卷	明万历丙申二十四年（1596）绣谷唐廷仁刊本	18 册；匡高 20.3 × 14.5 厘米	台湾图书馆
《新镌分类评注文武合编百子金丹》十卷	清乾隆间刻本	十行二十二字	美国哈佛大学哈佛燕京图书馆、韩国首尔大学奎章阁韩国学研究院
	清光绪二十九年（1903）石印本	5 册；十九行四十八字，小字双行，同白口，四周双边，单鱼尾	中国国家图书馆、东海大学图书馆
	清代经国堂刻本	九行二十二字，小字，双行，同白口，行间镌圈点，四周单边，卷一版，匡高 22.1 × 14.7 厘米	武汉大学图书馆
	民国六年（1917）上海文盛书局石印本	6 册	台湾佛光大学图书馆
《四书约旨》《四书镜》《四书中兴》《四书丹篆》《万代说宗》《主意萃锦》《提缀英雄》《青云捷径》《类隽火齐》《方家答问》	苏州李少泉刻本		不详
《名公新讲》《名公新意》《集注翼》	金陵唐龙泉刻本		不详

续表

书名	版本	版本特征	馆藏
《主意天真》《主意金玉髓》	万历间张少吾瑞云馆刻本		不详
《主意天龙》《四书答》	金陵唐玉予刻本		不详
《四书案》	金陵王荆岑刻本		不详
《四书秘旨》	万历间徐松野刻本		不详
《四书金丹》	明末金陵傅少山刻本		不详

三、社团领袖及其署名书目、版本和馆藏情况

顾梦麟

顾梦麟，字麟士，号织帘，世称"织帘先生"，江苏太仓人。天启四年（1624），与杨彝、张溥和张采等约定创立应社，崇祯间中乡试副榜。明亡后，隐居著述。

书名	版本	版本特征	馆藏
《四书集注直解说约》存二卷	清光绪间八旗经正书院翻刻本	1册；匡高 21.7×14.3 厘米	台湾图书馆
《四书集注直解说约》	清康熙十六年（1677）八旗经正书院翻刻本	12册；高 28 厘米	台湾政治大学图书馆
《四书说约》	明崇祯十三年（1640）刊本	约 27 卷，九行二十五字，四周单边，白口，无鱼尾，书口下刻"织帘居"，匡高 21.3×11.6 厘米	台湾图书馆、美国哈佛大学哈佛燕京图书馆
	清刊本	19 册 20 卷；匡高 24.4×13.4 厘米	韩国首尔大学奎章阁韩国学研究院

书名	版本	版本特征	馆藏
《诗经说约》二十八卷	明崇祯壬午十五年（1642）刻本		美国哈佛大学哈佛燕京图书馆
	明崇祯织帘居刻本	2函14册；九行二十五字，白口，四周单边，版心上镌书名，中镌卷次及篇名，下镌"织帘居"，匡高20.2×11.1厘米	美国加州大学伯克利分校图书馆、复旦大学图书馆、内蒙古图书馆
	明崇祯间顾氏刊本	10册；高25厘米	台湾"中央研究院"历史语言研究所傅斯年图书馆、日本京都大学人文科学研究所
《四书十一经通考》二十卷	明崇祯十七年（1644）刻本	十行二十字，左右双边，白口，单鱼尾，匡高19.5×13.7厘米	美国哈佛大学哈佛燕京图书馆
《四书集注阐微直解》二十七卷	清光绪间八旗经正书院刻本		甘肃省图书馆

陈际泰

陈际泰（1567—1641），字大士，号方城，临川（今江西抚州）人。崇祯三年（1630），以63岁中举人第七名；后五年，68岁中进士。与罗万藻、章世纯、艾南英以时文著称，称"江西四家"或"临川四大才子"。陈际泰为复社骨干成员，时文知名选家。

书名	版本	版本特征	馆藏
《周易翼简捷解》十六卷，图说一卷	明天启、崇祯间刊本	16册；匡高21.1×12.7厘米	台湾图书馆
《五经读》五卷	明崇祯癸酉六年（1633）刻本	崇祯癸酉年金星辉"五经读序"	美国芝加哥大学图书馆
	明崇祯间刻本	九行十八字，白口，左右双边，单鱼尾	中国国家图书馆

书名	版本	版本特征	馆藏
《四书读》八卷	清乾隆二十年 (1755) 刻本	卷4—6，十一行二十字，小字，双行，同白口，四周单边，单鱼尾，求志堂家塾藏版	中国国家图书馆
《陈大士先生未刻稿》	清刻本		中国国家图书馆
《新刻七名家合纂易经讲意千百年眼》十六卷	明金陵书林唐国达广庆堂刊本	8册；匡高21.8×14.6厘米	台湾图书馆
《太乙山房文集》十五卷	明崇祯六年 (1633) 绣谷李士奇校勘本	8册；匡高20.9×13.3厘米	台湾故宫博物院、德国巴伐利亚邦立图书馆、美国哥伦比亚大学东亚图书馆
《陈大士先生稿》	清天盖楼刊本	九行二十六字，首有张采撰大乙山房稿序、记、陈稿三则	台湾"中央研究院"历史语言研究所傅斯年图书馆
《陈大士稿》	清刻本	书名据书名页题，九行二十六字，白口，四周单边	中国国家图书馆
《陈先生文录》		书名据版心题，九行二十五字，白口，四周单边	中国国家图书馆
《易经说意》二卷	明崇祯年间刻本	八行十九字，小字，双行，同白口，四周单边，单鱼尾	中国国家图书馆
《太乙山房文集五卷论》二卷	日本昭和四十一年用东京内阁文库藏明刊本景照本	1册	日本京都大学人文科学研究所

参考文献

一、传统文献

司马迁：《史记》，中华书局，1982 年版。

班固：《汉书》，中华书局，1962 年版。

陈寿撰，裴松之注：《三国志》，中华书局，1959 年版。

范晔著，李贤注：《后汉书》，中华书局，1973 年版。

姚思廉：《梁书》，中华书局，1973 年版。

沈约：《宋书》，中华书局，1979 年版。

刘义庆著，黄征、柳军晔注：《世说新语》，浙江古籍出版社，1998 年版。

房玄龄等：《晋书》，中华书局，1996 年版。

李延寿：《南史》，中华书局，1975 年版。

魏徵等：《隋书》，中华书局，1978 年版。

刘昫：《旧唐书》，中华书局，1975 年版。

脱脱等：《宋史》，中华书局，1977 年版。

张廷玉等：《明史》，清乾隆武英殿刻本。

陈鹤：《耆旧续闻》，中华书局，2002 年版。

陈鹄：《耆旧续闻》，清知不足斋丛书本。

张敦颐：《六朝事迹编类》，南京出版社，2007 年版。

顾祖禹：《读史方舆纪要稿本》，上海古籍出版社，1993 年版。

顾祖禹：《读史方舆纪要》，中华书局，2005 年版。

王夫之：《读通鉴论》，中华书局，1975年版。

温睿临：《南疆绎史》卷十四《列传》，清道光十年（1830）刻本。

计六奇：《明季南略》，中华书局，2006年版。

徐秉义：《明末忠烈纪实》，浙江古籍出版社，1987年版。

申时行：《大明会典》，明万历内府刻本。

黄景昉：《明史唯疑》十二卷，清康熙抄本。

孙静庵：《明遗民录》，浙江古籍出版社，1985年版。

徐鼒：《小腆纪传》，《续修四库全书·史部》第三百三十三册，上海古籍出版社，2002年版。

徐珂：《清稗类钞》，中华书局，1984年版。

孟森：《明清史讲义》，中华书局，1981年版。

钱穆：《国史大纲》，商务印书馆，1994年版。

佚名：《吴城日记》卷上，凤凰出版社，1984年版。

赵尔巽等：《清史稿》，中华书局，1996年版。

周骏富辑：《清代传记丛刊》，台湾明文书局，1986年版。

赵景深、张增元编：《方志著录元明清曲家传略》，中华书局，1987年版。

阮元等修，陈昌齐等纂：《广东通志》，商务印书馆，1934年版。

郑樵：《通志》，清文渊阁四库全书本。

王永名修：《钦定广东府志·花县志》，故宫珍本丛刊本。

赵宏恩等修纂：《江南通志》，《景印文渊阁四库全书·史部》第五百一十七册，台湾商务印书馆，2008年版。

卢文弨辑，庄翊昆等校补：《常郡八邑艺文志》，《续修四库全书·史部》第九百一十七册，上海古籍出版社，2002年版。

于琨修，陈玉璂纂：《常州府志》，江苏古籍出版社，1991年版。

李彭龄修，杨熙之纂：《无锡金匮县志》，道光二十年（1840）刻本。

陆德文、陆铮编：《吴郡陆氏春秋》，上海科学普及出版社，2009年版。

徐元梅、朱文翰：《嘉庆山阴县志》，《中国方志向丛书》，成文出版社，1983年版。

萧良干修：《绍兴府志》，《四库全书存目丛书·史部》，齐鲁书社，1997

年版。

绍兴县修志委员会：《绍兴县志资料第一辑》，绍兴印刷局，1939 年版。

丁廷楗修：（康熙）《徽州府志》，康熙三十八年（1699）万青阁刻本。

曹梦鹤等修，孔传薪、陆仁虎纂：《（嘉庆）太平县志》，清光绪三十四年（1908）真笔版重印本。

李昱、陆心源等修纂：（光绪）《归安县志》，《中国地方志集成·浙江府县志辑》第二十七册，上海书店，1993 年版。

中国科学院图书馆选编：《稀见中国地方志汇刊》，中国书店，1992 年版。

萧统编，胡克家校刻：《文选》，中华书局，1977 年版。

刘勰撰，范文澜注：《文心雕龙注》，人民文学出版社，1958 年版。

白居易著，朱金城笺校：《白居易笺校》，上海古籍出版社，1988 年版。

欧阳修撰，李逸安点校：《欧阳修全集》，中华书局，2002 年版。

苏轼：《苏轼文集》，中华书局，1986 年版。

张舜民：《画墁集附补遗》，中华书局，1985 年版。

陈振孙著，徐小蛮、顾美华点校：《直斋书录解题》，上海古籍出版社，1987 年版。

谢枋得著，熊飞等校注：《谢叠山全集校注》，华东师范大学出版社，1994 年版。

陆游：《陆放翁集》，商务印书馆，1933 年版。

陆游：《渭南文集》，《陆放翁全集》，中国书店，1986 年版。

陆游著，张春媚编：《放翁诗话》，崇文书局，2018 年版。

陆游著，钱忠联校注：《渭南文集校注》，浙江教育出版社，2011 年版。

陆游著，钱忠联校注：《陆游全集校注》，浙江教育出版社，2011 年版。

夏承焘：《放翁词编年笺注》，上海古籍出版社，1981 年版。

钱忠联、马亚中主编：《陆游全集校注》，浙江教育出版社，2011 年版。

孔凡礼、齐治平编：《陆游资料汇编》，中华书局，1962 年版。

王士祯：《居易录》，《景印文渊阁四库全书·子部》第八六九册，台湾商务印书馆，2008 年版。

章潢：《图书编》，上海古籍出版社，1992 年版。

冯梦龙：《皇明大儒王阳明先生靖乱录》，同治三年（1864）嵩山堂刻本。

王锜：《寓圃杂记》，明抄本。

何远乔：《名山藏》，明崇祯刻本。

释道宣：《续高僧传》，《大藏新修大藏经》第五十册，财团法人佛陀教育基金会，1990 年版。

严可均辑：《全晋文》，商务印书馆，1999 年版。

吕天成：《曲品》，《中国古典戏曲论著集成》第 6 册，中国戏剧出版社，1959 年版。

钟嵘：《诗品》，中州古籍出版社，2010 年版。

钟嵘著，曹旭集注：《诗品集注》，上海古籍出版社，2011 年版。

朱熹：《朱子全书》，上海古籍出版社、安徽出版社，2002 年版。

王阳明：《王阳明全集》，上海古籍出版社，2018 年版。

叶向高撰，福建省文史研究馆编：《苍霞草》，江苏广陵古籍刻印社，1994 年版。

杨慎：《词品》，明刻本。

杨慎：《升庵集》，清文渊阁四库全书补配清文津阁四库全书本。

黄训：《名臣经济编》，上海古籍出版社，1987 年版。

陈建：《治安要议》，民国刻聚德堂丛书本。

高拱：《高文公集》，明万历刻本。

姚旅：《露书》，明天启刻本。

方扬：《方初庵先生集》，万历四十年（1612）刻本。

张居正：《张太岳集》，上海古籍出版社，1984 年版。

胡直：《衡庐精舍藏稿》，清文渊阁四库全书本。

计六奇：《明季北略》二十四卷，清活字印本。

李清著，顾思点校：《三垣笔记》，中华书局，1982 年版。

祁黄尊素：《黄忠端公集》，清康熙十五年（1676）许三礼刻本。

祁彪佳著，黄裳校录：《远山堂明曲品剧品》，上海出版公司，1955 年版。

王世贞：《增补〈艺苑卮言〉》，明万历十七年（1589）武林樵云书社刻本。

王世贞：《弇州四部稿续稿》卷一零九，四库全书本。

罗汝芳：《近溪罗子全集》，《四库全书存目丛书》集部第一百三十册，齐鲁书社，1997 年版。

王应奎著，以荣校点：《柳南随笔续笔》，上海古籍出版社，2012 年版。

李延昰：《南吴旧话录》，上海古籍出版社，1985 年版。

陈继儒著，王心湛校勘：《陈眉公全集》，广益书局，1936 年版。

冯惟敏：《海浮山堂词稿》四卷，明嘉靖四十五年（1566）刻本。

焦竑著，李剑雄点校：《澹园集》，中华书局，1999 年版。

焦竑：《国史经籍志》六卷，明徐象橒刻本。

焦竑：《皇明百家四书理解集》，孟子文献集成编委会《孟子文献集成》第二十四卷，山东人民出版社，2017 年版。

袁中道：《珂雪斋集》，上海古籍出版社，1989 年版。

王祖嫡：《师竹堂集》三十七卷，明天启刻本。

郎瑛：《七修类稿》，上海古籍出版社，2001 年版。

祝世禄：《环碧斋尺牍》，明万历刻本。

张瀚：《松窗梦语》，清抄本。

张瀚：《松窗梦语》卷四，上海古籍出版社，1986 年版。

鲁点：《齐云山志》，明万历二十七年（1599）刻本。

顾炎武：《天下郡国利病书》，续修四库全书本。

李贽：《焚书》，北京燕山出版社，1998 年版。

李贽著，陈仁仁校释：《焚书·续焚书校释》，岳麓书社，2011 年版。

方扬：《方初庵先生集》，万历四十年（1612）刻本。

文徵明：《甫田集》，清文渊阁四库全书本。

朱国桢：《涌幢小品》，中华书局，1959 年版。

李维桢：《大泌山房集》，明万历刻本。

张大复：《梅花草堂集》，明崇祯刻本。

汪廷讷：《坐隐先生订棋谱》，明刻本。

陈懿典：《陈学士先生初集》，明万历刻本。

顾起元：《雪堂随笔》，明天启七年（1627）刻本。

顾起元：《客座赘语》，《明代笔记小说大观2》，上海古籍出版社，2005 年版。

董鲍应鳌：《瑞芝山房集》，明崇祯刻本。

董含撰，致之校点：《三冈识略》，辽宁教育出版社，2000 年版。

周晖：《金陵琐事、续金陵琐事、二续金陵琐事》，南京出版社，2007 年版。

王慎中：《遵岩集》，清文渊阁四库全书本。

冯梦祯：《快雪堂日记》不分卷，清抄本。

沈德符：《万历野获编》，中华书局，1959 年版。

陈祖绶撰，夏允彝等参补：《近圣居三刻参补四书燃屏解》，美国哈佛大学燕京图书馆编《美国哈佛大学哈佛燕京图书馆藏中文善本汇刊》第 4 册，广西师范大学出版社，2003 年版。

李维桢：《大泌山房集》，明万历刻本。

张溥撰，曾肖点校：《七录斋合集》，齐鲁书社，2015 年版。

余应科纂辑：《镌钱草两先生四书千百年眼》，明崇祯六年（1633）刊本。

陆世仪：《复社纪略》，清抄本。

叶梦珠撰，来新夏点校：《阅世编》，上海古籍出版社，1981 年版。

李诩：《戒庵老人漫笔》，中华书局，1982 年版。

梅鼎祚：《鹿裘石室集》六十五卷，明天启三年（1623）玄白堂刻本。

陈所闻：《新镌古今大雅北宫词纪》，中国艺术研究院戏曲研究所藏万历刻本影印本。

陈所闻：《新镌古今大雅南宫词纪》，中国艺术研究院戏曲研究所藏万历刻本影印本。

艾南英：《增补文定待》，明崇祯刻本。

吕留良：《吕晚村先生文集》，清雍正三年（1725）吕氏天盖楼刻本。

胡应麟：《诗薮》，上海古籍出版社，1958 年版。

胡应麟：《少室山房笔丛》四十八卷，明万历刻本。

何良俊：《曲论》，《中国古典戏曲论著集成》（四），中国戏剧出版社，1959 年版。

施沛：《南京都察院志》，明天启刻本。

袁帙：《世纬》，清知不足斋丛书本。

黄宗羲：《明儒学案》，中华书局，1985 年版。

黄宗羲：《明文海》，清涵芬楼抄本。

顾炎武：《日知录》三十二卷，清乾隆刻本。

顾炎武：《亭林文集》，四部丛刊景印清康熙刻本。

朱彝尊撰，杜泽逊、崔晓新整理：《曝书亭序跋》，上海古籍出版社，2010年版。

朱彝尊：《经义考》，清文渊阁四库全书本。

李慈铭：《越缦堂读书记》，中华书局，1963年版。

赵翼著，王树民校证：《廿二史札记校证》，中华书局，2005年版。

孔尚任：《桃花扇》，人民文学出版社，1997年版。

文秉：《定陵注略》，北京大学图书馆藏善本。

徐咸：《明名臣言行录》，清康熙刻本。

吴敬梓：《儒林外史》，吉林大学出版社，2019年版。

董浩等：《全唐文》，中华书局，1983年版。

徐釚撰，唐圭璋校笺：《词苑丛谈校笺》，人民文学出版社，2006年版。

邓之诚辑：《清诗纪事初编》，中华书局，1965年版。

钱仲联辑：《清诗纪事》，江苏古籍出版社，1989年版。

张宗橚编，杨宝霖补正：《词林纪事、词林纪事补正合编》，上海古籍出版社，1998年版。

二、近人论著

李少群主编：《地域文化与文学研究论集》，山东教育出版社，2010年版。

程千帆：《文论十笺》，黑龙江人民出版社，1983年版。

肖子华主编，国家人口计生委人事司组织编写：《人口文化学》，中央广播电视大学出版社，2012年版。

葛剑雄：《葛剑雄文集5：追寻时空》，广东人民出版社，2014年版。

蔡毅编：《中国古典戏曲序跋汇编》，齐鲁书社，1989年版。

钱穆：《中国学术思想史论丛》卷三，东大图书公司，1976年版。

汪辟疆：《汪辟疆文集》，上海古籍出版社，1988年版。

袁行霈：《中国文学概论》，高等教育出版社，1990年版。

陈庆元：《文学：地域的观照》，上海远东出版社、上海三联书店，2003年版。

张可礼：《东晋文艺综合研究》，山东大学出版社，2001年版。

穆克宏：《魏晋南北朝文论全编》，上海远东出版社，2012年版。

刘跃进：《门阀士族与永明文学》，生活·读书·新知三联书店，1996年版。

周淑舫：《南朝家族文化探微》，吉林大学出版社，2008年版。

萧华荣：《簪缨世家：两晋南朝琅琊王氏传奇》，生活·读书·新知三联书店，1994年版。

余英时：《士与中国文化》，人民出版社，2003年版。

渠晓云：《六朝文学与越地文化》，人民出版社，2010年版。

张彦远撰，刘石校点：《法书要录》，辽宁教育出版社，1998年版。

陈涵之主编：《中国历代书论类编》，河北美术出版社，2016年版。

宗白华：《美从何处寻》，重庆大学出版社，2014年版。

黄宾虹、邓实编：《美术丛书》第9辑，浙江人民美术出版社，2013年版。

华东师范大学古籍整理研究室编：《历代书法论文选》，上海书画出版社，2010年版。

沈尹默：《二王法书管窥》，《20世纪书法研究丛书·风格技法篇》，上海书画出版社，2008年版。

王僧虔：《论书》，栾保群主编《书论汇要·上》，故宫出版社，2014年版。

王汝涛主编：《王羲之书法与琅琊王氏研究》，红旗出版社，2004年版。

赖瑞禾：《唐代基层文官》，联经出版事业公司，2004年版。

中国蔡元培研究会：《蔡元培全集》，浙江教育出版社，1997年版。

徐锡祺主编：《科学家小词典》，人民教育出版社，2000年版。

刘占召：《王羲之与魏晋琅琊王氏》，凤凰出版社，2013年版。

崔富章：《中国古代藏书楼研究》，中华书局，2002年版。

俞樟华：《王学编年》，吉林大学出版社，2010年版。

李永鑫主编：《绍兴通史》，浙江人民出版社，2012年版。

绍兴市地方志编纂委员会：《绍兴市志》，浙江人民出版社，1996 年版。

来裕恂：《萧山县志稿》，天津古籍出版社，1991 年版。

冯一梅：《古越藏书楼书目》，崇实书局石印本，1904 年版。

徐树兰：《古越藏书楼章程》，清光绪二十八年（1902）古越藏书楼刊本。

徐树兰：《绍郡山会两邑豫仓征信录》，清光绪二十六年（1900）刻本。

沈知方：《粹粉阁珍藏善本书目》，上海世界书局，1934 年版。

唐长孺：《魏晋南北朝史论拾遗》，中华书局，1983 年版。

罗训森主编：《中华罗氏通谱》，中国文史出版社，2007 年版。

释道宣：《续高僧传》，《大藏新修大藏经》第 50 册，财团法人佛陀教育基金会，1990 年版。

栾保群主编：《书论汇要》，故宫出版社，2014 年版。

陈弱水：《唐代文士与中国思想的转型》，广西师范大学出版社，2009 年版。

孙国栋：《唐宋史论丛》，上海古籍出版社，2010 年版。

陆扬：《清流文化与唐帝国》，北京大学出版社，2016 年版。

邓小南：《祖宗之法：北宋前期政治述略》，生活·读书·新知三联书店，2014 年版。

赵建国：《人的迁移与传播》，中国社会科学出版社，2012 年版。

司徒尚纪：《广东文化地理》，广东人民出版社，2013 年版。

陈伯海主编：《唐诗汇评》，上海古籍出版社，2015 年版。

陶文鹏主编：《宋诗精华》，广西师范大学出版社，1996 年版。

龙榆生：《唐宋词格律》，上海古籍出版社，1978 年版。

范子烨编：《竹林轩学术随笔》，北方文艺出版社，1997 年版。

陈寅恪：《金明馆丛稿初编》，生活·读书·新知三联书店，2015 年版。

陈寅恪：《唐代政治史述论稿》，上海古籍出版社，1997 年版。

包弼德：《历史上的理学》，浙江大学出版社，2010 年版。

李浩：《唐代三大地域文学士族研究》，中华书局，2008 年版。

杨庆存：《宋代散文研究》，人民文学出版社，2011 年版。

程民生：《宋代地域文化》，河南大学出版社，1997 年版。

平田昌司：《文化制度和汉语史》，北京大学出版社，2016 年版。

陈植锷：《北宋文化史述论》，中国社会科学出版社，1992 年版。

刘顺：《中唐文儒的思想与文学》，中国社会科学出版社，2013 年版。

卢云：《汉晋文化地理》，陕西人民教育出版社，1991 年版。

李孝聪主编：《唐代地域结构与运作空间》，上海辞书出版社，2003 年版。

李浩：《唐代关中士族与文学》，中国社会科学出版社，2003 年版。

谭其骧：《长水粹编》，河北教育出版社，2000 年版。

陈正祥：《中国文化地理》，生活·读书·新知三联书店，1983 年版。

毛汉光：《中国中古社会史论》，上海书店出版社，2002 年版。

卜正民：《纵乐的困惑：明代的商业与文化》，广西师范大学出版社，2016 年版。

徐朔方：《晚明曲家年谱》第 3 卷，浙江古籍出版社，1993 年版。

韩梦鹏：《新安理学先觉会言》，民国安徽通志馆传抄本。

赵所生、薛正兴主编：《中国历代书院志》第 8 册，江苏教育出版社，1995 年版。

秦佩珩：《明代经济史述论丛初稿》，河南人民出版社，1959 年版。

胡窦秀艳：《中国雅学史》，齐鲁书社，2004 年版。

胡忌、刘致中：《昆剧发展史》，中国戏剧出版社，1989 年版。

庄一拂：《古典戏曲存目汇考》，上海古籍出版社，1982 年版。

俞为民、孙蓉蓉辑：《历代曲话汇编·曲海总目提要》，黄山书社，2009 年版。

傅璇琮等主编：《中国诗学大辞典》，浙江教育出版社，1999 年版。

李鸿涛、张华敏：《孤本医籍叙录集》，中医古籍出版社，2016 年版。

梅新林：《中国古代文学地理形态与演变》，复旦大学出版社，2006 年版。

黄仕忠编：《日本所藏稀见中国戏曲文献丛刊》，广西师范大学出版社，2016 年版。

黄仕忠：《海内外中国戏剧史家自选集黄仕忠卷》，大象出版社，2017 年版。

张正学：《中国古代俗文学文体形态研究》，四川人民出版社，2017

年版。

刘大杰：《中国文学发展史》，复旦大学出版社，2006 年版。

龚鹏程：《晚明思潮》，商务印书馆，2005 年版。

张献忠：《从精英文化到大众传播》，广西师范大学出版社，2015 年版。

王春阳：《白描与戏曲版画插图研究》，辽宁美术出版社，2018 年版。

乔光辉：《明清小说戏曲插图研究》，东南大学出版社，2016 年版。

王卫民编：《吴梅戏曲论文集》，中国戏剧出版社，1983 年版。

许建平：《明清文学论稿》，河南人民出版社，2017 年版。

朱万曙：《明代戏曲评点研究》第 1 辑，安徽教育出版社，2002 年版。

傅惜华：《明代杂剧全目》，作家出版社，1958 年版。

缪咏禾：《明代出版史稿》，江苏人民出版社，2000 年版。

古本戏曲丛刊编委会：《古本戏曲丛刊》四集三十五册，中华书局，1964 年版。

沈俊平：《举业津梁：明中叶以后坊刻制举用书的生产与流通》，学生书局，2009 年版。

张秀民：《中国印刷史》，上海人民出版社，1989 年版。

吴宣德：《中国教育制度通史》第 4 卷，山东教育出版社，2000 年版。

刘勇：《变动不居的经典明代改本研究》，生活·读书·新知三联书店，2016 年版。

沈津：《美国哈佛大学哈佛燕京图书馆中文善本书志》，上海辞书出版社，1999 年版。

台湾编译馆主编：《新集四书注解群书提要》，华泰文化事业公司，2000 年版。

谢国桢：《明清之际党社运动考》，辽宁教育出版社，1998 年版。

朱子彦：《中国朋党史》，东方出版中心，2016 年版。

钱茂伟：《国家、科举与社会——以明代为中心的考察》，北京图书馆出版社，2004 年版。

林海权：《李贽年谱考略》，福建人民出版社，1992 年版。

陈宝良：《明代儒学生员与地方社会》，中国社会科学出版社，2005 年版。

杜车别：《明末清初人口减少之谜》，中国发展出版社，2018年版。

三、期刊报纸、学位论文

乔力、武卫华：《论地域文学史学的学术源流与学理观念》，《清华大学学报》（哲学社会科学版），2006年第6期。

王祥：《试论地域、地域文化与文学》，《社会科学辑刊》，2004年第4期。

金克木：《文艺的地域学设想》，《读书》，1985年第4期。

孙语圣：《徽州、淮北的人口流动与文化传播》，《东方论坛》，2021年第2期。

李浩：《论唐代文学士族的迁徙流动》，《文学评论》，2005年第2期。

张利亚：《唐代河西地区人口迁移对诗歌西传的影响——以敦煌诗歌写本为例》，《内蒙古社会科学》（汉文版），2015年第6期。

金霞、李传军：《从〈回乡偶书〉谈贺知章的信仰问题——兼论唐朝前期的宗教文化政策》，《徐州师范大学学报》（哲学社会科学版），2019年第1期。

林范三：《中国图书馆小史》，《广州大学图书馆季刊》，1933年第2期。

张宏璞：《两晋至隋唐时期的会稽余姚虞氏家族》，《鲁东大学学报》，2011年第1期。

叶岗：《永和兰亭之会对江南文化发展的历史作用》，《社会科学战线》，2011年第6期。

张涛：《略论虞翻易学》，《山东师范大学学报》，2016年第4期。

张承宗、孙中旺：《会稽孔氏与晋宋政治》，《浙江学刊》，2005年第5期。

王永平：《东晋南朝时期会稽孔氏家族文化探论》，《社会科学辑刊》，2003年第2期。

谢模楷：《东晋南朝会稽孔氏家族的文学创作》，《海南师范大学学报》（哲学社会科学版），2014年第5期。

王永平、姚晓菲：《中古时代琅琊王工之天师道信仰及其影响》，《河南科技大学学报》（社会科学版），2007年第4期。

曹晔：《澹生堂主人祁承爜世考略》，《寻根》，2019 年第 1 期。

袁同礼：《明代私家藏书概略》，《图书馆学季刊》，1927 年第 2 卷第 1 期。

高利华：《宋代越地的文化家族——以明州鄞县史氏和越州山阴陆氏为中心》，《绍兴文理学院学报》，2006 年第 6 期。

俞樟华、冯丽君：《论宋代江浙家族型文学家群体》，《浙江师范大学学报》，2004 年第 5 期。

陈志峰：《论王羲之"书圣"地位的建构——基于政治、文化等社会因素的考察》，《中国书法》，2019 年第 7 期。

顾向明：《关于唐代江南士族兴衰问题的考察》，《文史哲》，2005 年第 4 期。

中国书画导报编辑部：《王羲之对后世书法发展的影响》，《文化评论》，2018 年第 2 期。

朱国华：《文学与符号权力：对中唐古文运动的另一种解读》，《天津社会科学》，2002 年第 1 期。

鞠岩：《唐代制诰文改革与古文运动之关系》，《文艺研究》，2011 年第 5 期。

刘顺：《唐初史臣文论的南北朝批评及其对诗歌体式的要求》，《中华文史论丛》，2016 年第 3 期。

肖华中：《宋代人才及其分布规律》，《中国历史地理论丛》，1993 年第 3 期。

傅衣凌：《唐代宰相地域分布与进士制之"相关"的研究》，《社会科学杂志》，1945 年第 4 期。

范金民：《明清地域商人与江南文化》，《江海学刊》，2002 年第 1 期。

郗文倩、王长华：《中国古代文体的价值序列及其影响》，《河北学刊》，2007 年第 1 期。

俞为民：《明代南京书坊刊刻戏曲考述》，《艺术百家》，1997 年第 4 期。

卜键：《焦竑的隐居、交游及其别号"龙洞山农"》，《文学遗产》，1986 年第 1 期。

杨绪容：《明继志斋刊本〈重校北西厢记〉考述》，《江淮论坛》，2018 年第 5 期。

陈旭耀：《继志斋刊〈重校北西厢记〉考述》，《古籍整理研究》，2011 年第 5 期。

黄仕忠：《日本大谷大学藏明刊孤本〈四太史杂剧〉考》，《复旦学报》（社会科学版），2004 年第 2 期。

许建昆：《焦竑文教事业考述》，《东海学报》，第 34 卷。

吕蔚：《走出盛唐——安史之乱与盛唐诗人研究》，陕西师范大学博士论文，2005 年。

罗金满：《文化地理学视野下的大腔戏发展研究》，福建师范大学博士论文，2016 年。

刘根勤：《焦竑与晚明戏曲》，中山大学博士论文，2008 年。

王建：《明代出版思想史》，苏州大学博士论文，2001 年。

郭培贵：《明代科举各级考试的规模及其录取率》，《史学月刊》，2006 年第 12 期。

四、外文文献

Chou Kai‐wing: *Publishing*, *Culture*, *and Power in Early Modern China*, Stanford University Press, 2004.

Benjamin A Elman: *Civil Examinations and Meritocracy in Late Imperial China*, Harvard University Press, 2013.

后　记

　　本书是我读博士期间对于地域文化与文学研究阶段性成果的总结。拙作能够顺利完成，首先要感谢我的恩师——上海交通大学人文学院朱丽霞教授，从研究方向的确立，到本书的选题、框架的架构和具体内容的写作，均得到朱老师的悉心指导。在朱老师启发下，我尝试将平日相对零散的研究成果加以梳理、整合，发现因为研究兴趣使然，所作的数篇小文章之间存在密切联系，研究主题均为因人口迁移流动而引起的地域文化变迁与文学活动之间的关联，本书的基本框架得以确立。在开始章节内容写作时，我又不断遭遇来自文献资料方面的新挑战，当面临瓶颈时，朱老师总是能够指出关键问题，让我的研究顺利进行下去。不仅在本书的写作中朱老师倾注大量心血，在日常科研中，朱老师也及时纠正我在学术研究中的错误思路，解答我的疑问，这让我获益匪浅，并且终身受用。

　　本书出版过程中，也面临很多外部的意外和挑战。出版筹备期间，正值新冠肺炎反复，特别是3月，我的家乡青岛和上海的疫情形势突发紧张，上海及全国各地多家出版社工作人员居家办公，审核、版权、印刷、发行等环节都被疫情打乱，出版工作困难重重。在此特别感谢导师、同学、家人和朋友们的安慰和关心，让我在不安中情绪逐渐平稳，顺利改稿。

　　出版之路，也伴随着机遇和感动，让我至今心存感恩。青岛乾成书院创始人、青岛科技大学教授王才路老师，对本书的修改、出版等给予很大的帮助。王才路教授在大学长期从事中国文化、青岛文化、品牌决策与推广等教学研究30余年，发表论文、论著总字数逾1000万字，其专著《中国文化探微》对中国文化的地域构成及其演变、对青岛古代文化均有精彩论述，这对于我研究地域文化多有启发。我希望未来进一步向王才路教授请教，对家乡青岛的地域文化及其演变进行深入研究。

拙作是我独立出版的首本专著，我深知自己才疏学浅，成书过程匆忙，专业深度还不够，在各方面还有很大的提升空间。在王才路教授的引荐下，青岛乾成书院院长、中国人民大学博士生导师、北京大学明清研究中心研究员毛佩琦教授，于百忙之中为本书作序，我激动万分，又诚惶诚恐。毛佩琦教授长期从事中国古代史、文化史、社会生活史研究，主编《百卷本中国通史·明史10卷》《中国社会通史·明代卷》等多部著作，是明史及明代文化的资深专家。毛先生为本书作序，就如同神来之笔，画龙点睛。他对晚辈栽培和抬爱的师者之心、仁爱之心，令我十分感动！在欣喜之余，我也对自己提出了更高的要求：希望以后向前辈学者看齐，精研专业，步入社会后能发挥光热，传承仁爱之心，传播中国传统文化。

兴趣和担当是学术道路上前进的动力，学海无涯，我会一直秉持初心，继续前行！